JN263606

二見文庫

旅路

キャサリン・コールター／林 啓恵＝訳

The Cove

by

Catherine Coulter

謝辞

ダイアン・コールターへ。創造性と才能にあふれるわが妹がこう言ったのは、一九九四年の九月のことだった。「オレゴン州の海沿いにあるコーブという田舎町の話をさせて」それがこの小説を書くきっかけとなりました。

ジョナサン・ケラーマンへ。その年、発表された彼の小説のタイトル『わるい愛（原題Bad Love）』が気に入ったわたしは、編集者のステーシー・クリーマーにこういうタイトルをお願いねと頼んだ。さすがわたしの編集者、間髪入れずに返事が返ってきた。「『ほんとにわるいコーブ（Really Bad Cove）』ってどう？」

アシスタントのカレン・エバンスへ。怖いもの知らずの彼女は、冷笑しつつ周囲を魅了していました。

パトナム／バークリーの取締役であるデイビッド・シャンクへ。彼は一九九五年六月、きみが愚かなことをしたら注意するぞ、と面と向かってわたしに言いました。

最後にわが夫、アントンへ。パートナーにして親友である彼は、すべてが正しい位置に収まるように尽力してくれました。

旅　路

登　場　人　物　紹　介

スーザン(サリー)・シジョン・ブレーナード	本作のヒロイン
ジェイムズ・ライリー・クインラン	FBI特別捜査官
ノエル・シジョン	スーザンの母
エーモリー・シジョン	スーザンの亡き父で大物弁護士
スコット・ブレナード	スーザンの夫で エーモリーの部下の弁護士
ディロン・サビッチ	FBI特別捜査官
アマベル・パーディ	スーザンの伯母で芸術家
ラルフ・キートン	コーブの葬儀屋
テルマ・ネットロ	テルマのB&B経営者
マーサ・クリットラン	テルマのB&Bの料理人
パーン・デービス	よろず屋の主人
ガス・アイナーズ	車の修理工
ハンカー・ドーソン	植物の専門家
ハロルド・ボルヒース	コーブの牧師
デービッド・マウンテバンク	保安官
アルフレッド・ビーダーマイヤー	精神科医

1

視線を感じる。彼女は黒髪のカツラを引っぱり、耳の上を撫でつけた。深紅のリップスティックを手早く重ね塗りし、鏡を掲げて背後をうかがった。

鏡を介して若い海兵隊員に笑いかけられ、撃たれでもしたように跳びあがった。びくびくする必要はない。あの青年は無害で、気があるそぶりをしているだけ。まだ十八歳にもなっていないだろう。頭は剃《そ》りあげ、頰は彼女と同じくらいすべすべしている。もっとよく見たくて、鏡を傾けた。男の隣りに坐っている女はディック・フランシスの本を読み、その後ろに坐る若いカップルは、おたがいにもたれかかって眠っていた。

彼女の前の席はからだった。グレーハウンドの運転手が口笛を吹いている。エリック・クラプトンの『ティアズ・イン・ヘブン』。この曲を聞くたびに、胸が締めつけられる。こちらを気にしているのは、若い海兵隊員一人のようだ。彼はポートランドの最後のバス停から乗りこんだ。たぶんこれから帰省して、同じ歳の恋人にでも会うつもりなのだろう。彼が追っ手とは思えないけれど、誰かの気配を感じる。もう騙《だま》されない。彼らから教わった。そうだ、二度と騙されてはならない。

バッグに鏡をしまった。じっと手を見つめる。三日前まで結婚指輪のあった薬指に、跡が白く残っている。この半年、ずっと指輪をはずしたいと思いつつ、はずせずにきた。朦朧《もうろう》としていたせいで、彼らからスニーカーをはくのを許されたときも、スニーカーの面ファスナーを止めるのがむずかしかったくらいだから、きつい指輪などはずせるはずもなかった。

あと少し。あと少ししたら、危険を回避できる。お母さんもつつがなく暮らせる。ああ、神さま、ノエル――夜中、誰にも聞かれていないとわかったときは、声を押し殺して泣いたものだ。自分がいなければ、彼らもノエルには手を出せない。おかしなことだけれど、ノエルを母親だと意識することがなくなって、もう十年ほどになる。その前はノエルが十代の娘の悩みに耳を傾け、娘を買い物に連れだし、サッカーの練習に車で送ってくれていた。二人でいろんなことをした。以前は。そう、あの夜、父が母の胸をこぶしで殴るのを見るまでは。あの音。最低でも二本は肋骨が折れていただろう。

彼女は両親のもとへ駆け寄り、お母さんにそんなことをしないでと叫びながら、父親の背中に飛びついた。父は驚きとショックが強すぎたらしく、彼女を殴らなかった。彼女を振り落とすや、くるりと向きを変えて、床に倒れた彼女をどなりつけた。「口を出すな、スーザン！　おまえには関係ない」彼女は父を見つめた。父に対する嫌悪と恐怖もあらわに。

「わたしには関係ない？　わたしのお母さんなのよ！　二度と殴らないで！」

父は平静を装っていたが、彼女はごまかされなかった。父の首筋の血管が大きく脈打っていたからだ。「悪いのはおまえの母親だぞ、スーザン。おまえは自分のことだけを考えていればいい。わかったな？ 悪いのはこの女なんだ」父は母に一歩近づき、こぶしを振りあげた。彼女は父のデスクにあったウォーターフォードのカラフを手にして、どなった。「お母さんに手を出したら、これで頭を殴ってやる」

父は肩で息をしだした。ふり返ってふたたび彼女を見た。娘の目を欺くための穏やかな表情は消え、顔が憤怒にゆがんだ。「売女《ばいた》め！ 親に向かって、なんという態度だ！ いつかこの報いを受けさせてやるぞ、スーザン。誰にもわたしには逆らわせない。それが父親の金を使うことしか知らない小娘ならば、なおさらだ」父はもうノエルを殴らなかった。いまいましげに二人を見ると、大股で玄関に向かい、外に出て、ドアを乱暴に閉めた。

「よかった」まずはゆっくりと慎重にカラフをデスクに戻した。

救急車を呼びたかったけれど、ノエルにとめられた。「だめよ」折れた肋骨と同じ。その声もひび割れていた。「それはだめよ、サリー。わたしたちの言うことを信じる人がいたら、あなたのお父さまが破滅してしまうでしょう？ そんなことはできません」

「あんな人、破滅すればいいのよ」それでもサリーは母に従った。まだ十六歳だった。バージニア州ローレルバーグにある全寮制の私立女子校から、週末で実家に戻ってきていた。信じる人がいたらって、信じてもらえるに決まっているのに、と思っていた。

「いいえ、いけないわ」母はささやき、痛みに腹を折った。「薬棚から青い薬瓶を持ってきてちょうだい。急いで、サリー。青い瓶よ」

母はうめきつつ、薬を三錠飲んだ。それを見ながら、うちに薬があるのは、母がこれまでも父に殴られていたからだと気づいた。サリーもどこかでそれを察していた。それなのに、ひと言も尋ねようとしなかった。そんな自分が腹立たしかった。

その夜、母だった人はノエルとなり、サリーは翌週には女子校をやめてワシントンDCにある両親の家に戻った。母を守るためだった。手当たりしだいに虐待に関する本を読んだけれど、どれも役には立たなかった。

もう十年前のことだ。けれど、たまにふと、つい先週のことのように感じる。ノエルは父と別れようとせず、カウンセリングを拒否し、サリーが買ってきた本も読もうとしなかった。サリーにはそんな母が理解できなかったけれど、あるときまでは、できるかぎり母についていた。その後、スコット・ブレーナードとナショナルギャラリーのホイッスラーの展覧会で出会い、二カ月後に彼と結婚した。

いまはスコットや父のことを考えたくない。どれほど警戒していようと、サリーが外出するたびに父はノエルを殴り、母が隠そうとしていた青痣《あおあざ》や、まるで老婆のような歩き方でそれがわかった。一度は腕まで折りながら、なお病院へ行くことを嫌い、医者に診せるのを拒んで、黙っていろとサリーに命じた。父はやれるものならやってみろと無言で娘を見つめ、サリーは何もしなかった。何も。

結婚指輪の白い跡を撫でた。過去ははっきりと思いだせる。たとえば学校に入った最初の日。シーソーに乗っていたら、小さな男の子に指さされ、パンツが見えると笑われた。

それなのに、この一週間の記憶だけが、ほぼ空白になっている。父が殺されたあとの一週間。一つの長い夢のような一週間だった。朝の訪れだけがかすかな変化として記憶されているのみで、あとは溶けてなくなってしまった。

あの夜、自分が両親の家にいたのはわかっているが、それ以外のことがまるで思いだせない――少なくとも何も把握できなかった。覚えているのはぼんやりとした影だけで、それもぼんやりと滲《にじ》んで、浮かんだり消えたりしている。だが、彼らにはそれがわからない。自分を捕まえたがっていることは、すぐにわかった。もし自分を使ってノエルが夫を殺したのを証明できなければ、サリー自身が父親殺しの罪に問われるだろう。そうに決まっている。父親を殺す子どもは少なくない。だが、殺意に駆られたことは何度もあるが、自分が父を殺したとは思えなかった。

それでも、彼女にはわからなかった。すべてが鍵をかけてしまわれているようで、脳のなかが空白だった。あのろくでなしを殺すことができたのはわかっているけれど、そんなことをするだろうか？　父の死を望む人間は多い。ひょっとすると、サリーがそこにいたのを犯人が気づいたのかもしれない。そう、きっとそうだ。犯人はサリーが目撃者であることを知っているのだろう。そして、たぶん、実際に目撃している。覚えていないだけで。

いまは現実に集中しなければならない。グレーハウンドの窓から、小さな町を眺めた。排気ガスがバスの背後からもうもうと吐きだされている。地元民はさぞかし迷惑しているのだろう。

バスは高速一〇一号線を南西に向かっていた。あと半時間。あと三十分したら、もうはらはらすることなく、安心して過ごせる。誰かに見張られているのではないかと、怯《おび》えなくてよくなる。おばのことを知る人はいない。

一〇一号線と一〇一A号線の交差点でバスを降りたとき、若い海兵隊員が自分を追って降りてくるのではとどきどきした。だが、降りてこなかった。彼も、ほかの人も。小さなバッグ一つ持ってそこに立ち、ふり返って自分を見ている若い海兵隊員を見あげ、恐怖を奥へ押しやった。あの海兵隊員は興味があるだけで、傷つけるつもりはないのよ。女の趣味が悪いこと。サリーは通りかかる車がないかと左右に目をやったが、一台も見あたらなかった。一〇一A号線をコーブのある西に向かって歩きだした。一〇一Aは東には延びていない。


「どなた？」

彼女は七歳のときに一度会ったきりの女を見つめた。ヒッピーのような身なりだった。カールした長い黒髪にカラフルなスカーフをかぶり、大きな金色のフープイヤリングをつけている。くるぶし丈のスカートは濃紺と茶色に染め分けられ、はいているのは青いスニーカーだ。顔立ちはくっきりしている。高くつきだした頬骨、鋭い顎の線、知性の輝きのある黒い瞳。サリーがこれまでに出会ったなかで、もっとも美しい女の一人だった。

「アマベルおばさん？」

「いったいなんなの？」アマベルは玄関先に立つ若い女を見つめた。厚化粧をしていても、安っぽくは見えない。ただ、疲れと、病的なまでの青白さが目についた。そして怯えている。

そう、アマベルにはもちろんわかっていた。彼女の来訪を奥深くで予知していた。それでも、現実となるとショックだった。

「サリーよ」若い女が黒髪のかつらを取り、ピンを何本か引き抜くと、ウェーブした豊かな濃いブロンドが肩に落ちた。「ひょっとしたら、あなたにはスーザンと呼ばれていたかもしれない。わたしのことをそう呼ぶ人は、もう多くないけれど」

アマベルが頭を振るたび、大きなイヤリングが首に当たった。「信じられない。ほんとうにあなた、サリーなの?」すっかり驚いている。

「ええ、おばさん」

「ああ、サリー」アマベルはさっと姪《めい》を引き寄せて強く抱きしめると、体を離して顔を見た。「こんなことになって、心配してたのよ。あなたのお父さんのニュースは知ってたんだけど、ノエルに電話したものかどうかわからなくて。ほら、ああいう人だから、一段落するのを待って、今夜にでも電話するつもりでね。でも、こうしてあなたのほうから来てくれた。あなたが来てくれるのをどこかで期待してたみたい。何があったの、サリー? あなたのお母さんは大丈夫?」

「たぶん」サリーは答えた。「ほかに行くあてがなくて、ここへ来たの。しばらく置いてもらえる、アマベルおばさん? 考えをまとめて、今後の方針が立つまででも?」

「もちろんよ。それにしても、その黒髪のかつらと、お化粧はなんなの? どうしてそんな格好をしてるの、ベイビー?」

愛情のこもった呼びかけに緊張がほどけた。この間、一度も泣かずにきた。だが、あまり縁のないおばが〝ベイビー〟と呼び、背中を撫でながら、低い声で慰めてくれる。「心配しなくていいわ、ラブリー。もう大丈夫だからね。さあ、入って、サリー。あたしが面倒をみてあげる。はじめてあなたに会ったとき、あなたのママにもそう言ったのよ。あなたはとっても細くて、生まれたばかりの子馬みたいに手脚がぶらぶらしてた。あんなにかわいくて、にっこり笑う子は見たことがなかったから、面倒をみたくなっちゃったの。ここなら安全よ。おいで、ベイビー」

いまいましい涙が止まらなかった。涙がとめどなく頰を伝い、まっ黒な濃いマスカラを押し流した。口にまでその味を感じると、サリーは顔をぬぐった。手に黒い縞《しま》模様ができた。

「サーカスのピエロみたいね」笑顔になりたくて、大きく唾を呑みこんだ。緑色のコンタクトを取りだした。泣いていると、コンタクトが痛む。

「いいえ。母親のお化粧をこっそり使ってみた小さな女の子みたいよ。そうそう、そんなコンタクトははずしちゃいなさい。ああ、きれいな青い瞳が戻ったわね。さあ、キッチンに行きましょう。お茶を淹《い》れるから。あたしはブランデーを落とすのよ。あなたにも害はないと思うけど。それで、いくつになったの、サリー？」

「二十六だと思うけど」

「思うけどって、どういうこと？」おばが小首をかしげたので、金色の輪が肩につきそうになった。

そう尋ねられても、サリーには自分の誕生日があの場で通りすぎたらしいとは言えなかった。心のうちにあの日を思い浮かべられず、自分に話しかけた人物を思いだせず、そのときの場面など想像もつかなかった。父親がいたかどうかすらわからない。いなかったのを祈るしかない。どうしたらそんなことをアマベルに言えるだろう。サリーは首を振り、笑顔になった。うまく嘘がつけない。「ついそう言っただけ、アマベルおばさん。お茶にブランデーを落としてもらうのは、大歓迎よ」

アマベルはキッチンのテーブルに姪をつかせた。古いパインのテーブルで、がたつきを防ぐために一本の脚の下に雑誌を三冊はさんである。ガスコンロにヤカンをかけて、火をつけた。「これでいい。すぐに沸くわよ」

サリーはアマベルがリプトンのティーバッグを銘々のカップに入れ、ブランデーをそそぐのを見ていた。アマベルは言った。「ブランデーを先に入れるのよ。ティーバッグに染みこんで、風味が強まるから。ブランデーは高いから、長くもたせないとね。この瓶だけど——」おばはクリスチャンブラザーズのボトルを掲げた。「——封を切って三カ月めなのよ。悪くないでしょう？ きっとあなたも気に入るわ」

「誰にもつけられてないわ、アマベルおばさん。すごく用心してきたから。みんながわたしを追っていることは、おばさんも知ってるわよね。でも、なんとか振りきってきたの。わたしの知るかぎり、誰もおばさんのことは知らない。ノエルはいっさい口をつぐんでいたし、唯一の例外が父だけれど、その父も死んでしまったし」

アマベルは黙ってうなずいた。サリーはおとなしく坐ったまま、おばが小さなキッチンを動きまわるのを見ていた。動きの一つずつに無駄がなく、流れるようだった。ヒッピーの格好をした優雅なおば。手も指も力強く、短く切り詰めた爪は、目が覚めるほど明るい赤に塗ってある。アマベルが芸術家であったことを、いまさらながら思いだした。妹である母のノエルとは、少しも似ていない。浅黒い肌に黒髪、黒い瞳のアマベルに対して、ノエルはブロンドで、白い肌に青い瞳、枕のようにやわらかい。

わたしも同じ、とサリーは思った。けれど、もうやわらかくはない。いまはレンガのように硬い。

アマベルを見ていると、いまにもカードを取りだして占いを始めそうだ。なぜ家族の誰もアマベルのことを話題にしないのだろう？　アマベルが何をしたというの？

サリーは結婚指輪の跡を撫で、旧式の冷蔵庫と琺瑯《ほうろう》のシンクのある古いキッチンを見まわした。「わたしがここにいてもかまわないの、アマベルおばさん？」

「アマベルと呼んで、ハニー。そのほうがいい。遠慮しないでいいの。あたしたち二人で、あなたのママを守らなきゃね。あなたについては、台所の床を走りまわる小さな虫一匹、殺せないと思ってる」

サリーは首を振って席から立つと、踵《かかと》で虫を踏みつぶし、あらためて席についた。「ありのままのわたしを見てもらいたくて」

アマベルはあっさりと肩をすくめ、サリーに背を向けた。コンロのヤカンが音をたてだしている。ティーカップに湯をそそぎ、背中を見せたまま言った。「いろいろあると、人は変わるものよ。あなたのママのことを考えなきゃね。あたしを含め、みんながあなたのママを守ってきた。あなただってそうでしょう？　あなたもママを守ってるんでしょ、サリー？」

サリーはカップを受け取った。ティーバッグを前後に揺すり、紅茶の色を深めた。しばらくしてバッグを取りだすと、そっとソーサーに置いた。小さいころ、母はこんなふうにお茶を淹れていた。同じようにしたかった。カップに口をつけ、ブランデーが香りたつお茶をしばし口に留めてから、胃に流しこんだ。おいしい。濃くて、豊かで、罪深いほどに。すぐさま緊張がやわらいだ。ブランデーのおかげだろう。ここなら危険がないのは確かだ。アマベルの庇護のもと、方針が決まるまでここで過ごせる。

何かと気になるだろうに、おばは訊かずにいてくれる。そのことがサリーには何よりありがたかった。

「あなたがどんな大人になったか、よく想像したのよ」アマベルは言った。「立派な大人になったみたいね。今回の騒動だけど、事情はよく知らないけれど、いずれは終わる。かならず解決するわ」アマベルはしばらく押し黙り、幼い少女に対して感じた愛情を思い返した。自分のそばに置いて、少女が悲鳴をあげるほど抱きしめたいと思ったものだ。意外にも、いまだにそんな思いがある。アマベルには嬉しいことではなく、それを望んでもいなかった。

「テーブルのそっち側に寄りかからないでね、サリー。パーン・デービスが修理するってうるさいんだけど、断わってるの」サリーが聞いていないのは承知のうえだった。ただ、姪の腹がブランデーで温まるまで、雑音を放っているだけだ。

「このお茶、いいわね、アマベル。変わってるけど、いい感じ」サリーはひと口、またひと口とお茶を飲んだ。胃に温かな液体が溜まっていく。もう五日以上、こんなぬくもりを感じていなかったことに気づいた。

「そろそろ話してくれない、サリー？　ここへ来たのは、ママを守るためでしょう、ベイビー？」

サリーはもうひと口、たっぷりとお茶を飲んだ。どう言えばいいの？　言葉がなかった。

「あなたのママがパパを殺したの？」

サリーは置いたカップを見つめながら、真実がわかればいいのにと思った。だが、あの夜のことは、カップの底に残るお茶のように、心の底に滞っている。「わからない」沈黙の末に言った。「わからないのに、知っていると思われてる。わたしが逃げているのは、ノエルを守るためか、わたしが殺《や》ったからだと。わたしは追われてて、どうしても見つかりたくなかったから、ここへ来たの」

嘘だろうか？　アマベルは無言で姪に笑いかけた。青ざめて、やつれた顔をしている。美しい青い瞳も、着古したドレスのように色が薄らぎ、膜がかかっているようだ。それに体重が落ちすぎて、セーターとパンツがぶかぶかしている。その瞬間の姪は恐ろしく老けこみ、人生の悲哀を見すぎた人のようだった。苦労のほどがしのばれる。だが、人生には誰もが口をつぐむほど悲惨な一面があるものだ。

アマベルはティーカップを見おろしながら、静かに言った。「あなたのママが殺したんだとしても、あの虫けらには当然の報いだけどね」

2

サリーは取り落としそうになったカップを、そっとソーサーに戻した。「知ってたの？」

「もちろん。みんな知ってたよ。あなたにはじめて会ったのは、ノエルがあなたをうちに連れてきたとき。あたしは口を出さなかった。それがうちの両親があたしに望んでいたことだったから。やりすごして、口をはさまず、あまり顔を見せないこと。とくにあの人たちの友だちがいるときは。それはともかく、あなたのママは現われた。彼から逃げてきた、二度と戻らないと言って。青痣だらけで、ずっと泣きっぱなしだった。

でも、その決意も長くは続かなくて、二日後、あの男が電話をかけてくると、翌日にはあなたをブランケットにすっぽりくるんで、飛んで帰ったわ。あなたはまだ最初の誕生日も迎えてなかった。ノエルからその話を聞いたことはないけれど、男にいいように殴られてるなんて、あたしには理解できそうになくて」

「わたしにも理解できない。努力したのよ、アマベルおばさん。必死に説得したのに、ノエルは聞いてくれなかった。それで、おじいさんとおばあさんはなんて言ってたの？」

肩をすくめるアマベルは、自分自身の冷たい父親のことを考えつつ、美しい娘ノエルを思い浮かべた。義理の息子のエーモリー・シジョンが妻を殴る男だというおいしい噂《うわさ》がマスコミの耳に入ったら、あの父親はどうしていただろう？　そして母親は、実の娘を忌むべき病のように遠ざけ、気遣おうともしなかった。一族の評判に傷がつくことを恐れ、マスコミに嗅ぎつけられないことだけを願った。

「うちの両親は甘いタイプじゃないからね、サリー。ノエルが夫に殴られてることも、信じようとしなかった。ノエルが青痣だらけなのを見ているのに、すべてなかったことにしたわけ。そんな嘘をつくもんじゃないって、ノエルにお説教したくらい。あなたのママはすっかり取り乱して、二人に抗弁したし、助けてくれと頼みもした。

でも、そのあとあの男が電話してくると、ノエルはなにごともなかったように帰っていった。それでどうなったと思う、サリー？　ノエルがいなくなって両親は胸を撫でおろしたのよ。あなたのお父さんと別れてたら、ノエルは人生の敗残者、恥さらし、両親の首にくくりつけられた重荷になってた。でもあなたのパパといるかぎり特別な娘、自慢の娘だった。おじいさんとおばあさんに会ったことはある？」

「一年に三度。ああ、アマベルおばさん、わたしはあの男が大嫌いだった。でもいまは――」

「いまのあなたは、警察に追われているんじゃないかと怯えてる。心配しないで、ベイビー。あんな格好をしてたら、誰も気づきゃしないわ」

彼は気づく、とサリーは思った。ひと目で。「だといいんだけど。ここでも黒髪のかつらをつけたほうがいいと思う？」

「いらないよ。あたしの姪ってことで、誰も疑わないから。テレビを観るのは、B&Bをやってるテルマ・ネットロだけだし、テルマはものすごく高齢で、テレビが観えているかどうかすら怪しいくらい。でも、耳が聞こえてるのは、確かだけど。

だから、かつらなんて忘れていいし、そのコンタクトもしまっときなさい。心配いらない。でも、名前は結婚後のサリー・ブレーナードってことにしよう」

「もうその名前は使えないわ、アマベル」

「そう。だったら、結婚前の名前、サリー・シジョンで。大丈夫、心配いらない。あなたを死んだ父親に結びつける人はいないし、さっきも言ったとおり、このへんの人たちは町の外のことにはまったく関心がないの。よその人はあまり来ない――」

「でも、〈世界一のアイスクリーム〉を食べにくる人はいるんでしょう？　交差点にあった巨大なチョコレートアイスクリームが描かれた看板、よく描けてる。一キロ先から見えて、たどり着くころには、唾が湧いてるもの。あの看板、おばさんが描いたんでしょう？」

「そうよ。それにあなたの言うとおり。遠くからあの看板を見て、そこへたどり着くと、つい道を曲がってコーブに入ってしまうって、よく言われる。ヘレン・キートンがおばあちゃんから引き継いだレシピでね、ラルフ・キートンの葬儀屋の前にあった礼拝堂がいまはアイスクリーム屋よ。ボルヒース師の教会があるから、ラルフの小さな礼拝堂はいらないだろうってことになって」アマベルは口を閉ざし、記憶をのぞきこんで、ほほえんだ。「最初は氷をいっぱいに詰めた柩《ひつぎ》にアイスクリームを入れててね。それだけの氷をつくるために、村じゅうの冷凍庫を総動員したわ」

「早く食べてみたい。そうね、わたしの記憶にあるのは、ここがまだなんてことのない田舎町だったときのこと。一度、ここに来たのを覚えてる？　まだ小さかったわ」

「覚えてるわよ。あなたのかわいいことといったら」

サリーはほほえんだ。かすかな笑みだったが、笑みには違いない。首を振って言った。

「ここはぼろぼろで、みすぼらしい町だった。どの家もペンキが剝げてたし、板の剝がれている建物がいくつもあった。それに道には、当時のわたしの身長と同じくらいの穴がぼこぼこ空いてた。でも、いまの町は素晴らしいわ。とっても魅力的で、清潔で、純朴で」

「そう、あなたの言うとおり、いい変化がたくさんあってね。みんなで知恵を絞ってたとき、ヘレン・キートンがおばあさんのアイスクリームのレシピがあると言いだして、七月四日に――この七月でもう四年になるのね――世界一のアイスクリーム屋を開いたの。忘れられないわ。男たちがどんなにこのアイディアを馬鹿にし、そんなことしても無駄と言ったか。でも、こうして証明してやれたけど」

「ほんと。世界一のアイスクリーム屋がきっかけになって、町がきれいになったんなら、ヘレン・キートンに町長を頼んでもいいくらい」

「かもね。ハムサンドでも食べる、ベイビー？」

サリーの頭のなかに、ハムサンドイッチが浮かんだ。「マヨネーズつきの？　カロリーオフのじゃなくて、本物のマヨネーズ？」

「本物のマヨネーズよ」

「パンは？　十四種類のビタミンと七種類の穀物が入った全粒紛じゃなくて、白いパン？」

「安物の白パンよ」

「すてき。それで、アマベル、ほんとに誰もわたしに気づかないと思う？」

「誰一人ね」

サリーがサンドイッチを食べるあいだ、二人で画像の粗い白黒の小型テレビを観た。五分もすると、全国ネットでそのニュースが流れた。

「本日、エーモリー・デビッドソン・シジョン前海軍司令官が、アーリントン墓地に埋葬されました。未亡人のノエル・シジョンに付き添ったのは、スコット・ブレーナード——トランスコム・インターナショナルの主任顧問弁護士であった故人と仕事上も近しい関係にあった娘婿です。娘のスーザン・シジョン・ブレーナードは参列しませんでした。続いて、FBIとともにこの注目の事件の捜査にあたるハワード・ダズマン警察本部長の談話に移ります」

アマベルはスコット・ブレーナードのことをほとんど知らなかった。会ったことはないし、話したのも、ノエルに電話をしたときがはじめてだった。応対に出たスコットはみずから名乗ってから、アマベルに名前を尋ねた。アマベルは答えた。答えない理由がなかったからだ。そして電話がほしいとノエルへの伝言を頼んだ。だが、ノエルは電話をよこさなかった——

案のじょう。ノエルの生死がその電話にかかっているのであれば、急いで電話をよこしただろう。だが、今回は電話してこなかった。ノエルはサリーがここにいることに気づくだろうか？　気づいたら、電話してくるだろうか？　それもアマベルにはわからないが、もはやどちらでも関係がなかった。

　手を伸ばして、姪のほっそりとした指を握った。薬指に目をやると、指輪はなく、うっすらとした白い跡だけが残っていた。ほんの一瞬、サリーに彼女の夫のスコットと話をしたことを言おうかと思った。いや、まだやめておこう。永遠に黙っておくべきかもしれない。ともかく、いまはサリーを休ませてやりたい。時間があるといいのだけれど、それもアマベルにはわからない。できることなら、いますぐサリーを追い立て、ここから逃がしてやりたい……いや、そんなことは考えてはいけない。どのみち選択肢はないのだから。

　いずれすべてが丸く収まる。スコット・ブレーナードにサリーの居場所がばれようがばれまいが、関係なかった。アマベルは黙ってサリーの手を握っていた。

「なんだかへとへとだわ、アマベル」

「そりゃそうよ、ベイビー」

　サリーは小さな子どものように予備の狭い寝室に追いやられた。静かな部屋だった。しんと静まり返った部屋でことんと眠りに落ち、数分後には、身をよじりながらうめいていた。

　陽射しに充ち満ちた部屋だった。陽射しの差しこむ大きな窓の外には、鬱蒼《うっそう》と茂るオークの森に沿って数百メートルは続く美しい芝生が広がっている。二人の男に部屋まで導かれた彼女は、前に押されて、床に膝をつきそうになった。男たちに肩をつかまれ、デスクの前の椅子に坐らされた。正面にはしたり顔の男がいる。男は黙ったまま、二人組が部屋を出て、静かにドアを閉めるのを待っていた。

男は両手の指を突きあわせた。「グレーのスエット姿というのは惨《みじ》めに見えるものだな、サリー。それにそのよれよれの髪に、化粧気のない顔。わたしに会うというのに、口紅の一つもつけていない。次にここへ呼ぶときは、身ぎれいにするように言っておくとしよう」

サリーにはすべて聞こえていた。言葉の端々に込められた意味に傷ついたが、理解しようという意欲が急速に失せ、黙って肩をすくめた。肩を上下させるだけでもひと苦労なので、ごく小さな動きだった。

「わたしのところへ来てほぼ一週間になるのに、きみはちっともよくなっていないね、サリー。妄想にとらわれて、偏執症の症状を呈している。こうした病名が理解できないほどきみの頭が悪いといけないから、もっと嚙《か》み砕いて説明しよう。きみは頭がおかしくなっているんだよ、サリー。おかしいし、今後も回復は見込めない。治療法はないんだ。とはいえ、わたしがきみを診てしばらくたつのだから、少しはしゃべったらどうだ？　たとえばちょっとした歌、そう、きみがかつてシャワーを浴びながら歌っていた歌とか。そうとも、きみにシャワーを浴びながら歌う癖があることはわかっている。そのことを知って、どう思う？」

サリーの脳はもはや理解力を失っているにもかかわらず、なぜか、男の発言に込められた悪意やまごうことなき残酷さが、伝わってきた。苦労して体を起こし、身をのりだして、男の顔に唾を吐きかけた。

男は顔を拭きながら、デスクをめぐって近づいてきた。立たされたサリーは、思いきり平手をくらい、床に崩れ落ちた。オフィスのドアが勢いよく開き、さっきの二人組が足音荒く入ってきた。

男が心配で入ってきたの？

男の声が聞こえた。「この女がわたしに唾を吐きかけて、襲ってきた。ハロペリドールを三ミリグラム持ってこい。今回は錠剤は使わない。この哀れな女を落ち着かせてやらねば」

そうじゃない。これ以上その薬を与えられたら、死んでしまう。彼女にはそれがわかった。なぜかわかった。よろよろと立ちあがり、横長の窓に向かって走り、叫び声を背中にして、ガラスに体当たりした。次の瞬間、体が宙に浮き、白いガラスの破片をまき散らしながら、美しい芝生の上空を舞い、恐ろしい場所、恐ろしい男から遠ざかった。気がつくと、もう飛んでいなかった。悲鳴が聞こえ、それが自分の口から放たれているのを知った。次に感じたのは痛み。痛みに引きずられるまま、暗く美しい無の世界へと引きずりこまれた。

でも、悲鳴は続いている。おかしい。意識がなければ、悲鳴はあげられないはずなのに。

次の悲鳴で、はっとして目を覚ました。サリーはがばっと起きあがり、悲鳴を聞こうと耳をすませた。あの悲鳴は夢のなかではなく、ここ、コーブのアマベルの家で聞こえたものだ。

身じろぎもせずに、ただ待った。猫なの？　いいえ、人間の、痛みによる悲鳴だ。この一年、痛みを訴える悲鳴を聞きつづけてきたサリーには、聞きまちがえようがなかった。

誰の悲鳴なの？　アマベル？　動きたくなかったが、前夜九時にアマベルがかけてくれた三枚のブランケットの下から抜けだした。狭い寝室は冷えこみが厳しく、魔女の大釜の底のようにまっ暗だった。バスローブはないので、身につけているのは、ランツ社製の丈の長いフランネルのナイトガウン一枚だ。スコットはナイトガウンを嫌った……いいえ、スコットのことは忘れるのよ。彼のことなどどうでもいい。ずっと前からどうでもよかった。

闇に塗りこめられた部屋のなかを、出入口まで進み、そっとドアを押し開いた。狭い廊下も同じくらい暗い。サリーはじっくり待った。もう悲鳴は聞きたくないけれど、また聞こえるのはわかっていた。あれは痛みを訴える悲鳴だった。驚きも含まれていたかもしれないが、いまとなってはわからない。待つしかない。そのうちかならず聞こえる。靴下のままアマベルの寝室に向かった。

何かにつまずいたとき、ふたたび悲鳴が聞こえ、テーブルで腰を打った。悲鳴は外から聞こえてきた。まちがいない。アマベルでないことを神に感謝した。おばに訊けば、どうしたらいいか教えてくれるだろう。

どうしてあんな悲鳴が聞こえるのだろう？　テーブルを壁に戻しながら、腰をさすった。

ふいにアマベルの寝室のドアが開いた。「なんの騒ぎ？　あなたなの、サリー？」

「ええ、アマベル」小声で答えた。「悲鳴が聞こえたものだから、あなたかもしれないと思って。なんなのかしら？」

「あたしには聞こえなかったけど」アマベルは言った。「ベッドに戻りなさい。疲れてるせいで、悪い夢が尾を引いたんでしょう。ほら、そんなまっ青な顔をして。木工細工の人形みたいよ。悪夢を見たのね？」

そのとおりだったので、サリーはうなずいた。だが、あの悲鳴は何度も聞こえた。あれは夢の一部などではない。憎んでやまない記憶なのに、人の弱みにつけこむように、眠るとかならず夢となって浮かびあがってくる。

「ほら、ベッドに戻って。かわいそうに、木の葉みたいに震えてるじゃないの。さっさと戻りなさい」

「でも、二度も聞こえたのよ、アマベル。あなたかと思ったけど、そうじゃなかった。家の外から聞こえてきたから」

「いいえ、ベイビー、外には何もありゃしないわ。疲れがひどいせいよ。この数日のあいだにいろんなことがあったんだから、ローリングストーンズが大声でがなりたてる声が聞こえないのが不思議なくらい。さあ、何もないから、サリー。ただの悪夢よ。いいこと、ここはコーブなの。事件には無縁の町なの。何かが聞こえたとしても、ただの風のいたずら。海からの風が、たまに人の泣き声みたいに聞こえるの。じきにあなたも慣れるわ。あたしが言うんだから確かよ。悲鳴なんか聞こえなかったから、ベッドに戻りなさい」

サリーはベッドに戻った。横たえた体をこわばらせ、ふたたび声が聞こえるのを待った。

泣いたら涙が凍えそうなほど、厳しい寒さだった。ドアが静かに開いて閉まる音が、たしかに聞こえた。けれど、確認しにいく勇気はなかった。

ほっと体の力を抜き、ふたたびこわばらせて、恐ろしい悲鳴を待った。だが、何も聞こえてこなかった。アマベルの言うとおりなのかもしれない。疲れきっているし、夢も見ていた。しかもぞっとするほど不愉快でリアルな夢だった。偏執症なり、精神疾患なりを患っているのかもしれない。この半年、始終そんな病名で呼ばれていた。そこでふと疑問が浮かんだ――悲鳴をあげている人を見るようなことがあったら、それもやっぱり病気のせい、この頭がつくりあげたただの幻想なのだろうか? たぶんそうなのだろう。いや、いまから心配するのはやめよう。胸が苦しくなる。明け方近くになって、サリーはふたたび眠りについた。

今度は夢一つ見ない、深い眠りだった。

3

ジェームズ・ライリー・クインランは俄然《がぜん》、エネルギーが湧いてくるのを感じた。二十分前にくらべると、体がはちきれそうなほどだ。あの女がここにいるのを手応えとして感じる。いつもこんな感じだった。勘というより、感覚。子どものときから一貫して、唐突に湧いてくるその感覚を追いかけてきた。感じないことも一、二度あり、そのときはひどい目に遭わされた。ここまで時間をかけて追ってきた。勘違いならば、痛手は大きい。だが、まちがいない。彼女はこの磨きあげられたような小さな町にいる。

いやな町だ。まるでハリウッドのセットのようにほころびがなく、テレサの故郷の町に似ている。地元の判事の娘であるテレサ・ラグランと結婚するためオハイオの小さな田舎町へ行ったときも、これと似たような印象を受け、嫌悪感に胸がもやもやした。

クインランはグレーのビュイック・リーガルを、しっかりと区画分けされた駐車場に入れた。その前にある世界一のアイスクリーム屋には、板ガラスのはまった大きな窓が二つあり、窓枠がぐるっと空色に塗られていた。店内に丸テーブルと、古めかしい錬鉄製の白い椅子が置いてある。カウンターの奥にいるのは年配の女で、カウンターに置いたカートンからチョコレートアイスクリームをすくいながら、男と話をしている。店の表側はまっ白に塗装されていた。町の印象同様、古風な趣のある小さな店だが、なぜか、その店構えがクインランには気に入らなかった。

セダンから降り、周囲を見まわした。アイスクリーム屋の隣りは小さなよろず屋で、ビクトリア時代から直接持ってきたような装飾文字の看板が掲げてあった。〈パーン・デービス――お望みの品は当店にて〉

アイスクリーム屋の逆隣りは、小さいながら高級そうなしゃれた衣料品店で、ほかの建物と同じように西海岸の高級住宅街にありそうだった。店の名前は〈親しき眩惑《インティメット・ディセプション》〉。白い肌か白いシーツに映える黒いレースのイメージを浮かびあがらせる名前だ。

歩道は真新しく、きれいに舗装された道路には、雨水の溜まる轍《わだち》一つ見あたらない。駐車スペースはすべて太い白線で区切られ、薄れている線は一本もない。ドライブインにならぶ家々は新しく、まちがいなくつい最近建てられたものだ。町なかには金物屋に、看板を支えるのが精いっぱいの小さな〈セーフウェイ〉、〈マクドナルド〉、クリーニング店、一時間で現像できる写真店、ごく控えめな金色のアーチのある〈マクドナルド〉が一軒ずつある。

小さいながら、豊かさを感じさせる古めかしくて完璧な町。

鍵束を上着のポケットにしまった。まずは宿を確保しなければならない。通りの向こうに〈テルマのB&B〉という看板があった。看板にも店名にも、もったいぶったところがない。後部座席から黒い旅行鞄《かばん》を引っぱりだし、ビクトリア朝様式の大きくて白い建物に向かった。

奥行きのあるポーチがぐるりと囲み、お菓子の家のようだ。丸い塔の一つに部屋が空いているといいのだが、とクインランは思った。

古い建物ながら、手入れが行き届いていた。白い下見板には輝きがあり、淡い青色と黄色の窓枠とコーニスは、最近塗り替えられたようだ。木造ポーチの床に張ってある幅広の厚板は、クインランがのってもびくともしない。床板は真新しく、オークの無垢《むく》材の手すりはがっしりしていた。

玄関ホールに入ると、クルミ材でできたアンティークのカウンターの奥に五十代後半の笑顔の女がいた。ジェームズ・クインランと名乗り、小麦粉まみれのエプロンをつけている女に、部屋を探している、できれば塔の部屋がいい、と伝えた。そのとき、背後から老人のしゃがれ声がした。ふり返ると、闊達《かったつ》そうな老婦人が広々としたリビングの戸口でアンティークのロッキングチェアを揺らしていた。日記とおぼしき本を片手で顔の前に掲げ、もう一方の手に万年筆を持っている。ちょくちょく万年筆のペン先を舐《な》めるせいで、舌先に大きな黒い染みができていた。

「こんにちは、奥さん」クインランは老婦人にうなずきかけた。「インクに有害物質が入ってないといいですね」

「有害だとしても、死にませんよ」カウンターの女が言った。「すっかり免疫ができてるでしょうから。一九四〇年代に夫婦でコーブに引っ越してきたときから、テルマは舌に黒いインクの染みをつくりながら、日記をつけてきたんです」

老婦人はふたたび甲高い声を張りあげた。「あたしはテルマ・ネットロ。まだお嫁さんはいないのかい、坊や？」

「いくら年寄りだからって、それはぶしつけな質問ってもんですよ、奥さん」

テルマは聞こえないふりをした。「で、コーブで何をしておいでだい？　世界一のアイスクリームを食べにおいでかね？」

「さっき看板を見たんで、あとで試してみます」

「ピーチがいいよ。ヘレンが先週つくったばかりだからね。そりゃあ、うまいから。アイスが目当てじゃないとすると、何をしにおいでだい？」

ほらきた、とクインランは思った。「おれは私立探偵なんです、奥さん。クライアントの両親が三年半前にこのあたりでいなくなりましてね。警察の捜査じゃらちがあかなかったんで、真相究明のために息子さんがおれを雇ったんです」

「老人の二人連れ？」

「ええ。二人はキャンピングカーのウィネベーゴで国内を旅行してまわってました。ウィネベーゴはスポーカンの中古車置き場で見つかりました。犯罪の匂いはしたものの、証拠が何も見つかりませんでね」

「だったら、なんでコーブなんかに？　ここは事件なんて無縁だよ。亭主のボビーにも昔話したことがある。ボビーは一九五六年にアイゼンハワーが再選された直後に死んだんだけどね、この小さな町は全盛期なしに、なんとなく続いてきた。当時何があったか、話してあげよう。ポートランドのとある銀行家が海岸沿いの土地を買い占めて、休暇用のコテージを建てた。高速一〇一号から二車線の道を海までまっすぐ走らせた」テルマは言葉を切り、ペン先を舐めて、ため息をついた。「一九六〇年代になると、町じゅうががたがたになって、みんながコテージを捨てて、出てった。思うに、この町に飽きたんだろう。そんな町だからね、あんたがここに滞在する理由なんてないんだよ」

「この町を基点にして、ここから捜しにでようと思ってます。ひょっとすると、あなたもその老夫婦を覚えていらっしゃるかもしれないな、奥さん――」

「だから、あたしの名はテルマだよ。この世のなかに奥さんはごまんといるが、あたしは一人きり、テルマ・ネットロだからね。何年か前にスパイバー先生から死亡確定の宣告を受けたんだが、先生のほうがまちがってたんだよ。まったく、あのときのラルフ・キートンの顔を見せてやりたいよ！　ラルフの葬儀屋で埋葬の準備に取りかかろうとした矢先、あたしが起きあがって、何してるんだと尋ねると、ラルフは跳びあがって驚いた。そうとも、あんな見ものはめったにない。恐怖のあまり、身を守ってもらおうと大声を出しながら、ハル・ボルヒース師を呼びに走ったんだよ。だから、あたしのことはテルマって呼んどくれ、坊や」

「ひょっとすると、あなたならあの老夫婦を覚えておられるかもしれないな、テルマ。ご主人がハーブ・ジェンセン、奥さんがマージといって、息子さんによると、感じのいい老夫婦だったそうです。それに、たいへんなアイスクリーム好きだったとか」それぐらい言っても、ばちは当たるまい。多少は物議をかもしてやろう。正確に言うと、そのひと言でもっともらしくなる。それに、誰だってアイスクリームは好きだ。あとで試してみなければ。

「ハーブ・ジェンセンとマージねえ」テルマは名前をくり返した。椅子の揺れが大きくなり、血管と染みの浮きでた手で、椅子の肘掛けをくり返し握っている。「そんな名の老夫婦には覚えがないねえ。ウィネベーゴに乗ってたってかい？　それより、ヘレンのピーチアイスクリームをコーンで試してごらん」

「すぐに食べてみます。一〇一Ａの曲がり角にある看板、あれ、いいですね。いかにもチョコレートたっぷりのアイスクリームって感じの、絶妙な茶色に塗ってある。ええ、老夫婦はウィネベーゴに乗ってました」

「あの看板のおかげで、人がわんさとやってくる。州のお役人に看板をはずせって言われたんだけどね、ガス・アイズナーって町民が、州知事のいとこと知りあいなんで、うまく話をまとめてくれたんだよ。看板の掲示代として年に三〇〇ドルを州に払うことになったんだ。毎年七月になると、アマベルが色を塗りなおす。最初にオープンしたのが七月だったから、記念日のお祝いみたいなもんさ。パーン・デービスはチョコレートアイスクリームの色が濃すぎるって文句をつけてるが、誰も聞いちゃいない。パーンは未亡人になったアマベルを嫁にもらいたがったのに、彼女に袖《そで》にされたんだよ。それをまだ根に持ってんだから、ねちっこい男だろ？」

「そうですね」クインランは答えた。

「チョコレート色が完璧だって、アマベルに言ってやっとくれ。きっと喜ぶよ」

アマベル。アマベル・パーディ――あの女のおばだ。

カウンターの奥にいる小太りで銀髪の女が、咳払いをした。クインランがふり返ると、笑顔を浮かべた。

「なんて言ったんだい、マーサ？　大きな声を出しとくれ。あたしは耳が遠いんだよ」

よく言う、とクインランは思った。このご婦人になら、町内で語られたことがすべて耳に入るだろう。

「それとね、真珠をいじくりまわすのは、おやめよ。何度壊したら気がすむんだい？」

言われてみれば、マーサの真珠のネックレスは少し傷《いた》んでいるようだった。

「マーサ、おまえはどうしたいの？」

「クインランさんに投宿の手続きをしてもらいたいのよ、テルマ。そのあとチョコレートたっぷりのリッチなケーキを焼いて、ドラッパーさんと昼食の予定よ。でも、その前にクインランさんにまず落ち着いていただかないと」

「そう。だったら、ぐずぐずしないで、さっさとそうおし。エド・ドラッパーには気をつけるんだよ、マーサ。あの坊やは手が早い。昨日気がついたんだけど、肝斑《かんはん》ができてるよ、マーサ。若いときにセックスに溺《おぼ》れると、肝斑ができるんだってね。そうとも、エド・ドラッパーとのつきあいには、用心おし。そうそう、チョコレートケーキにクルミを入れるのを忘れないどくれよ。あたしはクルミが大好きなんだから」

クインランは向きなおって、やさしそうな顔だちのマーサを見た。硬そうな銀髪と、豊満な腰を持ち、鼻先に眼鏡がのっている。ポケットに手を入れ、くだんの肝斑を隠していた。

老婦人が聞いているのを承知で、笑いながらマーサに話しかけた。「困ったおばあさんのようだね」

「困ったなんてもんじゃありませんよ、クインランさん」マーサがひそひそと言う。「手を焼いてます。エド・ドラッパーなんて、もう六十三歳なんですよ」そこで声を張りあげた。「わかってるわ、テルマ。かならずクルミを入れるから心配しないで」

「六十三は若いですよ」クインランはマーサに笑いかけた。セックスには無縁のような顔をしている。マーサはふたたび真珠のネックレスをいじりだした。

マーサが海を一望できる塔の部屋を立ち去ると、クインランは窓辺に立って景色に目を凝らした。だが、見たいのは燦々《さんさん》と降りそそぐ午後の陽射しを照り返して輝くまっ青な宝石のような海原ではなかった。通りの向こうのパーン・デービスの店の真ん前に、四人の老人がたむろしていた。椅子を出してきて、クインランの祖父と同じくらい高齢そうなオークの樽《たる》の周囲にならべ、うち一人がカードを取りだした。どうやら昔から続いている儀式らしい。男の一人がカードを配り、歩道に唾を吐いた。別の一人は、曲がった指をサスペンダーに引っかけ、ふんぞり返っている。やはり、長年の儀式なのだろう。あのうちの一人が、結婚を断わられた腹いせに、アマベルのチョコレート色に文句をつけたというパーン・デービスだろうか。ハル・ボルヒース師もあそこにいるのか？　まさか。聖職者があんなところで、唾を吐きながら、カード遊びに興じているわけがない。

あせる必要はない。そのうち名前と顔が一致する。クインランがここにいる理由を疑う者はおらず、彼らにもジェンセン夫妻の失踪について尋ねなければならない。会った人すべてに尋ねてまわっても、なんの疑いも招かない。

次の給料を賭《か》けてもいい。この老人たちは町のなかで起きたことを一つ残らず知っている。逃げこんできた女のことも。こともあろうに、この女の父親は殺されただけでなく、きわめて悪質なビジネスに手を染めていた。その女のおばがアマベル・パーディだった。

エーモリー・シジョンには生きていてもらいたかった。死ぬのなら、せめて彼がテロリスト国家に武器を売りつけている証拠をFBIがつかんでからにしてもらいたかった。

クインランは窓に背を向けて、眉をひそめた。ジェンセン夫妻のことには、まったく興味がなかった——テルマ・ネットロと話をするまでは。医者から死を宣告されながら、葬儀の前に目を覚まして、ラルフ・キートンを恐怖のどん底に突き落としたというテルマは、嘘をついていた。

ジェンセン夫妻の行方を探るというのは、アシスタントが考えだしてくれた表向きの口実だった。信憑性《しんぴょう》のある口実ですよ、とアシスタントは言った。この夫婦がコーブを含むハイウエイの途上で忽然《こつぜん》と姿を消したのは、厳然たる事実だからだ。

では、テルマはなぜ嘘をついたのか。どんな理由がありうるだろう？　こうなると、にわかに興味が湧いてくる。時間がないのが残念なほどだ。謎はクインランの生きがいだった。謎解きにかけては超一流。少なくともベッドでのテレサはそう言ってくれた。その後、テレサは犯罪者と逃げた。犯人はクインランによって逮捕されたものの、テレサの弁護によって法の網の目をすり抜けた。

クインランはズボンとシャツをハンガーにかけ、美しいアンティークのドレッサーのいちばん上の抽斗《ひきだし》に下着をしまった。洗面用具を置こうとバスルームに向かうと、嬉しい驚きが待っていた。そこはピンク色の網目模様の入った総大理石張りの広々とした空間で、節水機能つきの便器を含む近代的な設備が整っている。バスタブは大きく、好みに応じてシャワーも使えるよう、カーテンで囲めるようになっていた。

テルマ・ネットロという老婦人は、生粋の快楽主義者らしい。猫脚のタブを望む女ではない。こんなバスルームに改装するだけの費用がいったいどこから出てきたのだろう。クインランが知るかぎり、ほかに客はいなかった。

コーブにはレストランが一軒だけあった。〈ヒンターランズ〉という名の小さな気取ったカフェで、窓辺には赤と白のきれいなチューリップのボックスが置いてある。メインストリートにならぶほかの建物とは違い、海に面する小道沿いにあった。レンガ敷きの私道と切妻屋根の魅力的なことは、胸が痛くなるほどだが、ただの飾りとしてあとからつけ加えられたものであることは、見れば明らかだった。

タラとスズキの料理があった。タラとスズキだけ——揚げるか、茹《ゆ》でるか、オーブンまたは直火で焼くか。魚と名のつくものがすべて嫌いなクインランは、小さなサラダバーにあるものを手当たりしだいに食べ、これからは〈セーフウェイ〉のデリを利用するしかないと悟った。だが、あの小さな〈セーフウェイ〉にデリがあるだろうか？

白いブラウスの胸元を紐《ひも》で締め、くるぶし丈のスカートをはいた年配のウェイトレスが言った。「今週は魚の週なんです。ジークが言うにはこんがらがるとかで、いっぺんにいろいろつくれないんです。来週の月曜日にお越しいただいたら、また別の料理をお出しできます。マッシュポテトと、お野菜はいかがでした？」

マーサとエド・ドラッパーが見るからに楽しげに、タラのフライとコールスロー、マッシュポテトの食事をしていた。クインランはマーサにうなずきかけた。晴れやかな笑みを返してくれたが、眼鏡をはめていないから、こちらの顔は見えていないのだろう。左手は真珠のネックレスをいじっていた。

昼食がすむと、樽を台にしてカードをする四人の老人のもとに向かった。世界一のアイスクリーム屋の前には、十台近い車が停まっている。人気の場所らしい。ハーブとマージもこの町に立ち寄ったとき、ここに車を停めたのか。たぶんそうだ。そのときテルマはしょぼついた目をひくつかせ、老いた手をぎゅっと握りしめたのだろう。スーザン・シジョン・ブレーナードを追いつめる前に、地元民と知りあったほうがよさそうだ。

彼女を見つけたときどうするか、クインランはまだ決めていなかった。知りたいのは真実。ただ彼女から真実を聞きだしたかった。そして聞きだしてみせる。いつもそうしてきた。それがすんだら、もう一つの謎に挑戦してもいい。それが謎であるかぎり。

十分後、クインランは老人たちのことを考えながら、世界一のアイスクリーム屋のドアをくぐった。テルマ・ネットロと同じように、嘘のへたな老人たちだった。ただテルマとは違い、四人は黙って目を見交わし、悲しげに首を振った。クインランがハーブの名前をくり返すと、老人の一人が唾を吐いた。それがパーン・デービスだった。椅子にふんぞり返っていた男は、ウィネベーゴはおれの憧れの車だと言った。この男の名前はガス・アイズナーといった。別の一人がガスは車輪のあるものならなんでも直して、走らせることができると言い、もう一人はクインランの目を避けていた。この二人については名前を覚えられなかった。

彼らの態度が物語っていた。ジェンセン夫妻に何があったにしろ、これまでに会った住民はみな、それがなんだか知っている。クインランは世界一のアイスクリームを食べるのが楽しみだった。

この町についたとき目にしたのと同じ年配の女が、看板を見て寄り道したらしい旅行中の家族連れのために、ピーチとおぼしきアイスクリームをすくっていた。

子どもたちがぴょんぴょん跳ねながら、叫んでいる。少年はコーブチョコレート、少女はフレンチバニラを欲しがっていた。

「六種類しかないの？」母親が尋ねた。

「ええ、六種類です。季節に応じて変えてましてね。なにせ、大量生産品ではないので」

そのうちに少年がブルーベリー味が食べたいとごねだした。チョコレートの色が濃すぎるというのだ。

カウンターの女は少年を見おろして言った。「ないものはないのよ。ほかの味にするか、じゃなきゃ、黙ってなさい」

母親が目をみはって息を呑んだ。「うちの息子にそんなこと言うなんて許せない。だってこの子は——」

店の女は笑顔を返し、レースの白い帽子をまっすぐにかぶりなおした。「この子はなんですか、奥さん？」

「わがままぼうずさ」父親が言い、息子を見た。「何がいいんだ、ミッキー？　ほら、ここに六種類あるだろ。一つ選べないんなら、おまえには買ってやらんぞ」

「あたしはフレンチバニラがいい」少女が言った。「ミッキーには虫にして」

「よしなさい、ジュリー」母親は手渡されたコーンのアイスクリームをひと舐めした。「あら、おいしい。生のピーチの味よ、リック。新鮮なピーチを使うなんて、素晴らしいわ」

カウンターの女は今度も笑顔になった。少年はチョコレートのトリプルコーンにした。

ようやくその家族が店を出ていった。

「さあ、なんにしましょう？」

クインランは答えた。「じゃ、ピーチをコーンで頼むよ」

「この町にははじめてですね」女は大きなアイスクリーム容器から、アイスをすくった。

「旅行中に立ち寄られたんですか？」

「いや」コーンを受け取りながら答えた。「しばらくここに滞在するよ。ハーブ・ジェンセンとマージって夫婦を捜してるんだ」

「聞いたことのない名前ですねえ」

アイスクリームをひと舐めした。ピーチの甘さが喉を下る。この女は嘘がうまい。「あのご婦人の言ったとおりだな。すごくうまいよ」

「ありがとうございます。マージにハーブねえ――」

テルマとマーサと四人組の老人に語った話をもう一度くり返した。話し終わると、手を差しだした。「おれはジェームズ・クインラン。ロサンゼルスで私立探偵をしてる」

「シェリー・ボルヒース、夫は牧師のハロルド・ボルヒース師です。だいたいの日は、ここで四時間のシフトを担当してます」

「よろしく、奥さん。アイスクリームをおごらせてもらっていいかな?」

「いえ、そんな。わたしにはアイスティーがあるんで」シェリーは大きなプラスチックのコップに口をつけた。やけに色の薄いアイスティーだった。

「なんなら、おれもアイスティーをもらおうかな」クインランは言った。

シェリーがウインクをしてよこす。「悪いけど、お客さん。わたしのアイスティーは口に合わないだろうし、アイスティーはこれ一種類しかないんですよ」

「じゃあ、アイスクリームだけにしておくよ。で、マージとハーブのことを聞いたことはないかい? 三年ぐらい前に、ここを通ったかもしれないんだ。ウィネベーゴに乗ってた」

ハンサムな男だこと、とシェリーは思った。ジェームズ・ボンドの映画で二回主演を演じたイギリス人俳優のような顔だちだけれど、アメリカ人のこの男のほうが長身だし、体格もいい。顎のへこみがとりわけ魅力的だった。シェリーは昔から、男はあの小さなへこみのヒゲをどうやって剃《そ》るのか不思議だった。そしていま、この男前はあの老夫婦について知りたがっている。自分の目の前に立ち、ピーチアイスクリームを舐めながら。

「ここのアイスクリーム目当てに、コーブにはたくさんの人が来ますからね」笑顔のまま答えた。「いちいち覚えてられませんよ。それに三年前のこととなると……わたしぐらいの歳になると、先週の火曜日の夕食に亭主に何を料理してやったかも怪しいくらいで」

「それでも、考えてもらえないかな、ミセス・ボルヒース。おれはテルマのB&Bに泊まってる」ドアベルの音を聞いて、クインランはふり返った。中年の女が入ってきた。マーサとは違い、ヒッピーのようだ。頭に赤いスカーフを巻き、厚手のウールの靴下に靴はビルケンシュトック。長いスカートはオーガニックコットン地らしく、ジャケットは深紅のウールだった。黒い瞳が美しい。この町でいちばん若い住民だろう。

「こんにちは、シェリー」彼女は言った。「交替するわ」

「ありがとう、アマベル。そうそう、こちら、ジェームズ・クインラン。クインランさん、彼女はアマベル・パーディよ。ロサンゼルスの私立探偵さんでね、アマベル、アイスクリームを買いにコーブに立ち寄ったらしい老夫婦を捜しにきたんですって。なんて名前でしたっけ？　そうそう、ハーブとマージ」

アマベルは黒くエキゾチックな眉を吊りあげて、クインランを見た。身じろぎもせず黙って見つめる彼女には、まったくあわてるようすがなかった。

そうか、この女が彼女のおばか。運がいい。ここにいてくれれば、家にはサリー・ブレーナード一人だ。アマベル・パーディ、芸術家。元ヒッピーにして、元教師。彼女が未亡人であることも、クインランは知っていた。遠い昔にソーホーで出会った亡き夫も、やはり芸術家だった。作品数は多くない。十七年ほど前に死んだから。その後、彼女がパーン・デービスを振ったことも、いまのクインランは知っている。姪とはまったく似ていないことを、印象として記憶に留めた。

「ハーブとマージって名前の老夫婦は、記憶にないわね」アマベルが言った。「いま奥で着替えてくるから、シェリー、あなたは帰ってて」

これまで会ったなかでいちばんの嘘つきだ。クインランは面倒な好奇心を押しこめた。ここでこだわってはいられない。解決すべきはサリー・ブレーナードの謎だけだ。

「姪御さんはどうしてるの、アマベル？」

シェリーはアイスティーの飲みすぎだ、とアマベルは思った。そのせいで口がすべる。それでも、愛想よく答えた。「元気になってきたわ。ただの旅疲れだったみたい」

「そう、そうよね」シェリーはあいかわらず大きなプラスチックに入った液体をちびちびやりながら、クインランに笑いかけた。そうそう、あのイギリス人の俳優は、ティモシー・ダルトンという名前だった。きれいな俳優さんだ。ジェームズ・クインランのほうが、もっとすてきだけど。「コーブにはたいしてやることがないから、きっと一週間もいられませんよ」

「どうかな？」クインランはナプキンを白いゴミ入れに捨てて、店を出た。

次の立ち寄り先はアマベル・パーディの自宅、メインストリートとコンロイ・ストリートの角にある小さな白い家だった。本腰を入れて仕事に取りかかるときが来ている。

枠つきの白いドアをノックしたとき、なかから家具が倒れたような大きな音がした。さらに強くドアをノックした。恐怖に引きつった女の悲鳴が聞こえた。

ノブをまわすと、鍵がかかっていた。しかたがない。クインランが肩をつけて思いきり押すと、ドアが内側に開いた。

床に膝をつくスーザン・シジョン・ブレーナードが目に入った。隣りに転がった電話から、発信音が漏れている。こぶしを口にあてているから、自分の悲鳴に恐れをなしたのだろう。あるいは、悲鳴を聞かれることを恐れたか。いずれにせよ、クインランはその悲鳴を聞き、いま家のなかにいた。

クインランがアマベルの狭いリビングに飛びこむや、スーザンは銃口でも向けられたように壁に体を押しつけ、こぶしをはずした口からふたたび悲鳴を放った。

耳を聾《ろう》するほどの悲鳴だった。

4

「やめろ」クインランはどなりつけた。「いったいどうしたんだ？　何があった？」

サリーにはこうなることがわかっていた。はじめて見る男。この町の住人とは違い老人ではなかった。ここの人間でない。ここまで追ってきた。ワシントンかあの恐ろしい場所に自分を連れ戻すためだ。そう、ビーダーマイヤーに雇われたのかもしれない。きっとそうだ。あそこには戻れない。サリーは自分を見おろす大男を見つめた。おかしな目つき。まるで本気で心配しているみたいだけれど、そうじゃないのはわかっている。そんなふりをしているだけだ。自分を傷つけるために、ここまで追ってきた男だった。

「電話」サリーは言った。どうせ死ぬのなら、何を言っても関係ない。「誰かが電話してきて、怖い思いをさせられたの」

話しながらそろそろと立ちあがり、男から離れようとした。

クインランはそんな彼女を見ていた。銃を持っているのか？　その銃を取りに走るつもりか？　面倒なことになるのはごめんなので、彼女に飛びかかり、左手をつかんだ。彼女は悲鳴をあげ、身をよじって、逃れようとした。

「おい、きみを傷つけるつもりはないぞ」

「やめて！　あなたとは絶対に行かない。消えてったら」

肩を震わせて泣き、必死にあらがっている。天晴《あっぱ》れな抵抗ぶりだった。こぶしをくらわされたみぞおちはひどく痛むし、いまは脚をあげて、膝蹴《げ》りをくらわそうとしている。

彼女を背後から抱きすくめ、静かになるのを待った。抵抗がやんだ。もう傷つけられないだろう。彼女は軽量級ながら、こぶしをくらったみぞおちの痛みは本物だった。

「きみを傷つけるつもりはない」穏やかな低音でもう一度伝えた。FBIでも、クインランは面談のうまさでは定評があった。適切な声音が出せるからだ。相手をなごませるやさしい声も、凄みを利かせた恫喝《どうかつ》も、必要に応じて思いのままだった。

いまはやさしく気楽な調子を心がけた。「悲鳴が聞こえたんで、きみが誰かに襲われたんだと思った。つまりおれは、ヒーローになりたかっただけなのさ」

サリーがなりをひそめた。背中をクインランの胸につけたまま、立ちつくした。静まり返った部屋に、発信音だけが鳴っている。

「ヒーロー？」

「そうさ、ヒーローだ。で、もう大丈夫か？」

彼女がうなずいた。「ほんとにわたしを痛めつけにきたんじゃないのね？」

「ああ。たまたま通りかかったら、きみの悲鳴が聞こえた」

ほっとしたのだろう、彼女の体から力が抜けた。クインランの話を信じたのだ。さて、彼女はどう出るか。

　クインランは彼女を放すや、一歩下がり、かがんで電話を拾うと、受話器を架台に戻して、テーブルに置いた。

「ごめんなさい」彼女は自分の体に腕を巻きつけた。聖職者のカラーのようにまっ白な顔をしている。「ところで、あなたはどなた？　アマベルに会いにいらしたの？」

「いいや。誰からの電話だったんだ？　猥褻《わいせつ》な電話だったのか？」

「父からよ」

　クインランは彼女を見つめないようにした。へたをすると、笑いだしてしまいそうだ。父親？　よしてくれよ。きみの父親なら、たくさんの参列者に囲まれて、二日前に埋葬されたぞ。ＦＢＩが捜査にのりだしていなければ、大統領も参列していただろう。クインランは方針を決め、それに従って発言した。「きみの父親だが、いい人じゃないみたいだな？」

「ええ、そうよ。でも、問題はそういうことじゃない。もう死んだ人なの」

　クインランは彼女のファイルを隅々まで読んでいた。彼女に自制心を失わせることだけは避けなければならない。彼女は見つかり、こうして目の前にいるが、見るからに追いつめられている。常軌を逸した女はいらない。正気でいてもらわなければならない。だからやさしい声でゆっくりと話し、全身から穏やかさを漂わせた。「そんなことはありえない」

「わかってる。でも、父の声だった」手で腕をこすり、電話を見つめて、何かを待っている。死んだ父親がまた電話をかけてくるのを待っているのか？　顔は恐怖に引きつっているが、それ以上に、混乱の色が濃かった。

「で、なんと言ったんだ？　きみの死んだ父親に似た声の男は？」

「父の声だった。あの声を聞きまちがえるわけがない」腕をこする手に力が入った。「ここへ来ると言ったわ。すぐにわたしのところへ来て、どうにかしてやるって」

「どうにかするって、何を？」

「わたしを」彼女は言った。「わたしの面倒をみるために、ここへ来るって」

「ブランデーはあるか？」

彼女がさっと顔を上げた。「ブランデー？」にこっとして、笑い声をあげた。小さなかすれ声だったが、笑い声ではあった。「わたしが昨日ここへ来てから、おばがわたしのお茶に垂らしてるものよ。ええ、ブランデーならあるわ。でも、ブランデーがなくても、わたしは物置からほうきを取りだして、どっかへ飛び去ったりしないけど」

クインランは手を差しだした。「それを聞いて安心したよ。ジェームズ・クインランだ」

サリーはその手を見た。手の甲に黒い毛の生えた逞《たくま》しい手。長い指の先に、短くてきれいに手入れされた爪がある。アマベルのようなアーティストの手ではないけれど、有能そうな手だ。スコットの手とも違う。それでも、ジェームズ・クインランと握手したくなかった。きれいにしていない自分の手を見られたくない。だが、避けられなかった。

握手をするや、さっと手を引っこめた。「サリー・シジョンよ。コーブにはおばのアマベル・パーディを訪ねてきたの」

シジョン。結婚前の名前に戻しただけか。「さっき世界一のアイスクリーム屋で彼女に会ったよ。幌馬車に住み、夜は焚《た》き火を囲んで占いをし、ベールをかぶって踊りそうな人だな」

彼女はもう一度、笑い声らしきものをあげた。「ここへ来たとき、わたしも同じことを思ったわ。七歳のとき以来、会ってなかったの。いつタロットカードを取りだすかと思ったんだけど、そんなんじゃなくて、よかった」

「なぜだ？　タロットの名人かもしれないだろ。曖昧《あいまい》なのは、いやなもんだ」

だが、彼女は首を振っていた。「はっきりしてるよりは、曖昧なままのほうがいい。何が起きるかわからないほうが、わたしにはまし。どうせいいことじゃないもの」

やはり、彼女には正体を隠したほうがよさそうだ。彼女の言うとおり、彼女の身にろくでもないことが起こると伝えるようなものだ。彼女が父親を殺したのかどうか、あるいは母親を守るために遠いこの町まで逃げてきたのかどうかは、わからない。捜査局では取引上のいざこざが原因だと考えている。エーモリー・シジョンが騙してはいけない連中を騙した結果なのだろう、と。だが、クインランはこの見解に与《くみ》せず、一人ここにのりこんできたのは、そのためだった。「おれはブランデーが大好きでね」

「あなたは何者なの？」

クインランはすらすらと答えた。「ロサンゼルスから来た私立探偵だよ。ある男に雇われて、その男の両親を捜してる。三年ほど前に、このあたりで姿を消したそうだ」

彼女はその発言を吟味していた。嘘かどうか見きわめようとしている。この口実が優れているのは真実だからだが、クインランにとっては同じことだ。嘘をつくのは得意だった。自分の声が彼女に届いているのを感じることができた。

彼女はひどく痩せているうえに、いまだ青ざめていた。電話の恐怖によって色を失ってしまった。父親が彼女の面倒をみるためにやってくる？　ありえない。正気でない人間は手に負えない。彼女が取り乱したらどうしたらいいのだろう？

「そう」彼女がようやく口を開いた。「こちらへ。キッチンまで来て」

彼女に連れられてキッチンまで行った。四〇年代に迷いこんだようだった。茶系のリノリウムの床には、クインランの年齢よりも古そうな染みがあった。清潔ではあるけれど、流しのあたりの剝がれが目立つ。調理器具も床同様に古くて、同じように清潔だった。クインランがテーブルにつくと、彼女が言った。「テーブルにもたれないでね。不安定だから。ほら、アマベルおばさんは脚の下に雑誌を敷いて、がたつかないようにしてるの」

いつからこんな状態なのだろう。その気になれば簡単に修理できるのに。見ていると、スーザン・シジョン・ブレーナードが水用のコップにブランデーをつごうとしていた。彼女が手を止めて、眉をひそめた。つぐ量がわからないらしい。

「それでいい」クインランは気安げに言った。「ありがとう」彼女が自分用に少しつぐのを待ってから、コップを掲げた。「助かるよ。きみのせいで肝を冷やした。会えて嬉しいよ、スーザン・シジョン」

「わたしもよ、ミスター・クインラン。わたしのことはサリーと呼んで」

「わかった——サリー。あんなに大騒ぎした仲なんだから、クインランと呼んでくれないか?」

「わたしの悲鳴を聞いたとしても、あなたは知らない人よ」

「みぞおちを殴ったあのやり方、あんなふうにまたやられるくらいなら、その前にきみを放すよ。どこで習ったんだ?」

「寄宿学校時代に友だちからよ。ジュニアハイスクール一の悪ガキだったお兄さんが、妹にも弱虫であってほしくないからって、ありとあらゆる保身術を教えてくれたんですって」

気がつくと、クインランは彼女の手を見おろしていた。残りの部分と同じように、細くて白かった。彼女は言った。「試したのははじめて。本気でって意味だけど。そうね、何回かは試してみたんだけど、うまくいかなかった。相手が多すぎたの」

彼女が何を言っているかわからないまま、クインランは話を進めた。「死にたくなるくらい、効いたよ。実際のとこ、これから二、三日は足を引きずりそうだ。股ぐらでなくて、助かった」

彼女を観察しながら、ブランデーに口をつけた。どうしたらいいんだ? ここへ来るまでは簡単で、ごく単純なことに思えていた。だが、こうして彼女と向きあい、彼女をエーモリー・シジョン殺害事件の鍵を握る人物としてではなく生身の人間として見ると、もう明快ではなかった。明快でないことがクインランは嫌いだった。「親父さんのことを話してくれ」

彼女が黙って首を振る。

「いいか、サリー。きみの父親は死んだ。いやな父親は死んだんだ。だから、電話をかけてきたのは彼じゃない。だからきみの父親の声を録音しておいたか、彼の声音をうまくまねられる人物がかけてきたかのどちらかだ」

「そうね」彼女の目は、いまだブランデーにそそがれている。

「きみがここにいるのを知っている人物がいて、きみを脅したがっている」

そこで彼女が顔を上げ、なんと笑みを浮かべた。恐怖ともストレスとも無縁の美しい笑顔だった。クインランも思わず笑みを返した。「その人物にしたら大成功ね。すごく怖いもの。殴ったりして、ごめんなさい」

「あんなふうに玄関から飛びこんでこられたら、おれだって、そいつを殴ってるよ」

「さっきの電話が長距離だったかどうか。もし長距離なら、次の方針を決める時間があるんだけど」口を閉じ、体をこわばらせた。動いてはいないが、彼女が心のなかで、自分からゆうに五メートル離れたのをクインランは感じた。「わたしが誰だか知ってるのね？　いままで気づかなかったけど、あなたにはわかってた」

「ああ、知ってるよ」

「どうして？」

「テレビできみの写真を観たし、きみが父親と母親といっしょにいる映像も観た」

「コーブにはわたしの正体に気づく人間はいないと、アマベルは言ってたのに。彼女をのぞくと、テレビを持ってるのは、土に還る寸前のテルマ・ネットロだけだそうよ」

「触れまわるつもりはないから、安心しろ。というより、誰にも言わないと約束する。世界一のアイスクリーム屋できみのおばさんと会った。シェリー・ボルヒースって女性はきみが滞在中だと言ったが、きみのおばさんはきみが誰だか言わなかった」嘘は技術だ、と彼女が自分の発言を吟味しているのを見ながらクインランは思った。コツはできるかぎり真実に近づけること。町の住人の何人かも、このコツをうまく利用しているかもしれない。

彼女はむずかしい顔でコップを握り、リノリウムの床を足で小刻みに叩いていた。

「誰に追われてるんだ?」

今度も彼女は笑顔になったが、これはまやかしの笑顔で、それを裏打ちしている恐怖が匂いたつようだった。ナプキンホルダーに手をやり、テーブルに倒れたナプキンを立てながら彼女は言った。「適当に言ってみて。たぶん、たどっていけばその人がいるから」

彼女はいまそんな相手の一人と向きあっている。これほど、いまいましいことがあるだろうか。クインランはこの状況にうんざりした。もっと簡単だと思っていた。いつになったら、外見にまどわされてはいけないことを学べるのだろう? 彼女の笑顔は美しい。彼女をもっと笑顔にさせてやりたくなった。

だしぬけに彼女が言った。「ここへ来て最初の晩におかしなことがあったわ。ほんの二日前よ。悲鳴が聞こえて、夜中に目が覚めたの。あれは人の悲鳴だった。廊下まで行って、アマベルの無事を確認しようと思ったんだけど、そのときまた悲鳴がして、外からだとわかったの。アマベルには空耳だと言われたわ。恐ろしい夢を見たのは確かだし、夢の形で生々しい記憶を呼び覚まされていたけれど、わたしがその夢から目覚めたのは、悲鳴のせいだった。それはまちがいない。自信がある。それでも、わたしはベッドに戻った。そして、そのあとアマベルが家を出る物音を聞いた。あなたは私立探偵よね。この話を聞いて、どう思う？」

「おれのクライアントになりたいってことか？　おれは高いぞ」

「わたしの父は金持ちだったけれど、わたしは無一文よ」

「ご主人はどうなんだ？　大物弁護士なんだろう？」

彼女がさっと立ちあがった。「そろそろ帰ってくれる、ミスター・クインラン。たぶんそんなだからこそ私立探偵ができるんだろうし、質問をするのはあなたの仕事だけど、立ち入りすぎよ。わたしのことに首を突っこまないで、テレビで観たことは忘れて。ほとんど真実じゃないから。さあ、もう帰って」

「わかった」クインランは応じた。「これから一週間はコーブにいる。きみからおばさんにハーブ・ジェンセンとマージって名の老夫婦のことを尋ねてみてくれないか。二人は赤のウィネベーゴの新車に乗り、たぶん、世界一のアイスクリームを食べるために、この町に立ち寄った。さっきも言ったとおり、おれがここへ来たのは、息子さんからその二人を捜してほしいと依頼されたからだ。二人が消えて三年以上になる」アマベルにはすでに尋ねたが、サリーからも尋ねてもらいたかった。おばが嘘をついていると思うかどうか、サリーの意見を聞きたかったからだ。

「尋ねてみるわ。さよなら、ミスター・クインラン」

クインランは彼女に押しやられるようにして玄関まで行った。古い蝶番《ちょうつがい》ながら、さいわい、まだ壊れていなかった。

「またな、サリー」軽く会釈して、よく手入れされた歩道まで歩いた。

涼しくなってきた。海から強い風が吹きこんでいる。嵐になる前に片付けたいことがたくさんあるので、クインランは足を速めた。さっきの反応からして、旦那の件には触れてはいけないらしい。夫が怖いのか？　結婚指輪ははめていなかったが、あったことを示す白い跡がくっきりと指に残っていた。

大ポカをやらかしてしまった。おれらしくもない。いつもは腫《は》れ物に触るような対応を心がけ、とりわけ彼女のように脆《もろ》くて、崖っぷちでふらついているような相手には気をつけているのだが。

サリー・シジョンに会ったいま、すべてが複雑に見えていた。あの痩せた若い女は、電話をよこした死者に怯えている。

こちらのとんでもない嘘がいつまでばれずにすむだろう。このまま気づかれずにすむ可能性もある。彼女について知っていることはどれも、ＦＢＩの情報ファイルに書いてあった。報道されていないことまで知っているのに気づいたら、彼女は逃げるだろうか？　クインランはそうでないことを祈った。彼女が真夜中に聞いたという悲鳴のことが気にかかる。アマベルの言うとおり、夢を見ただけかもしれない。慣れない場所だと臆病になりがちだし、本人も悪夢を見たと認めている。夢でないと、誰に言いきれるだろう。
通りの両側に立ちならぶ、美しくて小さな家々を見やった。いたるところに花や低木が植えられ、そのすべてを海風から守るべく、背の高い木製の板が西側に立ててある。海からの嵐がありとあらゆる植物を踏みにじる光景が目に浮かぶ。それにあらがうべく、住民たちはがんばっていた。

まだこの町が好きになれないが、もうハリウッドのセットには見えない。オハイオ州にあるテレサの故郷の町とも、まったく違う。この町には現状に満足している雰囲気があり、それがクインランをも呑みこんだ。住民の一人ひとりが自分たちの町が清潔で美しく、古風な趣をもつのを自覚しているのだろう。この町の人たちは自分たちの望みを明らかにし、それを実現した。本物の魅力と活力を備えた町であることは認めざるをえないにしろ、三時間前にここに来て以来、一人として子どもや若者を見ていなかった。

嵐になったのは、夜も更けた時刻だった。風がうなり声をあげ、窓をがたがた揺さぶった。サリーは山のようなブランケットの下で震えながら、こけら板の屋根にまっすぐ降りそそぐ雨音を聞いていた。屋根に穴が空いていませんように。アマベルはさっき、「あら、ベイビー、うちの屋根は新しいのよ。去年、葺《ふ》き替えたばかりなんだから」と言っていた。

いつまでここに置いてもらえるのだろう？　いまはこの安全な場所で、自由に将来のことを考えられる。少なくとも、一日以上の猶予はある。サリーは来週のこと、来月のことを考えずにいられなかった。

どうしたらいいのだろう？　あの電話。あの電話一本で現実と過去に引き戻された。あれが父の声だったことに疑問の余地はない。ジェームズ・クインランが言っていたとおり、父がかけてきたように見せかけるため、テープに録音された声だったのだろう。

そのとき、悲鳴が聞こえた。長く引きずるような悲鳴で、小さな声で始まり、しだいに大きくなって終わった。家の外から聞こえてきた。

おばの寝室に走った。裸足《はだし》にもかかわらず、木の床の冷たさを感じなかった。ドアの前まで走り、軽くノックした。

アマベルがドアを開けた。すぐそこでノックされるのを待っていたようだった。でも、そんなことはありえない。

おばの腕をつかんで揺さぶった。「悲鳴を聞いた、アマベル？　お願いだから、聞いたと言って」

「あら、ベイビー、あれは風よ。たしかに聞いたし、あなたが怖がるのがわかってたから、いま行こうと思ってたのよ。また悪い夢でも見たの？」

「風じゃないわ、アマベル。女の人の声よ」

「何言ってるの。さあ、行きましょう。ベッドに戻るのよ。あなた、裸足のままじゃない。風邪でもひいたらどうするの。さあ、連れてってあげるから、ベッドに戻りましょう」

そのとき、ふたたび悲鳴が聞こえた。今度は高音で短く、ふつっと途絶えた。最初の悲鳴と同じ、女の声だった。

アマベルの腕が体の脇に落ちた。

「これで信じてくれるでしょう、アマベル？」

「男の人に来てもらって、調べてもらったほうがいいわね。問題は、一人残らず高齢だから、こんな天気に外にやったら、肺炎にかかるかもしれないってことよ。ただの風かもしれない。どんな女が外で叫ぶっていうの？　そう、たぶんこの風のいたずらよ、サリー。女なんてありえない。忘れましょう」

「いいえ、忘れられないわ。あれは女性の声よ、アマベル。誰かに痛めつけられてたの。このままなかったことにして、ベッドに戻るなんて、できないわ」

「どうして？」

サリーは無言でおばを凝視した。

「あなたの父親が母親を殴ったとき、あなたは母親を守ろうとしたのね？」

「ええ」

アマベルはため息を漏らした。「残念だけど、ベイビー、あなたがさっき聞いたのは風の音で、あなたの母親が父親に殴られる音じゃないのよ」

「レインコートを借りていい、アマベル？」

またもやため息をつくと、アマベルはサリーを抱きしめた。「わかった。ボルヒース師に電話する。ほかの人ほどがたがきてないし、丈夫な人だから。彼に調べてもらいましょう」

ハル・ボルヒース師は、三人の男を従えてやってきた。「彼はガス・アイズナーだよ、スーザン。車輪とモーターのついたものなら、なんでも修理できる」

「アイズナーさん」サリーは言った。「女性の悲鳴を二度、聞いたんです。悲痛な声でした。誰かに痛めつけられてるんです」

ガス・アイズナーは近くに痰壺があれば、すぐにでも吐きたいような顔をした。「そりゃ風さ、マダム」と、うなずいた。「ただの風だ。おいらはもう七十四年、その音を聞いてきたがね、奥歯を噛みしめたくなるような音がすることだってある。ただの風だよ」

「それでも、いちおう調べてみるとしよう」ボルヒース師が言った。「こっちにいるのが、パーン・デービスといって、よろず屋の主人、こっちがハンカー・ドーソン。第二次世界大戦で戦った元軍人で、わが町の植物の専門家だよ」サリーがうなずくと、ボルヒース師は彼女の肩を叩いて、アマベルにうなずきかけ、三人の男たちについて外に出た。「ご婦人方は危なくないように、なかにいてくれ。われわれが戻ってくるまで、誰も入れるんじゃないぞ」

「か弱き女どもってこと？」サリーは言った。「大きなお腹をして、裸足でコーヒーでも淹れてなきゃいけないみたい」

「年寄りの言うことよ、ベイビー。ただの年寄り、奥さんたちに一定の生活費を与えてた世代の人たちなの。ガスの奥さんのベルマなんて、銀行の報告書が足にかじりついたって、気づきゃしないわ。でも、ものごとにはバランスがある。ガスは夜目が利かないから、日が落ちたあとはベルマがいないと、何もできやしない。あの人たちの言うことをいちいち気にしないで。善意で気遣ってくれてるだけだから」

反論しようと口を開きかけたとき、三度めの悲鳴が聞こえた。今度はわっと大きく、けれど、唐突に途切れた。遠くくぐもった音だったが、すぐに消えてしまった。

サリーにはこれが最期の悲鳴になるのが、深いところでわかった。もう二度と聞こえない。そして、風のいたずらでないこともわかっていた。

おばを見ると、ソファの上の現代絵画のゆがみを直していた。これといった形のない黄土色とオレンジ色と紫色の渦を描いた、暗く激しく、心をかき乱すような小さな絵だった。

「風ね」サリーはゆっくりと言った。「そうよ、風でしかない」夜目の利かないガスが暗いなか外に捜しにでて役に立つのかどうか、アマベルに尋ねてみたかった。

翌朝の空は冷たく澄み、三月にもかかわらず、八月のように晴れ渡っていた。サリーはテルマのB&Bへ出かけた。クインランさんなら朝食中ですよ、とマーサに言われた。

彼はビクトリア朝様式の重厚な調度で整えられた表側の部屋の中央に、一人堂々と坐っていた。リネンにおおわれたテーブルには、一人前というより、三人の王に供するような朝食が載っている。

サリーはまっすぐクインランのもとへ向かい、彼が新聞から顔を上げるのを待って尋ねた。

「あなたは何者なの?」

5

まさか彼女がこんな形で対決しにくるとは思っていなかった。彼女のおばの居間に飛びこんだとき、床に縮こまっているのを見ていたから、なおさらだ。だが、彼女は膝蹴りを試み、みぞおちにパンチをくらわせた。反撃したのだ。そして今日、自分に唾を吐きかけそうな剣幕で現われた。クインランにはなぜかそれが嬉しかった。愚か者や弱虫が獲物だと思いたくないからかもしれない。どうせ追いかけるなら、歯応えのある相手のほうがいい。

なぜこんなに早く気づいたのだろう？　どうにも理由がわからない。

「ジェームズ・クインランさ」彼は答えた。「だいたいはクインランと呼ばれてるが、きみは好きに呼んでくれ。坐らないか、サリー？　食べ物ならたっぷりある。ひと皿食べ終わったと思うと、マーサが次を運んでくる。料理は彼女がやってるのか？」

「どうかしら。それで、あなたは何者なのかと訊いてるんだけど」

「坐ってくれ。話はそれからだ。それとも、新聞でも読むかい？〈オレゴニアン〉っていうんだが、すごくいい新聞だよ。きみのお父さんに関する長い記事が載ってる」

サリーが腰をおろした。

「何者なの、ミスター・クインラン?」

「長くは続かなかったな。昨日はクインランと呼んでたのに」

「あなたに関しては、なにごとも長くは続かないんじゃないかしら」

そのとおり。笑い声をあげるテレサの顔が一瞬、脳裏をよぎった。あれは彼女のなかに入れながら、今後別の男とつきあうことがあったら、半分空っぽなのがどんなものかわかるだろうに、とささやいたときのことだ。

「ほかにはどんな印象を持った、サリー?」

「謎解きの好きな人。手のなかに謎があったら、こねまわし、形づくって、ひねりを加え、なんとしてでもそれを解こうとする。解けたら興味を失い、次の謎を探す」

彼女を見つめながら、知らず知らずに言っていた。「なぜそんなことがわかる?」

「ミスター・クインラン、なぜわたしの夫が弁護士だと知ってるの? テレビでは報道されなかった事実よ。報道する理由がないから。たとえ映ったとしても、彼の職業やらなんやらを論じる理由はないもの」

「じゃあ、そのことは覚えてるんだな?」

「問題を先延ばしにしようとしても無駄よ。もしわたしのバッグにコルトの四五口径リボルバーが入ってて、いますぐ真実を告げないとあなたを撃つと言ったらどうする?」

「その言葉を信じるだろう。拳銃はバッグにしまっといてくれ。テレビでやってたんだ。きみのお父さんの葬儀の席で、ご立派なご主人がお母さんに付き添ってた。きみが観てなかっただけだ」昨日テルマとマーサがそのことを話しているのを聞いていて、運がよかった。さらに運のいいことに、二人はさほど興味を持っていなかった。この町から見ると、ワシントンDCははるか彼方にある惑星のようなものだ。「自分一人の胸にしまっておけることがあると思ってるんなら、そんな思いこみは捨てたほうがいい。きみは開いた本みたいだ」

サリーはそのテレビを観ていた。観ていたのに忘れていた。きれいさっぱり。とんでもない失敗を犯してしまった。もう許されない。ここへ来た日においしいハムサンドイッチを食べながら、アマベルとならんで白黒テレビを観たことを思いだした。耳を傾け、画面を眺めて、スコットが母といるのを知った。自分が開かれた本でないことを祈るしかない。コーブの人たちがわたしの正体に気づきませんように。

「忘れてた」サリーはバターを塗ってないトーストを手に取った。口に運び、ゆっくりと噛みしめてから、飲みくだした。「ありえないことだけど、忘れてたわ」

「ご主人のことを聞かせてくれ」

もうひと口、トーストを食べた。「あなたを雇うお金はないと言ったでしょ、ジェームズ」

「ときには無料で相談にのる」

「どうかしら。老夫婦のことで何かわかったの？」

「ああ、わかったよ。おれと話した連中は、総入れ歯の口で嘘をついている。マージとハーブはここへ来て、たぶん世界一のアイスクリーム屋に立ち寄ったんだろう。なぜ誰もそれを認めようとしないのか。何か、隠したいことがあるのか。二人がアイスクリームを食べたとする――それがなんだ？」

ふと口をつぐみ、正面に坐る青ざめた若い女を見つめた。彼女はもうひと口、トーストを食べた。クインランが自家製の苺《いちご》ジャムの皿を差しだしても、首を振って断わった。これまで自分の仕事の話を他人に打ち明けたことはない。もちろん、ジェンセン夫妻の件は実際には仕事ではないが、それにしても、なぜみなが申しあわせたように嘘をつくのか。

さらに問題なのは、なぜそのことを彼女に話したのか。この女は犯罪者か、そうではないにしろ、自分の父親を消した人物を知っている。クインランに確信を持って言えることがあるとしたら、それだった。

もし違ったら――なんにしろ、突き止めてやる。自分と対決するために、彼女のほうからやってきた。これでこちらから探りだす手間が省けた。

「ほんとね。わけがわからないわ。ほんとにみんなが嘘をついてると思うの？」

「まちがいない。興味深いと思わないか？」

彼女はうなずき、さらにトーストをかじって、ゆっくりと噛んだ。「みんなが二人を覚えてないふりをしている理由を、わたしからアマベルに尋ねてみましょうか？」

「遠慮しとくよ。おれは私立探偵としてここへ来た。尋ねるなら、おれがやる。きみの仕事じゃない」

彼女はこともなげに肩をすくめた。

「アイスクリームを食べるには、時間が早すぎるな。海岸沿いの崖まで散歩に行かないか？

きみは顔色がよくない。散歩をしたら、頬に赤みが差すだろう」

サリーは考えこんだ。クインランはあえて無理強いせず、彼女が残りのトーストを食べるのを見ていた。石のように冷たくなっているはずだ。彼女は立ちあがり、茶色のコーデュロイのパンツからパン屑を払った。「スニーカーにはき替えてくる。十分後にアマベルの家の前で会いましょう」

「そうこなくちゃ」本気だった。これからクインランは、どこかへ向かおうとしていた。貝をこじ開けるように、すぐにでもサリーの口を割らせてみせる。あと少しで彼女は洗いざらい話すだろう。夫のことも、母親のことも、死んだ父親のことも。電話をかけてきたのは父親ではない。そんなことは不可能だ。

サリーがまったく正常に見えることも、気にかかっていた。彼女が昨日、動転して怯えているのを見たときは、やっぱりと思った。だが、この穏やかで開けっぴろげな笑みは、疑い深い目をもってしても、どんな悪意もずる賢さも感じさせず、さっさと尻尾を巻いて逃げておけばよかったという気分にさせられた。

アマベルの家の前で再会した彼女は、クインランに笑顔を向けた。このどこに悪巧みが隠されているというのか。

それから十五分後、彼女は黒雲一つない世界の住人のようにしゃべっていた。「……アマベルに聞いた話だと、ポートランドの開発業者が土地を買い占めて、休暇用のコテージを建てるまでは、コーブには何もなかったそうよ。六〇年代まではすべてが順調にいってたのに、その後、この町はみんなから忘れ去られた」

「それでも誰かが覚えてたのさ。たっぷりお金を持った誰かが。この町はまるで絵葉書みたいだ」クインランは、同じ話をテルマ・ネットロから聞かされたのを思いだした。

「そうね」彼女は足先にあった小さな小石を蹴った。「おかしいと思わない？　もし町が死んでたんなら、どうやって生き返ったの？　雇ってくれる工場はないし、何かを生産しているわけでもない。アマベルによると、一九七四年にはハイスクールも廃校になったそうよ」

「住民の一人が社会保障局のコンピュータシステムに侵入する方法を見つけたのかもな」

「だとしても、長くはもたないわ。だってあそこの財源は、十五カ月分ぐらいしかないんでしょ？　ぞっとしちゃう。それじゃあてにできないもの」

二人は細く突きだした崖っぷちに立ち、黒い岩に波がぶつかるたび、白い泡立ちが宙に舞うのを眼下に見ていた。

「きれいね」彼女は潮風を深々と吸いこんだ。

「まあな。だが、おれには心穏やかならざる光景だよ。ここには無制限の力がある。そこに良心は介在しない。たやすく人の息の根を止める力だ」

「ずいぶんとロマンチックなことを言うのね、ミスター・クインラン」

「まさか。だが、おれの言うとおりさ。この力は善人と悪人を区別しない。おれ、ジェームズだって例外じゃない。おりてみるか？　一本きりのイトスギの隣りに細い坂道がある。たいして危なくなさそうだ」

ならないでよ」

「無制限の力に近づきすぎたら、目をまわすんじゃないの、クインラン。わたしに寄りかか

「膝蹴りをくらわすと脅されたら、一生、気を失わないと約束するよ」

彼女は笑いながら、先に立って歩きだした。すぐに小道を折れ、視覚から消えた。大きな石がごろごろと転がる細い道で、低木があちこちに生え、傾斜は急だった。彼女が足をすべらせ、声をあげた。木の根をつかんでいる。

「おい、気をつけろよ！」

「この先はそうする。だから、引き返すなんて言わないで。二人して充分注意すればいいし、あと五メートルくらいなんだから」

小道は唐突に途切れた。茂みや岩が積み重なったようすからして、数年前に雪崩があったのだろう。岩をよじのぼって進むこともできるが、クインランは気が進まなかった。「ここまでだ」さらに進もうとする彼女の手をつかんだ。「やめろ、サリー。ここでいい。ここに坐って、無制限の力に心を通わせることにしよう」

下に砂浜はなく、岩が重なって、頭上で隊列を組む雲のようにイメージをかきたてる不思議な形をなしていた。一つの山から別の山まで橋をかけている岩もあり、その下には水が流れていた。息を呑むほど美しく、クインランの言うとおり、そら恐ろしささえ感じさせた。

頭上で円を描いたり、急降下したりしているカモメが、けたたましい声で仲間に声をかけあっている。

「今日はやけに寒いな」

「そうかしら。昨日の夜のほうが寒かったと思うけど」

「テルマのB&Bの西の塔の部屋にいるんだが、ひと晩じゅう、窓ががたがた鳴ってたよ」

ふいに彼女が立ちあがった。少し右側にある何かに目を奪われている。首を振ってつぶやいた。「まさか、そんなはずない」

クインランはすぐに立ちあがり、彼女の肩に手をやった。「どうしたんだ?」

彼女が指さす。

「嘘だろ。ここにいてくれ、サリー。おれが見てくるから、ここを動くなよ」

「よしてよ、クインラン。そうね、やっぱりクインランは好きになれないから、ジェームズにする。わたしはじっとなんてしてないから」

だが、クインランは首を振って、彼女を脇に押しやった。岩のあいだを慎重に進み、女の死体を近くから見おろした。波が死体を岩に打ちつけては、引き離している。海水は血に染まっていなかった。「なんてことだ」声に出して言った。

彼女がかたわらに来て、やはり女を見おろした。「わたしにはわかってた。やっぱりそうだったのね。なのに、誰もわたしの言うことを聞いてくれなかった」

「何もなくなってしまう前に、まず彼女を引きあげる」クインランは坐りこむと、ランニングシューズと靴下を脱ぎ、ジーンズの裾を巻きあげた。「ここにいろよ、サリー。絶対に動くな。きみが海に落ちて沖に流される心配までしたくない」

苦労して死体を引きあげ、ジャケットで女を――女の残りを――くるんだ。胃がむかむかする。上に戻ろうと、サリーに手で合図をした。いま運んでいるものがかつては生きていて、笑い声をあげる人間だったことは、あえて考えないようにした。考えたところで、胸が悪くなるだけだ。「スパイバー先生のところへ運びましょう」サリーが肩越しに言った。「先生がなんとかしてくれるわ」

「ああ」クインランは独り言のように言った。「だろうとも」田舎町の老医師のことだから、キジ撃ちのハンターの流れ弾に当たったとでも言うに決まっている。

スパイバーのリビングはかび臭かった。クインランは窓を開けて空気を入れ換えたくなったが、きっと老医師にはこのほうが快適なのだろう。クインランは椅子にかけて、ポートランド警察の殺人課の刑事であるサム・ノースに電話をかけた。サムが不在だったので、スパイバーの自宅の番号を教え、「緊急だと伝えてくれ」サムのパートナーのマーティン・アミックに告げた。「至急の用件だ」

電話を切った。サリー・シジョン・ブレーナードが濃いワイン色のブハラ絨毯《じゆうたん》の上を所在なく歩きまわっていた。絨毯は真新しくて美しかった。「きみはさっき、わかってたと言ってたが、どういうことだ?」

「え? ああ、そのこと。昨夜、彼女の悲鳴を聞いたの。三度悲鳴があがって、最後の悲鳴で、彼女が殺されたのがわかった。思いきり殴られでもしたように、ふっつりと途絶えたから。

風が吹き荒れていたんで、アマベルには風のせいだと言われた。それでも、わたしには女性の悲鳴だとわかったの。ここへ来て最初の夜に聞いたのと同じだった。それはあなたにも話したわよね。同じ女性だと思う?」

「わからない」

「アマベルはボルヒース師に電話をかけたわ。彼は男を三人引き連れて捜索に出かけたけれど、何も見つからなかったと言って、帰ってきた。風のせいだって。ボルヒース師はわたしを軽く叩いた。子どもや愚か者をなだめるみたいに」

「じゃなきゃ、ヒステリーの女をなだめるみたいに」

「まさにね。この人は誰かに殺されたのよ、ジェームズ。絶対事故じゃない。ここへ来た夜、彼女の悲鳴を聞いた。それが三日前。そして、昨夜も。昨夜、彼らに殺されたのよ」

「なぜ、彼らなんだ?」

サリーが肩をすくめ、困ったような顔をした。「さあ。なんとなくそんな気がしただけ」

電話が鳴り、クインランが出た。伝言を聞いたサム・ノースからだった。サリーは会話の一方に耳をすませた。

「ああ、二十代から四十代までの年齢不明の女性だ。波に打ち寄せられて、何時間も岩に打ちつけられてた。どれぐらいたってるかわからない。それで、どうしたらいい、サム?」

クインランはしばらく聞いたあと、言った。「そこから南西に一時間ぐらいの位置にあるコーブって名の小さな町だ。知ってるか? そうか、よかった。地元の医者がいま調べてるが、ここには法の執行官がいない。え？　ああ、わかった。そうしてくれ。医者の名前はスパイバー。メインストリートの端の家だ。番号はわかってるな。そうだ。助かるよ、サム」

電話を切りながらサリーに話しかけた。「サムが郡の保安官事務所に電話してくれる。そこから誰かをこちらによこしてくれるそうだ」

「早くしてくれるといいが」と、スパイバーが狭いリビングに入ってきた。手を拭いている。サリーは肝斑の浮いた老人の手を見ながら、その手が触れたものを思って、ぞっとした。玄関からノックの音が聞こえ、スパイバーが声を張った。「開いてるぞ！」

ハル・ボルヒース師だった。そのあとに、樽を台にしてカードをしている四人組が続いた。

「いったい何があったんだ、先生？　失礼するよ、マダム、崖の下で死体を見つけたと聞いたもんでな」

「そのとおりだ、ガス」スパイバーは言った。「みんな、ミスター・クインランとサリーは知ってるな？　アマベルの姪の」

「知ってるとも、先生」アマベルと結婚したがっていたパーン・デービスだ。「で、何がどうなってんだ？　手短に教えてくれ。ご婦人方の耳に入れて、心をかき乱したくない」

「サリーとミスター・クインランが女性の遺体を見つけたのさ」

「誰だね？　見覚えのある顔だったのかい？」ボルヒース師が尋ねた。

「いいや。このあたりの人間じゃないようだ。衣類にも身元の特定につながるものはなかった。きみは何か見つけたかね、ミスター・クインラン？」

「いいえ。保安官事務所がすぐに人をよこすそうです。検死官もいっしょに」

「そりゃけっこう」と、スパイバー。「いいかね、死因はいろいろと考えうる。わしに言わせれば、事故ってことになるが、わかったもんじゃない。検査はできんし、解剖しようにも、ここにゃ道具や設備がない。だが、わしなら事故に賭ける」

「いいえ」サリーだった。「事故じゃなくて、殺されたのよ。彼女の悲鳴を聞いたわ」

「おや、サリー」スパイバーはさっき拭いていた手を突きだした。「まさか、あんたが聞いた風の音をこの哀れな女性の悲鳴だと言ってるわけじゃないだろうな?」

「いいえ、そう言ってるんです」

「何も見つからなかったんですぞ」ボルヒース師が言った。「たっぷり二時間は捜したのに」

「捜し方が悪かったんだわ」

「何か気を落ち着けるものを出そうかね?」

サリーは老医師を見つめた。この男はノエルが生まれる前から医者だった。スパイバーとは前日、はじめて会った。親切ではあるけれど、どこかよそよそしく、自分がここにいるのを好ましく思っていないのがわかる。よそ者だからだ。だが、アマベルの世話になっているあいだは、親切でありつづけるのだろう。そうしてみると、出会った住民はみな親切ごかしにしているが、自分が疎ましく思っているのを感じる。たぶん、殺された男の娘だから——きっとそうだ。だが、これで警察に突きだされるかもしれない。ジェームズといっしょに女性の遺体を見つけてしまったから。悲鳴をあげていた女性の遺体を。

「わたしの気を落ち着かせるもの」サリーは医者の言葉をゆっくりとたどった。「気を落ち着かせるもの」声をたてて笑うと、低く耳ざわりな笑い声に、クインランが顔を上げた。

「やはり何か処方しよう」スパイバーはあたふたと方向を変え、エンドテーブルにぶつかった。みごとなティファニーのランプが床に落ちたが、壊れてはいなかった。

クインランは医者が目が見えていないことに気づいた。この老人は視力を失おうとしている。軽い調子で話しかけた。「けっこうです、先生。サリーとおれは失礼します。保安官が来ると、ポートランド警察の刑事が言ってたんで、来たら、おれたちはアマベルの家にいると伝えてもらえますか？」

「ああ、お安いご用だ」スパイバーは二人を見ずに答えた。床に膝をついて、高価なランプの鉛枠にいちいち触れて、壊れていないのを確認している。

二人は彼を床に残したまま、家を出た。ほかの男たちは、濃いワイン色のブハラ絨毯を敷いた狭いリビングのなかで、むっつりと押し黙っていた。

「彼はコウモリなみに目が見えないんですって。アマベルが言ってたわ」サリーは明るい午後の陽射しのもとへ出ると、ぴたりと立ち止まった。

「どうした？」

「わたしがここにいることを警察に知られるわけにいかないのを忘れてた。ワシントンの警察に連絡が行ったら、誰かが捕まえにくるわ。彼らの手であの場所に無理やり戻されるか、殺されるか、じゃなきゃ――」

「いや、そうはならない。おれもそのことは考えてみたが、心配はいらない。きみの名前はスーザン・ブランドンってことにしよう。向こうにしたら、疑う理由はないから、見聞きしたことを話したら、それで警察とのつきあいはおしまいだ」

「ここへ来るときかぶっていた黒髪のかつらがあるから、それをかぶるわ」

「かぶっておいて、損はないな」

「でも、証言するだけで無罪放免してもらえるって、どうしてわかるの？　あなたにもわたしと同じくらい、ここで何が起きてるのか、わかってないのに。そうか、そういうこと。わたしがふた晩、悲鳴を聞いたって話を、警察が信じないと思ってるのね」

クインランは言葉を尽くして答えた。「たとえ警察がきみの話を信じないとしても、女が一人殺されたという事実がある以上、話が通らなくなるだろう？　きみは女の悲鳴を聞いた。そして彼女が死んだ。それ以上に納得のいく結論はそれほどないぞ。しっかりしろよ、サリー。いまおれの前で崩れるなよ。これからきみはスーザン・ブランドンだ。わかったな？」

サリーがゆっくりとうなずいた。だが、クインランはその顔に、かつて見たことのないほどの恐怖を読み取った。

サリーがかつらを持っていてよかった。彼女は印象に残る顔をしているし、ここのところ、何度となくテレビの画面に登場している。

6

　自分の名字を辞書で調べて、それが大風呂敷を広げる破廉恥な人間を意味すると知ってから、デービッド・マウンテバンクは自分の名字が大嫌いになった。いかにも賢そうなお偉いさんと会い、自己紹介しなければならないときは、警戒に息を詰めて、相手が名前のことで冗談を言うかどうかうかがってしまう。だからいまも、目の前にいる男に自己紹介する段になって、身構えていた。

「デービッド・マウンテバンク保安官だ」

　男は手を差しだした。「ジェームズ・クインランだ、マウンテバンク保安官。こちらはスーザン・ブランドン。二時間前、二人で女性の死体を見つけた」

「ミズ・ブランドン」

「坐ってください、保安官」

　保安官はうなずくと、帽子を脱いで、やわらかなソファのクッションに身を委ねた。「コーブは変わった」アマベルのリビングを見まわした。現代絵画がふんだんに飾られた店に入って、消化不良でも起こしているような顔つきをしている。「毎回、ここへ来るたびに思うよ。どんどん町がきれいになっていく。そう思わないか？」

「さあ、どうですかね」クインランは答えた。「おれはロサンゼルスから来たんで」

「あなたはこちらにお住まいかな、ミズ・ブランドン？　もしそうなら、この町のなかではいちばん若い住人ってことになる。ただし、ハイウェイの近くに新しい分譲地が広がってるようだが。何が悲しくて、ハイウェイの近くに住むのやら。アイスクリームを買うとき以外は、コーブにも来ないらしい」

「いいえ、保安官、ここには住んでません。おばを訪ねてきただけです。ほんの短いお休みで、ミズーリから来ました」

保安官はメモ帳にペンを走らせると、ソファにもたれかかり、膝を掻いた。「いま検死官はスパイバー先生の家で、女性の遺体を調べてる。長いこと海水に浸かっていたようだな。少なくとも、八時間はたっていたようだ」

「わたしにはいつ死んだかわかっています」サリーは言った。

笑みを浮かべたまま、保安官は続きを待った。黙って待つこと――それが彼のやり方だった。それだけで、聞きたいと思っていることが相手の口から飛びだし、沈黙を埋めてくれる。今回は長く待たずにすんだ。スーザン・ブランドンが悲鳴が聞こえたことをさっさと話しはじめたからだ。最初の夜はおばさんから風の音だと言い含められたが、昨晩はたしかに痛みを訴える女の悲鳴だと、そして、最後の悲鳴で女が殺されたと、なぜかわかった、と。

「何時だったか、覚えてるかい、ミズ・ブランドン？」

「夜中の二時五分ごろでした、保安官。昨晩はおばもわたしの話を聞いて、ボルヒース師に電話してくれました」

「ハル・ボルヒースに電話したんだね？」

「はい。町では若いほうだし、体も丈夫だからって。ボルヒース師は年配の男を三人連れてきました。そして調べてくれましたが、何も見つかりませんでした」

「スパイバー先生のところに集まっていたのと同じ連中だろう。ただ坐って、顔を見あわせてたよ。コーブのように小さな町の場合、こういう事件が起きると激震が走る」

マウンテバンクは男たちの名前を書き留めた。そして前置きなしに、ずばりと尋ねた。

「なぜ黒髪のかつらをかぶってるのかな、ミズ・ブランドン？」

サリーはすかさず答えた。「化学療法中なんです、保安官。ほとんど髪がなくて」

「それは失礼した」

「どうぞお気になさらずに」

クインランはその瞬間、サリー・ブレーナードを侮ってはならないと心に刻んだ。保安官がかつらだと見破ったことは、さほど意外ではなかった。漆黒のかつらをかぶった姿は、はっきり言って滑稽《こっけい》だし、『エルバイラ』の主演女優のようだ。いや、あの主演女優以上に青ざめている。感心したのは、保安官がかつらのことを尋ねたことだ。ひょっとすると、被害者の身元がわかり、彼女を殺した犯人が見つかるかもしれない。この保安官にはそう思わせるだけの聡《さと》さがある。

「スパイバー先生は今回の事件を気の毒な事故としか見ていない」保安官はメモをとる手を休めなかった。

クインランは言った。「いい先生だが、ほとんど目が見えていないようだね。亡くなった女性のかわりに、テーブルの脚を見ていてもおかしくない」

「その点は、先生もあっさり認めたよ。ただ、殺す人間の見当がつかないと言っていた。外部の人間が殺《や》ったというなら、またべつだが。つまりハイウェイ一〇一Aの向こう側って意味だな。残りの四人は何も知らなかったから、精神的な支えというやつだろう。ところで、ミスター・クインラン、ここへは仕事で？」

クインランは捜している老夫婦のことを話したが、町の住人が嘘をついていることは黙っておいた。

「三年以上前か」保安官はサリーの頭上にあるアマベルの絵を見やった。淡い黄色とクリーム色とうっすらとした青色の三色で描かれた絵で、そこにはどんな形も意味もないものの、いい絵だった。

「ああ。手がかりを見つけるには時間がたちすぎてるだろうが、それでも息子は試してみたがってる。そこでコーブを拠点にしてここを調べ、そのあと範囲を広げるつもりだ」

「了解した、ミスター・クインラン、事務所に戻ったら、記録にあたってみるよ。おれが保安官になってまだ二年だ。調べてみよう」

「助かります」

玄関のドアをノックする音がした。ドアが開き、痩せて小柄な男がリビングに入ってきた。ワイヤーフレームの眼鏡をかけ、フエルトの中折れ帽をかぶっている。帽子をとって保安官に会釈をしてから、サリーに頭を下げた。「保安官、そしてマダム」続いてクインランを見やった。黙って見ている。主人の命令さえあれば、マストドン（かつて北米大陸に生息していたマンムト科に属するゾウに似た長鼻類の哺乳動物）にでも飛びかかろうと意気ごんでいる子犬のようだった。

クインランは手を差しだした。「クインランだ」

「検死官です。死体を移動します、保安官。その前に、簡単にご報告をと思いまして」ここで言葉を切った。劇的な効果を狙っているのを察し、クインランはにやりとした。よくあることだ。検死官が注目される場面は多くない。これが唯一の見せ場であり、この男は部屋まで照らしだそうと、がんばっている。

「なんだ、ポンサー。さっさと頼む」

マウンテバンクという名前ほどではないが、やはりおかしな名前だ。見ると、サリーは靴を凝視していた。それでも話を聞いている証拠に体をこわばらせている。周囲の空気が振動するのが目に見えるようだ。

「絞殺でした」ポンサーは高らかに言った。「まずまちがいありませんが、解剖しないと確定できません。おそらく犯人は、水のなかに放置すれば死因が特定できなくなると踏んだのでしょう。その一方で、岸に打ち寄せられていなければ遺体は見つからず、ただの失踪者で片付けられていた可能性もあります」

「それが彼らの狙いだったのよ」サリーが言った。「遺体を発見させたくなかったんだわ。波に運ばれて岸に打ち寄せられていたとしても、あそこまで行く人は多くない。住民は年寄りばかりだし、危険な場所だもの。彼らにしたら、ジェームズとわたしに遺体が見つかったことは、運が悪いとしか言いようがないでしょうね」

「そのとおりだろう」保安官は立ちあがった。「ミズ・ブランドン、悲鳴の聞こえた方角と距離を特定できるかな？　ふた晩とも同じ方角、同じ距離だったのかい？」

「的確な質問ね」サリーはのろのろと言った。「それがわかれば役に立つ。ふた晩とも、悲鳴は近くから聞こえた。彼女の声が大きかったのかもしれない。どちらも通りの向こうから聞こえた気がする。ごく近くから——少なくとも、わたしにはそう聞こえました」

「通りをはさんだこの家の向かいには、小さくてきれいなコテージがずらっとならんでいる。誰かが何かを聞いてるだろう。何か思いだしたら、名刺を渡しておくから、いつでも電話してくれ」

保安官はクインランに握手を求めた。「おれが疑問に思っていることがわかるかね？　被害者女性を監禁しておかなければならなかった理由だよ」

「監禁？」サリーは保安官を注視した。

「当然そうなるだろう、マダム。本人の意思に反して拘束されていたのでなければ、ふた晩も悲鳴をあげるわけがない。犯人は何かしらの理由で、彼女を監禁しなければならなかった。彼女が目を盗んで、またもや悲鳴をあげだしたとき、殺さざるをえなかったほど強固な理由だ。だが、殺すつもりがないのなら、なぜ拘束しなければならなかったのかという疑問が浮かんでくる。ひょっとすると、身代金目当てで生かしてあったのかもしれないし、いずれは殺すつもりだったのかもしれないし、犯人が本物のサイコなのかもしれない。いまはわからないが、いずれ突き止める。いまのところ、行方不明者の情報は入ってきていない。疑問は埋めていく。女性の写真が手に入りしだい、部下たちがあたり一帯を軍隊アリのように這《は》いまわる。地元の女性であることを願うばかりだ」

「そのほうが、格段に仕事がやりやすくなる」クインランは指摘した。「そのうちに親戚なり、夫なりを捕まえてくれたら、おれがごまんと動機を挙げますよ」

「そうだな、ミスター・クインラン、たしかにそうだ」

「むずかしい謎ほど、人の血を沸きたたせるものはないからね」

「おれの謎のほうがまだましだよ、ミスター・クインラン。三年もたってから、行方不明の夫婦者を見つけるのは、至難の業だ。さて、そろそろ失礼するか。会えて嬉しかったよ、ミズ・ブランドン」

保安官はクインランとともに玄関に向かいながら言った。「殺害事件についてだが、まずはこっちが被害者の女性を監禁していた犯人を見つけだしてから、きみにも相談にのってもらって、犯人が残酷な殺し方をした動機を突き止めるとしよう。なぜ彼女の死体を崖から落としたのか、気になってな」

「埋めるかわりにってことですか？」

「そうだ。いまおれが何を考えてるかわかるか？　彼女が隙をついて、大声を出したことが、何者かの逆鱗《げきりん》に触れたんじゃないかってことさ。かっとしすぎて彼女を殺し、ゴミでも捨てるように死体を投げ捨てた。なんとしてでも捕まえてやりたい」

「同感ですよ、保安官。それにあなたの言うとおりかもしれない」

「この町には長くいるつもりかね、ミスター・クインラン？」

「あと一週間かそこらは」

「ミズ・ブランドンも？」

「さあ」

「癌とは気の毒に」

「まったく」

「よくなるのかい？」

「医者からはそう言われてるようだ」

　マウンテバンク保安官はクインランと握手を交わすと、後ろをふり返ってサリーに会釈した。二人は小声だったけれども、サリーにはすべて聞こえていた。そして保安官は去った。サリーには、なぜアマベルが保安官の来る前に出ていったのかが、わからなかった。アマベルの弁明は簡潔だった。「保安官があたしに用事があるとは思えない。だって、何も知らないんだからね」

「でも、あなたも悲鳴を聞いたのよ、アマベル」

「いいえ、ベイビー、聞いたのはあなたで、あたしは悲鳴だと思わなかった。警官の前で、あたしから嘘つき呼ばわりされるのはいやでしょ?」アマベルはそう言って、出ていった。

いまサリーはクインランに言った。「あの保安官、馬鹿じゃないわね」

「そうだな。だが化学療法の件では、ひと泡吹かせたな、サリー。ところで、きみのおばさんはどこだ?」

「知らないわ。さっき出てったの」

「保安官が来るのは、彼女も知ってたんだろう?」

「ええ。でも、何も知らないからと言ってた。自分は悲鳴を聞いてないし、それを保安官に言ったら、わたしがおかしな目で見られるからって」

「きみが嘘つきか、ヒステリー症の女に見られるってことか?」

「そんなところね。実際に保安官と話すとなれば、たぶん嘘をついたでしょうけど。わたしを愛してるから、傷つけるようなことは避けたはずよ」

だが、いまサリーのために嘘をつくほどは愛していない、とクインランは思った。おかしな家族だ。

「あれから電話はないのか?」

サリーは首を振った。エンドテーブルのランプの隣りにある電話に目を吸い寄せられる。

「だが、誰かがきみがここにいることを知ってる」

「ええ、誰かが」

クインランはそれ以上、深追いしなかった。まだ彼女を追いつめたくない。一日にたくさんのことがありすぎた。それでも彼女はくじけることなく、踏みとどまっている。「きみを尊敬するよ」ぽろっと言ってしまった。

サリーが目をぱちくりしている。クインランはドアのかたわらの壁にもたれ、腕組みしていた。「尊敬？　どうして？」

クインランは肩をすくめて、彼女に近づいた。「きみは民間人なのに、まだ自分を見失っていない」

この人にはわかっていない。サリーは思いながら、指輪の跡をさすった。指が痺《しび》れるほどきつかった指輪の跡を。

「サリー、どうかしたのか？」

サリーはさっと立ちあがった。「ううん、ジェームズ、べつに。そろそろお昼よ。お腹はすいてない？」

クインランはすいていなかった。だが、朝、何もつけないトーストを一枚食べたきりだとすると、彼女は空腹に違いない。「テルマのB&Bに戻って、何かつくってもらおう」サリーはうなずいた。この家で一人きりになりたくなかった。

老婦人はダイニングのテーブルで、音をたててミネストローネスープを食べていた。開いた日記が膝に伏せてあり、古風な万年筆が皿の隣りに転がっている。あの日記には何が書いてあるんだろう？　クインランには、日記に書くほど興味深いことがあるとは思えなかった。

テルマは二人に気づくと、大声を出した。「マーサ、あたしの歯を持っといで。歯がなきゃ、ちゃんとした女主人がやれないよ」

それきり口を閉ざし、次に口を開いたのは、大急ぎでやってきた哀れなマーサから歯を入れてもらうときだった。テルマは二人に顔を向け、義歯の輝く笑顔を振りまいた。

「さっき聞いたよ。あんたたち二人で死体を発見したんだって？」

クインランが答えた。「腹が減ってましてね。スープを少しもらえませんか？」

テルマがどなった。「マーサ、おまえのミネストローネをあと二人分、運んで！」

向かいの席に坐るよう二人に手で指示し、サリーを見つめた。もうかつらはかぶっていない。「じゃあ、あんたがアマベルの姪のサリーなんだね？」

サリーはうなずいた。「ええ、マダム。お目にかかれて光栄です」

老婦人は鼻を鳴らした。「あたしがまだ生きてるなんて、不思議だろうねえ。でも、あたしは死んじゃいないよ。スパイバー先生にも、毎日、そう念を押してんだ。三年前、あの医者に死亡宣告を受けたんだけど、その話は知ってるかい？」

クインランは知っていた。みんな何度も聞かされているのだろう。笑みを浮かべて、首を振った。テーブルの下に手を伸ばし、サリーの手を握った。一瞬、体をこわばらせたものの、じょじょに力が抜けてゆく。いいぞ。おれを信頼しつつある。そう思った次の瞬間、ひどい自己嫌悪に襲われた。

マーサは二人の前にナプキンやスプーンを置き、スープの入った深皿を出した。

「マーサのまわりにはいっつも男がいてさ、それが、またそろいもそろってクズばかりなんだよ。彼女の料理が目当てなのさ。お若いエドはどうしたんだい、マーサ？　あの男に料理してやったのかい？　それとも、その前に求めたのかい？」

マーサは首を振るほかなかった。「よしてよ、テルマ。ミス・サリーが困ってるでしょう」

「おれもですよ」クインランはスプーンでスープを口に運んだ。「マーサ、おれはクズじゃないし、あなたとなら結婚したいな。こんな料理のためなら、なんだってするよ」

「もっと褒めて、クインランさん」

「あんたみたいな大男でも、困ることがあるのかい、ジェームズ・クインラン？」テルマがからからと笑う。入れ歯が入っていてよかった、とサリーは思った。「あんたにはけっこうな社会経験があるはずだよ、坊や。あたしが服を脱いだって、あんたなら怯《ひる》むまい。あたしなら、そっちに賭けるね」

「おれはそっちには賭けませんよ、奥さん」

「次はイタリア風チキンカツレツをお持ちしますよ」と、マーサ。「ガーリックトーストを添えて」肩越しに言いながら、遠ざかった。

「あたしが生きてけるのは、あの子のおかげだ」テルマが言った。「実の娘ならいいんだけど、そうじゃない。悲しいね。いい子なんだが」

興味深い、とクインランは思った。だが、スープほどは興味をそそらなかった。三人そろって夢中でミネストローネを食べていると、料理を山盛りにした大きなトレイを持ってふたたびマーサが現われた。あまりのいい匂いに、ぶっ倒れそうだ。マーサに三食つくってもらっていたら、いつまで硬い腹を維持できるか、クインランには自信がなかった。

テルマはチキンカツレツにかぶりつき、この世で食べる最期の食事でもあるように、熱心に嚙みしめて、ため息をついた。「あたしの夫が新発明をした話はしたっけね？　ボビーは新しい自動操縦装置を発明して、サンディエゴの巨大複合企業に売り払ったんだ。戦争やらなんやらあった時期だから、企業はそりゃあ目の色を変えてさ。そう、そんなことがあったんだよ。ボビーの発明があれば、それまでと同じ高さの定められたコースをより安定して飛べた。そのお金で、ボビーとあたしはここコーブへ引っ越してきた。子どもたちはもう大きくなって家を離れてたしね」首を振り、にっこりと笑う。「あんたたちが見つけたときには、遺体の損傷がひどかったんだろうねえ」

「ええ」サリーは苦しげに言い、軽く身を引いた。「あのかわいそうな女の人は、崖から投げ捨てられたんです。そして、潮の流れに乗った」

「誰だったの？」

「まだわかりません」クインランが答えた。「マウンテバンク保安官が突き止めるでしょう。あなたは女性の悲鳴を聞かれましたか、ミズ・ネットロ？」

「テルマと呼んどくれ、坊や。あたしのやさしいボビーは一九五六年の冬に死んでね。アイゼンハワー大統領が再選された直後だった。ボビーはあたしのことを困ったちゃん《ヘルズ・ベルズ》と呼んでたけど、いつだって、そう呼ぶときは笑顔だったから、あたしも怒りゃしなかった。女性の悲鳴？　まさか。あたしは音を大きくしてテレビを観るのが好きだからね」

「夜中だから」サリーが補足した。「もうベッドに入ってらしたはずです」

「きっちりカーラーを巻いてるもんだから、あんまり音が聞こえないんだよ。マーサに訊いてごらん。もし男漁りをしてなければ、男のことを考えながら、ベッドにいただろう。何か聞いてるかもしれない」

「わかりました」クインランはガーリックトーストを口に運び、豊かなガーリックとバターの風味に陶然となった。「女性の悲鳴はすぐ近くから聞こえたんです。アマベルの家の向かいあたりかもしれない。彼女は何者かに監禁されていた。そして何者かに殺された。それについてどう思われますか？」

テルマはまたもやチキンにかぶりついた。モッツァレラチーズが顎に垂れた。「あたしはこう思うね、坊や。あんたとサリーはドライブして、どこかでいちゃつくべきだよ。サリーみたいにどぎまぎしてる娘さんは、はじめて見た。アマベルはあんたがたいへんな苦労をした、悲惨な結婚生活の傷を癒そうとしてるってことしか言わないし、そっとしておいてやりたいから、あんたのことを誰にも言うなって口止めしてる。心配いらないよ、サリー。コーブにはあんたのことを告げ口する人間なんか、いやしないよ」

「ありがとうございます、マダム」

「テルマと呼んどくれ、サリー。さあて、あんたたち、ワシントンで殺された大物弁護士について、どの程度知ってるんだい？」

クインランは、サリーが気絶して料理の皿の上に倒れるのではないかと思った。生者とは思えないほど、青ざめている。「たいして知りませんよ。あなたは何をご存じなんですか、テルマ？」

「ちゃんと映るテレビを持ってるのは、あたし一人だからね、この町の誰より世間のことを知ってるよ。いなくなった娘の夫がテレビに登場して、帰ってきてくれと訴えてるのを知ってるかい？　彼女は調子がよくないのに、何をしているかわからない、彼女のせいじゃない、病気だからしかたがない、と言ってたよ。心から心配してる、自分が面倒みてやりたいから、戻ってきてほしいとさ。そのことは知ってたかい？　おもしろい話だろ？」

サリーはもう気絶しそうではなかった。彼女が身をこわばらせるのを、クインランは感じ取った。「その話をどこで聞いたんですか、テルマ？」クインランは穏やかに尋ねた。ただ、今後二度とチキンカツを食べられそうになかった。

「CNNでやってたんだよ。CNNはなんでもやってるからね」

「ほかに彼が何を言ってたか、覚えてますか？」

「それくらいさ。深刻な顔で、必死に訴えてたよ。ハンサムだけど、どことなくずる賢い感じの男だね。あたしに言わせれば、顎が弱すぎる。あんたたちはどう思う？」

「何も」サリーが言った。内心は怯えているだろうに、声にそれが出ていないのが、クインランには嬉しかった。

テルマは聞き手が食べるのをやめているのに、気づいていないようだった。きんきん声で続けた。「あたしはジェームズのほうが好きだよ。ジェームズはあの哀れな娘の夫みたいに弱腰でなごやかじゃない。そうだよ、髪にムースもつけないしね。賭けてもいい、あの娘の夫には、ジェームズがコートのなかにひそませている大きくてすてきな銃なんか、使えやしない。使うとしたら小型の気取ったデリンジャーさ。そう、あたしの好みからすると、弱腰すぎる。

で、サリー、そんなジェームズがここにいる。せいぜいこの男を使っておやり。夫は口癖みたいに、言ってたんだ。『テルマ、男は使われるのが好きだ。おれを使え』ってね。いまだにあの人が恋しくなる。肺炎にかかったんだ。一九五六年だった。それで四日で逝ってしまった。哀れなもんさ」テルマはため息をつき、もうひと口、チキンカツを食べた。

「ニンニクの塊を五つも丸呑みしたみたいな気分だよ」クインランは言った。サリーが胃痛を訴えて、なんとかB&Bを抜けだした直後のことだった。

「ええ。テルマがスコットの話を持ちだすまでは、おいしかったのよ」

「彼はきみの面倒をみたがってる」

「そりゃ、そうでしょうね」

クインランはサリーが夫のことや、彼に何をされたか、話してくれたらいいのにと思った。彼女の声音には、恐怖以上に苦々しさがあった。父親のふりをした何者かから電話を受け取ったとき——あのときは、いまふり返ってみても、彼女は恐怖を感じていた。サリーがこちらを向いた。ただでさえ青白いのに、さらに血の気が引き、しかも生気を失ったように引きっている。「あなたには親切にしてもらって、感謝してる。でも、わたしは行かなきゃならない。ここにはもういられないもの。彼がテレビでわたしのことを訴えた以上、誰かが気づいて、通報するかもしれない。だから、ここを離れなきゃ。それに、テルマは気づいてて、わたしをいたぶってたわ」

「テレビを観てる人間がいないんだから、通報されることもないさ。彼が謝礼金を出すと言ってたら、テルマが即座に通報してしゃべりまくってたろうが。たしかに、テルマは気づいてたが、きみをからかって楽しむのがせいぜいだ。いいかい、サリー、きみの正体に気づいてるのはテルマだけだ。きみはアマベルの姪でしかない。それに賭けてもいいが、きみの正体に気づく町民がいたとしても、口外はしない。義理立てってやつだ。おれの言いたいことが、わかるか？」

「さあ。どうかしら」

いったい彼女はどんな生活を送ってきたんだろう、とクインランは隣りを歩きながら思った。塔の寝室にテレビがあったかどうか思いだせない。あるといいのだが。スコット・ブレーナードが妻に戻ってほしいと訴えるところを観たかった。

「行くな」アマベルのコテージに着くと、クインランは言った。「金がからまなければ、義理立てするのはむずかしくない。逃げる必要なんかないんだ。こちらは高みの見物を決めこんでいればいい。それに、金を持ってないんだろう？」

「クレジットカードならあるわ。使うのは怖いけど」

「簡単に追跡できるからな。使ってなくてよかったよ。いいかい、サリー、ワシントンにおれの友だちが何人かいる。電話をかけて、何がどうなっているのか、尋ねてみたい」

「どんな友だち？」

クインランは笑顔で彼女を見おろした。「きみの裏をかくのは許されないってことか？」

「ええ。ここまであからさまだとね」サリーは笑みを返した。「かまわないわ、ジェームズ。話を聞きたい人がいるなら、好きにして。でも、あなたに払うお金はないわよ」

「無料奉仕さ。政府の捜査員でもただで働くことがあるって話だよ」

「そうね。真夜中のバレーボールに税金を使うようなものよね」

「バスケットボールだよ。ずいぶん前のことだ」

「あなたの友だちは、連邦捜査官なの？」

「ああ。いいやつらだよ。何が起きてるかわかったら、教える。連中が何か知ってればだけどな」

「ありがとう、ジェームズ。でも、父のふりをして電話をしてきた男の件もあるのよ。そいつはわたしの居場所を知ってるわ」

「誰が来ようと、それがその男だろうと、おれの大きな銃がついてるから、心配するな」

サリーはうなずいた。彼が手に触れ、握りしめて、頬を軽く叩くなりなんなり、自分を慰め、苦しみをやわらげてくれたらと、思わずにいられない。だが、彼にはできないことがサリーにはわかっていた。彼のことをまったく知らないとわかっているのと同じように。

これじゃ彼女の保護者だ。クインランはそれに気づいて、首を振った。サリーを引きずり戻したり、傷つけたがっている人間が来たら、それが誰であろうと、彼女を守ってやらなければならない。

まるで悪い冗談のようだ。そんなことを考えながら、テルマのB&Bへ戻った。ほかでもない、彼女を追っているのは、自分だというのに。

7

電話が鳴ったとき、サリーはキッチンにいて、アマベルが〈セーフウェイ〉で買ってきたターキーの胸肉をスライスしていた。アマベルの声がした。「あなたによ、サリー」

ジェームズだ。手を拭きながら、笑顔でリビングに行くと、マーサが来ていた。二人して黙って笑顔でこちらを見ているのは、それまで自分のことを話題にしていたからだろう。

「はい？」

「わたしの愛娘はどうしてるかな？」

サリーは硬直した。鼓動が速まり、胸が痛いほど大きく打った。彼だ。彼の声をよく覚えているだけに、エーモリー・シジョンをまねる誰かとは信じられなかった。

「わたしと話したくないのか？　いつおまえを迎えにいくか、知りたくないのかね、サリー？」

サリーはきっぱり言った。「あなたは死んだ。とうに死んでるの。誰に殺されたか知らないけど、できることなら、わたしが殺してやりたかった。さっさと地獄に戻るのね」

「すぐに行くよ、サリー。わたしは待ちきれないが、おまえはどうだ？　あと少しでおまえを取り戻せる」

「そんなことさせるもんですか！」サリーは金切り声とともに、受話器を叩きつけた。

「サリー、いったいなんなの？　誰からの電話だったの？」

「父からよ」サリーは笑い声をあげた。階段を上がるときも、まだ笑いが止まらなかった。

背後からアマベルの声がする。「でも、サリー、あなたに父親だと思いこませようとした誰かとも思えないわ。だって、マーサが電話をかけてきたのは女だって言ってるもの。聞き取りにくい声だったけれど、女だったって。テルマ・ネットロの声にも似てたそうだけど、それはありえないわね。あたしの知るかぎり、あなたがここにいるのを知ってる女性はいないのよ」

サリーは階段をのぼりきる直前で立ち止まった。階段は急で、踏み段は狭かった。ゆっくりとふり返り、階下を見やった。おばもマーサも視界にはいない。二人を見たくなかった。女？　テルマ・ネットロに声が似ていた？　ありえない。

階段を駆けおりて、リビングに入った。いつも穏やかなマーサが苦しげに顔をゆがめ、眼鏡はずり落ちている。手は真珠のネックレスをいじっていた。

「いったいどうしたの？」マーサは言いさして、口をつぐんだ。サリーの顔に猛々しい怒りを認めたからだ。「アマベルが言ったとおり、電話をかけてきたのは、女性だったわ」

「わたしが出たときは、女じゃなかった。わたしの父をまねた誰かだった」あれは父だった。わたしにはわかる。まちがいない。恐怖死ってあるのだろうか、と思うほど恐ろしかった。

ほかの原因はなく、ただ恐怖だけで死に至る。

「ベイビー」アマベルが立ちあがった。「何か混乱があるみたいだから、この件はあとで話しましょう」

サリーは黙って背を向け、ゆっくりと階段をたどりだした。ここを出なければならない。徒歩だろうがヒッチハイクだろうが、かまわない。女の一人旅が危ないという話はよく聞くけれど、いま自分に迫っている危険にくらべたら、何ほどでもない。自分がここにいるのをどれくらいの人が知っているのだろう？　父をかたる人が、今度は女に？　サリーはあの女性看護師を思いだした。大嫌いだった。いまとなっては、名前すら思いだせない。思いだしたくないのだ。あの看護師だろうか？

ダッフルバッグに衣類を詰めたサリーは、すぐには出られないのに気づいた。アマベルと揉《も》めるのはいやだった。アマベルが鍵をかける音が聞こえた。そして、階段をのぼってくる足音。きびきびとして、迷いのない足音だ。サリーは急いでベッドに入り、顎までカバーを引きあげた。

「サリー？」

「何、アマベル。ああ、驚いた、うとうとしてたみたい。おやすみなさい」

「ええ、おやすみ、ベイビー。ぐっすり寝るのよ」

「そうね」

「サリー、電話のことだけど――」

サリーは何も言わずに待った。

「マーサの聞きまちがいかもしれない。ありそうな話よ。彼女、ここんとこ耳が遠くて。やっぱり歳よね。あなたが電話に出ないときに備えて、男が女のふりをしてたのかもしれないし。それがテルマだなんて、想像もできないけど。ベイビー、あなたの正体に気づいてる人はいないからね」

アマベルが口を閉ざした。廊下の淡い明かりを背に受けたおばのシルエットが、戸口に浮かんでいる。「あなたはね、ベイビー、それはたくさんのことをくぐり抜けてきたのよ。そして怖がってる。あたしもよ。怖がってると、心がおかしないたずらをするもんなの。わかるわね？」

「ええ、わかるわ、アマベル」テルマが自分の正体を知っていることを、おばに話すつもりはなかった。

「よかった。じゃあ、ちゃんと寝てね、ベイビー」ありがたいことに、おばは部屋に入ってキスしようとしなかった。サリーはただ横たわったまま、ひたすら待った。

ようやくベッドから出ると、スニーカーをはき、ダッフルバッグを持って、忍び足で窓に近づいた。簡単に上がった。頭を突きだして、下見のときと同じように、地面に目を走らせた。ここから出よう。高さはあまりないし、階段を使えば、その途中でアマベルに足音を聞かれてしまう。

大丈夫、心配いらない。窓枠をまたぎ、狭い横桟にしゃがみこんだ。ダッフルバッグをまず落として、地面にはずむのを見た。鬱蒼とした茂みがある。深呼吸をして、飛びおりた。落ちた先は、ジェームズ・クインランだった。

二人とも倒れた。クインランはサリーを抱きしめたまま、地面を転がった。

動きが止まると、サリーは手をついて体を起こし、クインランを見おろした。半月が出ているので、はっきりと顔が見えた。

「ここで何をしてるの？」

「あんな電話を受けたあとだから、きみが逃げると思った」

転がって彼から離れ、立ちあがろうとして、しゃがみこんでしまった。足をくじいた。悪態が口をついて出た。

クインランが笑い声を漏らした。「スイスのお嬢さま学校に行かなかったにしては、お粗末な悪態だな。もっと汚くて強烈な悪態を知らないのか？」

「うるさい《ゴー・トゥー・ヘル》。足首をひねったのよ。あなたのせいで。なんでそうお節介なの？」

「きみにヒッチハイクさせたくなかった。どこぞの犯罪者にレイプされたり、喉を掻き切られたりしたらどうするんだ」

「それくらい考えたわ。ここに残るぐらいなら、多少のリスクは覚悟のうえよ。わかるでしょう？　彼はわたしがここにいるのを知ってるのよ、ジェームズ。彼に捕まるのを、ここで黙って待ってるわけにはいかない。電話でそう言ったの。わたしを捕まえに来るって」

「おれが新聞を読んでたら、マーサがおろおろしながら入ってきて、テルマにしゃべりだした。ある女性からきみに電話があった、女だったのに、きみは女じゃなくて父親だったと言ったとね。きみがひどく取り乱してる、父親からの電話にどうしてそうも動揺するのかと、いぶかしんでたよ。おれはきみが逃げだそうとするのがわかったんで、ここで待つことにした。そしたら、きみに地面に押し倒された」

隣りに坐るサリーは、足首をさすりながら、首を振っていた。「わたしは正気よ」

「わかってる」クインランは辛抱強く応じた。「何かからくりがあるはずだ。だからこそ、きみは逃げちゃいけない。逃げるのは正気の人間のすることじゃない」

サリーは膝立ちになり、身をのりだして、クインランのジャケットの襟をつかんだ。「いいこと、ジェームズ、あれはわたしの父だった。ふりでもないし、偽者でもない。わたしの父だったの。アマベルには、電話に出たのがわたしじゃなかったから、男が女の声をまねしたんじゃないかと言われた。でもその舌の根も乾かないうちに、わたしがストレスにさらされてるせいだと言いだしたのよ。つまり、わたしが正気じゃないってこと」

クインランは彼女の手に手を重ね、しばらく黙って握り、頃合を見計らって言った。

「さっき言ったとおり、これにはからくりがあるはずだ。たぶん男だったんだろう。じきにわかるさ。もし男じゃなくて、電話してきたのが女だとしたら、それはそれで対処すればいい。おれを信じてくれ、サリー」

サリーは坐りなおした。足首の痛みが引いてきた。捻挫《ねんざ》ではないのかもしれない。

「教えてもらいたいことがある」

「何？」

「誰かがきみを攪乱《かくらん》させようとした可能性はないのか？」

なぜわかるの？　サリーはクインランの表情を探ったが、知っていたことを示す証拠は見あたらなかった。

「ありうるのか？　きみに正気を疑わせようとした人間がいたのか？」

サリーは顔を伏せ、握りあわせた手の指先を見つめ、コーブに来てから爪を噛んでいないのに気づいた。いいえ、彼に会ってからよ。爪はあまり傷んでいない。サリーは目を伏せたまま、重い口を開いた。怖かったからだ。過去の自分が、あるいはいまの自分が、いまこのときもそうであるかもしれない状態を思うと、怖かった。「なぜそんなことを訊くの？」

「きみを恐れている、いや、きみが知っているかもしれない何かを恐れている人間がいるとしか思えないからだ。その人物は、言ってみれば、きみを表舞台から退場させたがってる」

クインランは言葉を切り、海のほうに顔を向けた。打ち寄せる波の音を聞きたくて耳をすませたが、何も聞こえなかった。それには少し遠すぎる。「わからないのは、なぜそいつがそういう筋書きを書きたがるかだ。きみはおれの知るなかでも、もっともまっとうな人物だよ、サリー。そんなきみをどうしたら病気に見せかけられるんだ？」

この言葉だけで、彼を愛さずにいられなくなった。サリーはいっさいの疑問を捨てて、無条件に彼を愛し、にっこりと笑いかけた。心の底から湧いてきた笑みだった。もう長いことからっぽだったせいで、自分自身や他人に対するこの心地よい信頼の感覚を忘れていた。

「わたしはおかしくなってたの」笑顔のまま、他人に、いや彼に、真実を伝えることができた安堵《あんど》を味わった。「少なくとも、彼らは世間にそう信じさせようとした。わたしは半年ものあいだ薬漬けにされていたけれど、舌の下に薬を隠して、正体を取り戻したの。いつも看護師に口のなかを探られ、薬を呑んだかどうか確認されてた。自分でもどうして薬が隠せたのか、よくわからない。それでもなんとか二日間薬を避けて正気に戻り、そして逃げたの。そのとき指輪をはずし、排水溝に投げ捨てたわ」

クインランは彼女が療養所にいたことを知っていた。メリーランドでひっそりと運営されている高級サナトリウムで、目の玉が飛びだすほどの金がかかる。だが、そんなことがありうるのか？　幽閉されて、薬漬けにされるなんてことが？

しばらくサリーの顔を見ていた。彼女の笑顔が揺らいでいる。クインランは首を振ると、彼女の顔を両手ではさんだ。「おれといっしょにテルマのB&Bへ来て、塔の部屋に泊まらないか？　ベッドをきみに譲って、おれはソファで寝てやるよ。手出しはしないから、安心しろ。ここにひと晩じゅう、坐ってるわけにもいかない。ここは、じめついてる。どちらが病気になってもつまらないからな」

「そのあとはどうするの？」

「先のことは明日考えよう。電話をよこしたのが女なら、その可能性のある人物を洗いだす必要がある。それに、きみがそんな場所に半年も入れられていた理由を探りだしたい」

その間もサリーは首を振っていた。口をすべらせたことを後悔しているのだろう。彼女にしてみたら、しょせんクインランはよく知らない男でしかなく、信じていいという確証はない。サリーは言った。「じつは、もう一つ疑問があるの。なぜアマベルの家の電話にマーサが出たのかしら？」

「もっともな疑問だな。だが、案外、電話が鳴ったときマーサがたまたま隣りにいただけかもしれないぞ。あまり疑心暗鬼になるなよ、サリー」

クインランはダッフルバッグを持ち、もう一方の手を彼女の腕の下にあてがった。サリーは足を引きずっているが、それほど痛がってはいないから、捻挫ではないのだろう。スパイバーのところへは、やりたくなかった。あの老人は油断がならない。彼女に人工呼吸をしたがったらことだ。

クインランはB&Bの玄関の鍵を持っていた。明かりがすっかり消えたなか、テルマやマーサを起こさずに塔の部屋まで行った。お客はほかにもう一人しかいない。ちょうど今日、感じのいい笑顔の老婦人がやってきた。住宅地にある娘の家を訪ねてきて、ここの塔の部屋の一つに泊まりたいと、前々から思っていたのだとか。塔の部屋が二つあってよかったわ、と彼女は言った。つまり、反対側の塔に宿泊している。

ベネチアンブラインドを閉めてから、ベッドサイドの明かりを暗めにつけた。「よし、いいぞ。きれいな部屋だろ？　テレビはないんだ」

サリーはクインランも窓も見ていなかった。銃弾のようにすばやく、ドアに駆け寄った。もう彼のことを愛していなかった。それより怖かった。ろくに知りもしない男の部屋に来てしまった。思いやりを示してくれたというだけの理由で。人の思いやりに飢えていたせいで、何も考えず、疑問もいだかずに、それを受け入れてしまった。ジェームズ・クインランはまちがっている。彼らが言うとおり、やっぱりわたしの頭はどうかしているのだろう。

「サリー、どうしたんだ？」

サリーはドアノブをつかみ、まわそうとした。だが、ドアは開かなかった。鍵が差してあるのに気づき、自分の馬鹿さかげんにあきれた。

彼はいっさい怪しい動きを見せず、手すら差し伸べようとしなかった。深みのある落ち着いた声で、しゃべりだした。「大丈夫だよ。怖いのはわかる。ここへ来て、そっちに坐ったらどうだ？　話をしよう。きみを傷つけるもんか。おれはきみの味方だ」

嘘だ、とクインランは思った。いまいましい嘘をまた一つ重ねてしまった。彼女の味方などと、よく言ったものだ。

サリーはゆっくりとドアを離れ、小さなエンドテーブルにつまずいて、どさりとソファに腰をおろした。淡いブルーとクリーム色の花模様のあるチンツのソファだった。

手をこすりあわせ、そんな自分をマクベス夫人のようだと思った。顔を上げた。「ごめんなさい」

「気にするな。これからどうする？　ベッドに入るか、それともしばらく話をするか？」

ただでさえ彼にはしゃべりすぎてしまった。きっと、もっともまっとうな人間という評価にも、揺らぎが生じているだろう。それに、なぜサリーがそんな場所に入れられていたのか知りたがっている。耐えられない、とサリーは思った。あそこのことはどうしても考えたくない。ましてや口にするなど、想像もつかなかった。もし話したら、被害妄想にとらわれた哀れな女だと思われてしまう。

「わたしは正気よ」サリーは言った。彼だけでなく、自分も陰になっているのは、わかっていた。これならおたがいに相手の表情を読めない。

「そうだな、おれは正気じゃないかもしれない。ジェンセン夫妻に何があったのか、まだ突き止められないんだが、困ったことに、興味が失せてきてる。で、おれはＦＢＩの友人に電話してみた。おい、ドアに突進しそうな顔をするなって。おれにとっちゃ親友だし、情報も流してくれた」嘘は真実に混ぜること。これがクインランの仕事だった。悪いやつら以上にうまい嘘をつかなければならない。

「その人はなんていうの？」

「ディロン・サビッチ。彼が言うには、ＦＢＩはきみを必死に捜索しているが、まだ手がかりすらつかんでいないそうだ。きみを捜しているのは、きみの父親が殺された夜、きみが何かを目撃したと確信してるからだ。たぶん、殺害犯を見たんだろう。おそらくはきみのお母さんで、きみは彼女を守るために逃げた。きみのお母さんでなければ、ほかの誰か、あるいはきみの可能性もある。

きみの父親は善人ではなかったよ、サリー。イラクやイランといった、輸出禁止リストに入っているテロリスト国家に武器を売却した容疑で、ＦＢＩが捜査を進めている最中だった。

いずれにしろ、彼らはきみが何かを知っていると見ている」事実なのか、とは尋ねなかった。サリーは女性的な淡い花柄が散ったチンツのソファの反対側に腰かけていた。

「ディロン・サビッチとは、どうやって知りあったの？」

恐怖で半分自分を見失っているにしろ、頭の悪い女でないことを思い知らされる質問だった。ここまで自分の身分を明かさずに言えることは、どうにかすべて伝えてきた。だが、それでは足りなかった。まだ信頼してもらえない。クインランはそんな彼女に舌を巻いた。

「八〇年代のなかばにプリンストンでいっしょだった。あいつはそのころからずっと、捜査官になりたがってた。卒業後も連絡を取りあってる。優秀なやつだよ。おれは信頼してる」

「そんな情報をあなたに漏らすなんて、にわかには信じられない」

クインランは肩をすくめた。「あいつも手詰まりになってるのさ。みんなそうだ。きみを捜しているのに、足跡さえつかめない。たぶんおれが何か握っていて、多少求めに応じてやれば、おれからも情報を提供してもらえると思ったんだろう」

「父が国家犯罪を犯していたのは知らなかったけど、あの人ならありそうな話よ。もうずっと前から、何をしでかしてもおかしくない人だと思ってた気がする」

サリーは黙りこむと、ちらちらとドアに目をやったが、それ以上は言わなかった。疲れた顔をしている。窓から飛びおりたせいで、髪は乱れ、頬には泥がつき、ブルージーンズの脚の部分に大きな草染みができている。いま考えていることを話してくれたら。心を開いて、すべてを打ち明けてくれたらいいのに、と思わずにいられない。

なんなら、食事に誘ってみたらどうだ？　名案かもしれない。

クインランは笑い声をあげた。どうかしている。サリーに惚《ほ》れてしまった。こんなことは望んでいなかった。彼女をパズルの大きなピースの一つ、すべてをつなぎあわせる要《かなめ》とだけ見られたら、どんなにいいか。

「ディロン・サビッチって人について、ほかに言うことはないの？」

「おまえの妹とは二度とデートしないと言ってやったよ。しょっちゅう風船ガムを口に投げこんでるんだ」

サリーは目をしばたたき、やがてほほえんだ。こわばった小さな笑みだが、笑みではある。

立ちあがって、彼女に手を差し伸べた。「疲れてるだろ。ベッドに入れよ。続きは明日の朝にしよう。バスルームはそちらにある。見て驚くなよ。総大理石張りのうえに、淡いピンクの便器は節水機能つきなんだ。ゆっくりシャワーを浴びたら、足首の腫れも引くだろう。ふわふわの白いバスローブだってあるからな」

サリーを解放してやった。もう少し押せばさらに情報を引きだせるのは明らかだが、彼女は崖っぷちに立たされている。その原因は、あのおかしな電話だけではなさそうだ。

二人で見つけた死体、崖の下で波に揉まれていたあの死体は、いったい誰なのだろう？

8

明くる朝、二人は広いダイニングに二人きりで朝食をとっていた。前日、チェックインした女性客はまだ姿を現わさず、テルマ・ネットロもいなかった。

マーサが注文を取りながら、二人にその理由を教えてくれた。「テルマは朝早くにトークショーを観ることがあるんです。あの日記を書いてることもあるわね。わたしの記憶にあるかぎり、ずっと日記をつけつづけてるんですよ」

「どんなことが書いてあるの？」サリーは尋ねた。

マーサは肩をすくめた。「日々のこまごまとした出来事でしょうね。だって、ほかに書くことなんかないもの」

「食えよ」クインランは言った。サリーの前には、マーサが置いてくれたブルーベリーパンケーキを山盛りにした皿があった。見ていると、サリーはパンケーキにバターを塗り、マーサお手製のシロップを上からかけた。ひと口食べ、ゆっくりと嚙みながら、皿のすみにそっとフォークを置いた。

フォークがふたたび動きだす前に、デービッド・マウンテバンク保安官が入ってきた。すぐに現われたマーサが食べ物とコーヒーはいかがと問いかけると、保安官はサリーのパンケーキとクインランのイングリッシュマフィンの苺ジャム添えを見て、同じものを頼むと答えた。

二人は保安官のために場所を空けた。保安官は黙って交互に二人を見やり、しばらくして言った。「早手まわしだな、ミスター・クインラン」

「なんだって？」

「もうミズ・ブランドンと仲良くなったのか？　いっしょに寝たんだろう？」

「長い話なんだ、保安官」と言い、それがどれほど馬鹿げているかサリーに伝わるのを願いつつ、クインランは笑った。

「よくそういうこと言うわね、保安官」サリーの口調は朗らかだった。「パンケーキを胃に詰まらせればいいのよ」

「そりゃどうも。おれはいやな男でね。でも、ここで何をしてるんだい？　アマベル・パーディが朝早く、あなたがいなくなったと事務所に電話してきた。たいへんな取り乱しようだったんだぞ。ちなみに、やけに髪が早く伸びたな」

黒髪のかつらをつけていなかった。ここで気圧されてはならない、とサリーは思った。

「アマベルには、朝食のあとで電話するつもりでいたの。だって、まだ朝の七時よ。おばを起こしたくなくて。それより、わたしがここにいるのをマーサが電話で伝えなかったなんて、意外だわ」

「あなたがここにいるのをアマベルも知ってると思ったんだろう。それで、どういうことになってるんだ？」

「彼女のおばさんはなんと言ってたんだい、保安官？」

マウンテバンク保安官ははぐらかされて、それに気づかない男ではなかった。だが、とりあえずは、調子を合わせるしかない。それにしても、一介の私立探偵にしては優秀すぎる。

「昨晩、妙な電話があって、あなたがパニックを起こしたと言っていた。それで逃げだしたと思いこんだようだ」車もお金もないのにと、心配してたよ」

「そのとおりよ、保安官。その理由もないのにあなたにまで心配をかけて、ごめんなさい」

クインランが言った。「おれは乙女を救出したんだよ、保安官。った。おれのベッドに一人でね。彼女は塔の部屋がお気に召し、おれのことなんか、目にも入らなかった。殺された女性について、何かわかったかい？」

「ああ。被害者の名前はローラ・ストラサー。分譲地に住み、家族は夫と三人の子ども。家族が彼女がポートランドに住む妹のところだと思っていたせいで、行方不明者の届けが出てなかった。問題は、彼女がなぜここコーブに監禁され、誰が彼女を殺したか？」

「アマベル・パーディのコテージの向かいにある家は、全部、訊いてまわったんだろう？」

保安官はうなずいた。「それがまったくはかばかしくなくてな。何かを知っている人や、聞いた人は、ただの一人もいなかった。テレビの音も、電話も、車のエンジン音も、そして女の悲鳴もだ。どちらの夜についても、ただの一つの証言もとれなかった」サリーを見やったが、マーサがパンケーキを運んできたので、言葉を切った。

マーサは三人を順繰りに見て、にこりとした。「母が昔、五〇年代の前半にカムクワット・ジャガーという男性が〈オレゴニアン〉に書いた記事を見せてくれたことがありましてね。一生、忘れられそうにありません。〝日暮れどきのコーブは、右手にマティーニを持ったものにドラマチックな光景を見せてくれる〟って書いてあったんですけど、ほんと、そのとおりですよね」なにげなく、つけ足した。「マティーニや夕焼けにはまだ早い時間ですけど――ブラディマリーでもいかがですか？　みなさん、ぴりぴりしていらっしゃるようだから」

「一杯もらいたいとこだが」マウンテバンク保安官が言った。「そうもいかない」クインランとサリーは首を振り、「遠慮しとくよ、マーサ」と、クインランが言った。

ほかに欲しいものがないかどうかを最後に確認して、マーサはダイニングから消えた。

パンケーキを半分平らげると、マウンテバンクはサリーに話しかけた。「もしあなたから女性の悲鳴を聞いたと通報を受けていたとしても、おれにはそれを信じた自信がない。いちおうは調べただろうが、悪夢で片付けていただろう。だが、その後、あなたとクインランが女性の遺体を発見した。あなたが悲鳴を聞いた女性なのか？　たぶんそうだろう。だとすると、あなたは真実を語っていて、この町の老人たちはそろって耳が遠いことになる。何か意見があったら、聞かせてもらいたい」

「保安官に電話しようと、あのときは思いもしなかったけど」サリーは言った。「思ったとしても、電話しなかったでしょうね。おばがいやがっただろうから」

「そうだろうな。コーブの住民は内々ですませたがる」保安官はにやりとして、サリーを見た。「だが、いずれにしろ、あなたを適切な証言者として認めていいかどうか疑問だな、ミズ・ブランドン。クインランと塔の部屋で寝たし、それに、髪のことで嘘をついた」

「かつらがいくつもあるのよ、保安官。かつら好きなの。かつらのことを尋ねるなんて失礼だと思ったから、後ろめたい思いをさせたくて癌だと言ったまでよ」

マウンテバンクはため息をついた。なぜ、みんな嘘をつかなければならないのか？　疲れるばかりだ。あらためてサリーを見て、今度は眉をひそめた。「どこかで会ったことがあるような気がする」ゆっくりと言った。

「ジェームズによると、わたしは彼の元義理の妹に似てるそうだし、アマベルは、わたしより三〇センチ近く背の低いメアリー・ルー・ロットンに似てると言ってる。母に言わせれば、母の乳母だったベネズエラ出身の女の人に生き写しだとか。お願いだから、保安官、あなたのペキニーズに似てるなんて、言わないでね」

「いや、ミズ・ブランドン、さいわいうちの犬には似てないよ。うちの雄犬はヒューゴといって、ロットワイラーなんだ」

サリーは待った。おもしろがっているような表情を装いつつ、両手を握りしめないように気をつけた。彼に指を突きつけられ連行すると言われるのを恐れている人間に見えてはならない。保安官は眉間の皺《しわ》をゆるめて、クインランに顔を向けた。

「前の保安官から引き継いだファイルを調べてみた。前任者はドロシー・ウィリスというひじょうに優秀な女性で、行方不明になった老夫婦に関しても、行き届いた記録が残っていた。コピーを取って持参したよ」ポケットに手を入れ、ぶ厚い封筒を取りだした。

「助かるよ、保安官」クインランは応じたものの、保安官が誰のことを言っているのか何秒かわからなかった。そうだ、ハーブ・ジェンセンとマージのことだ。

「昨夜、目を通してみた。なんらかの犯罪行為があったことでは、意見が一致している。ウィネベーゴがスポーカンの中古車置き場で見つかったからだ。だが、それ以上のことは藪《やぶ》のなかだ。前保安官の記録によると、彼女はコーブの大半の住民から話を聞いたが、何も出てこなかった。誰一人何も知らず、ジェンセン夫妻を覚えている住民は皆無だった。そこで彼女は似たような事件がほかの地域で起きていないかどうか確かめるため、ＦＢＩに事件の詳細を送った。そこまでだよ、クインラン。残念だが、それ以上のことはわかっていない。手がかり一つなかった」ふたたびパンケーキを口にし、ブラックコーヒーを飲むと、椅子を押して立ちあがった。「さて、あなたの無事を確認できたことだし、ミズ・ブランドン、これで少なくともあなたの心配はしなくてよくなった。奇妙だと思わないか？　誰も女性の悲鳴を聞いてない。まったくもって奇妙な話さ」

首を振りふり歩きだし、ダイニングを出しなに、肩越しに言った。「地毛がいちばん似合うよ、ミズ・ブランドン。悪いことは言わないから、かつらはやめたほうがいい。おれの趣味のよさは、女房の折り紙つきだ」

「保安官、ドロシー・ウィリスはいまどうしてるの?」

保安官の足が止まった。「残念ながら、地元のセブン - イレブンに盗みに入った十代の少年に撃たれて殉死したよ」

十分ほどして登場したテルマ・ネットロは、ビクトリア朝時代の残滓《ざんし》でも眺めるように周囲を見まわした。義歯をはめ、白いレースで羊皮紙のような首を飾った彼女は、開口一番に尋ねた。「で、お嬢ちゃん、ジェームズは申し分のない恋人だったかい?」

「わかりません、マダム。疲れてるからって、キスさえしてくれなかったんですよ。頭痛がするとまで言われちゃったら、どうしようもないですよね」

テルマは天を仰ぎ、骨ばった首をめいっぱい使って、大きな笑い声をほとばしらせた。

「てっきり意気地なしだと思ってたけど、サリー、やるもんだね。さて、マーサから聞いたんだが、昨夜、アマベルの家に女から電話があって、それがじつはあんたの父親だったんだって?」

「わたしが電話に出たときには、女性じゃありませんでした」

「おかしな話だねえ、サリー。誰がなんのためにそんなことするのやら。電話に出たのがジェームズだったら、また、別の展開になってたんだろう。でも、そんなに疲れやすい男なら、彼のことは忘れたほうがいいかもしれないね」

「あなたは何人ご主人がいらしたんですか、テルマ?」クインランは、サリーが怯んでいるのを察して口を出した。彼女に立てなおす時間を与えたかった。

「ボビーだけさ、ジェームズ。ボビーが新しい自動操縦装置を発明した話はしたっけね？　そうだよ、そのおかげで、あたしにはここに住むかわいそうな連中より、お金があるんだ。すべてボビーの発明のおかげだね」

「みなさん、お金持ちのように見えるわ」サリーが言った。「すてきな町だもの。すべてが新しくて計画的で、みんなが一つの壺にお金を集めて、いっしょにどうしようか決めたみたい」

「かつてはそんなふうだったよ」テルマは言った。「いまじゃ、崖まで、なんも生えてやしない。五〇年代にはまだマツやらモミやらあってね、崖の近くには何本か、ポプラまで生えてた。強風のせいで、曲がっちゃいたけどね。それがみんな、もともとなんもなかったみたいに、影も形も消えちまった。だから、町のなかに残ってるのは、なんとか守ろうと努力してるんだよ」

テルマはそこまで言うと、体をひねって、叫んだ。「マーサ、あたしのペパーミントティーはまだかい？　若いエドとそこにいるのかい？　エドなんかほっといて、朝食を持ってきとくれ！」

ジェームズはふた呼吸おいて、穏やかに言った。「頼むから、ハーブ・ジェンセンとマージのことを話してもらえないかな、テルマ。わずか三年前のことだし、あなたぐらい頭の切れる人はめったにいない。ひょっとすると、老夫婦について興味深い点を見つけて、日記に書いておられるかもしれない。そう思いませんか？」

「たしかにそうだね、坊や。そりゃあたしは頭がいいよ。自分の肘とヤカンの区別がつかないマーサとは大違いさ。それにマーサは、真珠をいじってばかりいる。あの真珠をもう三度も修理してるんだよ。からかいがいのある子なんでね、サリーに電話したのはあたしだと、しばらく思いこませてやったくらいさ。マーサが強風にあおられるシーツみたいに身悶えしてると、人生が多少なりと活気づくんでね。悪いが、ハーブとマージのことは、なんも覚えてないよ」

「あの電話のことですけど」サリーは言った。「近くからかかった可能性があります。声がはっきりしてたので」

「あたしがあんたに電話をして、父親のふりをしたと思ってるのかい、サリー？　楽しそうだけど、あたしにあんたの父親の声のテープを手に入れられると思うかい？　それに、そんなこと、どうだっていいだろう？」

「じゃあ、わたしが誰だか知ってることを認めるの？」

「ああ、認めるよ。気づくのに、ずいぶんかかったね。心配いらないよ、サリー。あたしゃ誰にも言わないから。あんたが殺された大物弁護士の娘だと知ったら、町周辺の新興住宅地に住んでるアホな若造どもが何をしでかすか、わかったもんじゃない。ああ、誰にも言わないよ。マーサにも内緒だ」

マーサがペパーミントティーと、太くてキツネ色をしたソーセージを載せた皿を持ってやってきた。ざっと見たところ、皿に溜まった脂のなかにソーセージが五、六本は転がっている。サリーとクインランは、食い入るように皿を見つめた。

テルマがひび割れた声をあげた。「くたばるときには、人類史上一のコレステロール値にしときたくてね。あたしが死すべきヘビの皮をいよいよ脱ぎ捨てるときが来たら、スパイバー先生に調べてもらうことになってるんだ。ギネスブックに載りたいからね」

「着実にその道を歩いておられるようだ」クインランは言った。

「そうでしょうか」マーサだった。テルマの左脇に立っていた。「もう何年もこれを食べてるんですよ。シェリーは、わたしたちより長生きするんじゃないかって言ってます。彼女のご主人のボルヒース師なんて、絶対にテルマより先に逝くわ。ボルヒース師はもうぜえぜえいってますけど、まだ六十八で、太ってもないんですから、おかしいでしょう？　テルマは彼がいなくなったら、誰が葬式をしてくれるのかって、心配してるんです」

「シェリーに何がわかるんだい？」テルマは太いソーセージをもぐもぐやりながら、話を続けた。「あたしが思うに、ボルヒース師が報いを受けて死んだら、彼女はもっと幸せになれるんじゃないかね。もっとも、当のボルヒース師にはその理由がわからないかもしれないが。地獄に放りだされたのに気づいたら、神に身を捧げた自分がどうしてそんなことになったのか、不思議に思うだろう。あのハルって男は、おおむねまともなんだが、女に近づくと、決まってわれを忘れ、罪だの地獄だの肉の誘惑だの言いだす。セックスを罪だと信じこんでるもんだから、奥さんにもめったに手を触れない。あきれた話さ。男のくせに、信じられないよ。子どもができなかったわけだ。ただの一人もだよ。それでも、かわいそうなシェリーには、特製のアイスティーを飲み、丸髷《まるまげ》をいじりながら、アイスクリームを売ることしかできない」

「何が悪いんですか？」サリーは尋ねながら思った。テルマの朝食は、『不思議の国のアリス』に登場するおかしな帽子屋のティーパーティ以上の奇妙奇天烈《きてれつ》さだ。「もし幸せじゃないのなら、別れればいいでしょう？」そうよ、わたしがそうしたように。ただし、少し遅すぎたけれど。脂が冷えて、ソーセージが白っぽくなってきている。

「あのアイスティーは、安い白ワインなんだよ。長年飲んできて、なんで肝臓が音《ね》を上げないのか、わからないけどね」

胃がむかついてきたサリーは、ソーセージから顔をそむけた。「アマベルに聞いたんですが、世界一のアイスクリーム屋を開店した当初は、ラルフ・キートンのところの柩《ひつぎ》にアイスクリームを保管してたそうですね」

「そのとおり。ヘレンのアイディアでね。ヘレンはラルフの奥さんで、アイスクリームのレシピを持ってた。アイスクリーム屋を始めようって言いだしたのも、やっぱり彼女だよ。以前は内気な人で、何か言わなきゃならないときはびくびくしてたし、ラルフから何か言われようものなら、家具の背後に隠れたくらいさ。それがいまじゃ、思ったことをぽんぽん口にして、ラルフのやることが気に入らなきゃ、すっこんでろと言うまでになった。何もかもあのレシピのおかげだよ。アイスクリーム屋の成功で、すっかり花が開いた。さぞかし哀れなのはラルフさ。彼には仕事がいるのに、誰も死んでやらないんだからね。

あの死んだ女性のご主人から、埋葬の準備を任されたがってるだろうよ」

サリーにはもう耐えられなかった。席を立ち、苦しげな笑みを浮かべた。「朝食をありがとう、テルマ。そろそろ帰ります。アマベルが心配してるでしょうから」

「彼女にならマーサが電話して、あんたがジェームズとここにいるのを伝えたがね、べつに言うことはないようだったよ」

「マーサにはお礼を言っておきます」サリーは礼儀を失しないように応じると、外に出てジェームズを待った。雨降りで、気が滅入りそうな暗い日だった。

「おっと」クインランはホワイエに引き返し、傘立てから傘を一本持ってきた。二人で通りを歩きながら言った。「賭けてもいいが、きっとパーン・デービスの店じゃ、またあの老人たちがカードをやってるぞ」

「きっとマウンテバンク保安官はわたしの正体に気づくわ、ジェームズ。時間の問題よ」

「おれはそうは思わない。たぶんテレビできみの写真を観ただろうが、一週間はたってるから、きみとは結びつけないさ」

「でも、捜査当局は、あちこちに写真を送ってるはずよ」

「ここは平和で孤立した町だぞ、サリー。国じゅうすべての警察と保安官事務所に写真をファックスしてたら、金がかかってしかたがない。だから、そんな心配は無用だ。保安官には疑う理由がない。彼の質問に対するきみのあの答え方で、よけいにその心配がなくなった」

クインランの瞳は、降りそそぐ雨と同じ、灰色だった。前方を見すえたまま、サリーの肘をつかんでいる。「水溜まりに気をつけろよ」

サリーはさっと脇によけた。「この雨だと、それほどきれいな町に見えないわね。メインストリートなんて灰色でわびしくて、誰も住んだことのないハリウッドのセットみたい」

「心配するな、サリー」

「あなたの言うとおりかもしれない。結婚してるの、ジェームズ？」

「いいや。ほら、足元に気をつけて」

「そうね。結婚したことはあるの？」

「一度。うまくいかなかった」

「うまくいく結婚なんて、あるのかしら」

「きみはその筋の専門家かい？」

彼の皮肉に驚きつつも、サリーはうなずいた。「多少は心得があるわ。うちの両親の結婚はうまくいかなかった。実際……いいえ、気にしないで。わたしもうまくいかなかったし。わたしの世界ではほぼ一〇〇パーセントの確率よ」

二人はパーン・デービスのよろず屋にさしかかっていた。クインランはにやにやしながら、彼女の手を取った。「あの老人たちがどうしてるか、ちょっとのぞいてかないか。被害者が殺された夜、ほんとに何も聞いてないか、じかに訊いてみたいんだ」

パーン・デービスと、ハンカー・ドーソン、ガス・アイズナー、ラルフ・キートンの四人は、樽を囲んでジンラミーの最中だった。薪ストーブには火が入っているが、暖を取るためというより、その美しいアンティークを目立たせるためのようだった。ドアの上のベルを鳴らして、クインランとサリーは店内に入った。

「雨になりましたね」クインランは傘を振った。「みなさん、ごきげんいかがですか?」

うなり声が二つに、いいよという返事が一つあって、そのあとパーン・デービスがカードを伏せて立ちあがり、二人に声をかけた。「何か用かね?」

「アマベル・パーディの姪のサリー・シジョンとは、もう面識があるんですよね?」

「ああ。顔を合わせただけだがな。元気かい、ミズ・サリー? アマベルはどうしてる?」

サリーはうなずいた。偽名がばれずにすむことだけを祈っていた。マウンテバンク保安官にはブランドン、ほかのみんなにはシジョンということになっている。

アマベルに関する彼の質問には、とおりいっぺんでない興味が滲んでいたので、笑顔で答えた。「アマベルは元気にしてます、デービスさん。嵐のあいだも、雨漏りせずにすみました。新しい屋根がよく耐えてくれたおかげです」

坐ったままのハンカー・ドーソンが、サスペンダーを引っぱりながら言った。「あんたのおかげで、わしら全員が、崖から転げ落ちた哀れな女を探しにいかされたんだぞ。寒くて風のきつい夜だったってのによ。あんな夜に外に出たいやつがどこにいる。それに、探すもんなんか、なんもなかったってのに」

9

サリーは顎を突きだした。「お言葉ですが、サー、わたしは彼女の悲鳴を聞いたし、聞いたからには黙っていられません。彼女が殺される前に、見つけてもらえなくて残念です」

「殺された？」ラルフ・キートンの椅子の前脚がパイン材の床に音をたてて落ちた。「どういう了見で、殺されたなんぞと言うんだ？ 先生は彼女が崖から落ちた、悲しい事故だと言ってたぞ」

クインランはやんわりと口をはさんだ。「検死官によると、絞殺だったそうです。犯人は彼女の遺体が陸に打ち寄せられるのを計算に入れてなかったんでしょう。それだけじゃない。誰が殺したにしろ、打ち寄せられた遺体が崖を下ってきた人間に見つかるとは、想定外だった。岸辺までの小道は、そうとう危険ですからね」

「じゃあ、なんだね、ミスター・クインラン、わしらじゃ老いぼれすぎておりられないと言いたいのか？」

「違いますか？ あの夜、彼女の悲鳴を聞かなかったというのは、確かですか？ 大声で助けを呼ぶ声を誰も聞いてないと？ ふつう、夜中に聞こえる音じゃないんだが」

「二時過ぎだったわ」サリーが言った。

「いいか、ミズ・サリー」ラルフ・キートンは立ちあがっていた。「あんたが旦那と別れてきたせいであたふたしてんのは、みんなが知ってるが、それはいいとしよう。あんたはここへ休みをとって、おのれの行く末を考えるためにやってきた。だがな、そういったことがらは、あんたのように若いレディにはたいそうな重荷になり、精神に混乱をきたして、たとえば見えもしないものを見たり、聞こえもしないものを聞いたりするもんだ」

「あれは幻聴じゃないわ、キートンさん。もし、その翌日に女性の遺体をクインランさんといっしょに見つけていなければ、そう考えたかもしれないけど」

「それはそれ」と、パーン・デービス。「偶然かもしれないだろ。アマベルから聞いたが、旦那と別れてきたせいで、夢を見たんだってな。で、あんたは風の音を聞き、あの女は崖から飛びおりた。ああ、そうとも、偶然の一致ってやつだ」

クインランは長居をしても得るものはないと判断した。彼らは自分たちの立場に固執している。いずれもよそ者であるクインランとサリーは歓迎されておらず、かろうじて目こぼしにあずかっているだけだ。それにしても興味深いのは、アマベル・パーディが町民たちを掌握しているらしいことだった。サリーの存在に明らかにいらだっているにもかかわらず、誰も警察にそのことを漏らしていない。いまは、アマベルの影響力が続くことを祈るべきだろう。それには、多少、緊張をやわらげておいたほうがいいだろう。「ミスター・デービスのおっしゃるとおりだ、サリー」クインランはすらすらと言った。「そういうこともありうるだろう？　誰にもわからないことさ。それはそれとして、ジェンセン夫妻について、何か覚えておられるといいんだが」

ハンカー・ドーソンが勢いよくふり返った拍子に椅子から転げ落ち、一瞬、大混乱になった。クインランは彼が被害を重ねないよう、すぐにかたわらに駆け寄った。「わしも歳をとったもんだ」ハンカーはクインランに助け起こされながら言った。

「何してんだ？」ラルフ・キートンが顔をまっ赤にしてどなった。

「わしも歳をとったもんだ」ハンカーはくり返した。「アーリーンが生きててくれたら、体を揉んで、チキンスープをつくってくれただろうに。肩がいてえ」

クインランは彼の腕を軽く叩いた。「なんなら、サリーといっしょにスパイバー先生のところに立ち寄って、往診を頼んできますよ。アスピリンを二錠飲んで待っててください。たいして時間はかかりません」

「いや、よしてくれ」ラルフ・キートンが言った。「ハンカーが泣き言を言ってるだけのことで、たいした怪我じゃない」

「気にしないで」サリーが言った。「どうせ先生の家の前を通ります」

「そうか、だったら、頼む」ハンカーは友人たちの手を借りて椅子に戻ると、肩をさすった。

「ええ、先生を呼んできます」クインランは傘を開き、サリーを伴って店を出た。老人たちのひそやかな声が聞こえて、足を止めた。パーン・デービスが言った。「なんで先生の家に行っちゃいけないんだ？　問題でもあるのか、ラルフ？　ハンカーの言うとおりだ。いいか、おれらには関係ないんだぞ」

「そうとも」ガス・アイズナーだった。「ハンカーがあそこまで行けるわけないだろ？」

「そりゃ、やめといたほうが利口ってもんだ」デービスがぼそぼそと言う。「クインランとサリーに行かせよう。それがいちばんだ」

霧雨が二人を骨まで凍らせた。クインランは言った。「どいつもこいつも嘘がへただな。あいつらの会話は、何を意味するんだろう？」

クインランの暗示のせいで想像がふくらみ、サリーはたんなる寒気を超えて、湿った空気に呑みこまれた。「言いたいことがあるみたいだけど、わたしには信じられないわ、ジェームズ」

彼は肩をすくめた。「口にすべきじゃなかったな。忘れてくれ、サリー」

忘れられるわけがない。「あの人たちは老人なのよ。ジェンセン夫妻を覚えているとしたら、認めるのが怖いんでしょうね。それだけのことで、害はないわ」

「かもな」

黙ってスパイバーの家まで歩き、塗りなおされたばかりの白いドアをクインランがノックした。ぼんやりした朝の光のなかでも、手入れの行き届いた家なのがわかる。この小さな町の家はみなそうだった。

返事がない。

クインランは再度ノックして、声をかけた。「スパイバー先生？　クインランです。ハンカー・ドーソンのことで来ました。転んで肩を痛めましてね」

返事がない。

サリーは重く暗いものが背筋を走るのを感じた。「留守かも」そう言いつつ、震えていた。

クインランはドアノブをまわした。意外にも、鍵がかかっていなかった。「入ってみよう」

ドアを押し開けた。室内は暖かく、暖炉の火が煌々《こうこう》と燃えていた。

おかしい。外はどんよりと暗いのに、明かりがついていない。室内も同じように暗く、外と同じように、部屋の隅々が陰に沈んでいる。

「スパイバー先生？」

クインランはふいにふり返り、彼女の肩をつかんだ。「玄関にいろ、サリー。動くなよ」

サリーは笑顔で彼を見あげた。「リビングとダイニングはわたしが見る。あなたは二階を確認してきたら？　彼はここにはいないのよ、ジェームズ」

「たぶんな」クインランはまわれ右をして、二階に向かった。暖炉の熱が押し寄せ、焼かれるような熱さで、口がからからになった。サリーはすぐに玄関の明かりのスイッチを押した。なぜかつかず、暗いままだ。しんと静まり返って、なんの気配もない。空気すらないようだ。深呼吸しても、空気が入ってこない。リビングに通じるアーチに目をやった。

なぜか急に、リビングに入るのがいやになったが、一歩ずつ足を前に出した。ジェームズがここにいて、話しかけ、恐ろしいまでの静けさを追い散らしてくれたらいいのに。たぶん、老医師はここにいないのだろう。それだけのことだ。

もう一度、深呼吸して、さらに一歩進んだ。アーチ形の戸口まで来ていた。リビングは玄関と同じようにどんよりと暗かった。頭上の明かりのスイッチを押す。深紅のブハラ絨毯と、スパイバーがあまり目が見えないがゆえに落としたティファニーのランプが目に入った。見たところ、壊れてはおらず、欠けてもいない。サリーはリビングに踏みこんだ。

「スパイバー先生？　お留守ですか？」

返事がない。

これ以上先に進みたくなくて、あたりを見まわした。さらに一歩、前に進んだ。一瞬、何かが視界をかすめた。硬材の床に何かが落ちる音がして、ロッキングチェアのきしむ音がそれに続いた。怒ったような猫の鳴き声が響き、灰色の大きな猫がソファの裏から飛びだしてきて足元におりた。つい悲鳴をあげてしまう。そして笑いだした。恐怖のせいで、笑い声がうわずった。「いい子ね」細い声しか出ず、息ができるのが不思議なくらいだった。猫はそそくさと走り去った。

ロッキングチェアが揺れる音がする。前へ後ろへ。その音が小さくなってきた。サリーは悲鳴を喉に押しこめた。猫が当たったせいで、揺れているだけだ。深々と息を吸いこみ、リビングの反対側へと急いだ。椅子がゆっくりと揺れている。まるで誰かが坐って、動かしているみたい。椅子の前にまわった。あたりの空気は、古い曲げ木の椅子に沈みこむ老人と同じように、命を失っていた。片方の腕が床に届き、頭は胸についていた。指先が硬材の床をかすめるかすかな音がする。サリーは口にこぶしをあてて、悲鳴をこらえた。すばやく何度か息を継ぎながら、魅入られたように、老医師の中指の先からゆっくりと着実に落ちていく血のしずくを凝視した。ふいに向きを変え、リビングを飛びだした。

恐怖と吐き気に満ちたしゃがれ声で叫んだ。「ジェームズ！　スパイバー先生は、ここよ！　ジェームズ！」


「なんとも不思議な偶然だな。もしあなたがここにいなくても、ミズ・ブランドン、二人の死者が出ただろうか？」

サリーはアマベルのソファに浅く腰かけ、膝で手を組んで、ロッキングチェアで揺られていたスパイバーのように、前後に体をゆすっていた。クインランはソファの肘掛けに腰かけ、まるで獲物が通りかかるのを物陰で待っているようになりをひそめている。われながら、どうしてそんな感想が湧いてきたのだろう、とデービッド・マウンテバンクは思った。ジェームズ・クインランが素人でないことは、まちがいなかった。スパイバー宅を保安官である自分以上にプロらしく処理したことといい、つねに一歩引いたような淡々とした態度といい、必要な技術をまんべんなく身につけた人物から、包括的な訓練を受けたことを物語っている。それに、おおらかで、穏やかな人柄。

クインランがサリー・ブランドンを案じているのは一目瞭然。だが、それだけではない。それ以上の何かが隠されており、それがわからないことがいらだたしかった。

「そう思わないか、ミズ・ブランドン？」抑えた調子で重ねて尋ねた。彼女を追いつめたくない。その顔は引きつり、異常なほど青ざめているが、ここで何が起きているのか、突き止めなければならない。

ようやく口を開いたサリーは、ごく手短に答えた。「ええ」

「いいだろう」クインランを見て、ゆっくりと笑顔になった。「きみとサリーはほぼ同時にこの町に来た。かなり奇妙な偶然だと思わないか？」

核心に迫っている、とクインランは思った。だが、マウンテバンクが何かをつかむ可能性はない。たんなる推理の域を出ないということだ。

「ああ」クインランは言った。「進んで無視したい偶然でもある。もうすぐアマベルが戻るはずだ。サリー、お茶を飲むかい？」

「彼の指先が硬材の床をかすってて、ぞっとするほど恐ろしかった」

「おれでも同じだったろう」マウンテバンクは言った。「それで、きみたち二人は、ハンカー・ドーソンが椅子から転げ落ちて、肩を痛めたから、たまたまあそこに行ったんだな？」

「ああ」クインランは答えた。「そのとおりだ。隣人として親切心を出しただけで、なんのやましいこともない。ただ、おれたちが店を出るとき、老人たちが言っていたことが気になる。ハンカーには行けるわけがない、あいつらに行かせよう、と言っていた」

「まさか、医師が死んでいるのを彼らが知っていて、きみとサリーに発見させようとしたと言うつもりじゃないだろうな？」

「それはなんとも。何がなんだかよくわからない。ただ、すべて伝えたほうがいいと思ったまでだ」

「自殺だと思うか?」

クインランは答えた。「銃弾の入った角度や、銃の落ち方、体の倒れ方を見るかぎり、どちらとも考えられる。あなたのところの検死官が明らかにしてくれるんじゃないか?」

「ポンサーは優秀だが、抜群というほどじゃない。一流の訓練は受けていないからな。まずは任せてみて、判断がつかなかった場合は、ポートランド警察に連絡しよう」

そこでサリーが顔を上げた。「自殺の可能性があると本気で思ってるの、ジェームズ?」

クインランはうなずいた。もっと話したかったが、保安官のいるいないに関係なく、口にすることはできなかった。彼女に向かって放たれたがっている言葉のすべてを抑えつけなければならない。あまりに重すぎるからだ。

「どんな理由があると言うの?」

クインランは肩をすくめた。「たとえば不治の病さ、サリー。痛みに苦しんでいたかもしれないだろ」

「あるいは、自分がある事実を知っていることに耐えられなくなって、誰かを守るために自分の命を絶ったのかも」

「その意見はどこからきたんだね、ミズ・ブランドン?」

「わかりません、保安官。ぞっとすることばかり。あのかわいそうな女性を見つけたあと、アマベルから、この町では事件なんか起きたことがなかったと言われました。スパイバー先生の飼い猫のフォーセップスが裏庭のニレの古木にのぼって、動けなくなった事件がせいぜいだって。ところで、あの猫はどうなるの？」

「新しい飼い主を見つけてやるさ。たぶんうちの娘の一人から、連れてこいと頼まれるよ」

「デービッド」クインランだった。「少しはうち解けて、彼女のことをサリーと呼んだらどうだ？」

「いいとも。彼女さえかまわなければ。サリー？」うなずく彼女を見て、どこかで見た顔だと、マウンテバンクはあらためて思った。だが、どこだかわからない。いちばんありそうなのは、長年知っている誰かに似ていることだ。

「これ以上、事件が起きないように、ジェームズとわたしは立ち去ったほうがいいのかも」

「ところが、マダム、コーブにいてもらわなきゃならない。あなたは二つめの遺体を見つけた。疑問がたくさんあるのに、それに対する答えが足りない。クインラン、二人でサリーにお茶を淹れてこないか？」

狭いリビングを出ていく二人を、サリーは見ていた。保安官がアマベルの絵の一枚の前で立ち止まった。ボウルのなかで腐りつつあるオレンジの絵。アマベルは腐敗部分を表わすためにしぶきを使っている。不安をかきたてる絵だった。サリーは身震いした。保安官はジェームズに何を話したいのだろう？

マウンテバンクはクインランが古いヤカンに水を汲んで、火にかけるのを見ていた。「いったい何者なんだ？」

クインランはぴたっと体の動きを止めた。食器棚からカップとソーサーを三組出した。

「砂糖やミルクは、保安官？」

「いや」

「ブランデーは？　サリーのお茶には入れてやるつもりだが」

「遠慮しとくよ。答えてくれ、クインラン。きみが私立探偵のわけがない。そんな優秀な私立探偵はいない。最高峰の訓練を受けているようだし、経験もある。一般人の知らないことを処理するだけの能力がある」

「そうか」クインランは手帳を取りだし、なかを見せた。「ジェームズ・クインラン特別捜査官だ、保安官。ＦＢＩの捜査官だよ。よろしく」

「なるほど」と、マウンテバンク。「潜入捜査だったのか。いったい何が起きてるんだ？」

10

クインランはお茶のカップにブランデーをワンフィンガー分そそぎ、保安官が手を差しだすのを見て、にやりとした。「いや、ちょっと待ってくれ。これはサリーに渡したい。彼女には踏んばってもらわなきゃならないからな。彼女は民間人だ。今回の一件に大打撃を受けている。あなたにもわかるだろうが」

「わかるよ。おれはここで待たせてもらうよ、クインラン」

クインランがとって返すと、保安官はカウンターに手をつき、シンクの上の窓から外を見ていた。長身瘦軀《そうく》で、手脚の長い、ランナー体型をしている。クインランより何歳か上のようだ。どこかひたむきさを感じさせ、そんな彼を前にすると、みなつい口を開いてしまうのだろう。感心しながらも、自分は口を開くまい、とクインランは思った。デービッド・マウンテバンク保安官のことは好きになりつつあるが、だからと言って、気は許せない。

保安官を驚かせないよう、静かに話しかけた。「彼女は眠ってたよ。アマベルのアフガンをかけてきた。だが、大きな声は出さないようにしてくれ、保安官」

保安官はゆっくりとふり返り、ちらっと笑みを見せた。「デービッドと呼んでくれ。いったいどうなってるんだ？　なぜきみがここにいる？」

　クインランは淡々と答えた。「おれがここへ来たほんとうの目的は、ジェンセン夫妻を捜すことじゃない。それはたんなる口実だ。だが、彼らの失踪事件はいまだ解決されてない。そして、それは二人だけじゃなかった。あなたの言うとおりだったんだ。前保安官は調査資料のすべてをFBIに送り、そのなかには、別の二人に関する失踪報告書も入っていた。バイク乗りと、その彼女だ。海岸線沿いの町々からも、似たような報告書が寄せられていて、このあたりで行方不明になった人の報告書が、いまじゃぶ厚いファイルになってたよ。ジェンセンが最初の失踪者でないのは確かだから、おれはただつついてるだけだ。私立探偵を名乗ったのは、老人たちを怖がらせたくなかったからだ。FBIの捜査官が入りこんできて、何やらわからない事件を探りまわってると知ったら、縮みあがるだろうからな」

「真実だけに、いい口実だな。それで、何が起きてるか話す気はないんだな？」

「いずれ話す。ジェンセン夫妻について、ほかにわかったことはないのか？」

「ああ。あの尊敬すべきご老人たちはおれに嘘をつきつづけてる。驚くだろう？　自分たちの両親や祖父母にあたるような老人たちが、ウィネベーゴに乗った老夫婦が世界一のアイスクリームを買いに町までやってきたかどうかという、無害きわまりない事実について口を割ろうとしないとは。

　つまり、みなハーブとマージを覚えているのに、話すことで何かに巻きこまれるのを恐れてるんだ。きみはなぜすぐにおれに打ち明けなかった？　自分の正体を明かして、潜入捜査をしてると、なぜ言わなかったんだ?」

「できるかぎり伏せておきたかった。そのほうが捜査がしやすい」クインランは肩をすくめた。「考えてみてくれよ。もしおれが死体を見つけなければ、なんの害もなく、誰にも損はなかった。いなくなった老夫婦の件で、何か探りだしてたかもしれないだろ」

「人が二人死ななけりゃ、きみも正体を明かさずにすんだだろう。ただ、あまりに優秀すぎて、正規の訓練を受けていることがわかった」保安官はため息をつき、クインランから手渡されたブランデー入りのお茶をがぶりと飲み、小さく身震いすると、腹を叩きながらにやりとした。「やる気を取り戻すにはいい薬だな」

「ああ」

「サリー・ブランドンといっしょにいるのは、なぜだ?」

「ここへ来たその日に、たまたま知りあった。おれは彼女が好きだ。彼女がひどい目に遭わされるのは、まちがってる」

「ひどい目どころじゃない。崖の下にある岩場に打ちつける女性の死体を見るだけでも、一生悪夢を見かねない体験だ。半分頭の吹っ飛んだスパイバーの死体となったら、なお悪い」

マウンテバンクはもうひと口、お茶を飲んだ。「この気付け薬は癖になりそうだ。で、場合によっては、二人の死が、ジェンセン夫妻を含むFBIの行方不明者のファイルになんらかの関係があるかもしれないと思うか?」

「おれのよくまわる頭脳をもってしても、あまりに突飛な組みあわせだが、結びつけたくもなるだろう？」

またはぐらかされた、とマウンテバンクは思った。だが、悪意は感じない。穏やかで物腰のやわらかなクインランだが、言いたくないことは絶対に漏らさないだろう。この男に揺さぶりは効かない。ここへ来た真の目的が気にかかるが、そのときが来れば話してくれるはずだ。

マウンテバンクは言葉を選びながらしゃべった。「ここへ来た主目的を打ち明けてくれるつもりがないのは、わかった。だが、すでに検討すべき材料はたっぷりあるから、そのことに気を揉むのはやめよう。きみにはこれまでどおり仕事を続けてもらい、できる範囲でたがいに協力することにしよう」

「ありがとう、デービッド。恩に着る。コーブってのは、興味深い田舎町だな」

「いまはな。三、四年前の町を見せたかったよ。そりゃひどい荒れようで、どこもかしこも傷《いた》んだものだらけ、老人ばかりだった。若い連中はとっとと逃げだしたんだが、その後、栄えだした。何をしたか知らないが、みごとな計画のもと、町に繁栄がもたらされたのさ。ひょっとすると、誰かの親戚が亡くなって、財産が転がりこみ、それを町に寄付したのかもしれんな。なんにしろ、いまは来訪者に喜びを与える町になった。みんなが心を合わせれば、ドブから這いあがれることを示したわけさ。その意味では、尊敬に値する人びとだよ」

マウンテバンクはからのカップをシンクに置いた。「さて、おれはスパイバー先生の家に戻るとするか。なんの証拠もなくてな、クインラン」

「何かわかったら、電話する」

「電話を塞がないようにしておくよ。考えてみるに、二人も死んだとなると、この町では大事件だ。しかもおれは、監禁、殺害の罪で連中の一人を逮捕しようとしてるわけだ。いまだから言うが、おれはあの四人の老人は、あんたがハンカー・ドーソンのために先生を呼んでこようと申しでた時点で先生が死んでるのを知ってたんじゃないかと思った。つまり先生の死に関与してるってことだ。あんな善良なじいさまどもを、よくそこまで疑ったもんだ。早く事件を解決したいよ」

「くり返しになるが、何かわかったら連絡するよ」

その言葉を信じていいのかどうか、マウンテバンクにはわからなかったが、彼の口ぶりは誠実だった。それはそうだ。最高の訓練を受けてきた男なのだから。マウンテバンクには、トム・ネイバーという名のいとこがいる。トムは八〇年代の前半にクワンティコで訓練を受けたものの、十六週間に及ぶ訓練をわずか四週間で挫折した。能力があると思っていたいとこにして、やり遂げられなかったのだ。

マウンテバンクはキッチンの戸口でふり返った。「奇妙なめぐりあわせだが、避けようがなかった。サリーがここにいるのは想定外の出来事だった。ローラ・ストラサーの殺害犯は、そのときすでに彼女を監禁していた。サリーが最初の夜に女の悲鳴を聞かなければ、悲鳴を聞いた人間は皆無だったろうが、実際は彼女が聞いてしまった。きみとサリーが崖まで出かけなければ、女性の遺体は見つからずじまいだったろう。犯罪はなかったことになり、亭主によって行方不明者の届けが一枚ふえるだけだった。

その点、スパイバー先生の事件は事情が違う。犯人は先生の遺体を隠そうとしてない」

「自殺の線もまだ消えてないんだぞ」

「わかってる。だが、どうも妙な匂いがすると思わないか？」

「いや、おれにはわからないが、これからも探ってくれ、デービッド。誰も何も聞いてないのが引っかかる。そんなことがありうるか？　あまりに意見が一致しすぎてる。それこそ、あなたにはおおいに引っかかるよ」

「まったくだ。だが、まだ怖がってるだけかもしれないという思いが捨てきれない。また寄らせてもらうよ、クインラン。サリーをかばってやれよ。彼女にはどこかコートの内側に抱えこんで、守ってやりたくなるようなところがある」

「いまはそうかもしれないが、元気な彼女にそんなことをしたら、手痛いしっぺ返しをくらいそうだよ」

「同感だ。やがてそうなるにしろ、いまは違う。何かが引っかかってるんだが、きみには話してくれるつもりがないんだな？」

「そのうち話すよ、デービッド。検死がうまくいくのを祈ってる」

「おっと、それで思いだした。うちの奥さんに電話して、夕食には戻ると伝えとかないと」

「結婚してるのか？」

「おれの結婚指輪をまっ先に確認してただろ、クインラン。いまさら無邪気なふりをするなよ。子どもの話もしたしな。おれには三人の幼い子がいて、そろって娘だ。玄関のドアをくぐったとたん、二人が脚をよじのぼるし、残る一人が椅子を引っぱってきて、腕に飛びこんでくる。誰がいちばんに首にかじりつくかで競争してるんだ」

保安官はいびつな笑みを浮かべ、小さく敬礼して、出ていった。

ほかの話題はありえなかった。話すことといったらスパイバーの死と、二人のよそ者が、ロッキングチェアの上で頭を半分吹き飛ばされ、指先から血を滴らせているスパイバーを発見したことだった。

自殺という点では意見の一致をみた——問題はその理由だ。

末期癌さ、とテルマ・ネットロは言った。実の祖父が、自殺してもおかしくないほど癌に苦しんだからだった。

目が見えなくなったからだろ、とはラルフ・キートンの説。ラルフが喜んでいるのをみんなが知っていた。遺体が戻れば、葬儀の準備を任されるからだ。スパイバー先生は掛け値なしに優秀な医者でいられなくなったことに耐えられなかったんだろ。

失恋の痛手、とパーン・デービスは言った。パーンが数年前にアマベルから振られたことを知っている町民たちは、恨みがまだ晴れていないのだと思った。

人生に疲れた、それに尽きるよ、とヘレン・キートンは、シェリー・ボルヒースにチョコレートペカンアイスクリームのトリプルコーンをつくりながら言った。生きることに疲れる年寄りは少なくないよ。先生は魔王のお迎えが来るまで愚痴りながら十年待つより、それに決着をつけることを選んだのさ。

ひょっとしたら、とハンカー・ドーソンは前置きをした。スパイバー先生はあの女の死にからんでたんじゃないか？　だとしたら、自殺してもおかしくない。罪の意識ってのは、スパイバー先生みたいな立派な男をも、自分に引き金を引かせるもんだ。

住民に弁護士はいないが、ほどなく保安官が遺書を発見した。サウスベンドの銀行にスパイバー名義の預金が二万二〇〇〇ドルあり、全額をハル・ボルヒース師を代表者とするタウンファンドなる基金に遺していた。

タウンファンドの存在は、マウンテバンク保安官にも初耳だった。そんな基金は聞いたことがない。それが町民にどんな影響を与えているのか？　当然ながら、医者に三八口径の拳銃をくわえさせて引き金を引き、そのあと彼の手に拳銃を握らせた人間がいたのかどうかは、まだわかっていない。

そんな人間がいたとしたら、謀殺になる。そうでなければ、スパイバー本人が銃を口に突っこんだのだろう。ポンサーは夜の八時に電話してきた。検死解剖を終えたというのに、困ったことに、言葉を濁していた。マウンテバンクが踏みこんで尋ねると、最後には自殺だと言った。いえ、スパイバー先生には不治の病はありませんでした――ポンサーが見るかぎり、そうだったということだ。

アマベルはその夜、サリーに言った。「二人でメキシコに行って、ビーチでゆっくりするのってどう?」

サリーはほほえんだ。まだ寒気が抜けないので、アマベルのバスローブをまとっていた。クインランはついていたがったものの、やがて何かを思いだしたらしく、テルマのB&Bに戻った。どうしたのか気になったが、サリーは尋ねなかった。「メキシコには行けないわ、アマベル。パスポートを持ってないから」

「じゃあ、アラスカは? 雪の吹きだまりにもたれかかるのよ。あたしは絵を描いて、あなたは——何する、サリー? お父さんが殺される前、あなたは何をしてたの?」

体が凍りつきそうになった。サリーはバスローブの襟をかき寄せ、暖房機に近づいた。

「わたしはベインブリッジ上院議員の補佐官をしてたわ」

「その議員さん、引退したんでしょう?」

「ええ、去年ね。そのあとは何もしてなかった」

「どうして?」

鮮烈な映像が脳裏をよぎり、外の風と同じように轟々《ごうごう》と鳴った。食卓のふちをつかんだ。

「いいのよ、ベイビー、べつに言わなくて。どうでもいいことなんだから。まったく、なんて日だろう。先生が死んで、寂しくなるわ。ずっといた人だから、みんなが寂しがる」

「いいえ、アマベル、みんなじゃないわ」

「じゃあ、あなたは自殺だと思ってないの、サリー?」

「ええ」サリーは深呼吸した。「この町には狂気が宿ってるような気がするの」

「なんてこと言うの！　この町に住んで二十五年以上になるけど、あたしの頭には狂気なんてないわよ。あたしの友だちにもね。みんな地に足がついた親切な人たちで、おたがいのことや町のことを大切にしてる。それに、仮にあなたの言うとおりだとしても、あなたが来るまでは異常なことなんてなかったのよ。それをどう説明するつもり、サリー？」

「保安官にも同じことを言われたわ、アマベル。じゃあ、訊くけど、わたしとジェームズが発見したローラ・ストラサーのことだけど、本気でよそ者が彼女を町に連れてきて、監禁したあげくに殺したと思ってるの？」

「あたしが何を思ってるかと言ったら、あなたの頭が暴走してるってことよ。人生の転換期に、けっして健康的なこととは言えないと思うけど。いいから、あまり考えすぎないで。すぐにもとどおりになるから。そうなるに決まってる」

その日の夜更け、三時ちょうどのことだった。雨は降っていなかったが、風が吹きすさんでいた。サリーは何かの気配で目覚めた。そのまま横になっていると、窓に軽い音がした。

コツン。

女性の悲鳴ではない。

木の枝だろうと思い、寝返りを打って、ブランケットを引きあげた。ただの木の枝よ。

コツン。

あきらめて、ベッドから出た。

窓まで届くほど背の高い木がないのを思いだしたのは、カーテンを開けたときだった。そこには死人のように青ざめた、父のにやけ顔があった。

アマベルが見たのは、部屋の中央で膝をつき、体に腕を巻きつけたサリーだった。開け放たれた窓から、風に引っぱられたカーテンが外にはためいている。サリーは延々と悲鳴をあげつづけ、喉が狭まり、音が出なくなるまでその声が止むことはなかった。

クインランはその場で決断した。「テルマの宿のおれの部屋に泊めます。それなら万が一の場合も、おれが対処できますから」

三十分前、サリーから電話があり、おばの家に来て、父親を遠ざけてくれと、息も絶えだえに頼まれた。その背後ではアマベルが、電話できるような状態じゃないのに、赤の他人に等しい男に電話をするなんて、と言っていた。さあ、電話を置きなさい、あなたはただ興奮して、ありもしないものを見ただけなの。いろんなことがあったせいで。

そしてアマベルはいまも、クインランを無視してしゃべりつづけている。「ベイビー、いいこと。あなたはぐっすり寝てて、風のせいで窓がおかしな音をたてるのを聞いたの。いままでと同じよ。夢を見ただけ。カーテンを開けたときも、まだ目が覚めてなかったのよ」

「起きてたわ」サリーが言い返した。「風の音で目が覚めて、そのまま横になってたら、コツコツという音が窓から聞こえたのよ」

「ベイビー、だから――」

「そういう問題じゃない」クインランは業を煮やして口をはさんだ。このままだと、じきにサリーは自分を疑い、すべてを妄想だと思いこんでしまう。そうでないことを祈るばかりだ。だが、彼女は半年にわたってサナトリウムにいた。偏執症だとファイルにはあった。抑鬱《よくうつ》状態で、自殺の可能性があり、周囲は自傷行為を恐れている。医者は入院を勧め、夫はそれに同意した。彼らはサリーをサナトリウムに戻したがっている。その筆頭が夫だ。クインランには、その意志のない人物を収容させることが適法なのかどうかが気になった。

サリーの両親はなぜ介入しなかったのか。両親も娘がおかしいと思ったのか？　だが、サリーにも人権がある。彼らがどう抜け道を見つけたのか、確認しておかなければならない。

いまクインランは言う。「アマベル、サリーの身のまわりのものを詰めてもらえますか？　三人とも、朝になる前にいくらかでも眠っておかないと」

アマベルは口を引き結んだ。「サリーは既婚者なんだから、あなたとは行かせられない」

サリーの口から笑い声が漏れだした。低くかすれた、ひどく痛々しい笑いだった。ぎょっとしたのか、アマベルはそれきり口をつぐみ、ダッフルバッグに荷物を詰めるため、二階へ上がった。

三十分後の朝の四時過ぎ、クインランはサリーを塔の部屋に招き入れた。

「ありがとう、ジェームズ」サリーは言った。「もうくたくたよ。わたしのために来てくれて、感謝してる」

たしかに、クインランは彼女のために出かけた。矢のように飛んでいった。ちくしょう、なぜ思ったとおり、計画したとおりにことが運ばないんだ？　クインランは謎のまっただなかに放りだされ、手元にあるのは、組みあわさるとは思えないばらばらのかけらだった。クインランはサリーをベッドに入れ、上掛けをかけて、考えるより先に唇に軽くキスしていた。サリーは反応せず、ぼんやりとこちらを見あげた。

「眠れよ」彼女の顔から、そっと髪を払い、ベッドサイドのランプの紐《ひも》を引いた。「二人で解決しよう。だからいまはもう心配するな」

あまりに法外な約束で、われながら怖くなる。

「彼が電話でそう言ったの。おまえのために行く、すぐに行くよって。嘘じゃなかったのよね、ジェームズ。彼は来たのよ」

「誰かが来たんだ。そのことは、また起きてから考えることにして、まずは眠ろう。おれは絶対にここにいて、きみをもう一人にしないからな」

彼女はいつも一人だった。最初のうちは、その人なりの方法で話しかけてくれる患者もいたが、相手にしなかった。というより、心が動かなかったのだ。頭に靄《もや》がかかり、自分の内側と外側の両方から切り離され、一人深い洞窟《どうくつ》に迷いこんだような、あるいは空気中を漂っているような気分だった。そこにはなんの現実感もなかった。かつて六時に起きてエクスター・ストリートからコンコルド・アベニューまで三キロの距離を往復し、家に帰ってシャワーに飛びこみ、髪を洗いながらその日の計画を立てていたのが嘘のようだった。彼女はよく上院議員にベインブリッジ上院議員は週に二度はホワイトハウスに出向いた。

同行し、議題に応じてまとめた草案を持参した。彼女にとっては簡単な仕事だった。草案の多くは彼女が記し、委員会で審議中の内容については、上院議員以上にその政策を理解していたくらいだ。それくらい仕事に打ちこみ、多岐にわたる仕事を任されていた。プレスリリースも担当し、センセーショナルな記事が出たときは、スタッフや上院議員と一致協力して、議員がとるべき最善の立場を探ったものだ。

毎日のように、基金調達の催しや、報道関係者向けのパーティ、大使館主催のパーティ、ほかの政治家との集まりがあった。多忙な日々だったが、疲れてベッドに倒れこむときですら、そんな仕事に愛情を感じていた。

最初のころ、スコットは、きみの仕事ぶりには恐れ入ると褒めてくれた。ありとあらゆるパーティに招かれ、大物に紹介されることに興奮しているようだった。最初のうちは。

いまの彼女は何もしていない。週に二回、誰かが髪を洗ってくれるが、首筋を湯が伝うとき、かろうじてそれに気づくくらいだ。筋肉はないに等しかった。毎日、誰かしらが長い散歩に連れていってくれるけれど、犬の散歩と変わらなかった。一度、走ろうとしたことがあった。ただ走って、風が顔にあたる感触を味わいたかっただけなのに、許してもらえなかった。それ以降は薬の量がふえ、走りたいとも思わなくなった。

そして彼。最低でも週に二度、ときにはもっとやってきた。看護師たちは彼を崇拝し、その献身ぶりを小声で誉めそやした。彼はやってくると何分かは彼女と談話室で過ごし、そのあと彼女の手を取って、病室へと伴った。彼女の部屋は白ずくめで、自殺の道具になりそうなものは、いっさい排除されていた。先の尖ったものも、ベルトも。部屋の調度を整えたのは彼だと、一度、聞いたことがあった。ドクター・ビーダーマイヤーの助言を受けながら。ベッドは木製に見せかけた金属製のベッドだった。ドだと、木片で心臓を突き刺すかもしれないからだ。本人は一度もそんな気を起こしたことがないのに、彼はそう言って笑い、両手で彼女の顔を包みこんで、これからもずっと面倒をみてやるよと言った。

そして彼女の服を脱がせ、ベッドに仰向けに横たえた。ベッドをめぐりながら裸体を眺め、その日の出来事や仕事のこと、いまつきあっている女のことなどを話して聞かせた。そのあとズボンのファスナーを下ろして自分のものを見せ、見せてもらえて運がいいと思え、そのうち触らせてやると言ったが、彼女をまだそこまでは信じていないようだった。

彼は彼女の全身を愛撫しながら、自分のものをこすった。寸前になると、一度は彼女を殴った。だいたいは肋骨のあたりだった。

前に一度、彼が天を仰いでオーガズムに浸っているあいだに、霞《かすみ》のかかった目でドアを見たことがある。二人の男がドアの窓から室内をのぞきながら、しゃべっていた。彼女は彼を押しやろうとしたが、できなかった。力がなさすぎた。事をすませた彼は、かがんで彼女の目のなかに嫌悪を見ると、顔を殴った。顔を殴られたのは、このとき一度きりだった。

腹這いにさせられることもあった。腰を突きださせられ、いつか突っこんで深々と貫くのを感じさせてやる、と彼に言われた。わたしのものは大きいから痛いぞ。そう思うだろう？

だが、おまえはわたしにふさわしい女になっていない。それに急ぐ必要はないだろう？　先は長い。なんでもできる。そして彼は、愛人をはじめて抱いたとき、彼女たちが彼を喜ばせるためにどんなことをしたかを話しはじめた。

彼女は何も言わなかった。そのせいで、お尻をベルトで殴られた。いったん始まると、なかなか終わらなかった。悲鳴をあげ、許しを請い、また悲鳴をあげて、逃れようと身をよじり、けれど押さえつけられた。彼は許してくれなかった。

朝の五時だった。クインランはサリーの悲鳴で飛び起きた。絹を引き裂くような悲鳴は、聞くに耐えない痛みと無力感に溢れていた。駆け寄って抱き寄せ、なだめようと心に浮かんだことを次つぎに口にし、ひたすら話しかけて、おぞましい悪夢から呼び戻そうとした。

「こんなに痛いのに、彼はおかまいなしだった。何度も何度も殴りながら、わたしを押さえつけて、逃げられないようにした。わたしは必死に叫んだのに、誰も駆けつけてくれなかった。でも、あの顔が見えた。窓からのぞいて、楽しんでた。ああ、やめて、やめさせて。もう、だめ！」

サナトリウムでのことを夢に見ている。少なくとも聞くかぎりでは、そういう印象だった。ひどく暴力的で、しかも性的な夢のようだ。いったい、何が行なわれていたんだ？

サリーの髪をまさぐり、背中を撫でさすって、ひたむきに話しかけた。

切れぎれだった息が整ってきた。しゃくりあげている。サリーは体を後ろに倒して、鼻を手でこすった。一瞬、目を閉じたのち、ふたたび震えだした。

「頼むよ、サリー、落ち着いてくれ。おれがいるから、心配いらないんだ。ほら、おれにもたれて、そう、そうだ。ゆっくりと息を吸ってみろ。そう、その調子だ」彼女の背中を撫でていると、震えが収まってきた。どんな夢を見たんだ？　意識のない状態だと、記憶が異様にゆがめられる。

「きみは何をされたんだ？」彼女のこめかみに口をつけ、やさしくゆっくりと話した。「おれに話してみろよ。話せば、それだけ早くやりすごせるぞ」

サリーのささやき声が首に響いた。「彼は来たわ。少なくとも週に二回。そのたび服を脱がせて、わたしを眺め、体に触れて、その日自分のしたことや、抱いた女の話をした。

ドアの窓からそれを見てる人がいた。いつも同じ人。定期入場券か何かを持ってるみたいだった。おぞましかったけれど、だいたいはただ横たわってた。頭がはたらいてなかったから。でも、ひどく痛いことが一度あった。思考や感覚がよみがえって、屈辱を感じたのを覚えてる。だから、彼から逃れようと、あらがった。でも、彼は殴って、殴って、殴りつづけた。最初は手で、次はベルトで。わたしが血を流すと喜んだ。わたしにその資格ができたら、入れてやると言った。ＨＩＶ陽性じゃないから、心配するなって。それにどうせ、わたしの頭なんか壊れてるんだからって。『何も覚えてられないだろう、サリー。おまえの頭は壊れてるからな』って」

クインランのほうは硬直のあまり、いま殴られたら無数のかけらになりそうなのに、サリーはぐったりともたれかかってきた。呼吸がゆるく、収まってきている。思ったとおり、話すことで彼女は落ち着いたが、クインランは逆だった。そうはいかない。

すべて彼女の妄想なんてことが、あるだろうか？　何も言えない時間が長く続いた。ようやく口を開いた。「きみにそんなことをしたのは、亭主なのか、サリー？」

彼女は寝ついていた。すやすやと穏やかな息遣いを胸板に感じ、自分がボクサーショーツ一枚なのにはじめて気づいた。いちいちかまっていられない。クインランは彼女を押しやって、離れようとした。だが、驚いたことに、彼女が背中に腕をまわしてきた。嬉しかった。

「いや、いやよ、お願い」ふたたび深い眠りに落ちた。

クインランは隣りで仰向けになり、サリーの顔を肩に押しつけた。こんなつもりじゃなかったのに、と暗い天井を凝視した。彼女の寝息は深く、脚をクインランの腹にかけ、手のひらを胸板にあてている。その手を下げられたら、あるいは太腿がもう少し下に移動したら、いかんともしがたい状況に追いこまれる。

それでなくとも窮地に立たされている。彼女の額に口づけし、体を抱き寄せて、目を閉じた。少なくとも、彼女はそいつに犯されずにすんだ。ただ、殴られた。

不思議とクインランも眠りに落ちた。

11

「思ったとおりだ」クインランは独り言とともに、立ちあがった。男の足跡が二つ、アマベルの家のサリーが寝ていた部屋の窓の下にくっきりと残り、梯子《はしご》が地面に刺さっていたことを示す、深いへこみがあった。

　あたりに落ちている小枝は、何者かが、長い梯子を引きずってすばやく動くときに引きちぎられたものだろう。クインランはふたたびしゃがみこみ、右手で足跡の大きさを測った。クインランとほぼ同じだから、二九センチくらいだ。ローファーを脱いで、そっと足跡に重ねた。ほぼぴったり重なる。よし、わかった、二九・五だ。

踵《かかと》の部分の深さがあるから、小男ではない。身長一八〇センチ、体重八〇キロといったところか。さらにじっくりと観察し、くぼみの深さを測った。なぜか片方のほうが深い。足を引きずっていたのか？　わからない。たまたまそうなっただけのことかもしれない。

「何かわかったか、クインラン？」デービッド・マウンテバンクだった。制服にぴしっと身を包み、ヒゲをきれいに剃《そ》って、驚くほど寝覚めのいい顔をしている。まだ朝の六時半だった。「サリー・ブランドンとの駆け落ちでも考えてるのか？」

やれやれ。クインランはそろそろと立ちあがりながら、のんびりと言った。「昨晩、何者かがこの家への侵入を試みて、サリーを震えあがらせたようだ。それと、二つめの質問はイエス。参考までに伝えておくと、彼女ならまだテルマの塔にあるおれの部屋で眠ってるよ」

「何者かが侵入を試みた？」

「ああ、そうらしい。サリーは目を覚まして、窓に男の顔を見た。それで震えあがり、悲鳴をあげた。その悲鳴が犯人の肝も冷やさせたらしく、ここからいなくなった」

マウンテバンクはアマベルのコテージの壁にもたれかかった。塗りなおして半年もたっていないだろう。窓枠に塗られた深緑のペンキが、縮れて波打っていた。「いったい全体、何が起きてるんだ、クインラン？」

クインランはため息をついた。「言えないな。国家の安全保障に関わる問題なんでね」

「ホラもたいがいにしろよ」

「言えないんだ」クインランはくり返し、マウンテバンクの目をまっすぐに受けとめた。銃を突きつけられても、一歩も引かない構えだ。

「いいだろう」マウンテバンクは言った。「当面はきみのやり方を通させてやる。二件の殺人事件に関係ないのは、確かなんだろうな？」

「ああ、確かだ。じっくり考えてみた。昨日はそんなことは想像もつかないと言ったが、考えれば考えるほど、女性の殺害と三年前のジェンセン夫妻の失踪には関連がありそうに思えてきた。なぜどうしてと言われると困るが、今回の事件は妙にうさん臭い。腹の内で虫が身《み》悶《もだ》えしてるんだ。勘ってやつさ。長年の経験から、こういう感覚が無視できないのはわかっている。なんらかのつながりがある。それがなぜどんなふうにかはわからないが、考え方がまちがってるだけかもしれない。

サリーのことは、気にしないでくれ、デービッド。そうしてもらえたら、恩に着る」

「殺人事件が二件だ、クインラン」

「スパイバー先生もか？」

「ああ。さっきポートランドの検死官から電話があった。サンフランシスコで教育を受けた女医で、きわめて優秀だ。有能な検死官がどこにでもいればいいんだがな。昨日、夜遅く、スパイバー先生の遺体を送ったら、ありがたいことに、すぐに検死に取りかかってくれた。先生が自分で椅子に腰かけ、口に銃を突っこみ、引き金を引いた可能性は、皆無だそうだ」

「それでスパイバー先生が女性を殺し、その罪悪感から自殺したという仮説が消える」

「そのとおり」

「いまおれが何を考えてると思う？　ひょっとしたら、犯人はスパイバー先生を自殺と見せかけられると踏んでたんじゃないか？　年寄りには優秀な検死官ほどの判断力がない。げんに、あなたのところのポンサーには、判断がつかなかった。ポートランドに優秀な検死官がいたおかげで、運よく真実がわかったと考えていいだろう」

「きみの言うことは、もっともだな、クインラン」マウンテバンクはため息をついた。「おれたちの前には捕まっていない殺人犯がいて、おれは袋小路に迷いこんでる。

おれと部下たちは、ローラ・ストラサーのときと同じように、この美しく小さな町の住人の一人ずつに尋ねてまわり、やはりなんの証言も得られなかった。おれ自身、地元民の一人が事件に関与しているとは、まだ思えないでいる」

「住民のなかに犯人がいるんだ、デービッド。それ以外には考えられない」

「石膏《せっこう》で足形を取るか、クインラン？」

「いや、それはいい。だが、見てくれ、片方の足跡のほうが、もう一方より深い。こういう例を過去に見たことはあるかい？」

マウンテバンクは地面に手をついて、足跡を観察した。クインラン同様、薬指で深さを測った。「奇妙だな。おれには見当もつかん」

「足を引きずっていたのかとも思ったが、それともまた違う。それなら片側にそれらしい跡が残るはずだ」

「なるほどな」マウンテバンクは立ちあがり、海のほうに目をやった。「美しい一日になるぞ。おれは週に二度は、世界一のアイスクリームを食べさせるために、娘たちをここへ連れてきてた。だが、最初の殺人事件が起きてからは、コーブに近づけたくなくなった」

そしてクインランは、殺人犯とはべつに、サリーの精神を攪乱しようとする人物がいることを知っていた。サリーの夫のスコット・ブレーナードに違いない。

焦げ茶のコーデュロイのズボンで、手の汚れを払った。「ところで、デービッド、誰がいちばんだった？」

ラっていうんだ」

マウンテバンクは笑った。「末娘だよ。サルみたいに脚をよじのぼってきてな。ディアド

「娘さんのうち、誰がいちばんに首にかじりついたんだ？」

「何がだ？」

クインランは保安官を残して、テルマの宿に戻った。

塔の部屋のドアを開けると、サリーがバスルームの戸口に立っていた。濡れたぺしゃんこの髪が、肩に垂れていた。タオルを左手に持ったまま、クインランを見つめている。

素っ裸だ。

恐ろしいほど痩せていて、恐ろしいほど完璧だった。彼女がタオルで前を隠すまでの一瞬に、クインランはそれを見て取った。

「靴のサイズは二九・五センチだった」

彼女はタオルを体に巻きつけて、胸を隠した。黙ってこちらを見ている。

「きみの父親のふりをした男のことだ」彼女のようすをつぶさに観察しながら言った。

「見つかったの？」

「いや、まだだ。だが、きみの寝室の窓の下で足跡と梯子の跡が見つかった。つまり、きみの言う、男がいたってことだ。きみの亭主の靴のサイズはいくつだ、サリー？」

サリーはまっ青だった。色が抜けすぎて、髪まで色褪《いろあ》せそうだった。「靴のサイズは知らない。訊いたことも、靴を買ってあげたこともないから。父は二九・五だったわ」

「サリー、きみの父親は死んでる。二週間前に殺されて埋葬されたんだ。警官が死体を見て、きみの父親と確認した。だから昨夜の男は父親じゃない。きみを混乱させようとする人物がほかに思いつかないなら、きみの亭主があやしい。父親が殺された夜、亭主に会ったか？」

「いいえ」サリーは小声で言いながら遠ざかり、バスルームへと引っこみつつ頭を振った。濡れた髪の束が頰にあたっている。「いえ、いいえ」

サリーはドアを叩きつけることなく、そっと閉めた。内側から掛け金をかける音がした。

二度とあんな姿は見られないだろう。今後は、彼女がたとえクマの毛皮をかぶっていても、バスルームの戸口に裸で立つ姿を思いだしてしまいそうだ。透きとおるような肌をした美しいサリーを抱きあげて、そっとベッドに横たえたいと思ったこととともに。だが現実にはありえない。自制心を失うわけにはいかない。

「やあ」しばらくして、サリーが白いローブをまとい、髪を乾かして出てくると、声をかけた。彼女は目を合わせようとしなかった。

裸足の足元を見たまま、黙ってうなずき、衣類を集めだした。

「サリー、おれたちはどちらも大人だ」

「何が言いたいの？」

少なくともいまのサリーは視線を合わせ、声にも目つきにも恐怖は混じっていない。それがクインランには嬉しかった。彼女を傷つけないと信じてもらえている証拠だ。

「同性愛行為が法的に許される年齢って意味じゃないぞ。おれがガキでないように、きみも小娘じゃないってことだ。だから、まごつかなくていいんだ」

「まごつくんなら、あなたのほうよ。わたしが痩せすぎで、醜いから」

「ああ、そうだな」

「どういう意味？」

「きみはとっても——いや、いいんだ。さあ、笑って」

サリーが見せてくれた笑みは幽霊のようだったが、やはり、恐怖の痕跡はなかった。襲われる心配がないと信じている証しだ。気がつくと、クインランは言っていた。「サナトリウムできみに屈辱を与えたり殴ったりしたのは、亭主なのか？」

サリーは眉一つ動かさなかったが、心が遠ざかるのを感じた。扉が閉ざされた。

「答えてくれ、サリー。きみの最悪の夫だったのか？」

まっすぐクインランを見て、サリーは答えた。「わたしはあなたのことを知らない。あなたが父のふりをして電話をしたのかもしれないし、昨晩、窓に現われたのかもしれない。犯人があなたをよこした可能性もある。わたしはここを出たいの、ジェームズ。そして二度と戻りたくない。わたしが消えるのに、手を貸してくれる？」

できることなら、手を貸してやりたい。サリーといっしょに失踪できたら、どんなにいいか——クインランは首を振った。「それじゃ解決にならない。永遠に逃げまわることはできないんだぞ、サリー」

「どうかしら」サリーは背を向けると、衣類を胸を押しつけて、バスルームに戻った。

腹の右側にある小さなホクロがすてきだぞ、とバスルームのドアにどなりかけて、やめておいた。チンツのソファに腰かけ、問題を解こうと頭を使った。

「テルマ」スクランブルエッグをひと口食べると、クインランは言った。これまで食べたどのスクランブルエッグより、絶妙な味つけだった。「もしあなたがよそ者で、ここコーブで身を隠そうと思ったら、どこに隠れますか?」

太いソーセージを食べていたテルマは、顎の脂を拭きながら答えた。「ふむ、そうだねえ。スパイバー先生の家の裏手の小山をのぼったところに、おんぼろの掘っ立て小屋がある。でもね、坊や、よほど絶望でもしてないかぎり、あんなとこには隠れたかないね。埃《ほこり》と蜘蛛《くも》の巣でいっぱいだし、ネズミだっているだろう。雨が降ったらじゃじゃ漏れになりそうな、汚い小屋だからね」丸のままのソーセージにフォークを突き刺し、そのまま口に運んだ。

マーサが近づいて、新しいナプキンを差しだすと、テルマは苦々しげな顔を向けた。「どういうつもりだい? あたしのことを、介助人が付き添ってきれいにしてやらないと、ぼたぼた涎《よだれ》を垂らす老婆扱いするつもりかい?」

「そうじゃないわ、テルマ。あなたがナプキンをひねりすぎて、皺くちゃにしたからよ。さあ、こちらを使って。ほら、ソーセージの脂が日記についてる。気をつけなきゃだめよ」

「インクがなくなってきたから、買ってきとくれよ、マーサ。ところで、エドはキッチンにいるのかい? あいつを食わせてやってるんだろ、マーサ? あんたはあたしの金で食料を買いこみ、抱いてもらうためだけに、あいつを食べさせてる」

マーサはあきれ顔で、サリーの皿を見た。「トーストの焼きかげんがもう一つでした？ちょっと焼きが甘かったかしら。もっと焼いたほうがお好き？」

「いいえ、ちょうどいいわ、ほんとに。ただ、今朝はあまり食欲がなくて」

「電柱みたいに痩せてちゃ、男に求めてもらえないよ、サリー」テルマは音をたてて、トーストにかぶりついた。「男にはつかむもんがいる。マーサをごらんよ。ケツがあんまりでっかいんで、あれを突きだされちゃ、若いエドも見ないふりはできないってもんだ」

「エドは前立腺に病気があるのよ」マーサはくっきりとした黒い眉を吊りあげると、肩越しに言いながらダイニングをあとにした。「黒のインクを買ってくるわ、テルマ」


「おれもいっしょに行くよ」

「でも——」

サリーはそれきり黙り、かぶりを振った。通りを渡って、世界一のアイスクリーム屋に向かった。今日はもう、軽く足を引きずっているだけだ。ドアを開けると頭上でベルが鳴った。カウンターの奥では、かわいらしい白いエプロンをつけたヒッピー風のアマベルが、早口でしゃべりたてる若い女性客のためにフレンチバニラのダブルコーンをつくっていた。

「……この四、五日で二人殺されたんだってね。信じらんない！　ママがね、コーブはどこよりも静かな田舎町だって言ってた。ここじゃ、事件なんか起きたことないから、南からやってきたちんぴらの一人が、いやがらせのためにやったんだろうって」

「あら、サリー、ジェームズ。今朝のご機嫌はいかが、ベイビー？」

アマベルは言いながら、若い女性客にコーンを手渡した。客はすぐに舐《な》めはじめ、うっとりとしたため息を漏らした。

「元気よ」サリーは答えた。

「二ドル六〇セントです」アマベルは客に言った。

「めちゃおいしい」若い女は財布に手を入れつつ、アイスクリームを舐めた。

クインランは彼女に笑いかけた。「とびきりうまいアイスだよな。おごるから、そのまま食べてたらどうだい？」

「アイスクリームぐらい、他人におごってもらっても大丈夫よ」サリーが口添えした。「それに、この人はわたしの知りあいなの。人畜無害だから」

クインランはアマベルに代金を支払った。若い女が店を去るまで、会話が途切れた。

「あれから電話はないわ」アマベルが言った。「テルマからも、あなたの父親からも」

「彼はわたしがあなたの家を出たのを知ってるのね」サリーは思案顔で言った。「よかった。あなたを危ない目に遭わせたくないの」

「馬鹿言わないで、サリー。あたしが危ないわけないでしょ」

「ローラ・ストラサーとスパイバー先生の例がある」クインランが言った。「用心したほうがいいよ、アマベル。おれはサリーと散歩してくる。テルマからスパイバー先生の家の裏手の丘にある掘っ立て小屋のことを聞いたんで、調べてみようと思ってね」

「ヘビに気をつけて」アマベルの声が背後から飛んできた。

どんなヘビだ、とクインランは思った。

スパイバー先生の家に向かう角を曲がると、サリーが言った。「なぜアマベルに行き先を教えたの？」

「種蒔《たねま》きさ」クインランは答えた。「足元に気をつけろ、サリー。まだ足首がぐらついてる」

硬くてコブだらけのイチイの木の枝を手で押さえた。家の裏には草木のない丘があり、少し引っこんだところに小さな掘っ立て小屋が立っていた。

「種蒔きって、どういう意味？」

「おれにはきみのおばさんの態度が気に入らない。きみのおばさんは、きみのことを何を言っても信頼してはいけない神経過敏の人間のように扱ってる。何かが起こるかもしれないと思って、行き先を告げてみたのさ。これで何かあったら――」

「アマベルがわたしを傷つけるわけないわ。絶対に」

クインランはサリーを見おろしてから、小屋に目をやった。「結婚したときは、亭主のことをそう思ってたのか？」

サリーの返事を待たずに、小屋のドアを押した。意外にも頑丈な造りだった。「頭に気をつけろよ」肩越しに言うと、身をかがめて、ひと間きりの薄暗い空間に入った。

「いやだ」サリーは言った。「ひどい状態ね、ジェームズ」

「ああ、そうだな」それきり、数日前に保安官がそうしたであろうことを想像しながら、黙ってあたりを見まわした。何もなかった。狭い空間はからっぽだった。窓一つない。ドアを閉めたら、まっ暗になるだろう。ひたすらがらんとしている。もとよりわずかな希望しかだいていなかったとはいえ、失望感は大きかった。「ローラ・ストラサーをここへ監禁したとしたら、犯人は徹底して片付けたことになる。何もないな、サリー、なんの痕跡もない。まったくだ」

「それにここは彼の隠れ家でもない。わたしたちがここへ来たのは、それを確認するためじゃないの?」

「両方さ。こんなところに泊まるほど、きみのお父さんが落ちぶれたとは思えないよ。バスローブの用意さえないんだぞ」

その午後、二人は〈ヒンターランズ〉でランチを食べた。ジークは今週、スパムバーガーと各種ミートローフを出していた。

二人ともジーク特製のミートローフを頼んだ。

「匂いを嗅いだだけで、唾が湧くよ」クインランは熱心に鼻をひくつかせた。「ジークのマッシュポテトはニンニク入りなんだ。深々と匂いを吸っておけば、吸血鬼よけになるぞ」

サリーはサラダに入っていた薄切りのニンジンをつついていた。「ニンニクは好きよ」

「あの夜のことを聞かせてくれ、サリー」

サリーはニンジンをつまんで、歯を立てた。いったん落とし、ふたたびつまみあげると、ゆっくりと食べはじめた。「わかった」ようやく言うと、クインランに笑いかけた。「あなたを信じたほうがよさそうね。あなたに裏切られたら、あきらめるしかないわ。警察が言ってるとおり、わたしはあの夜、現場にいた。でも、それ以外のことは全部まちがってる。何も覚えてないのよ、ジェームズ。ただの一つも」

おいおい、とクインランは思った。だが、彼女が真実を語っているのはわかる。「誰かに殴られでもしたのか?」

「いいえ、そうじゃないと思う。何度も考えてみたけれど、可能性としては、思いだしたくないからってことだけよ。たぶん耐えきれなくて、脳が記憶を封じこめてしまったの」

「ヒステリー性健忘症については聞いたことがあるし、何度か、実際にそういう例を見たこともある。通常はいずれ思いだす。明日じゃなければ、来週がある。きみの父親はおぞましい殺され方をしたわけじゃない。心臓を一撃だった。だから、彼の死に関与した人間に激しく揺さぶられたことが、記憶を閉じこめる原因になったんじゃないかと思う」

「ええ」サリーは言うと、ウェイトレスが料理を運んでくるのをふり返って見た。ニンニクとバターと焼いたカボチャと、ミートローフの豊かな香りがあたりに漂った。

「ここに住んでたら、体型が保てないよ」クインランは言った。「いい匂いだ、ネルダ」

「ミートローフにケチャップをかけますか?」

「サメにはヒレがあるかって訊くようなもんだ」

ウェイトレスのネルダは大笑いしながら、ハインツのケチャップの瓶を二人のあいだに置いた。「どうぞ」

「ネルダ、エドとマーサはどれくらいここで食事してるんだい？」

「そうね、週に二回くらいかしら」ネルダはびっくりしたような顔になった。「マーサが言うには、自分の料理に飽きちゃうんですって。エドは、わたしの兄よ。かわいそうな兄さん。マーサに会いたいときは、テルマの冗談に耐えなきゃならないの。あんなおばあさんがまだ生きていて、毎日、日記をつけ、ソーセージを食べてるなんて、信じられます？」

「興味深い」ネルダが去ると、クインランは言った。「食えよ、サリー。そうそう。たしかにきみは完璧だが、強い風が吹いたら心配しなきゃならない」

「これでも以前は、毎日走ってたのよ。そのころは丈夫だったわ」

「また丈夫になるさ。おれにくっついてれば」

「ロサンゼルスで走るなんて、想像できない。これまでに見たことのある写真にはどれも、濃い霧だとか、幹線道路で渋滞する車の列が写ってたもの」

「おれの家は峡谷にある。空気がいいから、おれもそこじゃ走ってるよ」

「なぜかしら。あなたが南カリフォルニアに住んでるところが、どうしても想像できなくて。そういうタイプじゃないもの。前の奥さんはいまもそのへんに住んでるの？」

「いや、テレサは東に戻った。おかしなもんで、悪党と結婚したよ」

サリーは笑った。声をたてて、楽しそうに。それを聞いているだけで、彼女と同じようにいい気分になった。

「自分がきれいなのに気づいてるかい、サリー？」

ミートローフの上で彼女のフォークが止まった。「あなたまで頭がおかしくなったの？」

「今度そういうことを言ったら、怒るからな。おれは怒ると、おかしなことをしでかす。たとえば服を脱ぎ捨てて、公園のカモを追いまわすとか」サリーから緊張が抜けた。なぜきれいだと言ったのか、当のクインランにもわからなかった。勝手に口がすべったのだ。ほんとうは、ただきれいなだけじゃない。悪夢と隣りあわせに暮らしながらも、やさしくて、思いやりがある。クインランはその悪夢を退治してやりたかった。

「父親が殺された夜のことを覚えてないとして、ほかにも記憶に欠落があるのか？」

「ええ。たまにあの場所のことを考えると、ひどく鮮烈な記憶が戻ってきたりするんだけど、それがほんとうに記憶なのか、脳がつくりだした幻想なのかが、わからないの。半年前までのことは、すべてはっきり覚えてるのに」

「半年前に何があった？」

「すべてが曖昧《あいまい》になりだした時期よ」

「半年前に何があったんだ？」

「ベインブリッジ上院議員が急に引退したせいで、わたしは職を失った。アーウィン上院議員の面接を受ける予定だったのを覚えてる。でも、彼のオフィスには行かなかった」

「なぜ行かなかった？」

「それが、わからないの。天気のいい日で、鼻歌を口ずさんでた。ムスタングの幌を畳んでたんで、暖かな空気が皮膚に心地よかった」サリーは言葉を切り、眉をしかめた。やがて肩をすくめて続けた。「幌を畳んでるときは、いつも歌ってたの。ほかのことはまったく記憶にないけど、でも、とにかくアーウィン上院議員とは会わずじまいだった」

それきり無言でミートローフを食べだした。サリー本人は食べているという自覚もないのだろうが、そのまま食べさせておきたかった。どうやらおれは、彼女に話させるよりも、まず食べさせたいと思っているらしい。せめていまぐらいは。いったい何があった？

クインランは代金を払い、サリーがトイレに行っているあいだに外に出た。塔の寝室へ戻ったら、彼女に触れてしまいそうだった。どうしたら触れずにいられるだろう？

12

〈ヒンターランズ〉脇の細長い空間から、そんな場所とは無縁そうなかすかな音がした。いつの間にかサリーが店を出てきたのかと、クインランはふり返った。そのとき、またさっきの音がした。あの音。ごくかすかに聞こえる。踵に体重をかけて回転し、ジャケットの内側に手を突っこんで、ドイツ製のシグザウエル九ミリ口径を握った。半自動拳銃の握りが、手にしっくりとなじむ。クインランにとって、拳銃といったらこれだった。仕事で使うようになるまでは、一挺も持っていなかったからだ。それを流れるような動きですばやく取りだしたが、まだ遅すぎた。左耳の上のあたりを殴られ、音をたてずに崩れ落ちた。

「ジェームズ？」サリーがカフェのドアから頭を突きだした。誰もいなかった。ネルダに手を振り、外に顔を戻した。ジェームズはどこなの？　しかめ面でステップをおりた。場違いな小さな音が聞こえた。ぐるっと向きを変えて、カフェの脇の細長い空間をのぞいた。

クインランが横向けに倒れていた。頬から顎にかけて血が流れている。サリーは彼の名を呼び、駆け寄って膝をつき、揺さぶった。いったん手を引き、短く息を吸いこんで、首の脈拍にそっと手を置く。ゆっくりとした強い脈拍があった。よかった、大丈夫だ。何があったの？　だが、サリーにはわかっていた。父だ。約束どおり、ついに自分を捕まえにやってきた。そして自分を守っていたせいで、クインランが傷つけられた。

助けを求めて顔を上げ、人の姿を探した。何歳だろうとかまわない、人さえいれば。だが、周囲には人っ子一人いなかった。

どうしたらいいの？　傷口を見ようとかがんだ瞬間、サリーは後頭部を強打されて、クインランの上に倒れこんだ。

ポトン。

音が聞こえる。短い間隔で音が続いている。水が金属を打つ音。一滴、また一滴。

目を開けたが、焦点が合わない。頭のなかで脳が漂っているようで、朦朧《もうろう》としている。考えられそうにない。できるのは水が滴る音を聞くことだけだ。何かがおかしいのはわかる。ここへ来る前に何が起きたのかを思いだそうとするのだけれど、脳が不安定で、何も考えられない。ここはどこなのだろう？

思いだすとっかかりがつかめない。

「目が覚めたか。よかった」

声。男の声。彼の声。音をたどって顔を見た。ドクター・ビーダーマイヤー。半年にわたってサリーを痛めつけてきた男だった。

そうだ、それは覚えている。すべてではないけれど、くり返し眠りに忍びこんで、悪夢として立ち現われ、それに痛烈な痛みをよみがえさせられる程度には覚えている。そのときふいに思いだした。そう、ジェームズといっしょだった。ジェームズ・クインランと。彼は頭を殴られて気絶し、〈ヒンターランズ〉の脇に倒れていた。

「何も言うことはないのかね、サリー？　話ができるように量を控えたんだが」頬をぴしゃりと叩かれた。

「わたしを見なさい、サリー。大気圏外に行っているふりをするんじゃない。今回はそうはいかないぞ」ふたたび頬を叩いた。

ビーダーマイヤーはサリーの肩をつかみ、激しく揺さぶった。

「ジェームズは無事なの？」

ビーダーマイヤーの手が止まった。「ジェームズ？」驚いているような声。「ああ、コーブでおまえといっしょにいた男だな。あの男なら無事だよ。あの男を殺すのは、リスクが高すぎる。おまえの恋人なのか、サリー？　まだ出会って一週間と少しだというのに、やけにすばやいな。あの男もよほど自暴自棄になっていたとみえる。

おまえのその姿を見るがいい。痩せ細って哀れそのもの、髪は束になり、だぶだぶの服が袋のようだ。さあ、サリー、ジェームズのことを話してごらん。彼に何を話したんだね？」

「あなたのことを話したわ」サリーは答えた。「わたしが悪夢を見たとき、救いの手を差し伸べてくれたからよ。あなたがどんなにいやらしい人間か教えておいたわ」

ふたたびビーダーマイヤーの手が頬に飛んだ。ひどい叩き方ではないが、首をすくめるに足る痛みがあった。

「無作法だぞ、サリー。それに嘘をついている。嘘がへただから、わたしにはお見通しだよ。たしかに夢は見たのだろうが、わたしのことを話したというのは嘘だ。なぜだかわかるかね？　壊れたおまえの根深い部分にわたしが組みこまれているからだよ。誰かにわたしのことを話そうとすれば、おまえはその場で倒れて死ぬ。おまえはわたしを抜きにして存在できないのだ、サリー。

おまえがわたしから逃れて二週間ちょうどになる。その間に起きたことを考えてごらん。おまえは収拾のつかない状態だった。ふつうのふりをしようとしたが、礼儀作法をすべて忘れてしまった。母上が見たら、さぞや驚かれることだろう。ご主人も嫌悪にあとずさりされるぞ。そしておまえの父上だが——いまさら、この世の愁いを永遠に逃れられた人のことを語ってもしかたあるまい」

「ここはどこ？」

「それだよ。小説やドラマに信憑性《しんぴょうせい》があるとしたら、それがまず最初におまえが尋ねるべきことだ。おまえは本来の居場所に戻ったのだ、サリー。あたりを見まわしてごらん。おまえの部屋だ。やさしい父上が特別にしつらえられたあの部屋だよ。ここへ運んで一日と半になる。四時間ほど前に薬の量を減らした。時間をかけて意識を取り戻したんだ」

「あなたの望みはなんなの？」

「わたしの望みはかなった。少なくとも、望んでいたものの初回分は手に入れた。それはおまえだよ、サリー」

「喉が渇いたわ」

「そうだろうとも。ホランド、どこだ？　わたしたちの患者さんにお水をお持ちしろ」

ホランドのことは覚えていた。うさん臭いところのある痩せた小男で、サリーが殴られつつ愛撫されるという屈辱を受けているあいだ、ドアの小さな四角い小窓から病室をのぞいていた二人のうちの一人だった。薄くなりつつある茶色の髪の下には、死んだ魚のような目がある。少なくともサリーには、めったに話しかけてこなかった。

黙って待っていると、ホランドが水のグラスを持って、かたわらに現われた。

「お持ちしました、ドクター」低く、ざらついた声。その声が固まっていない砂利のようにすべての悪夢をおおい、彼がそばにいるのを意識しないために薬を飲みたくなる。

ホランドはビーダーマイヤーの背後から、ベッドを見おろしていた。そのどんよりとしたもの欲しげな目を見て、サリーは吐きたくなった。

ビーダーマイヤーがサリーを抱え起こし、たっぷりと水を飲ませた。

「すぐにトイレに行きたくなる。そのときはホランドに手を借りるといい。そうだな、ホランド？」

うなずくホランドを見て、死にたくなった。病院向けの硬い枕に頭を戻し、目をつぶった。ここにいるかぎり、二度と正気ではいられないと悟った。そして、二度と逃げられそうにないことも。今度こそ、おしまいだ。

目を閉じ、ビーダーマイヤーから顔をそむけたまま言った。「わたしは壊れてない。壊れてたことなどないのに、なぜこんなことをするの？　父は死んだのよ。もういいでしょう？」

「まだわからないのか？　おまえはまだ記憶を取り戻していない。わたしにはすぐにわかったよ。理由を語るのは、わたしの役目ではないが、マイディア」頬を軽く叩かれてサリーは怯んだ。

「おや、サリー、おまえを苦しめているのは、わたしではないのだよ。とはいえ、テープの一本を観て、楽しませてもらったがね。おまえは意識こそなかったが、そこに転がり、目を閉じたまま、彼にされるがままになっていた。

まったく抵抗する意志がなかった。茫然としていたせいで、殴られても、縮みあがることすらほとんどなかった。そしてそんなときでも、おまえには怖がっているようすがなかった。何はなくとも、その対比が、観るものを陶然とさせる」

サリーは腕が粟立《あわだ》つのを感じた。記憶の残滓が流れこんできた。自分をまさぐる彼の手の動き。押され、平手打ちされ、愛撫はいつしか痛みへと変わった。

マットレスの音とともに、ビーダーマイヤーが立ちあがった。自分を見おろしているのがわかる。彼は小声で言った。「ホランド、今度彼女を逃がしたら、おまえに罰を与えなければならない。わかったな？」

「わかりました、ドクター・ビーダーマイヤー」

「前回のようなわけにはいかんぞ、ホランド。前回のおまえへの処分はまちがっていた。ショック療法に快感を覚えていたのだろう？」

「二度と逃がしません、ドクター・ビーダーマイヤー」サリーは小男の声に失望を聞いたような気がした。

「よかろう。彼女が舌の下に錠剤を隠したのを見落としたクライダー看護師がどうなったか、わかっているな？　そうだ、もちろんおまえにはわかっていよう。よく心に留めておくように、ホランド。

わたしはこれで失礼するよ、サリー。だが、今夜また来る。明朝にも、おまえを移送しなければならない。おまえをどうするかまだ決めていないが、ここに置いておくことはできない。FBIには、そうクインランという男には、ここのことがすべてわかっているからだ。おまえが過去をいくらか話しただろうことも、わかっている。連中はここへ来るだろう。だが、それはおまえが考えるべきことではない。

さて、少々薬を注射することにしよう。意識が薄らいで、いい気分になれるぞ。そうだ、ホランド、わたしのために彼女の腕を押さえていてくれ」

サリーは針先の冷たさを感じ、それが刺さるのを感じた。まもなく意識が遠のき、何もない空間を漂いだした。ほんとうの自分、生きたがっている自分が、屈する前に――ごくかすかな揺らめきでしかなかったが――ほんの一瞬、あらがった。サリーは深いため息をつき、自分自身から離れた。

誰かに触れられ、服を脱がされるのを感じる。ホランドだ。たぶんビーダーマイヤーも見物しているのだろう。

サリーは抵抗しなかった。煩《わずら》いはすべて消えていた。

クインランは最悪の頭痛とともに意識を取り戻した。大学時代に味わったどんな二日酔いよりもひどかった。悪態をつき、両手で頭を抱えて、さらに悪態をついた。

「特大の頭痛があるんだな？」

「デービッド」ほんのひと言で、頭に激震が走った。「いったい何が起きたんだ？」

「きみは左耳の上を何者かに殴られ、うちの医者に三針縫われた。じっとしてろ。いま薬を持ってきてやる」

クインランは薬のことだけ考えた。痛みをやわらげてもらわないと、頭蓋骨《ずがいこつ》が割れて、脳みそが飛びだしてしまいそうだ。

「さあ、クインラン。強い薬だから、四時間ごとに一錠でいい」

薬を口に入れ、グラスの水を飲み干した。横になって目を閉じ、薬が効くのを待った。

「グラフト先生によると、すぐに効くそうだ」

「それを願うよ。教えてくれ、デービッド。サリーはどこだ？」

「いますべて話してやるから、いい子で横になってろよ。おれは〈ヒンターランズ〉脇の細長い横道で倒れているきみを見つけた。テルマ・ネットロからきみとサリーがいなくなったという知らせを受けて、捜してたんだ。

怖がらせやがって。倒れてるのを見たときは、てっきり死んだと思ったぞ。おれはきみをしょって自宅まで運び、グラフト先生に往診を頼んで、傷口を縫いあわせてもらった。サリーのことはわからん。消えたんだよ、クインラン。あとかたもなく。まるで最初からここにはいなかったように」

できることなら絶叫したい。だが、激痛に襲われていたクインランは、おとなしく横たわったまま、頭を使って、解決方法を見いだそうとしたが、当面はむずかしそうだった。サリーが消えた。いま現実味を持っているのは、その一点だった。いなくなっただけで、死体が見つかったわけじゃない。消えた。どこへ？

子どもの声がした。気のせいだろう。と、マウンテバンクの声が続いた。「ディアドラ、ここへ来て、父さんの膝に坐ってろ。いいか、うんとおとなしくしてるんだぞ。気分の悪いクインランさんを、もっと気分悪くさせたくないだろ？」

幼い少女のつぶやきが聞こえるが、何を言っているのかわからない。ディアドラといえば、『悲しみのディアドラ』という戯曲があったたな。クインランは眠りに落ちた。

次に目を覚ますと、若い女性が自分を見ていた。青白い顔に、濃い赤毛の女で、いままでに出会った誰よりもやさしい顔をしていた。「あなたは？」クインランは尋ねた。

「デービッドの妻のジェーンよ。じっとしててね、クインランさん」彼女のひんやりとした手が額に載せられる。「熱々でおいしいチキンスープを持ってきたわ。グラフト先生から、明日まではあまり食べないように言われてるの。食べさせてあげるから、さあ、口を開けて。そう、そう」

すべて平らげると、人心地がついた。「ありがとう」クインランはゆっくりと言った。彼女が肘に手を添えて、起こしてくれた。

「頭は痛む？」

「軽くずきずきする程度になったよ。いま何時だ？ というか、何曜日なのかな？」

「あなたが怪我をしたのは、今日の昼過ぎで、いまは夜の八時よ。娘たちがうるさくないといいんだけど」

「いや、全然。介抱してもらって感謝してる」

「デービッドを呼んでくるわね。いま娘たちを寝かしつけてるの。そろそろおとぎ話が終わるころよ」

クインランはソファのクッションを背にあてて、ソファに起きあがっていた。坐り心地のいいソファだ。頭痛は一段落した。早々にここを出て、サリーを捜さなければ。クインランは自分が心底怯《おび》えているのに気づいた。彼女の身に何が起きたんだ？

約束どおり、父親が捕まえにきたのか？ 馬鹿ばかしい。エーモリー・シジョンはとうに死んだ。

「ブランデーを落とした熱いお茶を持ってきてやろうか？」

「いや、いま気付け薬は必要ないよ」クインランは目を開け、マウンテバンクに笑いかけた。

「あなたの奥さんに食わせてもらった。うまいスープだったよ。おれを介抱してくれてありがとう、デービッド」

「いまのきみをテルマ・ネットロのところに残してこれるか？　いまのおれの最大の敵にだぞ。あの老婦人を見てると、尻がむずむずする。なんともおかしなばあさんさ。つねに日記と万年筆を手放さず、舌の先はペン先で入れ墨を入れたも同然とはな」

「サリーのことを聞かせてくれ」

「いま動かせる全人員を投入し、コーブの住民一人ひとりから聞き取り調査をして、彼女を捜索してる最中だ。彼女は緊急手配――」

「緊急手配はだめだ」クインランはいまやまっすぐに体を起こし、青ざめていた。「だめだ、デービッド、キャンセルしてくれ。どうしてもだ」

「国家の安全保障などというふざけた話は、もう通らんぞ、クインラン。理由を聞かせないかぎり、きみの要望には応じられん」

「協力的じゃないんだな、デービッド」

「きみが話せば、協力させてもらおう」

「彼女はサリー・シジョン・ブレーナードだ」

マウンテバンクは目を丸くした。「エーモリー・シジョンの娘ってことか？　サナトリウムから逃げたっていう、あの娘か？　彼女が心配で、亭主は身も世もないんだろ？　見覚えのある顔だと思ったんだ。まったく、おれの物覚えの悪いことといったら。なぜぴんとこなかったんだ？　そうか、それで黒いカツラをかぶってたのか。そして、彼女はそれをかぶるのを忘れた。そういうことか？」

「ああ、だからおれはサリーにリラックスしろと言ってやった。あなたにスーザン・ブレーナードと結びつけられないようにな――少なくとも、おれはそれを祈ってた」

「結びつけられていたはずだと言いたいところだが、それを言ったら嘘になる。彼女とじかに会ったあと、もう一度テレビで観でもしないかぎり、気づかなかったろう。彼女と何をしてた、クインラン？」

クインランはため息を漏らした。「サリーはおれがFBIとは知らず、私立探偵としてこのあたりで三年前にいなくなった老婦人を捜しているという話を信じてた。おれがここへ来たのは、彼女がここに住むおばの家に身を寄せると直感したからだ。発見と同時に連行するつもりだった」

「にしたって、なんでFBIが殺人事件に頭を突っこんでるんだ？」

「ことは殺人事件というに留まらない。殺人は一部でしかないんだ。FBIが関わっているのは、それ以外の部分でだ」

「なるほど。その部分については話す気がないんだな」

「まだ伏せておきたい。さっき言ったとおり、おれは彼女を連れ戻すつもりだった。その矢先――」

「その矢先になんだ？」

「彼女の父親から二度電話があって、そのあと彼女は夜中に父親の顔を窓から見た」

「で、きみが翌朝、父親の足跡を見つけた。彼女の父親は殺されたんだぞ。おい、クインラン、いったいどうなってんだ？」

「さあな。だが、サリーはおれが見つける。何者かが彼女を恐怖のどん底に突き落としたがってる。彼女に自分の正気を疑わせたがってるんだ。そして、アマベルもそれに荷担してる。親切ごかしの猫撫で声で、聞こえないものを聞き、見えないものを見ているのだと、サリーに言いつづけてたからな。これまでいろんなことがあったから、そして長いあいだサナトリウムにいたせいで、おかしなことを考えるのだろう、と。

そして、殺人事件が二件起きた。彼女はおれが見つける。すべてがゆがむなか、サリーだけがまともだった」

「きみの具合がよくなったら、二人でアマベルに会いにいこう。さっき彼女から話を聞いたが、サリーは見ていない、姪はきみといっしょにテルマのB&Bにいたの一点張りだった。きみの宿泊していた部屋も調べてみた。彼女のダッフルバッグが、衣類やドライヤーなんかとともに消えていた。まるで彼女自身が存在しなかったようだ。いいか、クインラン、ひょっとすると彼女は、意識不明のきみを見て怖《お》じ気《け》づき、逃げたのかもしれないぞ」

「いや」クインランは保安官の目をまっすぐに見た。「サリーがおれを置き去りにして逃げるはずがない。たとえ、意識不明で転がっていたとしてもだ。そういう女じゃない」

「そうなのか？」

「真実は誰にもわからないが、サリーには強い道義心があるし、おれに好意も持ってる。だから、何もせずに逃げるわけがないんだ」

「だったら、ぜひとも見つけなきゃな。もう一つ——おれは保安官だ。彼女の正体を知ったいま、それを報告するのはおれのつとめだ」

「待ってくれると助かるよ、デービッド。ことはエーモリー・シジョンの殺害事件に留まらない。もっと多くのことがかかってるんだ。頼むから、おれを信じてくれ」

マウンテバンクは黙ってクインランを見つめ、長い沈黙の末に言った。「わかった。おれにできることがあったら、言ってくれ」

「おばのアマベル・パーディに会いにいこう」

ドクター・アルフレッド・ビーダーマイヤーは、一人悦に入っていた。サリーは知らないが、彼女の部屋にある小さな鏡はマジックミラーになっていた。ビーダーマイヤーが知るかぎり、自分以外は誰もそれを知らない。彼はサリーがゆっくりと体を起こすのを見つめた。ばらばらになりがちな腕と脚の動きを制御するのに苦労している。朦朧としているせいでむずかしいが、それでも懸命に努力している。ビーダーマイヤーは彼女のそんな部分を崇める反面、破壊してやりたくなった。裸であることに気づくのに、しばらくかかったようだ。

彼女は老婆のようにのろのろと立つと、小さなクロゼットに向かい、ナイトガウンを取りだした。脱走前に使っていたものだ。彼女は知らないが、それを買ってやったのはビーダーマイヤーだった。頭からかぶり、ふらつきつつも、なんとか身につけた。歩いてベッドに戻り、端っこに腰かけて、両手で頭を抱えた。

ビーダーマイヤーはしだいに退屈してきた。何もしないのか？　叫びだしたらどうだ？　何かしてみろ。業を煮やして立ち去りかけたとき、ついに彼女が顔を上げた。頬が涙で濡れている。

このほうがまだいい。これでこちらの指示を聞きやすくなる。あと少し。次の注射まで、あと一時間かそこら待つことにしよう。ビーダーマイヤーはマジックミラーに背を向け、小部屋のドアの鍵を開けた。

サリーには自分が泣いている自覚があった。顔が濡れているのを感じたし、口に涙が入ってしょっぱかった。なぜ泣いてるの？　ジェームズ。倒れていたジェームズを思いだしたから。左耳の傷口から血を流し、じっとして、動かなかった。ビーダーマイヤーは命に別状はないと言っていた。あんな悪党の言うことは、信じられない。

でも、無事に決まってる。サリーはやさしく肌を撫でるシルクのガウンを見おろした。美しいピーチ色で、幅広のストラップがついている。残念ながら、いまは大きすぎる。腕の注射の跡を見た。針で突いた跡が五つあるから、五度、薬を与えられたのだ。ふたたび頭が少しずつゆっくりと冴えてくるのがわかる。さらに記憶が表に浮かびあがってきて、実体と形をもった。

殺される前にここを出なければならない。殺されないまでも、誰にも見つけてもらえない場所に移される前に。サリーはクインランのことを思った。自分を見つけられる人がいるとしたら、彼しかいない。

無理をして、立ちあがった。一歩、また一歩と前に進んだ。まもなくゆっくりと歩けるようになり、注意は必要だけれど、自然な足取りを取り戻した。狭い窓の前に立ち、サナトリウムの敷地を見つめた。

刈りこまれた芝生がゆうに一〇〇メートルは続き、その先に鬱蒼《うっそう》とした森がある。以前に歩けたのだから、そこまでは確実に歩ける。森まで行けさえすれば、前と同じように木立に身をまぎらわせばいい。やがて、出口が見つかるだろう。もう一度、やってやる。

サリーはクロゼットに引き返した。バスローブが一枚と、ナイトガウンがあと二枚、スリッパが一足。ほかには何もない。ズボンもドレスも下着もなかった。

かまうものか。必要とあらば、バスローブで地球の果てまでも歩いてやる。そのとき、頭のなかのベールがさらに一枚はがれ、前回は看護師のパンツスーツと靴を奪ったのを思いだした。また奪えるだろうか？

誰が自分をこんな目に遭わせているのだろう？　父でないのはわかっている。死んだのだから。父のふりをする誰か、自分に電話をしてきた誰か、寝室の窓に顔を見せた誰かなのだろう。スコットかもしれないし、ビーダーマイヤーかもしれない。どちらかが雇った人間の可能性もあった。

でも、ありがたいことに、父ではない。あの忌まわしい男が、やっと死んだ。地獄があることを祈るばかりだ。地獄さえあれば、その最深の奈落に落とされているに違いないのだから。

お母さんのところへ行かなければならない。ノエルなら助けてくれる。真実さえ知れば、きっと自分を守ってくれる。でも、なぜ半年ものあいだ、ノエルは会いにきてくれなかったのだろう？　なぜ実の娘がここに入れられているのか、真相を探ろうとしなかったの？　わかっているかぎり、ノエルは一度も助けようとしてくれなかった。娘が病気だという話を信じたのだろうか？　ノエルの夫の言葉を、そしてサリーの夫の言葉を？

どうやってここから出たらいいのだろう？

アマベルは言った。「紳士のお二人、コーヒーでもいかが？」

「いや」クインランは手短に言った。「サリーの居場所を教えてください」

アマベルはため息をつき、手ぶりで二人に椅子を示した。「聞いて、ジェームズ。ここにいる保安官に伝えたとおり、サリーは怪我をしたあなたを見て怖くなり、逃げたのよ。それしか考えられない。サリーは強い子じゃない。いろんなことがあって、病院にまで入ってたのよ。あら、驚かないのね。あの子があなたに話したなんて、少し意外。人に話すようなことじゃないのに。

でも、あの子は重症だった。いまだってそう。だからまた逃げて当然だし、ワシントンでの事件のあと逃げたのも、同じ理由よ。嘘だと思うんなら、テルマのB&Bで尋ねてみればいい。ジェームズの部屋からサリーの持ち物がすべて消えてたと、マーサが言ってたわ。変でしょう？　痕跡一つ残さずに消えるなんて」

「サリー自身が、自分の存在を消したがってるみたい」しばらく間を置き、夢見るような声でつけ加えた。「まるでもともといなくて、あたしたちの想像の産物だったみたいにね」

クインランは勢いよく立ちあがり、アマベルを見おろした。ひどく威圧的だったが、マウンテバンクは口出しを控えてなりゆきを見守った。クインランがアマベルに顔を突きつけ、明瞭かつゆっくりとしゃべりだした。「よくそんなでまかせが言えるな、アマベル。サリーは幻影じゃないし、あなたが彼女にそうほのめかし、いまおれたちにほのめかしているように、病気でもない。二晩にわたって彼女が聞いた悲鳴は、幻聴じゃなかった。真夜中に寝室で見たという父親の顔も、幻覚じゃなかった。あなたは彼女が疑心暗鬼に陥るようにしむけただろう？　彼女が自分の正気を疑うように？」

「馬鹿なこと言わないで」

クインランはさらに顔を寄せて迫り、アマベルは椅子の背に体を押しつけた。「なぜそんなことをした、アマベル？　あなたはいま、彼女がサナトリウムにいたのを知っていたと言ったばかりだ。誰かが彼女を収容させ、半年にわたって頭まで薬漬けにしたのを知ってたんだろう？　あなたはサリーにまともだと言って安心させてやろうとしなかった——そうだ、彼女に暗示をかけつづけた。

否定しても無駄だ。おれはその場に居あわせた。あなたはサリーを不安に陥れ、判断力を惑わせようとした。なぜだ?」

だが、アマベルは悲しげにほほえみ、マウンテバンクに話しかけた。「保安官、あたしはさんざん辛抱したつもりだよ。この男はサリーに出会ってたった一週間、あたしはあの子のおばなの。あの子を愛してる。そんなあたしが、あの子を傷つけると思う? あたしはあの子を守ることだけ考えてた。残念だけど、ジェームズ、サリーは逃げたの。それだけの話なの。あたしとしては、保安官があの子を見つけだしてくれるのを祈るしかない。あの子は丈夫じゃないから、誰かが面倒みてやらないと」

クインランは怒りに爆発しそうだった。うっかりするとアマベルを椅子から引っぱりだし、ネズミのように揺さぶってしまいそうだ。それを避けるために彼女から離れ、狭いリビングをうろうろと歩きまわった。それを見ていたマウンテバンクが、やがて口を開いた。「ミセス・パーディ、サリーが逃げたとして、行き先に心当たりはあるかい?」

「アラスカよ。アラスカに行きたいと言ってた。メキシコのほうがいいけれど、パスポートがないって。あたしにわかるのはそれだけよ、保安官。あの子から連絡があったら、もちろん、すぐに連絡する」アマベルが椅子から立ちあがった。「悪いわね、ジェームズ。あなたはサリーの正体を知って、マウンテバンク保安官にも、あの子の本名を伝えたようね。あの子には目前に控えた問題がたくさんあって、いずれはそれと向きあわなきゃならない。あの子の精神状態が誰にわかるって言うの? あたしたちには、祈ることしかできない」

クインランは芸術家ぶった彼女の首に手をかけ、絞めあげたくなった。まちがいない、この女は嘘をついている。だが、その嘘は巧妙だった。意識を失ったクインランを残して、サリーが逃げるわけがなかった。サリーはそんな女じゃない。

つまり何者かにさらわれたのだ。

そしてその何者かは、賭《か》けてもいい、彼女の父親のふりをした人物だろう。クインランにはこれからどうすべきかわかった。彼女の居場所の心当たりもついた。その場所のことを思うと、血が凍るようだった。

13

まっ暗な夜だった。鉢状の夜空に光を投げかけるものはなかった。細く切り取られたような月も、一つの星も。もくもくとした黒い雲は形を変えながら流れ、その下から現われるのは、さらなる黒さでしかなかった。

サリーは窓から外を見つめ、一つ、二つと深呼吸を重ねた。まもなく彼らが来て、次の注射を打たれる。また舌の下に隠すのを警戒して、錠剤はもう使わないとビーダーマイヤーが言うのを、サリーは聞いていた。そして、あの悪党は言うに事欠いて、ふたたび彼女が自分を傷つけるようなことは避けたい、とのたまった。

看護師が新しく一人ついた。名札によるとロザリーというその看護師は、ホランド同様、とらえどころのない表情をしていた。ほとんど話しかけてこず、ただ何をしろとか、いつとか、どうとか、そういう指示だけを簡潔に発した。サリーがバスルームへ行くときは外で監視し、そのぶん、なかで立って見ているホランドよりはましだった。

わたしを傷つけさせたくない？　ビーダーマイヤーがそう言ったのは、サリーを傷つけるときは、彼が当事者になりたいからだ。顔を合わせるのは、ビーダーマイヤーとホランドとロザリーにかぎられ、部屋から出ることは許されなかった。読む本もなければ、観るテレビもなかった。母のことも、スコットのことも、聞かせてもらえなかった。たいがいは薬漬けにされていたので気にならず、おのれの正体すらわからなかった。だがいまはわかり、推理できる。刻一刻と力が戻ってくる感覚がある。

ビーダーマイヤーがあと何分か、そう十五分も待ってくれたら、準備ができる。だが、二分ももらえなかった。ドアの鍵が開く音を聞いて、サリーは跳びあがった。準備する時間がなかった。ピーチ色のシルクのナイトガウンのまま、窓辺で身をこわばらせた。

「こんばんは、愛しのサリー。そのナイトガウンを着ていると、とても元気そうできれいだよ。わたしのために脱いでくれるかな？」

「いやよ」

「おや。ということは、意識が戻ったのだな？　それはよかった。ふたたび夢の世界に戻す前に、おまえと話がしたかったのだよ。坐ってくれ、サリー」

「いいえ。あなたとはできるだけ離れてたいの」

「好きにするといい」ビーダーマイヤーは濃紺の丸首のセーターに、黒いズボンという格好だった。シャワーを浴びた直後のように、濡れた黒い髪を後ろに撫でつけている。歯は白く、前歯が二本重なっていた。

「見苦しい歯」サリーは言った。「小さいころに矯正すればよかったのに」

考えもせずに言っていた。思考力が完全には戻っていない証拠だ。

ビーダーマイヤーは憎々しげにサリーを見た。無意識に歯に手をやり、やがて脇に落とした。いまの二人は薄いベールにかろうじて隔てられているものの、サリーには彼が怒っていることや、自分を痛めつけたがっていることがわかった。

ビーダーマイヤーは怒りを抑えつけた。「ほお、今夜のおまえは、少々口が悪いようだ」

「そうでもないわ」サリーは彼の目を直視し、体をこわばらせたまま答えた。ビーダーマイヤーは襲いかかってきて、こっぴどく痛めつけたがっている。自分がこれほど他人を憎めることが、サリーには発見だった。父はべつだけれど。そして、夫のスコットも。

ようやくビーダーマイヤーは一つきりの椅子に腰かけて、足を組んだ。眼鏡をはずし、椅子の脇に置いてある小さな円卓に置いた。水差しとグラスが一つずつ載っているだけで、あとは何もなかった。

「あなたは何が望みなの?」水差しはプラスチック製だ。あれで彼の頭を強打しても、深手は負わせられない。でも、テーブルは頑丈にできている。すばやくつかんで、叩きつけてやれれば。だが、彼を倒すまでの敏捷性《びんしょう》と筋力を取り戻すには、あと一時間は薬を抜かなければならない。そこまで会話を引き延ばせるだろうか? 見込みは薄いが、努力してみる価値はある。

「何が望みなの?」重ねて尋ねた。一歩も彼に近づけない。

「わたしは退屈している」彼は答えた。「大金を稼いでいるのに、好きにここを出ることもできない。自分の金を使って、楽しむのがわたしの望みだ。どうしたらいいと思うね?」

「わたしをここから出してくれたら、もっと大金があなたに転がりこむようにするわ」

「それによって、当初の目的がくじかれるんじゃないかね？」

「正常なのにここに収容されてる人たちのことを言ってるの？　あなたが監禁してるほかの人たちのこと？　お金と引き替えに、ここに閉じこめられてる人たちのことね？」

「ここはごく内々に運営されている小規模な施設なのだよ、サリー。ここのことを知る人間は多くない。すべての患者は綿密にふるいにかけられた紹介状を介して回されてくる。いいから、わたしの話を聞きなさい。大人としておまえに話をするのは、これがはじめてだからね。この半年、丸まる半年間、おまえを預かってきたが、関節のない人形のようなおまえに、いつも楽しませてもらってきた。例外はわたしのオフィスの窓から、おまえが飛びだしたときだけだ。おまえの愛するお母さまが娘の正気を疑う出来事があったとしたら、まさにあの一件がそうだった。あの一件でわたしは緊張を取り戻したし、おまえに一目も置いたが、それも長くは続かなかった。このほうがずっといい。もしおまえのことが信頼できて、二度と逃げないという確証が得られれば、いまのままの状態にしておいてやれるのだが」

「逃げられると思う？」

「残念ながら、ホランドは頭が弱い。そして、おまえに付き添っている時間がいちばん長い。ロザリーはおまえを少し恐れているようだ。おかしいと思わんかね？　あの哀れなホランドは、おまえの面倒をみさせてくれと、泣きつかんばかりだった。そう、わたしには想像ができるんだよ。ホランドが入ってくるのを、ドアの背後に隠れて待つおまえの姿が。

そのあと、おまえはどうするだろうか、サリー？　このテーブルであやつの頭を殴るんじゃないか？　そして気絶したホランドの服を脱がせる。やつがおまえを裸にするときほど、おまえは楽しめないだろうが。そんなことになったら、わたしは困った立場に立たされる。動くんじゃない、サリー。いいか、わたしはホランドではないぞ。そこでじっとしていないと、いますぐ特大の注射を打つ」

「一センチも動いてないわ。なぜわたしはここに入れられてるの？　どうやってわたしを見つけたの？　アマベルがあなたにわたしの居場所を教えたんでしょう？　でも、どうして？誰がわたしをここへ戻したがったの？　わたしの夫？　わたしの父のふりをしたのはあなたなの？　それともスコット？」

「哀れなご主人のことを、赤の他人のように言うのだね。ジェームズ・クインランのせいだな？　彼とベッドで楽しんだものだから、哀れなスコットを捨てたくなったか。おまえがそれほど浮気性だったとはな、サリー。おまえのしたことをスコットに話すのが楽しみだよ」

「スコット・ブレーナードと話すときは、わたしがここから出しだい、彼を殺すつもりだと言ってたと伝えて。わたしはここを出るわ、ビーダーマイヤー先生、いますぐに」

「ああ、サリー、きっとスコットは、おまえをもっと従順な女にしてもらいたがるぞ。彼は自分のキャリアにばかりこだわる強引な女が嫌いだからね。わたしが責任をもってその任にあたらせてもらおう」

「父のふりをしてコーブにいたわたしに電話をしてきたのは、あなたかスコットね。そして、梯子にのぼってわたしを怖がらせ、わたしに正気を疑わせようとしたのも、あなたかスコット。父が死んだいま、それ以外には考えられない」

「そうだ、エーモリーは死んだ。私見では、おまえが彼を殺したと思うんだがね、サリー。そうだろう？」

「あなたが真実を求めてるとは思えない。わたしにはあの夜の記憶がないの。でも、そのうち戻る。そういうものだから」

「あてにしないほうがいいぞ。わたしが処方している薬の一つには、強力な記憶抑制作用がある。長期間服用した場合の副作用はまだわかっていない薬だが、おまえには永遠にその薬を使わせてもらわなければな、サリー」

ビーダーマイヤーが立ちあがり、笑顔で近づいてきた。「さて」サリーには耐えられなかった。彼の手が伸びてくると、こぶしでその顎を強打した。彼の頭が後ろに飛ぶ。もう一度殴りつけ、思いきり股間を蹴りあげてから、テーブルに駆け寄った。

だが足がもつれ、目がまわって、吐き気が込みあげてきた。膝が崩れて、床に倒れた。

彼の荒い息が背後に聞こえる。テーブルまでたどり着ければ、とサリーは思った。必死に立ちあがり、一歩ずつ前に進んだ。いまやビーダーマイヤーは聞き苦しい息をしながら、間近に迫っている。苦しんでいる。わたしのせいで。気絶させなければ、ここぞとばかりに痛めつけるだろう。神さま、お願い、お願いです。

テーブルをつかみ、持ちあげて、ビーダーマイヤーに向きあった。すぐそこで腕を伸ばし、指を曲げて、首に手をかけようとしていた。

「ホランド！」

「だめ」サリーはテーブルを振りおろした。だが、その甲斐もなく肩でブロックされた。

「ホランド！」

ドアが開いて、ホランドが走りこんできた。

「この女を押さえろ！」

「いや、やめて」二人からあとずさりをしたが、あとがなかった。幅の狭いベッドにはばまれ、テーブルを盾のように前に構えた。

股間を押さえたビーダーマイヤーは、いまだ痛みに顔を引きつらせている。よかった、痛めつけてやれて。これまでの彼の行為に対して、何がしかの報いは受けさせてやれた。痛めつけてやった。

「もうやめろ、サリー」ホランドの小さなかすれ声に、ぞっとした。

「殺すわよ、ホランド。わたしから離れてて」だが、しょせんむなしい脅しだった。腕は震え、胃はむかむかしだしている。苦いものが込みあげた。テーブルを取り落として膝をつくと、ビーダーマイヤーのイタリア製のローファーの上に吐いた。

「おれに手を貸すのか貸さないのか？　どちらだと尋ねてるのに、ディロン、おまえはちっとも答えようとしない」

「無茶言うなよ、クインラン。何を頼んでるのか、わかってんのか？」ディロン・サビッチは椅子を後ろに傾けた。倒れそうなほど傾いているが、本人には傾けていい限界が正確にわかっている。彼のコンピュータの画面には、ある男の顔が映しだされていた。ヤッピーな株式仲介業者といった風情の若い男で、高価な服を身につけ、屈託のない笑みを浮かべている。髪も身なりも整っていた。

「わかってるさ。おれといっしょにサナトリウムからサリーを助けだすのに手を貸してくれと頼んでるんだ。そのあと二人で今回の事件を解決する。ともにヒーローになろうじゃないか。これから二時間は、コンピュータに張りついててもらうぞ。ヒーローになるには、三時間はかかるかもしれないな。ラップトップとモデムを持っていけば、必要なシステムに接続できる」

「マービンにキンタマを切り取られるぞ。あいつが勝手な行動を嫌うのは知ってるだろ」

「手柄はすべてマービンに譲る。FBIは栄光に輝き、マービンの顔には満面の笑み。マービンが上司のシュラッグズ副長官に手柄を譲れば、マービンもキンタマを切り取られずにすむし、副長官も上機嫌ってもんだ。

それでみんなが幸せになる。サリーの危険は取りのぞかれ、殺人事件は解決だ」

「にしたって、おまえは彼女が父親殺しの犯人である可能性を無視してる。ありえない話じゃないだろ。どうかしてるんじゃないか？　どうしたら無視できるんだ？」

「ああ、おれには無視できる。無視してやるさ。だが、いずれはおれたちの手で真実が明らかになるだろう?」

「彼女に入れこんでるようだな。彼女といっしょにいたのは、たった一週間だぞ。そこまでおまえに思わせる彼女は何者だ? 男をたぶらかすセイレーンか?」

「いや、たんなる痩せた金髪で、おまえには想像もつかないくらい根性のある女さ」

「おれにはまだ確信が持てない。いや、黙ってろ、クインラン。考えさせてくれ」サビッチは前傾してコンピュータの画面に映しだされた男の顔を見すえ、ぼんやりと言った。「ミネアポリスのホームレスを殺してそうな顔つきの男だな」

「この野郎のことは、いったん忘れろ。いまは若くてきれいな女のことを考えてくれよ。おまえはこれからもろもろの確率を計算する。そのコンピュータのような頭脳を使って、可能性のある結論をすべて秤《はかり》にかけるんだ。それ用のプログラムはまだ開発してないのか?」

「まだできてないが、あと一歩まで来てるよ。なあ、クインラン、おまえが愛してるのは、おれの頭脳だ。最低でも三回はおまえを苦境から救いだしてやったからな。どんな捜査官がおまえと組みたがっても、おまえはおれを取るだろう。いいから、黙ってろ。これからおれは重大な決断をしなきゃならない」

「十分だけ時間をやるよ。それ以上は一秒もやれない。サリーを助けださなきゃならないんだ。連中に何をされているか、わかったもんじゃない。ひょっとすると、すでに別の場所に移されてるかもしれない。おれを殴ったやつが、もうひと手間かけてIDを調べてたら、おれがFBIの捜査官だとわかる。たとえ調べてないとしても、時間があるとは思えない。いずれにしろ、彼女を動かすしかないからだ」

「彼女がサナトリウムにいると考える根拠は？」

「彼らがサリーをほかに連れていく危険を冒すとは思えない」

「〝彼ら〟ってのは？　いや、おまえにもわからないんだよな。じゃあ、十分な、クインラン。だめだ、黙ってろ」

「おまえが今朝ジムに行っててくれて、助かったよ。おまえがウエイトを持ちあげ終わるのを待たされるとこだった。おれはコーヒーでも飲んでくる」

クインランは廊下の突きあたりにある狭いラウンジへ行った。ここ五階も、見苦しくて殺伐としているわけではない。ここにも見学客が入ってくるからだ。堅苦しいというよりは、ただくたびれている。リノリウムの床は長年にわたって砂利を踏みこまれつつ、いまだ淡い茶色を保っていた。

クインランはコーヒーをカップにつぎ、まず匂いを嗅いでから、恐るおそる口をつけた。喉仏が震えるような代物だが、神経のバランスを取る効果はある。捜査官からこれを取りあげたら、その場で倒れて死ぬだろう。

いまクインランはサビッチを必要としていた。サビッチなら、万が一、計画どおりにいかない場合も、適切なバックアップを準備することができる。最初はダラス空港からメリーランドにあるサナトリウムまで直行しようと思ったが、そこでクインランは熟考した。自分は今回の件にどっぷり浸かっており、なんとしてもサリーの命が救いたかった。

ビーダーマイヤーのサナトリウムのセキュリティがどうなっているか、クインランには想像もつかないが、それを調べられるサビッチがいれば、二人で乗り越えられる。上司のブラマーに許可を仰ぐのは避けたかった。この騒動の全体のなかに、サリーが埋没させられる危険があるからだ。

さらにコーヒーを飲むと、カフェインに脳と胃を同時に刺激された。

サビッチのオフィスにぶらぶらと戻った。「そろそろ十分だぞ」

「遅かったな、クインラン。出かけよう」

「もういいのか？　反論すべきことはないのか？　おれたちのうち片方が喉にナイフを刺されて排水溝で死ぬ可能性は一三パーセントだとかなんとか、そういう話はいいのか？」

「いい」サビッチは上機嫌でプリンターから紙の束を手に取り、立ちあがった。

「サナトリウムの見取り図を出力しておいた。もっとも安全な侵入経路を探りだせたと思う」

「さては、おれを追いだす前に、腹を決めてたな」

「当然だろ。計画を検討して、おれの手に負えることかどうか考えたかったんだが、これで確信が持てた。来いよ、最適な侵入経路を教えてやる。おまえの意見を聞かせてくれ」

「彼女に歯を磨かせて、口をすすがせたか？」

「はい、ドクター・ビーダーマイヤー。マウスウォッシュを吐きかけられましたが、口にも多少は残りました」

「吐瀉物《としゃ》の臭いというのは、耐えがたいものだ」ビーダーマイヤーは自分のローファーを見おろした。拭き取れるものはすべて拭き取ってある。サリーのふるまいを思うと、まだ殴りたりないが、殴ったところで、もう喜びは得られなかった。意識を失っているからだ。

「これからゆうに四時間は意識が戻らない。その後は夢見心地でいられるように量を減らす」

「薬が多すぎないといいんですが」

「いらぬ心配をするな。少なくともいまはまだ、彼女を殺すつもりはない。ただ、不測の事態に備えてのことだ。明日の朝には、彼女をここから移す」

「そうですね、あいつが彼女を救いにくる前に」

「なぜ、おまえがそんなことを言うんだ、ホランド？　どうしてそんなことを知ってる？」

「ドクターが注射を打たれたあと、自分は彼女についてました。そしたら彼女が、あの人はここへ来てくれる、わかってるんだって、つぶやいたんです」

「ただのうわごとだ。わかってるだろう、ホランド？」

「はい、ドクター」

いまいましいことに、クインランにならこのサナトリウムに関する情報のすべてを即座に入手できるだろう。ビーダーマイヤーは腋の下が汗ばむのを感じた。そうはさせない。なんならいますぐ、今夜のうちに、彼女を連れだしたほうがいいかもしれない。

あの腹立たしい捜査官はあの場で殺されるべきだった。連中がそれを恐れたがために、いまビーダーマイヤーが対処を迫られている。

利口な男なら、そしてサリーの安全を確保したのなら、いますぐ彼女をここから連れださなければならない。

だが、どこへ移せばいいのだ？　ビーダーマイヤーは疲れていた。首筋を撫でながら、オフィスへと引き返した。

気の利かないミセス・ウィラードは、ビーダーマイヤーのためにコーヒーを残していなかった。患者とのあいだに一メートルの距離をとらせてくれるマホガニーのデスクの奥にまわり、椅子に腰かけて、背にもたれた。

クインラン捜査官とその仲間はいつ現われるのだろう？　現われるのは確実だった。コーブまで彼女を追ったのだから、やはりここにも追ってくるだろう。だが、すぐだろうか。どれぐらいの猶予があるのだろう？　ビーダーマイヤーは受話器を取ってダイヤルした。いますぐ判断を下さなければならない。ゲームを楽しんでいる余裕はなかった。

漆黒の夜だった。クインランがサビッチとともにオールズモビルのセダンを降りたのは、ビーダーマイヤーのサナトリウムの大きなゲートから二〇メートルほど手前だった。黒い鉄製のゲートの上に凝った筆記体の文字が刻みこまれていた。

「見栄っぱりな男だな」

「まったくな」サビッチは言った。「ここの院長について、ほかにわかることがないか考えてみよう。まず第一に、これから伝える情報は一般には知られていない。彼はご立派にして無節操。噂《うわさ》によると、金と信用があって、何がなんでも誰かを世間から隔離したいときは、ビーダーマイヤーが預かってくれるという。もちろん噂の域を出ないが、事実でないとはかぎらない。こんなところに収容されるほど、誰がサリーを嫌ったのか？いいか、クインラン、彼女が実際に病気だという可能性もなくはないんだぞ」

「サリーは病気じゃない。誰がサリーをここに入れたかは、おれにもわからない。彼女が言わなかったからだ。ビーダーマイヤーの名前すら、本人からは聞いてない。だが、やつ以外には考えられない。懐中電灯を下げとけ、ディロン。そう、そのほうがいい。ここのセキュリティがどうなってるか、わからないからな」

「ああ、それは突き止められなかったが、ほら、フェンスには電気が通ってないぞ」

二人とも黒ずくめの格好で、ぶ厚い黒の手袋まではめていた。五メートルの高さのフェンスぐらい、なんの問題もなかった。敷地内のやわらかな草地に軽やかに着地した。

「ここまでは順調だ」クインランは懐中電灯を下に向けたまま、大きく弧を描くように動かした。

「木に沿って移動しよう」

二人は前方を暗めに照らしながら、腰をかがめて、すばやく移動した。

「おっと」サビッチが言った。

「どうした？　ああ、あれか」ジャーマンシェパードが二匹、こちらに向かって走ってくる。

「まいったな。あいつらを殺したくない」

「殺す必要はないさ。そこを動くなよ、ディロン」

「どうするつもり――」

サビッチが見ていると、クインランは黒いジャケットの内側からビニールの包みを取りだし、包みを開いて、巨大な生のステーキ肉三枚を見せた。

二匹の犬はあと五メートルと迫っていた。なおクインランは動かずに、ただ待った。

「あと一秒」クインランは言うや、ステーキ肉一枚を遠くへ投げ、二枚めを逆方向へ投げた。犬たちはすぐさま肉を追って走りだした。

「行くぞ。あと一枚は脱出用に取っとこう」

「悪くないセキュリティシステムだな」

二人は腰をかがめて、駆けだした。細長い建物から明かりが漏れているので、懐中電灯は切った。

「患者の病室はすべて左側の棟にあるんだったな、ディロン」

「ああ。ビーダーマイヤーのオフィスは右側の棟のいちばん端だ。まだここにいるとしても、たっぷり距離が離れてるってわけさ」

「夜間の職員は少なそうだ」

「そう願いたい。時間がなくて職員や管理のファイルにはアクセスできなかったから、夜間にどれぐらいの職員が働いてるか、わからないんだ」

「役立たずのマシンめ」

サビッチが笑った。「おれがコンピュータと結婚したと責めるなよ。おまえはその間、週末になるとクラブでサクソフォンを吹きまくってきたんだぞ。おい、クインラン、止まれ」

二人はすぐに足を止め、背の高い茂み二つを目隠しにして、レンガの建物に身を寄せた。

誰かが近づいてきた。きびきびとした足取りで、手には懐中電灯を持っている。

男は『風と共に去りぬ』のテーマを口笛で吹いていた。

「ロマンチックな警備員だな」クインランはささやいた。

男は前後左右に懐中電灯を振りながら歩き、口笛が途絶えることはなかった。かがめた二人の頭のすぐ上に光が当たったものの、警備員に見えるのは暗がりだけだ。

「サリーがここにいてくれるといいんだが」クインランは言った。「ビーダーマイヤーはおれがここに来るのを知っている。おれを殴ったのがやつだとしたら、IDを見てるだろう。もし、どこかに連れ去られたあとだったら、どうしたらいいんだ?」

「ここにいるから、案ずるのはやめろ。いなかったら、そのときはそのときで、またすぐに見つければいい。今日、デートの約束があったのを言ったかな? それなのに、このざまを見ろよ。おまえといっしょに救出部隊を演じてる。心配するな。おまえのほうがビーダーマイヤーより賢い。賭けてもいいが、彼女はまだここにいる。おれの印象としては、ビーダーマイヤーはそうとう傲慢《ごうまん》な人間だ。自分は無敵だとでも思ってるさ」

ふたたび動きだした。深く腰を折り、懐中電灯はつけなかった。黒い人影が二つ、手入れの行き届いた芝生の上をすべるように進む。

「なかに入らなきゃならない」

「あと少し」サビッチが答えた。「あと少しで入れる。その先は油断ならないぞ。想像してみろ。いかにも泥棒でございって格好をした二人組が、通路を歩きまわるんだからな」

「すぐに看護師を見つけるさ。そいつに教えてもらおう」

「あと少しで裏の緊急搬入口だ。さあ、ここだぞ。ドアを引くから手を貸せ、クインラン」

ちゃんと油が差してあって助かった。クインランはそんなことを思いながら、両開きのドアをそっと閉じ、懐中電灯のスイッチを入れた。そこは車を六台は収容できる閉鎖空間だった。いまは四台の車がしまってある。車をめぐって奥へ進むと、クインランはふり返って懐中電灯の明かりをナンバープレートにあてた。

「見ろよ、ディロン。おまえの言うとおりだ。これ見よがしな男だ――ナンバープレートに〝ビーダーマイヤー〟とは恐れ入った。つまりまだここにいる。ばったり鉢合わせするのも悪くないな」

「マービンにキンタマを切り取られるぞ」

クインランは笑った。

サビッチは内部に通じるドアを開けるため、解錠用のロックピックの一つを使った。たいして時間はかからなかった。

「錠前はずしがうまくなったな」

「クワンティコで六時間は練習したからな。三ダースの種類の錠前があってさ、ストップウオッチでタイムを計測されるんだ。おれは六番だった」

「捜査官は何人いたんだ？」

「七人さ。おれのあとには、七番めの女性捜査官だけだ」

「その話、またあとで聞かせてくれよ」

ドアの奥にあったのは、長い通路だった。淡い照明にぼんやりと照らされている。どのドアにも名前はなく、番号だけが振ってあった。

「看護師を見つけるぞ」サビッチが言った。

角を曲がると、すぐ先にナースステーションがあった。女が一人で本を読んでいた。たまに顔を上げて、前にあるテレビを観ている。二人が近づくと、女が気づいた。息を呑み、リノリウムの床に本を取り落とし、逃げようと椅子から立ちあがった。

クインランは女の腕をつかみ、口をそっと押さえた。「何もしないから、動くな。彼女のカルテは見つかったか、ディロン？」

「ああ、あったぞ。二二二号室だ」

「悪いな」クインランは小声で言うなり、女の顎を殴った。倒れた女を床におろし、デスクの下に押しやった。

「二二二号室なら、ここへ来る途中にあった。急ぐぞ、ディロン。呪われしおれたちの存在が、いまにも破滅させられそうだ」

二人はいま来た通路をすみやかに駆け戻った。「ここだ。いいぞ、明かりが消えてる」

クインランはそっとドアを押した。閉まっているのは、想定の内だった。サビッチを手招きして、場所を譲った。サビッチが錠を調べ、ロックピックを取りだし、やがて無言で次のロックピックに交換した。たっぷり三分後、錠前が開いた。

クインランがドアを押した。通路の薄暗い明かりが室内に差しこみ、男の顔にあたった。幅の狭いベッドに腰をおろして、女の上にかがんでいる。

男がさっとふり向いた。腰をベッドに浮かせて、叫ぼうと口を開いた。

14

「おまえがこんなに機敏だと思わなかったよ」サビッチは賞賛した。クインランがベッドへ飛び、男が言葉を発する前に口元を殴りつけ、ベッドから床に叩き落としたあとのことだ。

「彼女がサリー・ブレーナードなのか？」

クインランは鼻から血を噴きだしている小男に一瞥《いちべつ》を投げると、ベッドに横たわる女を見た。「サリーだ」あまりに怒りに満ちた声だったので、サビッチは一瞬、クインランを見つめずにいられなかった。「ドアを閉めてから、懐中電灯をつけよう。その小男を何かに縛りつけるんだ」

クインランは彼女の顔に光をあて、その青白さと、張りを失った皮膚に衝撃を受けた。

「サリー」声をかけて、そっと頬を叩いた。

反応がない。

「サリー」もう一度呼び、今度は揺さぶった。上掛けがすべり落ち、彼女が裸なのがわかった。縛りあげられた意識不明の小男を見やった。サリーを暴行するつもりだったのか？

サリーは昏睡状態だった。むきだしの腕に懐中電灯をあてると、針の跡が六つあった。

サリーをこんなにしやがって。「見てくれ、ディロン。やつらが何をしたか」

サビッチは針の跡にそっと触れた。「大量の薬を与えたみたいだな」腰をかがめて、サリーのまぶたをめくり、「かなりの量だぞ」と、くり返した。「ひどいことをしやがる」

「この報いは受けさせてやる。クロゼットに何かないか、見てくれ」

サリーの髪はきちんと梳《と》かしつけられ、すっきりと後ろに撫でつけてある。彼女の上にかがみこんでいたこの小男がやったのだ。クインランはそれに気づいて、身震いした。なんなんだ？　ここで何が行なわれてるんだ？

「ナイトガウンと、ローブが一着ずつ、それにスリッパが一足。それだけだ」

クインランはそれから数分のうちに、サリーにガウンとローブを着せた。いくら小柄とはいえ、正体のない人間に服を着せるのはむずかしかった。「さっさとここを出よう」

裏の緊急搬入口を抜け、ガレージから外に出ようとしたとき、警報が鳴りだした。

「さっきの看護師だ」クインランは言った。「縛りあげておくべきだったな」

「まだ時間がある。無事、脱出できるさ」

疲れてきたクインランにかわって、サビッチがサリーを運んだ。フェンスの手前まで来たとき、バスカービル家の犬よりも大きな吠え声とともに、ジャーマンシェパードがまっすぐ二人に向かって走ってきた。

クインランは最後のステーキ肉を投げ、その結果を確かめることなく、先を急いだ。

フェンスまで来ると、クインランは記録的な速さでよじのぼり、腹で体を支えて、精いっぱい体を伸ばした。「彼女を持ちあげてくれ」

「フォスター・ファームズ社のボンレスチキンみたいだぞ」サビッチは言いながら、しっかりとサリーをつかもうとした。三度めの挑戦で、クインランの手が手首に届いた。クインランはサリーをゆっくりと引きあげ、腰に腕をまわして抱え、サビッチがのぼってくるのを待った。サビッチが向きを変えて地面に飛びおりるころには、腕が痙攣《けいれん》していた。体をひねり、彼女をおろした。「急げ、クインラン、さっさとしろ。いいぞ、あと数センチだ。よし、つかめた。飛びおりろ！」

犬の吠える声が大きくなった。ステーキ肉で足留めできたのは、四十五秒だった。

男たちの怒声が聞こえる。

銃声がとどろき、一発の銃弾が鉄製のフェンスに当たって火花が散った。その熱に焼かれるのを感じるほど、クインランの頭のすぐそばだった。

男たちの背後から、女の甲高い悲鳴があがる。

「急いでここを離れるぞ」クインランはサリーを肩にかつぎ、全速力でオールズモビルに走った。

二人がカーブを曲がりきって、視界から消えるまで、銃声は続いた。

「犬を放たれたら、面倒なことになる」サビッチが言った。

クインランはそうならないことを祈った。美しい犬たちを撃ちたくなかった。

四分ほどして車のドアを閉めると、クインランはひと息ついた。「神さまにうんと感謝しなきゃな」

「まったくだ。いや、おもしろかったな。で、おまえのアパートに向かえばいいのか、クインラン?」

「いや、目指すはデラウェイだ、ディロン。この道を一時間行ったところにある。道案内はおれがする。意外だったのは、やつらがサリーをここに戻したことさ。おれがまずここへ来ることは、予想してたはずだ。たぶん、明朝には移送するつもりだったんだろう。だからこそ、ここでドジは踏みたくない。おれのアパートに戻れるわけないだろ」

「おまえの言うとおりだ。コーブでおまえを殴ったやつは、ポケットを探り、FBIの捜査官だと知って、殺さなかったんだろう。なんなら、おれのエクササイズマシンを賭けてもいい。賭け金としては高すぎるかもしれないが」

「そうだな。おれたちがこれから行くのは、湖畔にあるおれの両親の別荘だ。あそこなら安全だ。あそこを知ってるのは、おまえだけだ。誰にも話してないだろうな、ディロン?」

サビッチは首を振った。「彼女をどうするんだ、クインラン? かなり型破りな行動だぞ」

クインランはサリーを膝に抱え、腕で頭を支えて、黒いジャケットをかけた。車のなかは暖かだった。「まずは薬が抜けるのを待つさ。彼女が何を知っているかは、そのときわかる。そのあと、二人ですべてを片付けよう。それでどうだ?」

「二人して、堕ちたヒーローになりそうだ」サビッチはため息をついた。「ブラマーに知れたらことだぞ。チームプレーができない捜査官として、アラスカ送りにされるかもしれない。

それにしたって、ヒーローはヒーローだけどな」

彼女が目を覚ますと、見知らぬ男が自分を見おろしていた。顔のあいだが二〇センチも離れていない。それが薬によってもたらされた幻覚上の幽霊ではなく、血の通った生身の人間だとわかるのに、いっときかかった。唇が割れているのを感じる。話しにくかったけれど、なんとか声を絞りだした。

「ビーダーマイヤーに雇われたんなら、さっさと消えて」男に唾を吐きかけた。

サビッチは体を起こして、手の甲で鼻と頬をぬぐった。「おれは悪者じゃなくて、ヒーローだぞ。ビーダーマイヤーの手下じゃない」

サリーはこの発言を吟味し、その意味を理解しようとした。だが、頭はまだ眠りを欲している。同じ姿勢を長くとりすぎたときに手脚が痺《しび》れるように、頭の芯《しん》が痺れていた。「あなたがヒーロー？」

「ああ、そうだよ。本物のヒーローさ」

「だったら、ジェームズもここにいるはずよ」

「クインランのことか？」

「ええ。彼もヒーローだから。わたしがはじめて出会ったヒーローよ。唾を吐きかけて、ごめんなさい。てっきり、あの恐ろしい連中の一味だと思ったもんだから」

「気にするなよ。静かに寝ててくれ。いまクインランを呼んでくる」

ほかにどうできると思ってるの？　跳びあがって——どこだか知らないけど——ここを駆けだすとでも？

「おはよう、サリー。おれには唾を吐くなよ」

サリーはクインランを見あげた。喉がからからで、もうひと言もしゃべれそうにない。頭がようやく連携しだしたいま、できることは腕を伸ばして、彼を引き寄せることだけだった。彼の首筋につぶやいた。「来てくれると思ってた。そう信じてたの、ジェームズ。喉が乾いちゃった。水を持ってきてくれる？」

「大丈夫か？　ほんとに大丈夫なのか？　少しだけ体を起こさせてくれ」

「ええ。あなたが生きててよかった。あなたが殴られて倒れてたから、その上にかがんでたの」彼から身を引き、左耳の上の縫い跡をそっと指でなぞった。

「おれなら大丈夫だから、心配するなって」

「あなたが誰にそんな目に遭わされたかわからなかった。そしたら、わたしも頭を殴られて、目を覚ましたら、ビーダーマイヤーに見おろされてた。あそこに連れ戻されてたのよ」

「わかってる。いまはおれといっしょだし、誰にも見つけられない場所にいる」クインランは肩越しに言った。「ディロン、このレディに水を持ってきてもらえないか？」

「あの男に薬を与えられてたせいね。喉が砂漠みたいに乾いてる」

クインランが体をこわばらせたのがわかった。

「ほら。グラスを持っててやるよ」

サリーはたっぷり水を飲むと、ふたたび横になってため息をついた。「あと十分もしたら、正常な状態に戻るわ――わたしの見積もりではだけど。ジェームズ、わたしが唾を吐きかけた人は誰なの？」

「おれの親友で、ディロン・サビッチっていうんだ。おれと彼とで、昨夜きみをサナトリウムから助けだした。ディロン、こっちへ来てサリーに挨拶しろよ」

「ごきげんよう、マダム」

「さっきこの人は、自分がヒーローだと言ったわ。あなたと同じようにね、ジェームズ」

「その可能性はあるな。信用できるやつだよ、サリー」

サリーはうなずいた。クインランはそんな些細《ささい》な動きにも目を光らせている。「まだ何も食べられそうにないか？」

「ええ、まだ無理よ。あなたはどこへも行かないでしょう？」

「行くもんか」

誓ってもいい、サリーの口角がほんの少し持ちあがった。かすかな笑みだ、とクインランは思った。次の瞬間、何も考えずに顔を近づけ、唇に唇を重ねた。「きみを取り戻せてよかった。マウンテバンク保安官の家で目を覚ましたとき、杭《くい》を刺されたメロンみたいにずきずきする頭で、きみがいなくなったと聞かされた。あんなにびびったことは、生まれてはじめてだ。きみにはこれからずっと、目の届くところにいてもらうぞ、サリー」

「悪くないわね」サリーは言うなり、ことりと眠りに落ちた。意識を失ったのではなく、本物の眠りだった。

クインランは立ちあがり、サリーを見おろした。軽いブランケットを胸まで引きあげ、髪を後ろに撫でつけた。病室で見かけた小男のことを思いだす。今度会ったら、生かしてはおけない。

そしてビーダーマイヤーも。あの男に手をかけられる日が待ち遠しい。

「宇宙でいちばん大切な人になった気分はどうだ、クインラン？」

クインランは穏やかな顔つきで、なおもゆっくりとブランケットを撫でていた。ようやく口を開いた。「死ぬほど怖い。もっと言わせたいか？　まったく悪い気がしない。おまえのことを信じてなきゃ、やってられないよ」

その夜、三人はクインランの両親が所有する別荘の表のポーチに腰かけ、ルイーズ・リン湖を眺めていた。三月にしては、穏やかな夜だった。別荘は西側に面していた。地平線にさしかかった太陽が、波打つ水面を金色と鮮烈なピンクに染め分けている。

クインランはサリーに言った。「狭い湖だから、ボート遊びはあまり楽しめない。ただし、まだ十代で、肝試しがしたいんならべつだけどな。ここから四つはカーブが見える。この湖にはたくさんのカーブがあるから——」

「たくさんのカーブがなんだって？」サビッチは彫刻していたつるっとしたカエデの木のブロックから顔を上げて、尋ねた。

「漫才をやってるわけじゃないぞ」クインランは言い、サリーに笑いかけた。「そう、この湖にはたくさんカーブがありすぎて、ぐるっと一巡してしまいそうだ」

サビッチは木の床の上に溜まっていく丸まった木片を見ながら言った。「進んでるのか戻っているのか、油断するとわからなくなる」

「いい友だちなのね」サリーが言った。「おたがい、相手のことがよくわかってて」

「ああ。だが、こいつと結婚するつもりはないよ。クインランはブタ並みのいびきをかく」

サリーがほほえんだ。いい笑顔だ、とサビッチは思った。作り笑いではない。安全な場所にいることがわかっているからこその笑顔だった。

「アイスティーのおかわりは、サリー？」

「けっこうよ。氷を舐めるのが好きなの。氷はまだたくさんあるし」

クインランが両脚を持ちあげ、ポーチに巡らされた木製の手すりに置く。すり切れた黒のショートブーツに、色褪せた古いブルージーンズがすてきに似合っている――そんな感想をいだけること自体が、サリーには衝撃だった。彼の白いシャツの袖は、肘まで巻きあげられていた。

それにショルダーホルスターをつけ、拳銃を入れている。すべての私立探偵が常時、拳銃を携帯しているとは思えなかった。クインランはそれを着衣のように身につけ、平然としている。身体の一部になっているようだ。長身でがっしりとしていて、逞《たくま》しい。そういえば薬による眠りから覚めたとき、彼の顔を引き寄せてしまった。彼は素直に従ってくれた。それに、サリーがふたたび寝ついたと思ってキスしてくれた。こんな男ははじめてだ。心が許せて、信じられて、サリーの身辺を気遣ってくれる。

「頭の霧は晴れたかい？」サビッチに訊かれ、サリーはそちらを見た。カエデの表面をくり返し親指で撫でている。

「どうしてそんなことをするの？」

「ん？　ああ、木を温めると、艶《つや》が出るんだよ」

「何を彫ってるの？」

「きみさ。もしかまわなければ」

サリーは目をしばたたいた。口に入れていた氷を飲みこみ、すぐに咳きこみだした。クインランが身をのりだして、肩胛骨《けんこうこつ》のあいだを軽く叩いてくれる。

咳が収まると、サリーは言った。「なぜわたしを形にして、残そうとするの？　わたしなんか、何者でもない――」

「何言ってんだ、サリー」

「そうでしょ、ジェームズ。誰かがわたしを排除したがってるのは事実だけど、わたしが重要人物だからじゃないわ。誰かの気にさわることを知ってるらしいってだけよ」

「その問題を話しあわなきゃならないときが来てるようだな」サビッチはカエデの木を置き、サリーの顔を見た。

「おれたちの手を借りたければ、すべて話してくれ」

サリーはサビッチからクインランへ視線を移した。眉をひそめて、手を見おろし、かたわらにあるラタンのテーブルにそっとグラスを置いた。

ふたたびクインランを見て、ショルダーホルスターを顎で指し示した。「私立探偵が拳銃を携帯するものだとは知らなかったと、いま思ってたところよ。でも、あなたは携帯してる。それにもう一つ――生まれたときから身につけてたみたいに、自然だわ。私立探偵じゃないのね、ジェームズ?」

「ああ」

「あなたは誰なの?」

クインランはふと静まり返ったのち、まっすぐサリーの顔を見た。「おれの名前はジェームズ・クインラン、きみに言ったとおりだ。きみに言わなかったのは、おれがFBIのジェームズ・クインラン特別捜査官ってことだ。ディロンとともに働いて五年になる。FBIにはいわゆるパートナーの制度はないが、多くの事件をともに担当してきた。

コーブへはきみを捜しにいった」

「FBIの職員なの?」口にしただけで腕が粟立ち、体が冷えて感覚がなくなった。

「そうだ。すぐに伝えなかったのは、きみを怯えさせるからだ。きみの信頼を勝ち取ってから、ワシントンに連れ戻って、すべてを解決したかった」

「わたしの信頼を勝ち取るのに成功したわね、ミスター・クインラン」

彼女が名字を使ったことに、クインランは怯《ひる》んだ。サビッチが口をはさもうとしているのに気づき、手を上げて制した。「いや、おれに最後まで言わせてくれ。いいかい、サリー、おれは自分の仕事をしていた。ややこしいことになったのは、きみと知りあってからだ。コーブで二件の殺人事件が起き、死んだきみの父親が電話をよこし、続いてきみの寝室の窓に現われた。

きみに正体を打ち明けまいと決めていたのは、きみの反応が怖かったからだ。危険にさらされているかもしれないきみを、逃亡させたくなかった。おれにならら守れるとわかって――」

「でも、失敗したわよね?」

「ああ」まずい、サリーは怒っている。刺々しい声がその証拠だった。過去は変えられない。彼女の理解を求めるしかないが、もし機嫌を直してくれなかったら、どうなるのだろう?

サリーがゆっくりと立ちあがった。第二の皮膚のようにぴったりとしたブルージーンズをはいている。サビッチがサイズの目測を誤り、ここからいちばん近い町であるグレンバーグのKマートで女児用のジーンズを買ってきたからだ。ブラウスも小さく、ボタンがはじけ飛びそうになっている。

その顔に浮かぶのは、冷ややかでよそよそしい表情だった。もはや古いポーチに二人の男にはさまれて立っていることすら、忘れているようだ。長いあいだむっつりと押し黙ったまま、湖を見つめていた。ついに、彼女が口を開いた。「わたしを昨夜、あそこから救いだしてくれたことには感謝します。正気に戻る間もなく薬を与えられて、二度と自力では逃げだせなかったでしょうから。きっと、一生、自由にはなれなかったでしょうね。その点で、あなた方二人には恩義を感じてる。でも、わたしはここにはいられない。解決しなきゃいけないことがたくさんあるの。さようなら、ジェームズ」

15

「どこにも行かせないぞ、サリー。行かせるわけがないだろ」

サリーはクインランを見つめた。その目つきには、見るに堪えないほど、クインランが何者で、何をしたかを強く非難する調子が表われていた。

「聞いてくれ、サリー、頼む。おれだって、残念だと思ってる。おれは自分が正しいと思うことをした。わかってもらいたい、きみには話せなかったんだ。きみはおれを信じるようになった。いまのきみのような反応を示される危険を冒すわけにはいかなかったんだ」

サリーが笑った。それだけで、何も言わなかった。

サビッチが立ちあがった。「散歩してくる。一時間ぐらいしたら、戻って夕食をつくるよ」

サリーはサビッチが細い小道を大股で水際に向かうのを見ていた。格好のいい男だけれど、当然ジェームズよりは劣る。サリーの好みからすると筋肉がつきすぎているが、そういうのが好きな人もいるだろう。

「サリー」

ふり返ってクインランを見たくなかった。もう口を利くのも、注意を払うのも、いやだった。彼のいまいましい話に耳を傾けたら、向こうに理があるのがわかって、自分のほうが粉砕されてしまう。

それくらいならサビッチを見ているほうがよかった。あるいは、穏やかな夜の湖でもの憂げに揺れている二艘《そう》のボートでもいい。日没を控えた湖面は、チェリー色だった。

「サリー、きみを行かせることはできない。だいたい、どこへ行くつもりだ？　きみが安全に身を隠せる場所など、おれには思いつかないぞ。きみはコーブになら避難できると考えた。だが、そうはいかなかった。きみの愛しいアマベルおばさんも、一枚嚙んでたからだ」

「いいえ、そんなはずないわ」

「誓ってもいい。おれに嘘をつく理由があるか？　おれは立ちあがれるようになると、保安官とその足でアマベルを訪ねた。彼女はきみが意識不明のおれを見て、逃げたんだと言い張った。たぶんアラスカだろう、パスポートがないからメキシコには行けない。きみが病気で──施設に入っていたことまで明かして──まだ不安定だ、頭に問題があると言っていた。おれの勘では、きみのおばさんは今回の騒動に首までずっぽり浸かってる」

「おばはわたしを歓迎して、親身になってくれた。あなたの思い違いよ、ジェームズ。じゃなきゃ、あなたが嘘をついてるのよ」

「最初は親身だったかもしれない。だが、誰かが彼女に手をまわしたんだ。コーブで起きた二件の殺人事件のことを考えてみろよ、サリー。きみが聞いた女性の悲鳴を、アマベルは風か、きみの精神状態が悪いせいにしたんだぞ」

「じゃああなたは、マージとハーブっていう老夫婦を、ウィネベーゴでコーブまで来て、そのあと消えたという老夫婦を——なんと言うのかしら——利用してたの？　そう、口実《カバー》として？　保安官もすっかり信じたのね？」

「ああ、そうだ。それどころか、捜査が再開されたよ。あのあたり一帯でほかにも行方不明者がおおぜいいたんだ。息子に両親の捜索を依頼されたロサンゼルスの私立探偵というのがおれの表向きの顔だった。有効だったよ。殺人事件が起きてからは、何をどう考えていいかわからなかったが、きみに直接関係がなさそうなことだけは、わかってた」

クインランは黙りこみ、髪をかきむしった。「だめだ、本題から逸れてるぞ、サリー。コーブのことはいったん忘れよう。アマベルのこともだ。彼女とあの町ははるか彼方にある。きみにおれのとった行動を理解してもらいたい。おれがなぜ正体を隠し、どうしてコーブにいたのかを黙っていなければならなかったかを」

「あなたが嘘をついてわたしを操ったのはいいことだったと、認めろと言うの？」

「そうだ。念のために言っておくが、きみだって嘘をついてたんだぞ。きみはただ、きみには父親としか思えない人物から電話があったとき、絶叫するだけでよかったんだ。それだけで、おれはすっかり骨抜きになった。きれいな女が、おれの男らしさに訴えてきた。そうさ、あの瞬間から、おれはきみに夢中だった」

サリーは宇宙人でも見るような目つきで、クインランを見た。

「いいか、サリー。おれが血迷って部屋に飛びこむと、きみは床にいて、いまにも噛《か》みつこうとしているヘビのように電話を見つめてた。それでおれの勝ちはなくなった」

サリーは手を振ってしりぞけた。「わたしは誰かに追われてたけど、あなたは違うのよ、ジェームズ」

「そういう問題じゃない」

笑い声がサリーの口からほとばしった。「実際はわたしを追っている人間が二人いて、あなたがその二人めだったのに、馬鹿なわたしは、哀れにもあなたに感謝するばかりで、それに気づかなかった。ここにはいられないわ、ジェームズ。あなたには二度と会いたくない。あなたをヒーローだと思ったなんて、自分が信じられない。いつになったら、馬鹿みたいに人を信じるのをやめられるのかしら」

「どこへ行くつもりだ？」

「あなたには関係ないでしょう、ミスター・クインラン。わたしが何をしようと、あなたには口出しさせない」

「そうはいかない。いいか、サリー。一つ教えてもらいたいことがある。おれとディロンがサナトリウムのきみの病室に入ったとき、まぬけ面をした情けない小男がベッドに腰かけて、きみを見おろしていた。あいつに乱暴されたことはないのか？　殴られたとか、暴行されたとか」

「ホランドがあそこのわたしの部屋に？」

「そうだ。きみは裸で、彼はきみの上にかがみこんでた。髪を梳かして、きれいに整えていたようだ。やつにレイプされたことは？」

「ないわ」取りつく島のない口調。「誰にもレイプはされてない。ホランドはビーダーマイヤーからの命令で、別のことはしたけれど、わたしを痛めつけはしなかった。ただ——そうね、瑣末《さまつ》なことよ」

「だったら、きみを痛めつけたのは誰だ？　血も涙もないビーダーマイヤーか？　亭主か？　きみが悪夢のなかで見たと言っていた男は誰なんだ？」

サリーはしげしげとクインランを見つめ、その目つきには、今度も静かに煮えたぎる怒りがあった。「これ以上、あなたに関わる気はないの。だから、そんなことはいっさい、あなたに無関係よ。地獄に堕ちるのね、ジェームズ」

クインランに背を向けて、木造のステップを下りだした。日が落ちて冷えてきたのに、サリーはぴちぴちのシャツとジーンズしか着ていない。

「戻ってこい、サリー。一人では行かせないぞ。行かせると思うか？　きみが傷つくのを見てられないんだ」

サリーは速度を落とさず歩きつづけた。はいているのは、たぶん小さすぎるだろうスニーカーだ。クインランは彼女にマメをつくらせたくなかった。明日、また買い物に出かけて、ぴったりのサイズの服を買い、そして——ちくしょう、頭がとっちらかっている。

水際にサビッチの姿を認めたが、サリーが立ち去りつつあることには、気づいていない。

「サリー、きみはここがどこかも知らないんだぞ。それに、金だってない」

サリーの足が止まった。にっこりして、クインランをふり返った。「そのとおりよ。でも、その問題もじきに片付くわ。だって、もう怖い男の人なんていないもの。心配しないで。ワシントンまで戻るお金くらい、手に入れるから」

もう我慢できなかった。クインランは手すりに片手をかけて飛び越え、サリーからわずか一メートルの位置に着地した。「もう二度と誰にもきみを傷つけさせない。世間のクズにきみをレイプさせるわけにはいかないんだ。この件が片付くまで、おれといてくれ。そのあとまだおれといたくなければ、そのときは行かせてやる」

サリーは笑いだした。体を震わせて大笑いした。ゆっくりとしゃがみこむと、膝を抱えて、なおも笑いつづけた。

「サリー！」

サリーはクインランの太腿に手を置き、顔を見あげてまた笑った。「行かせてやる？　わたしが行きたくないと言ったら、手元に置くの？　哀れな迷子みたいに？　ご立派ね、ジェームズ。どうでもいいことだけど、もう長いあいだ、他人のことを――わたしを含めて――少しでも気遣う人間には、お目にかかったことがなかったわ。お願いだから、もう嘘はつかないで。

あなたにとって、わたしは事件の容疑者にすぎない。事件が解決できたら、自分の評判だけ考えることね。きっとFBIが長官にして、足にキスして祝福してくれるわ。大統領からは勲章がもらえるかもよ」

息を切らしながら、せりあがってくる笑いの合間にしゃくりあげている。「わたしのファイルに書いてあったことを信じたんでしょう、ジェームズ？　そう、ＦＢＩにはわたしに関するぶ厚いファイルがあるはずよ。施設に拘束されていたことが書いてなかったとは思えない。わたしは病気なのよ、ジェームズ。目撃者として信用してもらえないわ。誰かしらをなんとしても牢屋にぶちこみたいという現実があるだけ。

あなたにはもう何も話さない。あなたは信用できないから。でも、あそこから救いだしてもらった恩義は感じてる。だから、何か恐ろしいことが起こる前に、わたしを行かせて」

クインランはサリーの前にひざまずいた。ゆっくりと彼女の腕を両脇に引きだし、顔を肩に抱き寄せて、背中を上下に撫でた。「約束するよ。大丈夫だ。二度としくじらない」

サリーは動かなかった。クインランにはもたれてこなかった。恐ろしいまでの怒りを解き放つこともなかった。ずっと押しこめられてきた怒りだけに、それに向きあい、口にできる日が来るかどうかわからなかった。そんなことをしたら自分を壊し、その大きさゆえにほかの人まで壊しそうだった。

ふつふつとたぎる怒りに、裏切られたという、心が粉々になりそうな失望感が加わっている。信じていたクインランに裏切られた。簡単に心を譲り渡した自分が、愚かに思えてならなかった。

それと同時に、傷ついたと強烈に感じずにいられない自分の情熱が、サリーには驚きだった。そんな感情は、とうに奪われたと思っていた。ふたたび怒りが頭をもたげ、皮膚が汗ばむのを感じながら、ある思いに駆られている自分が信じられなかった。そう、サリーは復讐がしたかった。

クインランの肩に顔をつけたまま、考えをめぐらせ、いぶかしみ、心を鎮めた。それでもやっぱり、どうしたらいいかわからなかった。

「今度はおれを助けてくれ、サリー」

「断わったら、FBIの本丸に連れてかれて、真実を語る薬を与えられるの？」

「いいや。だが、FBIは遅かれ早かれ、真実を探りだす。そうなるんだ。きみの父親の殺害は大事件だ。殺害自体というより、もろもろがそれに関わってる。彼の殺害犯をつかまえたがっているやつは、おおぜいいる。それぐらい、さまざまな意味で重要な事件なんだ。きみが信用できないなどという戯言《たわごと》を言うやつは、もういない。いまおれを助けてくれたら、きみはいずれこの災いのすべてから解放される」

「あなたの口から災いなんて言葉を聞くとは、笑い種ね」

「なんでそんな言い方をしたのかな。多少、通俗的ではあるが、口から出てきた。災いとしか言いようがないだろう、サリー？」

サリーは無言で前方を見つめている。その思いが遠くにあることが、クインランにはいとわしかった。サリーの心のなかで何が起きているのだろう？　けっして愉快なことではなさそうだ。

「おれに協力してくれたら、きみのためにパスポートを手に入れて、メキシコに連れてってやるよ」

一瞬、サリーの意識が引き戻されたのがわかった。その顔に長いあいだ縁がなかったであろうゆがんだ笑みがちらっと浮かんだ。「メキシコなんて、冗談じゃないわ。三度行ったことがあるけど、三度ともひどい病気にかかったのよ」

「旅行前の予防薬がある。異質な病原菌から内臓を守ってくれる薬だ。仲間といっしょにボリビアのラパスに釣り旅行に行く前に一度、使ったことがあるが、水に浸かってばかりいたのに病気にはならなかった」

「あなたなら、病気のほうが逃げるでしょうね。どんな病原菌も、あなたのなかには棲みたくないでしょうから。がんばっても、あなたじゃたいしていいことがないから」

「おれと話してくれるんだな」

「ええ。しゃべると気持ちが落ち着く。胆汁が少し収まるみたい。同時にあなたの話に耳を傾けてたわ。あなたは哀れな被害者に話しかけ、気持ちをやわらげてなだめ、信用を得ようとしてる。とてもじょうずね。声の出し方から、声音、言葉の選び方まで。

でも、もうやめて、ジェームズ。わたしから話があるの。そうね、もうすっかり落ち着いたみたい。

気がついてないようだけど、ミスター・クインラン、いまわたしは、あなたの銃をあなたのお腹に突きつけてるのよ。わたしを抱きすくめたり、傷つけたり、あるいはご自慢のすばやい動きで銃を払おうとしたら、そのときは引き金を引くわ」

クインランはそれではじめて、シグザウエルの銃口が腹に押しあてられているのを感じた。それまで、まったく感じていなかった。どうやってショルダーホルスターから取りだしたんだ？　気づかないうちに銃を奪われたという事実のほうが、敏感な引き金にいま彼女の指がかかっているという現実よりも、怖かった。

サリーの髪に顔をつけたまま言った。「つまり、まだおれに腹を立ててるんだな？」

「ええ」

「でもって、メキシコの話はもうしたくないんだな？　沖釣りには興味ないのか？」

「経験ないの。でも、そうね、おしゃべりの時間はもうおしまい」

クインランはごくゆっくりと静かに話した。「その拳銃のバランスは完璧で、持ち手の思いに即座に反応する。頼むから、気をつけてくれ、サリー。乱暴なことを考えるなよ」

「そう心がけるけど、わたしを追いこまないようにね。さあ、ジェームズ、そのまま後ろに転がって、足を使おうなんて考えないこと。だめ、撃つわよ、体をこわばらせないで。忘れないで、わたしには失うものがないのよ」

「いい考えだとは思えないな、サリー。もう少し話をしよう」

「後ろに転がって！」

「わかったよ」クインランは脇に腕を垂らして、後ろに倒れた。足を蹴りだすこともできたが、サリーに深手を負わせないという確証がなかった。仰向けに転がり、彼女が拳銃を手にしたまま立ちあがるのを見ていた。銃の扱いに慣れているようだ。視線はつねにクインランに向けられていた。

「銃を撃ったことはあるのか？」

「あるわ。自分の足を撃ち抜くんじゃないかと心配してくれてるんなら、そんな心配は無用よ。いいこと、ジェームズ、ぴくりとも動かないで」サリーはあとずさりをして、ポーチのステップをのぼった。クインランのジャケットを手に取り、胸ポケットから札入れを取りだした。「充分なお金が入ってるといいんだけど」

「きみを救出に行く直前に、キャッシュディスペンサーで引きだしたばかりだよ」

「親切だこと。心配しないで、ジェームズ」拳銃を持った手で小さく敬礼し、彼のジャケットを腕にかけた。「もうすぐディロンが戻ってきて、あなたの夕食をつくってくれるわ。オヒョウがどうのと言ってたわね。この湖なら汚染されてなさそうだから、食中毒の心配もないし。あなたに話したかしら？　わたしの父は市民による委員会を率いてて、汚染に対してつねに異義を唱えてたのよ。

　わたし自身、それをテーマにして論文を書き、レーガン大統領からお褒めの言葉をちょうだいしたわ。でも、いまとなっては、どうでもいいことよね。だめ、黙ってて。いまはわたしがしゃべってるの。実際、いい気分なの。これで父が最低の男ながら、多少はいいこともしたのが、わかったでしょう？

　そうそう、ミスター・クインラン。サナトリウムで誰がわたしにあんなことをしたのか、詳しく聞きたがってたわね。わたしにあんなことをして、あんなところに入れた人が、そんなに知りたい？　だったら、教えてあげる。ビーダーマイヤーでも、夫でもない。わたしの父よ」

そして、死んだ人間にはどうやって復讐したらいいのだろう？　そんな思いを胸に、サリーは脱兎《だっと》のごとく走りだした。彼女がこんなに速く走れるとは、クインランも思っていなかった。スニーカーの背後に土煙が上がっている。

サリーが車まで行くと、クインランは飛び起きた。遮二無二オールズモビルへと急いだ。彼女が運転席側のドアの前で足を止め、手早く狙いを定めたかと思うと、右側のブーツの数十センチ先に銃弾が飛んできて、クインランのジーンズに土を飛び散らせた。その隙に彼女は車に乗りこんだ。エンジンが息を吹き返す。すばしっこい女だ。

サリーは車をリバースに入れ、狭い私道をバックで走り、田舎道に出た。ニレの木に近づいたものの、たくみなハンドルさばきで、車の塗装には傷をつけなかった。助かった。捜査局の車が修理となると、政府がいい顔をしない。

クインランはふたたび車を追って走りだした。じっとはしていられないが、何をしたらいいかわからず、自分が愚かで無能だという事実だけを噛みしめながら、ひたすら走った。

サリーはサナトリウムで父親に殴られ、もてあそばれ、卑しめられていたのか？　そもそも、彼女をあそこへ入れたのは、父親だったのか？

なぜだ？

すべてが異常だった。だから彼女は語らなかったのだ。死んでしまった父親を、絞りあげることはできない。何もかもが理不尽だった。

「そう、かっかするな、クインラン」背後からサビッチの声がした。「戻ってこい。彼女のほうが速いから、どうせ追いつけない」

ふり返ると、サビッチが走ってきた。「最後に計測したおまえのタイムだと、加速するオールズモビルには勝てないぞ」

「ああ、そうだな。ちくしょう、おれのミスだ。何も言うな」

「言うまでもないだろ。彼女はどうやっておまえの銃を奪ったんだ？」

クインランは長年の親友をまっ向から見ると、ジーンズのポケットに手を突っこみ、サビッチも聞いたことがないほど困惑した声で言った。「おれはサリーを抱き寄せて、おれのとった行動や、ほんとうの意味で裏切ったんじゃないことを、理解してもらおうとした。機嫌を直してもらえるかもしれないと思ったんだ。

どうやらそれが失敗の原因だったらしい。おれは何も感じなかった。まったくだ。そのうち、サリーが銃をおれの腹に向けてると言いだした。事実だった」

「浮き足立つあまり、自分の拳銃がホルスターから抜かれても気づかないやつをパートナーにしたいとは思わないな」

「おれが彼女に目がくらんでたとでも言いたいのか？」

「まさか。さて、電話をかけにいこう。電話線まで切られてないといいがな」

「別荘のなかには入らなかった」

「わずかな好意に感謝するとするか。多少は幸運に恵まれないとやってられない」

クインランは言った。「いいツテでもあるのか？　次の幸運に導いてくれるような」

「なかったら、ポーリーおばさんに電話するさ。彼女とエイブおじさんには、教皇以上のツテがある」

16

彼女にはジェームズがじき追ってくるのがわかっていた。いますぐではないにしろ、早晩追ってくるだろう。それに、時間があることもわかっていた。ただ、逃げだす前に壁から電話線を引き抜かなかったのは、失敗だった。たっぷり足留めさせてやれたのに。それでも、こちらのほうがずっと有利なスタートを切っている。

クーパートン・ストリートの近くにあった空いた駐車スペースに、オールズモビルを入れた。ドアにロックをかけ、ゆっくりと歩きだした。ジェームズのジャケットのおかげで、今風に見えているはずだ。向かうは三三七番地。ラーク・ストリートにあるジョージ王朝様式の赤レンガ造りの家だった。下の階の明かりがついている。ノエルがいますように、とサリーは祈った。ついでに警察とFBIがいませんように。

腰をかがめて植えこみの際を走り、一階の書斎に向かった。父が仕事に使っていた部屋だ。母が父に殴られるのをはじめて見たのも、この部屋だった。あれから十年になる。十年ひと昔。その間何をしてきたか？　父が母を殴っていないのを確かめるため、大学に通いながら夜ごと電話をかけ、無理をしてでも週末には帰り、平日にもときおり訪れたものだ。

介入することで父の怒りを買っているのはわかっていたが、父の地位は年月を重ねるにつれて目に見えて上がってきていたため、妻を殴っていることが世間に知れるのは、父にとっても恐怖だった。それでおおむね、母への手出しを控えていた。だが蓋《ふた》を開けてみると、父は腹を立てたとき、サリーが大学に戻るのを待って、母を殴っていたのがわかった。母が打ち明けてくれたのではない。

あるとき、家にセーターを忘れたのを思いだしたサリーは、急いで取りに戻った。鍵を使って玄関のドアを開け、書斎に入ると、床にうずくまった母を父が蹴《け》りつけるという、衝撃的な場面に出くわした。

「警察に電話する」サリーは戸口から淡々と言った。「どうなろうとかまわない。もう終わりにしなきゃ。いますぐ」

父はその場で凍りついた。足を中空に持ちあげたまま、戸口の娘を凝視した。「いまいましい小娘め。ここで何をしている?」

「これから警察に電話するわ。もう終わりよ」サリーはホワイエに引き返した。電話は美しい金縁の鏡の下にあるルイ十六世様式の小卓に置いてあった。

九一一とダイヤルしかけたとき、腕をつかまれた。母だった。そう、ノエルは涙ながらに、警察に通報しないでくれと頼んだ。膝をつき、涙を流しながら、何度も何度も頼んだ。

サリーは、自分の足にすがりついて苦痛の涙に頬を濡らしている女を見おろした。続いて、書斎の入口に立つ父に目を転じた。腕組みをし、足首を重ねあわせた、長身で細身の男。カシミヤとウールに身を包み、黒く豊かな髪には美しい銀髪の筋が入っている。まるで恋愛映画で主役を張る俳優のようだった。父はサリーを見ていた。

「かけたければ、かければいい」父は言った。「警察が駆けつけたとき、おまえの母親がどうするか見ものだな。おまえのことを嘘つき呼ばわりするだろう、サリー。わたしが妻に愛情をそそぐことを嫌い、実の母親を逆恨みする、嫉妬《しっと》深い娘だとな。

おまえが頻繁に家に戻ってくるのは、そのせいだろう？　さあ、かけてみろ、サリー。かけるといい。そして結果を確かめてみろ」父は根が生えたようにその場を動かず、聞くものをうっとりとさせる魅惑的な声で言った。この三十年、同僚やクライアントをたぶらかしてきた声だった。かすかに南部訛《なま》りを残しているのは、不明瞭にした部分が強調されて、かえって相手の心に響くのを承知しているからだ。

「お願い、サリー、やめて。やめてちょうだい。わたしが頼んでるのよ。そんなことをしちゃいけない。すべてが崩壊してしまうのに、そんなことはさせられないわ。危険なの。わたしは平気だからね、サリー。だから、お願いだから、後生だから、電話しないで」

最後にもう一度ずつ母と父を見て、家を出た。それから七カ月後に大学を卒業するまで、家には帰らなかった。

ひょっとすると、サリーが帰らなくなったというだけの理由で、父は前ほど母を殴らなくなっていたのかもしれない。

いまのいままで、そのエピソードを思いださなかったなんて。そんな自分がおかしかった。

いままで……コーブに出かけ、ジェームズに出会って、自分の人生がふたたび始まったかに見えながら、その一方で殺人事件が起き、父から電話がかかり、いろんなことがあった。

ほんとうに頭が壊れてしまったのかもしれない。自分を裏切った男なのに。その事実はくつがえせない。助けてもくれたけれど、それは仕事のうちなのだから、勘定には入れられない。自分の無邪気さが、いまだに信じられなかった。あの人はＦＢＩの捜査官だった。自分を捜しだし、嘘をついた。

書斎の窓が近いので、さらに深く腰をかがめた。なかをのぞいてみた。母は本を開いていた。父のお気に入りだった袖《そで》付き椅子に腰かけて、読書をしている。満ち足りているようすだった。それはそうだろう。ろくでなしの夫が死んで、三週間にはなる。もう青痣《あおあざ》はない。そういう生活とは縁が切れた。

それでも、サリーは待った。母のほかに人はいなかった。

「ほんとに自宅に戻るのか、クインラン？」

「自宅じゃない。結婚生活を送っていた家じゃなくて、母親の家だ。おれが第六感に恵まれてるのは、おまえも知ってるだろ。だが、正直に言うと、おれは彼女という人間を知っている。母親にある種の感情をいだいてるんだ。だから、まずはそこに立ち寄る。彼女の父親と夫がサリーをサナトリウムに押しこんだのは、まず、まちがいない。だが、その理由となると、おれには見当もつかない。それでも、父親が極悪人であったことだけは確かだ」

「そのうち、具体的に教えてもらえるんだろうな?」

「もっと飛ばせよ、ディロン。住所はラーク三三七番地だ。ああ、いまは話せないが、またあとで話す。さあ、そろそろだぞ」


「ただいま、ノエル」

ノエル・シジョンは手にしていた小説をゆっくりと膝に置いた。同じようにゆっくりと顔を上げ、戸口に立つ娘を見やった。膝までありそうな男物のジャケットを着ている。

母は席を立つでもなく、ただサリーを見つめていた。小さいころは、いつも腕をまわしたり、抱きついたり、キスしたりしてくれたのに、いまは動こうとしない。娘の正気を疑っているの? それならわかる。わたしがあなたを撃つために来たとでも? ノエルは怯えた小鳥のような声で言った。「ほんとうにあなたなの、サリー?」

「ええ。またサナトリウムを脱出して、ビーダーマイヤーの手から逃れてきたのよ」

「でも、どうしてそんなことをするの、ダーリン? あんなに熱心にあなたを診てくださってるのに。そうでしょう? それに、どうしてそんな顔でわたしを見るの、サリー? どうかしたの?」

そのあと、すべてがどうでもよくなった。母が笑いかけてくれたからだ。母はさっと席を立つと、駆け寄ってきて、抱いてくれた。長い年月が一瞬にして消える。サリーは幼い子どもに戻った。もう安心だ。祈っていたとおり、母はわたしのためにここにいてくれた。

「お母さん、わたしに手を貸して。みんなに追われてるの」

ノエルは体を引きはがすと、サリーの髪を撫で、両手で青ざめた頬に触れた。あらためて抱きしめ、顔をつけたままつぶやいた。「大丈夫よ、スイートハート。わたしにすべて任せてちょうだい。心配しなくていいのよ」サリーのほうが背が高いが、母親はノエルであって、サリーは子どもだった。そして、サリーには母が女神のように感じられた。

母に抱かれたまま、香水の匂いを嗅いだ。物心ついたころから、母はこの香水をまとっていた。「ごめんなさい、ノエル。あなたは大丈夫?」

母は腕をほどいて、後ろに下がった。「たいへんだったのよ。警察は来るし、あなたがどこにいるかわからないしで、心配が絶えなかったわ。電話してくれたらよかったのに、サリー。どれだけ心配したと思っているの?」

「できなかったの。警察がうちの電話に装置をしかけて、逆探知されるかもしれないと思って」

「電話には、なんの異常もないはずよ。あなたのお父さまの家にそんな装置をしかけるわけがないでしょう?」

「あの人は死んだのよ、ノエル。警察は手段を選ばないわ。それより、聞いて。あなたの口から真実を聞かせてほしいの。あの人が殺された夜、わたしがここにいたのはわかってる。でも、それ以外のことがまるで思いだせない。まがまがしいイメージの断片が残っているだけで、誰の顔も見えないし、大声は聞こえるのに、その声に結びつく人物が見つからないの」

「心配しなくていいのよ、ラブ。あなたのお父さまを殺したのは、わたしじゃないわ。あなたはそれが不安で逃げたのよね。わたしを守るため、これまでずっとそうしてきたように、わたしを守るために。

わたしの無実を信じてくれる？　わたしが何か知ってるかもしれないと、なぜ思ったのかしら？　ここにはいなかったのよ。あなたの夫のスコットといっしょだった。あの方、あなたのことをそれは心配しているわ。あなたのことしか頭になくて、戻ってくるのをひたすら祈っているの。お願いだから、わたしを信じると言って。わたしは殺していません」

「ええ、ノエル、信じるわ。あなたがあの人を撃ったんだとしたら、きっと拍手喝采してたでしょうけど、あなただとはどうしても思えなかったの。でも、あのときのことが思いだせなくて。ほんとに思いだせないのに、警察やＦＢＩは、わたしがあの夜の一部始終を知ってると信じこんでる。何があったか話してくれない、ノエル？」

「もう病気はよくなったの、サリー？」

サリーはじっくりと母を見た。どこか怯えたような口ぶりだ。わたしのことが怖いの？　実の娘が？　正気じゃないから、母親を殺しかねないとでも？　サリーは首を振った。怯えたふうはあるけれど、鮮やかなエメラルド色のパジャマを着たその姿は、完璧だった。金色のクリップでアップにした明るい色の髪。首元を飾る三本の細い金のチェーン。見るからに若々しくて、美しくて、活力に満ちている。いくらかの正義は実現したのかもしれない。

「聞いて、ノエル」母が信じてくれることを祈りながら、切りだした。「わたしは最初から病気じゃなかったのに、お父さんに無理やりあそこへ入れられたのよ。すべてがわたしを排除するための罠《わな》だった。理由はわからない。ひょっとしたら、この十年わたしが邪魔をしてきたことに対する、ただの復讐かもしれない。あなたにならい、何か思いあたることがあるんじゃないかしら。わたしを入院させると聞いたとき、疑問に思ったはずよ。一度も会いに来てくれなかったわね、お母さん、一度も」

「あなたのお父さまからそう聞かされて、そう、あなたの言うとおりね、わたしは疑ったわ。でも、スコットが取り乱して――泣きだしてしまってね――あれこれ、あなたがしたことを訴えて、あなたはもう以前のあなたじゃないから、サナトリウムに入れるしかない、と言ったの。それで、ビーダーマイヤー先生にお目にかかったら、先生はあなたの治療に尽力すると約束してくださった。

ああ、サリー、ビーダーマイヤー先生はまだあなたに会わないほうがいいと、おっしゃったのよ。あなたがわたしのことを恨み、嫌っている、わたしに会いたがっていない、だから会ったら、あなたの病状が悪化して、また自殺しようとするかもしれない、それが怖いって」

サリーはもはや母の話を聞いていなかった。首筋にちくちくするような感覚がある。それで、わかった。彼が接近しているのを感知したのだ。そして、父が殺害された夜のことについて、母が真実を語っていないこともわかった。どうしてなの？　あの夜、ほんとうは何があったの？　でも、その疑問を解決している時間はなかった。そう。ジェームズが近づいているから。それらしい音が聞こえたわけでも、兆しがあったわけでもない。それなのにわかる。

「いま、手元にお金がある、ノエル？」

「数ドルしかないわ、サリー。どうして？　お願いだから、ビーダーマイヤー先生に電話させて。何度も電話をくださったのよ。あなたを守らせてちょうだい、サリー」

「もう行くわ、ノエル。もしわたしを愛してくれてるなら――愛してくれたことがあるなら――ＦＢＩの捜査官をなるべく長く足留めして。ジェームズ・クインランという名の捜査官よ。わたしがここにいたことは、黙っておいてね」

「なぜあなたがＦＢＩの捜査官の名前を知っているの？」

「瑣末な問題よ。それより、お願いだから、その人に何も言わないでね、ノエル」

「ミセス・シジョン、サリーがここに来ましたね。まだ、いますか？　彼女をかくまってらっしゃるんですか？」

ノエル・シジョンは彼の身分証明書を確認してから、サビッチに目をやった。永遠とも思える時間の果てに、ようやく顔を上げた。「娘には七カ月近く会っておりませんわ、クインラン捜査官。なんなのかしら？」

「彼女がここへ来たはずです、ミセス・シジョン」サビッチが答えた。

「あなた方はなぜうちの娘をファーストネームで呼ぶの？　でも、サリーというのはニックネームで、本名はスーザンですのよ。ニックネームはどこでお知りになったの？」

「どうでもいいことです」クインランは言った。「お願いです、ミセス・シジョン、ご協力願います。お宅を調べさせていただいて、よろしいですか？　彼女はおそらくこの家に隠れて、ぼくたちが帰るのを待つつもりでしょう」

「おかしなことをおっしゃるのね。でも、それで納得していただけるなら、どうぞごらんになって。住みこみの使用人はおりませんから、わたしだけですのよ。誰かを驚かせることはありませんから、ご気遣いなく」二人に笑いかけ、優雅な足取りで書斎に戻った。

「上から調べよう」クインランが言った。

二人はひと部屋ずつ順番に調べた。クインランが室内を調べているあいだ、サビッチは廊下で待った。近くの部屋にいるサリーが二人の目をすり抜けて逃げるといけないからだ。廊下の突きあたりにある寝室のドアを開いたクインランは、ひと目見るなり、サリーの部屋だと直感した。明かりをつけた。ピンクや白の天蓋《てんがい》がついたベッドがあったわけでも、ロックスターのポスターが壁を埋めつくしていたわけでもない。そうではなく、部屋の三面が本棚で埋まり、そのすべてに本が詰まっていた。残るもう一面の壁には、額入りの賞状が飾ってあった。ジュニアハイスクールで書いた論文の賞状に始まっている。『合衆国における海外石油への依存とガソリン危機』『イランの人質事件』『カーター政権時に共産主義となった国々とその理由』。アイドルバーグ賞を受賞してニューヨークタイムズに掲載された論文は、

『一九八〇年、レークプラシッド・オリンピックにおける合衆国ホッケーの勝利』というタイトルだった。ハイスクール時代には、より文学的な賞で表彰されていた。それがハイスクールの終わりころ、ふっつりと途絶え、表彰状など、優れた短編や評論として認められた証しがまったくなくなる。少なくとも、この寝室には飾ってなかった。彼女はジョージタウン大学に進学し、英語を専攻した。やはり、彼女が何かを書いたり、それで賞を受けた証しは見あたらなかった。

「おい、クインラン、何してるんだ？　彼女はいるのか、いないのか？」

クインランは首を振りふり、廊下に出た。「サリーはここにはいない。いたのはまちがいないが、とっくに逃げた。なぜかおれたちが近づいたのを察知したんだ。なぜかはわからないがな。さあ、行こう、ディロン」

「母親が何か知ってるんじゃないか？」

「寝ぼけたこと、言ってんなよ」それでもいちおう尋ねたが、ミセス・シジョンはよそよそしい笑顔とともに、二人を追い払った。

「これからどうする、クインラン？」

「考えさせてくれ」クインランはハンドルにもたれて背を丸め、コーヒーが飲みたいと思った。うまいコーヒーではなく、捜査局のきつい一杯がいい。それで、十番街のペンシルバニア通りにあるFBIの本部へ急いだ。この国の首都が誇る、もっとも醜い建物だ。

それから十分後、クインランは土手の穴埋めに使えそうな代物を飲んでいた。サビッチにも一杯運び、右手のマウスパッドの近くに置いた。

「彼女はオールズモビルに乗ってる」

「緊急手配はしないぞ、ディロン」

サビッチは椅子に坐ったまま首をまわした。背後でコンピュータの画面が輝いている。

「このまま二人で追跡するのは無理だ、クインラン。おれたちは彼女を見失った。おまえもおれも、わが友よ、ずぶの素人を見失ったんだぞ。網を広げるべきだと思わないか？」

「まだだ。彼女はおれの札入れも持っていった。そこからなんとかならないか、考えてみてくれ」

「彼女が購入額を五〇ドルに収めるように気をつけていたら、照会されない可能性が高いが、それでも、誰かが照会すれば、ただちに彼女の居場所がわかる。ちょっと待ってくれよ。システムを立ちあげるからな」

ディロン・サビッチは大きな手の持ち主だった。指も太くて先が丸い。そのごつい指がクインランの目の前で、見た目からは想像もつかないほど軽やかにキーボード上を動いている。サビッチは決定キーを押して、満足げにうなずいた。「コンピュータには何かがある」首をめぐらせて、クインランに話しかけた。「コンピュータは反論も反抗もしない。簡潔な言語で命令を出してやると、そのとおりに処理してくれる」

「だが、愛してもくれないぞ」

「彼らなりのしかたで愛してくれるさ。コンピュータは公明正大なんだ、クインラン。さて、彼女がおまえのクレジットカードの一枚を使って、照会されなかった場合は、それから十八時間以内に彼女がカードを使ったのがわかる。万全とは言いがたいが、それで満足してもらうしかないな」

「クレジットカードは使うかもしれないが、彼女のことだ、五〇ドルを超えないようにするだろう。サリーは馬鹿じゃない。クレジットカードの不正使用によるアメリカ国民の負担額に関する論文を書いて、全州的な賞をもらってるんだ。彼女なら十八時間稼げるのを知ってるし、それだけあれば充分だと考えるだろう。あいにくだったな」

「なんでそんなことを知ってるんだ？　ほかに話はなかったのか？　あの絵のように美しい田舎町で殺人事件が二件も起きて、おまえたちは二人で遺体を発見した。それだけで三時間は会話ができるぞ」

「サリーの部屋で見たんだ。論文や短編や評論や、彼女が書いたものでもらった賞状で壁が埋まっていた。クレジットカードに関する論文も、その一本だった。まだ十六のときだ」

「文章を書くのがうまいのはわかった。文才はあるんだろうが、ずぶの素人であることには変わりないぞ。彼女は怯え、どうしたらいいかわからずにいる。おおぜいの人間に追われ、そのなかでは、たぶんおれたちがいちばんたちがいいはずだが、それすら考慮しなかった。そして、まだおまえの拳銃をおまえの腹に突きつけてる」

「つべこべ言うな。彼女の手持ちの現金は三〇〇ドルほどだ。その額じゃ高飛びはできない。ただし、グレーハウンドバスなら、ただみたいな値段で国を横断できるけどな」

「札入れに暗証番号を入れてなかっただろうな?」

クインランはサビッチの隣りの回転椅子に腰かけた。両手の指を突きあわせ、指先で小刻みにリズムを刻んだ。「サリーがあることを言ってたんだ、ディロン。それを聞いて、おれは腸《はらわた》がかきむしられるような思いを味わった。彼女は言ったんだよ、彼女の周囲にいた人間はみな、自分のことしか考えていなかったと。たぶんサリーがおれを簡単に信じたのは、彼女の内側にある何かが、必死に認めてもらいたがっていたからだろう」

「精神科医のような口を利くじゃないか」

「いいから、聞けよ。おまえが言うとおり、サリーは怯えてる。だが、自分を正気だと認めてくれる人間、心底そう信じてくれる人間、無条件に信じてくれる人間を必要としてる。サリーはおれがそういう人間だと思った。そのとおりだ。だが、結果はごらんのとおりさ。彼女はあの場所に半年閉じこめられ、みんなから病気だと言われつづけた。だからこそ信頼を、絶対的な信頼を必要としてる」

「で、その無条件の信頼とやらを保証してくれるのは誰だ? 母親か? おれが見るところ、それは無理だろう。サリーはまっ先に母親に会いにいったが、ミセス・シジョンにはどこか異様なところがある。当然ながら、夫のスコット・ブレーナードも排除できる。ただしおれはじかに会って、少し目鼻立ちの配置を替えてやりたいが」

クインランはサリーのファイルを取りだした。「友人関係をあたってみよう」

クインランが黙って長々とファイルを読んでいるあいだに、サビッチはサリーがクレジットカードを使ったときに備えて、システムをスタンバイさせた。

「おもしろい」クインランは椅子の背にもたれて、目を揉《も》んだ。「サリーには親しい女友だちが何人かいた。ほとんどが議会の関係者だ。だが、スコット・ブレーナードと結婚すると、しだいに疎遠になり、そうこうするうちに父親の手でビーダーマイヤーのすてきなリゾートに収容されてしまった」

「だとしたら、調べる手間は省けるが、助けにもならない。彼女が夫のもとへ向かうとは思えないよな？　おれには想像できない——」

「断じてありえない」

コンピュータの画面が点滅して、ビープ音が鳴った。「おっと、これはまた意外な」と、サビッチは両手をこすりあわせた。いくつかの番号を入力し、二つのコマンドをつけ加えた。

「彼女がガソリン代をクレジットカードで払ったぞ。たった二二ドル五〇セントだが、額にかかわらずカードを照会する方針の店だったんだ。彼女はいまデラウェアのウィルミントンを出たところだ、クインラン。よかったな」

「ウィルミントンならフィラデルフィアまで遠くない」

「どこからもそう遠くないさ。クリーブランドとなると、そうもいかないが」

「いや、おれが言いたいのは、そういうことじゃない。彼女の祖父母がフィラデルフィア郊外のメインラインに住んでるんだ。フィッシャーズ・ロードって名の、超高級住宅街だ」

「フィッシャーズ・ロード？　とても高級とは思えないぞ、クインラン」

「名前に騙《だま》されるなよ。おれの勘だと、たぶん道路から何十メートルも奥まったところに石造りの大邸宅が立っている、そんな通りの一本だ。もちろん、ゲートつきでだ」

「じきにわかるさ。そこに住んでるのは、母方の祖父母で、名字はハリソン。フランクリン・オグリビー・ハリソン夫妻だ」

「ハリソン夫人にもファーストネームはあるんだろう?」クインランは尋ねた。

「ないのさ。亭主が金持ちで年寄りの場合は、そういうもんだ。なかには、体裁を整えるために、架空のミドルネームをでっちあげてるやつもいるかもしれないが」

17

「そう言えば、どうしてサリーが三〇〇ドル近い現金じゃなく、クレジットカードを使ったのか、おまえに話そうと思ってたんだ」

ハンドルを握るのはサビッチだった。コンピュータを扱うときと同じように、たしかな技術でやすやすと愛車のポルシェを駆っている。

クインランは小さなペンライトを片手に、祖父母に関する情報にくまなく目を通していた。吐きそうになるので、何分かごとに顔を上げなければならない。「おれは車のなかで文字を読むのが嫌いでさ。妹はいつも小説を読んでたよ。後部座席でも、まったく苦にしてなかった。ところがおれは、挿絵だけでも吐きたくなる。で、なんだって、ディロン？　ああ、サリーがクレジットを使った理由だったな。おまえがコートを取りにいってるあいだに、クレジットカードの照会に伴う残りの情報もチェックしてみた。ナンバープレートの番号が変わってたから、たぶんポンコツ車に有り金を使い果たしたんだろう」

サビッチがうなった。「コーヒーをくれ。あと一時間で着くぞ」

「中古車を買う時間のぶんだけ、時間的には差が縮まったはずだ。二時間ってとこだろうから、悪くないぞ」

「おまえが近くにいるのを察知されないといいがな、クインラン。どうやらおまえは、母親の家で彼女がおまえの気配に気づいたと思ってるみたいだから」

「気づいたのさ。いいから、聞けよ。ミスター・フランクリン・オグリビー・ハリソンはファースト・フィラデルフィア・ユニオン銀行の頭取にしてCEOで、〈ジェントルマンズ・パーベイヨー〉という衣料品店を三軒所有している。かつてペンシルバニアに大規模な製鉄工場を二つ持っていた彼の父親は、相場が落ちこむ前に売り抜けて、一族に大金を遺した。ミセス・ハリソンのほうは、ボストンのサーモンド家の出身だ。サーモンド家は海運業で財をなした素封家で、一族の人間はみな公的な仕事についている。二人のあいだには、娘としてアマベルとノエル、それにジェフリーという息子がいる。ジェフリーは幼いころから病気で、ボストン近郊の高級な私設クリニックに入所中だ」

「ウィルミントンのガソリンスタンドに立ち寄るか？　ここから三十分ほどだが」

「そうしてくれ。彼女の車の車種を誰かが覚えてるかもしれない」

「三〇〇ドルで手に入れた車なら、目立つはずだよな」

だが、彼女にガソリンを売った男はすでに帰宅していたので、二人はそのままフィラデルフィアに向かった。

サリーはまず祖父のフランクリンを、そして祖母のオリビアを見た。小さいころから年に

二、三度は会っていたが、この一年だけは例外だった。
メイドのセシリアは、サリーの窮屈なブラウスとジーンズにぶかぶかの上着という格好に動ずることなく、平然と玄関から招き入れると、淡々と家の裏手にある家族用の書斎へと導いた。祖父母はテレビで『となりのサインフェルド』を観ていた。

セシリアは孫娘の来訪を告げなかった。サリーをその場に残して、静かにドアを閉めた。

サリーはかなりのあいだ黙って突っ立ったまま、祖父がときおり笑い声をあげるのを聞いていた。祖母は膝に本を広げているが、やはりテレビに夢中のようだ。ともに七十六歳。健康状態は良好で、年に二度、アンティグアのジャンビー・ベイにあるプライベートリゾートに出かけるのを楽しみにしている。

サリーはコマーシャルを待って、口を開いた。「こんにちは、おじいさま、おばあさま」

祖母がさっとふり返り、大声を出した。「スーザン!」

祖父が言った。「ほんとうにおまえなのか、スーザン? いったい全体、わしのかわいい孫娘が、こんなところで何をしているんだ?」

どちらもソファから動かない。座席に釘付けされてしまったようだ。祖母の本が膝をすべって、美しいタブリス絨毯《じゅうたん》に落ちた。

サリーは一歩前に出た。「お金をもらえないかしら。おおぜいの人に追われていて、隠れなければならないのに、一七ドルぐらいしか手持ちがないの」

フランクリン・ハリソンがのっそりと立ちあがった。スモーキングジャケットにアスコットタイ。いまだにこんなものがつくられているとは信じられない。そのときふいに、サリーはごく幼いころ、同じ格好をした祖父を見たのを思いだした。祖父はサリーを抱いて、やわらかなシルクのアスコットタイを触らせてくれた。祖父の豊かな白髪はウェーブがかかり、目は藍《あい》色で、頬骨は高いが、口は小さくて険しかった。いまはその口が、いっそう小さく険しく見えた。

オリビア・ハリソンも立ちあがり、着ているシルクのドレスの皺《しわ》を伸ばすと、手を差し伸べた。「まあ、スーザン、おやさしいビーダーマイヤー先生がいっしょでないのはどうしてなの？　また逃げてきたんではないでしょうね？　あなたにはよくないことですよ、ディア。絶対にしちゃいけないことです。とりわけ、あなたのお父さまが亡くなって、世間さまを騒がせている時期ですからね」

「あの人はただ死んだんじゃないわ、おばあさま。殺されたのよ」

「ええ、わかっていますよ。わたくしたちみんな、迷惑をこうむっていますからね。でも、いまはあなたの心配をしているんです、スーザン。ビーダーマイヤー先生がご尽力くださったおかげで、ずいぶんよくなったと、ノエルから聞いていますよ。先生には一度お目にかかりましたけれどね、たいへん感服いたしました。フィラデルフィアまでわたくしたちに会いに来てくださるなんて、ほんと、ご親切な方。いまのあなたにはもう、ないものが見えたりしないのね？　されてもいないことで、他人《ひと》さまを非難したりしていないんでしょうね？」

「いいえ、おばあさま。わたしは最初からそんなことはしてないわ」二人が近づいてこないのが、不思議だった。

「わかっていると思いますけどね、ディア」祖母は穏やかな声で続けた。その声の芯には無《む》垢《く》の鋼が潜んでいる。「いま大切なのは、あなたを一流のサナトリウムに戻して、ビーダーマイヤー先生に治療していただくことですよ。あなたのお父さまは亡くなるまで、毎週ここに電話をくれて、あなたの回復具合を教えてくれていました。ときには後退する週もあったけれど、新しいお薬のおかげで、おおむね回復に向かっていると聞いていました」

こんな祖母に何が言えるだろう？　記憶にあるとおりの真実を伝え、その発言によって、二人の顔に不審の表情が浮かび、それが激怒へと変わるのを見たいのか？

サリーは長年にわたって、祖母の意固地としか言いようのない厳格さをまのあたりにしてきた。そう言えば、アマベルは言っていた。夫に殴られたノエルが、まだ赤ん坊のサリーを連れてここへ帰ってきてどんな目に遭ったか。祖父母はノエルを信じようとしなかった。

もちろん祖母が厳格なのは、いまに始まったことではないけれど、たまにしか会わないサリーは、その標的にされたことがなかった。助けを求めてきた娘のノエルに対する祖母の仕打ちが、いまになってはっきりとわかる。サリーは身震いした。

「ともあれ」話しだした祖父はかくしゃくとして力強いと同時に、あまりに気さくで、あまりに弱々しかった。「おまえに会えて嬉しいよ、スーザン。ゆっくりしていく時間はないのだろう？　わしらにワシントンまで送らせてくれんか？　おまえのおばあさまが言ったとおり、ビーダーマイヤーとやらのおかげで、ずいぶんとよくなったようだ」

サリーは祖父母を交互に見やった。少なくともかつてはクインランと同じくらい長身であったであろう祖父は、妻の定めた――そしておそらくは、祖父の父の定めた――ルールに従って生きてきた。他人が道を踏み外そうと頓着《とんちゃく》しない人だが、近くに妻がいるあいだは、けっしてその人物をかばわない。

サリーは小さいころから、祖父は親切でやさしい人だと思ってきた。だが、いまやその祖父すら、自分に近づこうとしない。わたしのことを本心ではどう思っているの？　なぜそんなに意地悪そうに口を引き絞っているの？「コーブに行ったわ。アマベルおばさんのところに、しばらく置いてもらったの」

「この家で、あの子の話はしないでちょうだい」祖母が言った。肩をいからせたせいで、背が伸びたようだった。「ああなったのは、あの子自身のせいだし、いまはさぞかし――」

「とても幸せに暮らしてるわ」

「そんなわけがないでしょう。あの子は自分自身と家族の顔に泥を塗り、とんでもない男といっしょになったんですよ。生活のために絵を、絵を描いていた男と！」

「アマベルおばさんは、優れた芸術家だわ」

「あの子はなんにでもすぐに手を出したけれど、ただそれだけのものです。立派な画家なら、なぜわたくしたちにその噂が聞こえてこないんです？　それこそが名声のない証拠です。田舎に住んで、細々と暮らしてるだけのあの子のことなど、さっさと忘れておしまいなさい。あなたがあの子に会ったと聞いて、わたくしたちは悲しんでいますよ。それと、スーザン、あなたにはお金はあげられません。おじいさまもきっと同意見です。あなたにもその理由はわかるでしょう？」

サリーは祖母の目を見た。「いいえ、わからないわ。お金をくれない理由を聞かせて」

「まあ、スーザン」祖母の声には低く、なだめるような調子があった。「あなたは本調子じゃないんです。それをわたくしたちは残念に思っているし、少し困惑もしています。なぜならこんなことは、うちでは経験のないことですからね。

あなたにお金をあげられないのは、それがあなたの害になるといけないからですよ。もしここにひと晩泊まるなりしてくれたら、わたくしたちがビーダーマイヤー先生に迎えにきてもらえるよう電話でお願いしてあげます。そうしましょう、ディア」

「そうだよ、スーザン、そうしよう。おまえはかわいい孫娘だ。おまえによかれと思って言っているんだよ」

「殴られたあなたたちの娘を——わたしの母を——殴った男のもとに戻したときと、同じことをするの？」

「スーザン！」

「わかってたはずよ。あの男は自分の好きなときに、お母さんをぶちのめしてた」

「おばあさまに向かって、なんてことを言うんだ、スーザン」祖父の口元がさらに険しく引き絞られた。

サリーは黙って祖父を見つめた。なぜこんなところへ来たのだろう？　だが、試してみるしかなかった。お金が必要だったからだ。

「ずっとノエルを守りたいと思ってきたけれど、わたしには救えなかった。ノエルがそれを許してたからよ。そうよ、聞いてる？　ノエルは殴られるがまま、世間でよく言う哀れな女そのものだった」

「馬鹿なことを言わないでちょうだい、スーザン」祖母は砂利ですら噛みつぶせそうな声で言った。「あなたのおじいさまとわたくしは、その件について話しあったことがありますけれど、虐待されるのは弱くて愚かな妻です。男に依存するだけで、向上心のない女たちです。ウサギのように子だくさんで、結婚した男は飲んだくれ。お金がないから、状況を変えられないんです」

「おばあさまの言うとおりだ、スーザン。わしらとは種類が違う。哀れむべき人たちではあるがな、おまえのお母さんを同類扱いするのは、いかがなものか」

「アマベルから聞いたわ。ノエルが結婚してまだ間もないころ、ここへ帰ってきたときのことをよ。ノエルは父の仕打ちを打ち明けたけれど、あなたたちは耳を貸そうとせず、帰れの一点張りだった。そんな娘にぞっとしたから、ノエルを拒否したのよ。ノエルの作り話とまで思ったんでしょう？」

サリーは怒りに駆られながらも、一瞬、このやり方では祖父母からお金を引きだせないと思った。二人に対してこれほどの恨みが溜まっていたとは、自分でも気づいていなかった。

「ノエルのことをあなたと話すつもりはありませんよ、スーザン」祖母が夫にうなずきかけた。かすかな動きだったが、サリーは見ていた。祖父が一歩近づいた。わたしの自由を奪って、ビーダーマイヤーに電話するつもりなの？　やれるものなら、やってみなさい。険しく意地悪な口を、弱さを隠して陳腐な説教を垂れる口を殴ったところで、心は痛まない。

サリーは一歩下がり、両手を前に出した。「お願い。お金がいるの。少しでもわたしがかわいいと思うなら、お金を持たせて」

「だいたい、その格好はなんですか、スーザン？　男物のジャケットね。何をしたの？　罪のない人たちを傷つけたんではないでしょうね？　正直に答えてちょうだい。何をしたんです？」

こんなところへ来たわたしが馬鹿だった。何を期待していたの？　この人たちはブルドーザーでも動かせないほど、自分たちの流儀に凝り固まり、ものごとを一面的にしか見ない。そう、祖母の見方でしか。

「調子が悪いんでしょう、スーザン？　そうでなければ、そんなに趣味の悪いものは着ないはずですよ。しばらく横になったらどう？　わたくしたちがビーダーマイヤー先生に電話してあげます」

祖父がふたたび近づいてきて、取り押さえるつもりでいるのがわかった。

こうなったら手持ちのカードを切るしかない。サリーは老夫婦に笑いかけた。たぶんかつては、彼らなりのしかたで愛してくれていたはずだ。「ＦＢＩに追われてるの。もうすぐここへ来るわ。わたしをＦＢＩに捕まえさせたくないでしょう、おじいさま？」

祖父はぴたりと足を止めて、妻を見やった。祖母は青ざめていた。

「なぜそんな人に、あなたがここへ立ち寄るのがわかるんです？」

「捜査官の一人と知りあいだからよ。いやになるくらいの切れ者なの。それに、勘も鋭いわ。彼の仕事ぶりは見たことがあるから、まちがいない。その人がパートナーを連れて、こちらへ向かってる。ここで見つかったら、わたしは連れ戻されて、すべてが明らかになるでしょう。わたしがぶちまけるからよ。わたしの父親が——裕福な弁護士にして伝説的な人物が——妻を殴っていたことや、それなのにあなたたちはすべてうまくいっているふりをして娘に背を向け、世間体のいい婿がもたらしてくれる栄誉にちゃっかり浴していたことを」

「とてもいい子とは言えないわね、スーザン」祖母のまっ白な頬に、鮮やかな赤い円が二つ浮いている。たぶん、怒りのせいだろう。「それも、あなたが病気だからですよ。以前はそんな子じゃありませんでしたからね」

「お金をくれたら、すぐにここを出ていくわ。このまま話してたら、FBIがのりこんできて、わたしを連れ去るわよ」

祖父はもう妻を見なかった。札入れを取りだし、数えもせずに紙幣をごっそり抜き取ると、二つに折って突きだした。サリーに触れるのをいやがっている。触れたら、病気が移るとでも思っているの？

「すぐにビーダーマイヤー先生のところへ戻るんだぞ」祖父は子どもでも相手にするように、噛んで含めるように言った。「先生が守ってくださる。警察やFBIの手からかくまってくださるからな」

サリーはジーンズのポケットに紙幣を突っこんだ。きつい。「ありがとう。お金、もらってくわね」ドアノブに手をかけ、一瞬、足を止めた。「あなたたちが、ビーダーマイヤーの何を知ってるの?」

「とても強く推してくださる方がいたのよ、ディア。先生のところへお戻りなさい。おじいさまがおっしゃったとおり、戻るんですよ」

「ビーダーマイヤーは恐ろしい男よ。わたしを監禁して、ひどいことをしたわ。それを言ったら、お父さんもだけど。でも、どうせ信じてもらえないわね。素晴らしい人だもの——いえ、だったものね。義理の息子が殺されたことは、気にならないの? そういうのは、社会的な地位のない人間に起きることなんでしょう?」

サリーを見つめる祖父母は、無言だった。

「さよなら」

部屋を出ようとすると、祖母が声をあげた。「どうしてそんなことを言うんです、スーザン? あなたがこんなことをするなんて、信じられません。わたくしたちにだけでなく、あなたのかわいそうな母親にまで。それで、愛する夫はどうなの? 彼については嘘はつかないの?」

「ええ、一つも」サリーはそっと部屋を出て、ドアを閉めた。一瞬、頬をゆるめた。

セシリアが廊下で待っていた。「警察には電話しませんでした。ここにいる誰もです。ですから心配ありませんが、急いでください、ミス・スーザン。どうかお急ぎください」

「前にお目にかかったことがあったかしら？」

「いいえ。ですが、あなたがご両親と毎年こちらにおいでの際は、わたしの母があなたのお世話をいたしておりました。聡明でかわいいお嬢さんだと、母は申しておりました。お誕生日のカードに素晴らしい詩を書いてくださったこともです。わたしはいまも、母が手作りしてくれたカードを持っております。母はそこにあなたの詩を書いてくれました。幸運をお祈り申しあげます、ミス・スーザン」

「ありがとう、セシリア」

「わたしはクインラン捜査官、こちらがサビッチ捜査官です。ハリソンご夫妻はご在宅ですか？」

「はい、サー。どうぞお入りください」セシリアは三十分前にサリーを連れていったように、二人の捜査官を書斎に導き、二人を部屋に入れて、ドアを閉めた。いまごろは夫妻がホームショッピングネットワークを観ている時間だ。ハリソン氏は、自分の店とは異なる方法で服が宣伝されるのを観て、おもしろがっている。

セシリアはほほえんだ。サリー・ブレーナードがお金を持っていることを捜査官に話すつもりはなかった。あのしみったれの老人が、いくら出したか知らないが、懐の痛まない程度だろう。サリーの幸運を祈らずにいられなかった。

サリーは夜間営業しているコンビニエンスストアに立ち寄り、ハムサンドイッチとコークを買った。明かりの灯る店の軒先で食べ、最後の車が駐車場を出るのを待って、もらった紙幣を数えた。

思わず笑わった。

きっかり三〇〇ドル。

疲れているせいで、酔っぱらいのように体が揺れているのに、笑いが湧いてきて止まらない。ヒステリーを起こして、制御が利かなくなっている。

いま必要なのは、モーテルだった。感じがよくて安いモーテル。八時間ぐっすり眠れば、また先に進める。

フィラデルフィアの郊外で一軒見つけた。〈ラスト・ストップ・モーテル〉。宿泊料を現金で払い、フロントの老人の目つきに耐えた。老人は泊めたくないと思いつつ、サリーの手のなかにある金を受け取らずにいられなかった。

明日には服を買おうと、あらためて思った。購入額を四九ドル九九セント以内に収めて、クレジットカードを使えばいい。たしか五〇ドルが区切りだ。

心地よく体を支えてくれるベッドにようやくたどり着いたとき、ふと、ジェームズのことを思った。いまごろ彼はどこにいるのだろう?

「お次は、クインラン？」

「おれに暴力的なことを考えるのをやめさせてくれ。なんてやつらだ。サリーはあそこにいた。なぜあいつらは協力を拒むんだ？」

「かわいい孫娘を、守ってやりたいからじゃないか？」

「冗談言うな。あいつらから半径一メートル以内に入ったら、寒くて風邪をひくぞ」

「ミセス・ハリソンがおもしろいことを言ってたな」サビッチはポルシェのエンジンをかけながら言った。「サリーは病気だから、あのおやさしいビーダーマイヤー先生のもとへ、すぐに戻ってくれることを祈るとさ。

一週間分の給料を賭けてもいいが、あいつらはサリーが消えるやご立派な先生に電話をかけたぞ。ミセス・ハリソンが夫のことを強くて頼りになる男に見せようとしてたろ？　おかしいと思わなかったか？　おれならあんな強情な女とは、絶対にやりあいたくない。あの女が家族の問題の源だ。サリーに金をやったかどうかすら疑問だよ」

「金をやってくれてるといいんだが」クインランは言った。「金もなしにボロ車で走りまわってるかと思うと、胃がきりきりしてくる」

「彼女にはおまえのクレジットカードがある。祖父母からお小遣いがもらえなければ、それを使うしかない」

「サリーはくたくたのはずだ。いったんモーテルに宿をとってから、このあたりのモーテルに手当たりしだいに電話してみよう」

ふたりはＦＢＩ御用達の〈クオリティ・イン〉に落ち着いた。三十分後、クインランは電話を見つめていた。見つめたまま、唖然《あぜん》として動けなくなっていた。

「彼女が見つかったのか？　こんなに早く？」

「ここからわずか八キロぐらい先の〈ラスト・ストップ〉というモーテルにいる。本名じゃないが、おかしな客なんでフロントの老人が覚えてた。ぴちぴちの服に男物の上着を重ねた格好が、売春婦に見えたらしい。ただ、そうじゃないのが明らかなんで泊めたが、びくついて途方に暮れたような顔をしていたそうだ」

「ありがたい」サビッチは言った。「疲れが吹き飛んだよ、クインラン」

「行こう」

18

サリーは服を脱いだ。ジーンズがあまりにきついので、脱ぐというより、引きはがすようだった。ベッドには、サビッチが買ってきた女児用のお臍《へそ》まである綿のパンティ一枚で入った。ブラジャーはつけておらず、外でクインランの上着を脱げなかったのはそのせいだ。サビッチが買ってきてくれたブラジャーが、十一かそこらの女の子が身につけるスポーツブラだったからだ。

ベッドは申し分なくしっかりしていた。正直言うと、岩のように硬いけれど、飼い葉桶《おけ》よりはましだ。サリーは目をつぶった。

目を開いて、天井を見つめた。安っぽいカーテンを透かして、夜じゅう消えることのないネオンサインが見えた。〈ハーベイのホットなトップレスガールズ〉。

よりによって、こんな場所を選んでしまうとは。

ふたたび目を閉じて、横向きになり、クインランのことを考えた。いまごろはワシントンだろうか。ノエルはクインランとサビッチになんと言ったのだろう？　それにどうしてノエルは、あの夜、実際に何があったのか教えてくれなかったのだろう？　もっと時間があれば、話してくれたかもしれない。たぶん。ノエルは父親と夫が共謀して自分をビーダーマイヤーのサナトリウムにやったと言っていたけれど、ほんとうだろうか？ つまり、あの二人が口裏を合わせ、それをノエルが鵜呑みにしたということか？

祖父母のことも考えた。ビーダーマイヤーに電話しただろうか？ 電話を受けて、あの悪党はフィラデルフィアに向かっているの？ いや、いまは動いていない。闇のなかを走りまわりたがるタイプではない。そしてそれこそが、サリーのしようとしていることだった。いまわたしを捕まえられる人はいない。三〇〇ドルあれば、メイン州まで行ける。目指すはバーハーバー。そこで仕事を探して、生き延びる。これから三カ月もすれば観光客が押し寄せ、格好の潜伏地になる。そこにまぎれていれば、誰にも見つけられない。サリーには、自分が七歳の子どもの目でバーハーバーを見ているのがわかっていた。その目で見る港町は不思議な魅力に満ちているが、様相が一変している可能性もおおいにあった。

ジェームズはどこにいるの？ 近くにいる。なぜかそれがわかった。気配があるわけではないが、祖父母に話したとおり、クインランはいやになるくらい勘が鋭い。

彼がワシントンの自宅にいることを心から願った。ベッドでぐっすりと寝ていてくれますように。サリー自身は、そうしようとしながら、できずにいる。どこまで迫っているの？

「ああ、もういや」声に出して言った。さらに何分か考えてから、ベッドを出た。当初の予定よりバーハーバーに早く到着するだけのことだ。宿泊代の二七ドル五二セントが無駄になるのは残念だが、眠っていられないのだからしかたがない。

五分で部屋をあとにした。バイクのエンジンをかけて、道路に戻った。ヘルメットがトップレスバーのまばゆいネオンを照り返す。一台のシボレーを追い抜きながら、クインランが近くにいると誓いたくなった。おかしい。そんなはずはないのに。

クインランがナビゲーター役になって、〈ラスト・ストップ〉を見落とさないようにしていた。わずか五メートルほど前方に彼女が飛びだしてきたときは、目を疑った。クインランは叫んだ。「おい、嘘だろ。待ってくれ、ディロン。止めろ」

「なんだよ、どうかしたのか？」

「おい、あれはサリーだ」

「どのサリーだ？　どこに？」

「ほら、あのバイクだ。おれの上着が見えた。サリーは中古車じゃなくて、バイクを買ったんだ。行こう、ディロン。まったく、あと三十秒遅れてたら、えらいことだった」

「確かなのか？　バイクに乗ってるのは、サリーなんだな？　たしかに、おまえの言うとおり、あれはおまえの上着だ。ここからでも虫食いの穴が見える。で、どうやって彼女を追いつめる？　彼女がバイクだとすると、万が一ってこともありうるぞ」

「しばらく距離を置いて、ようすを見よう」

サビッチはサリーとポルシエとのあいだに、たっぷり五メートルほどの距離をとった。

「頭のいい女だな」サビッチは言った。「バイクに切り替えるとは」

「むちゃくちゃ危険じゃないか。へたしたら、首の骨が折れるんだぞ」

「亭主のような口を利くなよ、クインラン」

「上唇を腫《は》らしたいのか？　おい、何が始まったんだ？」

四台のバイクがポルシェの脇をすり抜け、先行する一台のバイクを追いだした。

「まずいぞ」サビッチだった。「よりによってこんなときに。あいつら、族だろ？」

「見てのとおりさ。運がないにも、ほどがある。おまえ、どれぐらい弾薬を持ってる？」

「たっぷりと」サビッチは簡潔に答えた。ハンドルを握る手はまだゆったりとしているが、目は前方にすえられている。夜もこの時間になると、フィラデルフィアを出る車の数はめっきり減っていた。

「おまえまた、ローン・レンジャーみたいな気分になってんだろ、クインラン？」

「当然だろ？」


四台のバイクがサリーを囲んで方陣を組んだ。

あせるなよ、サリー。クインランは心のなかでくり返し念じた。とにかく落ち着け。

サリーはかつてないほどの恐怖を覚え、そんな自分を笑いたくなった。正確に言うと、この五時間で最大の恐怖だった。いずれも大型のハーレイにまたがった男四人は、そろって黒の革ジャン姿で、誰一人ヘルメットをかぶっていなかった。ノーヘルなんて馬鹿じゃないの、と注意してやるべきだろう。ひょっとすると、こちらが女なのに気づいていないかもしれない。そのとき、髪が肩にあたっているのを感じた。祈りの言葉もこれまでだ。

どうしたらいいの？　より正確に言うと、ジェームズならどうするだろう？　彼なら、多勢に無勢なのだから、急いで逃げろと言うだろう。サリーがアクセルグリップを大きく回すと、四人組も速度を上げてついてきた。いまのところは、陣形を保って包囲し、サリーをびびらせるだけで、満足しているようだ。

虎の子である二〇〇と七〇ドル余りの現金のことが、頭をかすめた。いま自分のお金と呼べるものは、これだけしかない。奪われるわけにはいかない。全財産なのだ。

隣りの男に大声で言った。「何してるの？　さっさと行って！」

男は笑いながら、言い返した。「いっしょに来いよ。この先にご機嫌な場所があるんだ」

サリーはどなった。「いやよ！　行きなさいってば！」この馬鹿は本気なの？　彼は世間一般に流布している太っていてむさくるしいというバイク乗りのイメージとは違って、細身に短い髪をして、眼鏡をかけていた。

男がバイクを寄せてきた。三〇センチと離れていない。「怖がらないで、おれたちと来いよ。おれたちは次の信号で右に折れる。アルが――あんたの右側にいるやつだけどな――こぢんまりとした居心地のいい家を持っててさ。こっから一〇キロもないんだ。あんたもそこに来てさ、なんなら、眠ってってもいいんだぞ。その上着からして、どっかの酔っぱらい男からくすねてきたんだろうが、そんなことは、どうでもいいさ。ほら、おれたちはちゃんとした市民だから。嘘はつかないって」

「ええ、そうでしょうとも」サリーはどなった。「教皇なみにね。あなたがわたしを誘ってるのは、強盗して、レイプして、たぶんそのあとに殺すためよ。地獄に堕ちろ、ろくでなし！」

そこでスピードを上げた。サリーのバイクが前に飛びだす。背後から笑い声が聞こえた気がして、クインランの上着のポケットに入っている拳銃に触れた。祈りの言葉をつぶやきながら、前傾姿勢をとった。

「行くぞ、ディロン」

サビッチがポルシェのアクセルを踏み、クラクションを鳴らすと、バイク乗りたちがハイウェイの端に寄った。背後から悪態やどなり声がしても、クインランはにやつくばかりだ。

「連中とサリーのあいだに割って入ってくれ」クインランは言った。「おまえの意見が聞きたい。サリーがガス欠になるのを、このまま待ったほうがいいのか？」

「彼女を追い越して、急ブレーキをかけ、前にまわりこむ手もある」

「いや、だめだ、背後にバイク乗りたちがいる。離されないようにだけ、注意してくれ」

「いいだろう。彼女にしてみると、おかしなバイク乗りの集団に加えて、セクシーな赤のポルシェに乗った男からも追われてるわけか」

「おれが彼女なら、おまえを選ぶよ」

どうしてこの車は追い越さないの？

そこでバイクを脇に寄せてみたが、それでも車は先に行かなかった。車線は二つあるし、ほかに車は見あたらない。三車線ないと追い抜きもできないくらい、運転がへたなわけ？

そのとき、腹に一発受けたような衝撃を覚えた。このポルシェは自分をつけている。何者なの？　クインランの関係者だ——最後の一〇セントを賭けてもいいほど、確信があった。

なぜモーテルを飛びだしたのだろう。あのすてきに硬いベッドにおとなしく横たわり、ヒツジを数えていればよかった。たぶんクインランならそうしただろうに、何を血迷ったか、自分は真夜中にバイクにまたがって走りだしてしまった。

そのとき、東向き車線と西向き車線を隔てるガードレールのあいだにある狭い隙間が目に飛びこんできた。無心に急ハンドルを切り、その隙間を走り抜けて、逆向きの車線に入った。あやうく衝突しかけた自家用車の運転手が、背後でクラクションを鳴らす。運転手はサリーを追い越しざま、窓から顔を出して、罵声を浴びせた。

フィラデルフィアに向かう車線は混んでいる。これで人心地つける。

「まったく、あの女はなんてことをするんだ」クインランの心臓は、胸が痛むほど大きく脈打った。「あの隙間を見たか？　五〇センチもなかったぞ。サリーを捕まえたら、どなりつけてやらなきゃならない」

「だが、彼女はやり抜けた。まるでプロだよ。おまえは根性があるって言ってたが、おれに言わせると、彼女は鋼のような神経と、アイルランド人の幸運に恵まれてる。それと、おまえはまた彼女の亭主のような口を利いてるぞ。やめろ、クインラン。聞いてて、怖くなる」

「まさに榴弾砲《りゅうだんほう》の発射にびびるようなもんさ。いまは目前のことに集中して、おれの発言をいちいち分析するな。追いつくぞ、ディロン。すぐ先にUターンできる場所がある」

ふたたびサリーを視界に収めるまでには、しばらく時間がかかった。バイクは市街地に戻ろうとするたくさんの車のあいだを縫って走っていた。

「無茶しやがって」クインランは何度も口にした。いつ、サリーのバイクが車に行く手を阻まれてもおかしくない。誰かがバイクに気づかずに車線を替えようとしたら、車にはさまれてぺしゃんこにされてしまう。

「おれたちをまいた気でいる」サビッチが言った。「誰に追われてると思ってんだ？」

「おれだと思ってたとしても、おれは驚かないよ」

「おい、そんなことがあるわけないだろ？」

「またもや第六感がおれに語りかけてくる。おい、気をつけろ。そうだ、たぶん彼女はおれだとわかってるから、猛スピードで飛ばしてるんだ。おい、気をつけろ、ディロン、まずい！　おい、そこの兄さん、気をつけろ！」クインランは窓を開けて、もう一度男をどなりつけると、サビッチに顔を戻した。「ペンシルバニアの人間は、運転が荒くていけない。さて、どうやって彼女を捕まえたものやら」

「このまま追跡して、チャンスを待とう」

「それには賛成できない。おい、ディロン、さっきのバイクの四人組がやってきたぞ」

四台のバイクは広がって車を抜いては、隊列を戻し、ふたたび車があると広がるという動きをくり返していた。

サリーは上機嫌だった。自分の機敏さに酔っていた。ポルシェを運転していたまぬけも、四人のバイク乗りも、まんまとまいてやった。迷わず隙間に突っこみ、なんの問題もなく通り抜けた。考える余裕がなかったことが、吉と出たのだろう。さもなければ、パンツを濡らしていたところだ。いつしか頬がゆるみ、強風が歯にあたって、むずむずした。だが、いま向かっているのは逆方向だった。

サリーは近づいてきた道路標識を見た。ここから一キロ弱先の角を曲がれば、メートランド・ロードに入れる。その道がどこにつながっているか知らないが、標識を見るかぎりでは、ハイウェイの下をくぐって逆方向に走っているようだ。それなら東に向かえる。

バイクをいちばん右側の車線に導いた。クラクションの音が聞こえた瞬間、熱が感じられるほど近くを一台の車が走り抜けた。もう二度と、バイクには乗りたくない。

でも、乗らない理由がある？　バイクの腕前はプロ級なのだ。

前に二年ほど、これとちょうど同じホンダの三五〇に乗っていたことがある。乗りはじめたのは十六歳のときだ。学校をやめてうちに帰ると父に告げたとき、父は車を買ってやるという以前の約束を反故《ほご》にした。バイクは車が買えるまでのつなぎだった。お金を貯めて、ホンダの赤いバイクを手に入れた。最高のバイクだった。あのときの父の怒りようときたら。父はバイクに近づくことすら禁止した。

サリーは父の命令を無視した。

父は外出を禁じた。

サリーは平気だった。どちらにしても母を一人家に残したくなかったからだ。すると父は、そのことについて口を利かなくなった。もしサリーがそれを苦に自殺したとしても、父には痛くも痒《かゆ》くもないのではないか。サリーはひそかにそんな疑いをいだいた。

いまとなってはどうでもいいことだ。父は復讐を果たした。

考えたくない。

角を曲がって、メートランド・ロードに入った。あと少しで、目的の方角に向かって走りはじめられ、今度は誰にもつけられていない。道は暗く、街灯は一つもなかった。風が強い。道の両脇には背の高い茂みが密生していた。道には誰一人見あたらない。いったい何をしているの？　自分から立ちのぼる恐怖が、匂いとなって鼻をついた。なぜ脇道に入ったの？　ジェームズなら、きっとこんなことはしなかっただろう。

なんて馬鹿なの。愚か者。そのつけを支払わされようとしていた。

あまりに突然だったので、悲鳴はおろか、恐怖を感じる暇さえなかった。左側にリーダー格のバイク乗りが現われ、手を振りながら大声で話しかけてきたが、何を言っているのかわからなかった。サリーはハンドルを右に切った。道路脇の砂利で横すべりし、コントロールを失った。バイクから投げだされ、二車線の道路の脇に落ちた。道路そのものにではなく、道路脇の茂みのなかだった。

落下した隕石《いんせき》に当たったようなものだ。まぶしいほどの光に包まれ、痛みが押し寄せた。そのあとに続いたのは、父の魂よりも黒い暗闇だった。

クインランは目前の光景を信じたくなかった。「ディロン、まずい、彼女が事故った。急げ、もっと急いでくれ」

ポルシエは鋭い音をたてて、急停車した。四人のバイク乗りがサリーを取り囲んでいる地点から、数メートル手前だった。バイク乗りの一人の、ひょろりと背が高くて髪の短い男が、かがみこんでサリーを見ている。

「そこまでだ、おまえたち」クインランは声を張った。「下がってくれ」

四人のうち三人は体をひねり、自分たちに向けられた二挺の拳銃に気づいた。「FBIの捜査官だ。きみたちは三秒以内にここを立ち去れ」

「ちょっと待てよ」リーダー格の男だった。サリーのかたわらに膝をついている。

「彼女に何をしたんだ？」

「おれは医者だぜ。と言っても、まだすべての訓練を終えたわけじゃないが、研修医ではある。名前はシンプソン。そんなわけで、彼女の怪我の具合を調べてたのさ」

「彼女を道路から追い払った張本人にしちゃ、おかしなことを言うな」

「おれたちが追いやったんじゃない。彼女のバイクがすべったんだ。だいたい、おれたちが彼女を追ってきたのは、あんたらが彼女を追ってたからだぞ。彼女を助けたかったんだ」

「さっきも言ったとおり、おれたちはFBIだ」クインランは男を見て、くり返した。「いいか、彼女は犯罪者だ。超一流の贋作者なんだよ。で、彼女は大丈夫そうか？　骨を折ってるかどうか、わかるか？　ディロン、こいつらを見張っててくれ」

クインランは膝をついて、尋ねた。「ヘルメットをはずしてもいいか？」

「いや、おれがやるよ。おれたちもヘルメットはかぶるべきかもな。彼女の場合、ヘルメットをかぶってなかったら、脳みそがわれ先に走りまわって、頭のなかに残ってなかったかもしれない。それで、おたくらはほんとにＦＢＩなのか？　彼女が犯罪者ってのは、事実なのか？」

「もちろん事実だ。何してるんだ？　そうか、彼女の腕が折れてないかどうか診てるのか。せいぜい無事を祈るんだな。何かあったら、きみをぶちのめしてやる。きみたちは彼女を怯《おび》えさせた。そうそう、彼女は典型的な犯罪者のタイプなんだぞ。なんでまだ意識が戻らないんだ？」

それに答えるように、サリーはうめいて目を開いた。目の前が暗い。男の声が聞こえる。何人もの声が。そしてクインランの声が耳を打った。

「ありえない」彼女は言った。「あなたに捕まるなんて、ありえない。そんなはずないと思ってたのに、またはずれちゃった」

クインランは彼女の上にかがみこみ、鼻先三センチの位置で言った。「無事、きみを捕まえたぞ。こんな追跡劇は、これが最後だ。さあ、黙ってじっとしてろ」

「とても犯罪者には見えないな」シンプソンが言う。「おれの妹みたいに、無邪気でかわいいのに」

「まあな、がいしてそういうもんさ。彼女をここまで追いつめるのに、長い時間がかかった。バイクを手に入れたのを知らなくてね。六時間前までは車に乗ってたんだ。で、サリー、大丈夫なのか？　痛みはないのか？　どこも折れてないんだな？　そろそろヘルメットを脱がしてやってくれるか？」

「ああ、いいよ。ただし、あくまで慎重にやらないとね」

ヘルメットを脱がされると、サリーは深々と息をついた。「頭が痛い。あとは肩に痛みがあるくらいよ。折れてるの？」

シンプソンがそっと触診した。「いや、折れるどころか、はずれてもいないよ。たぶん肩から落ちたんだろう。しばらくは痛むと思う。念のために病院に行って、身体内部に損傷を受けてないかどうか、調べてもらったほうがいい」

「無理よ」と、サリー。「またバイクにまたがって、ここを離れなきゃならないの。この男のそばにはいられない。わたしを裏切った男だから」

「裏切ったって、彼が何をしたんだい？」

「わたしに近づいて、信用させたのよ。一度なんか、同じベッドにまで入ったのよ。オレゴンでのことだけど。そのあと、いけしゃあしゃあと、きみに嘘をついてた、じつはＦＢＩの捜査官だって打ち明けたの。それを聞いたのはここ、オレゴンを離れてからだった」

「彼女の脳みそが無事だっていうのは、確かなのか？」サビッチが近づいてきて尋ねた。

「彼女の話は完璧に筋が通ってる」クインランは答えた。「もう少し気の利いたことが言えないんなら、ディロン、その口を閉じとけ」

クインランはシンプソンの腕に触れた。「協力に感謝する。きみたち四人は、もう行ってもらってかまわない」

「身分証明書を見せてもらえないか？」

クインランはゆっくりを笑みを浮かべた。「いいとも。ディロン、この男性たちにわれわれの身分証明書をあらためて見せてやってくれ。最初のときは、よく見てなかったらしい」

シンプソンはじっくりと見てから、うなずき、ふたたびサリーを見おろした。サリーは肘をついて体を起こしていた。「彼女が詐欺師だなんて、まだ信じられないよ」

「この女のばあさんに会わせてやりたいよ。それがまあ、氷河のように冷ややかな老婆で、そのばあさんが贋作グループの元締めなんだ。亭主なんか、彼女に耳をつかまれて、引きずりまわされてるんだぞ。それぐらいやっかいな女なんだが、この女もいまにそのばあさんみたいになるだろう」

バイク乗りたちが轟音《ごうおん》とともに立ち去ると、クインランはサリーに言った。「これからきみを病院に運ぶ」

「行かない」

「つまらないだだをこねるな。内臓を痛めてたらどうするんだ」

「無理やり病院に連れてったら、わたしとあなたの正体を大声でわめいてやる」

「きみはそんなことはしない」

「試してみたら」

脅迫だ。だが、クインランがしでかしたことに対する脅迫ではなかった。彼女がその言葉どおりにしたとしても、傷つくのは彼女一人だ。どうやら彼女は本気らしい。

「元気かい、サリー？」

「ディロン？　あなたがポルシェを運転してたまぬけなの？　ジェームズは隣りであれこれ指示してたのね。なぜ気がつかなかったのかしら。いいえ、心のどこかで気づいてた」

「ああ」サビッチは答えながら、少しはおれの功績を認めたらどうだと思っていた。「起きるのに手を貸すよ。クインランの上着も似合わないことないな。多少長すぎるが、それをのぞいたら、あとはぴったりだ。よほど肩幅がなきゃ、ああはバイクを乗りこなせない」

「どうやってわたしを見つけたの？　ああ、わたしの頭」サリーは首を振って、まばたきした。「少し頭が痛くて、肩がずきずきする。でも、それだけのことよ。病院へは行かない」

クインランにはふらつく彼女を見ていられなかった。上着の左肩が破れ、ブラウスのボタンが二つ飛んでいる。「ブラジャーをつけてないのか？」

サリーは隙間の空いたブラウスを見おろした。かきあわせようがないので、クインランの上着のボタンをかけた。「ディロンはこのかわいらしい服を買いに出たときに、三サイズも小さいスポーツブラを買ってきたのよ。身につけることさえ、できなかったわ」

「サイズがわからなかったんだ。役立たずで面目ない」

サリーはサビッチの向こう脛《ずね》を蹴った。

「そういう意味じゃないのに」サビッチは脛をさすった。「そのうちもっといい台詞《せりふ》を思いついたら、報告するよ」

「やめておいたほうが無難だと思うけど」

クインランは彼女の腕をつかんで、そっと引き寄せた。「もう大丈夫だぞ、サリー。心配いらない」サリーを抱きしめる。「ほんとに医者に診せなくて大丈夫なのか？」

「医者はいい。大嫌いだから」

それでわかった。医者といっても精神科医じゃないんだぞ、とあえて言う気にはなれなかった。それでふと、ビーダーマイヤーが医者かどうかすら疑わしいと思いつき、サビッチに話しかけた。「時間ができたら、ビーダーマイヤーのことを調べてくれ。やつがたんなる冷酷な詐欺師かどうか、気になってきた」続いて、サリーに言った。「わかったよ。だが、休息は必要だから、今晩泊まる場所を探すぞ」

「どうやってわたしを見つけたの？」

「きみの祖父母の家ではすれ違いになった。きみの母親のところでもだ。おれたちはくたくただったから、きっときみもそうだろうと思って、このあたりのモーテルに手当たりしだいに電話した。ちょろいもんさ。きみはまだ逃亡についちゃずぶの素人だよ、サリー」

サリーは自分の負けを悟った。完全な負けだ。しかも彼らはいともたやすく自分を見つけた。ハイウェイで捕まっていなければ、モーテルの部屋に踏みこまれていただろう。たやすすぎる。捕まえてくれと言っている七面鳥のようなものだ。サリーは壊れたホンダの三五〇を見おろした。車体はゆがみ、後輪は変形している。

「バイクが大破しちゃった。買ったばかりで、慣らし運転中だったのに」

「べつにいいさ。無事だったんだから」

「わたしのお金のほぼ全額をつぎこんだバイクだったのよ」

「おれの三〇〇ドルについては、喜んで棒引きにしてやるよ」

あちらもこちらも、大混乱だった。あるべき姿になっているものは一つもない。サリーは上着のポケットに手を突っこみ、拳銃を引っぱりだすと、彼のみぞおちに突きつけた。

19

「またかよ、サリー」クインランは軽く言いつつ、用心のために動きを止めた。

「またおまえの拳銃を使われたのか、クインラン？」

「まあな。だが、大丈夫だ。前回の件があるから、彼女も多少は学んだはずだ。サリー、もう終わりだ、スイートハート、そいつを引っこめてくれ。引き金が軽いから、くれぐれも用心してくれよ。今度クワンティコに行ったら、少し手を入れるかな。車に戻って、そいつをおれのショルダーホルスターに収めてくれないか。きみに拳銃を盗まれたせいで落ち着かないんだ。半分裸で歩いてるみたいだよ」

「わたしだってあなたを撃ちたくないわ、ジェームズ。でも、あなたから離れたいの。裏切られて、信じられると思う？　わかるでしょう。お願いだから、わたしを行かせて」

「いや、二度と行かせない。きみにはおれが信じられることがわかっている。そこに疑いを持つこと自体が、おれには腹が立ってしょうがない。よく聞けよ、サリー。この騒動が終わるまで、きみにはおれといてもらう。それとも、母親や祖父母のほうが信じられるか？　そうそう、きみのかわいいおばあちゃまは、そうとうなタマだな」

「いいえ、三人とも信じられないわ。そうね、ノエルはべつ。ただ、ノエル自身がいまは混乱してて、何を信じたらいいかわからずにいる。そう、娘が異常なのかそうじゃないのか。わたしが去ったあと、両家ともビーダーマイヤーに電話をかけたはずよ。ノエルもかけたでしょうけど、それはわたしを引き渡すためじゃなくて、疑問に答えてもらうためよ。ああ、どうしよう。ビーダーマイヤーが母を傷つけると思う？」

クインランにはあの精神科医がノエルを傷つけるとは思えなかった。よほど追いつめられればやるだろうし、そうなる日も遠くないが、いまの段階では心配ない。だが、サリーには言った。「どうかな。ビーダーマイヤーは、自分の立場があやうくなったら手段を選ばない男だ。そして、おれたちにサナトリウムに侵入されて、きみを奪い去られたせいで、脅かされたと感じているだろう。ところで、きみを助けだすために、犬たちに肉まで投げたのを知ってるか？」

暗がりのなかで、サリーはクインランを見あげた。「犬？」

答えたのはサビッチだった。「サナトリウムには番犬がいたんだよ、サリー。ジェームズはおれたちの喉が嚙み切られる前に、やつらに肉を投げてやった。きみを抱えてフェンスをのぼったときなんか、ジェームズは番犬の一匹に足首に飛びかかられそうになったんだぞ」

サリーにはクインランの顔の凹凸と輪郭がうっすらと見えた。「そう」やっと言い、これ以上、拳銃を掲げておけないのに気づいた。肩の痛みがひどすぎる。「くそっ」

「この六時間、おれたちもずっと同じことを考えてた」サビッチが言った。「行こう、サリー、観念しろよ。クインランはきみを助けると決めている。守ろうと、思いつめてるんだ。そこまでしてきみの気を惹こうとしてるんだから、好きにさせてやれよ。こんなこいつを見るのは、はじめてだ。いい見ものだよ。

さて、そろそろ行くぞ。また車が通りかかって止まったら面倒だし、悪くすると、地元の警察に通報されるかもしれない」

クインランは考えるより先にサリーを抱きあげ、ポルシェまで運んだ。

「ずいぶん男らしくていらっしゃること」サリーの口調は、かってないほど苦々しげだった。

「たった二メートルなのよ。これくらい、ひ弱な坊やだってわたしを運べるわ」

「重いんだぞ」クインランはかがんで、耳に口づけした。「おれの銃が」彼女を膝に乗せてポルシェの助手席に収まると、銃に手を伸ばした。

サリーは黙ってじっと彼を見ていた。「わたしの気を惹こうとしてるって、ほんとなの?」

「おれはきみに金とクレジットカードと車と姪《めい》や甥《おい》の写真を盗まれた。それを取り戻すには、きみを捕まえるしかなかった」

「いやなやつ」と、サリーは銃を手渡した。

「そうさ、それがおれだよ」クインランは言い返した。「ありがとう、サリー。もうおれから逃げようとしないよな?」後部座席に拳銃を投げた。

「どうかしら」

「きみの選択肢を制限するつもりはないんだ。たとえば、きみを手錠でおれにつなぐっててのはどうだ?」

返事はなかった。肩に顔を押しつけている。怪我をしているのに、からかってしまった。

「休めよ」クインランはサビッチを見た。「快適なモーテルを探さないか?」

「条件による。払うのはおまえかFBIか?」

「クレジットカードを取り戻したから、いまのおれは金持ちだぞ。おれが払おう。ただし、おまえの部屋代は別会計にしてくれ、ディロン」

「明日になったら、サイズの合う服を買おうな」

サリーはその場に佇《たたず》んだまま、モーテルの広々とした部屋を見つめた。ソファのくつろぎスペースと、テレビと、キングサイズのベッドがある。

ふり返って、クインランを見た。「投資額を回収する時間なの?」

彼は小首をかしげた。「何が言いたいんだ?」

サリーはベッドを顎で示した。「あなたといっしょにあのベッドで寝ろって言われてる気がするんだけど」

「きみにはソファで寝てくれと頼むつもりだった。おれには丈が足りない」

サリーは困ったような顔をすると、バスルームに向かって歩きだし、肩越しに言った。

「あなたってわからない人ね。どうして怒らないの? どなりつけて当然なのに。わたしは物わかりのいい人には慣れてないの。とりわけ物わかりのいい男にはね。あなたのその姿、苦難を耐え忍ぶヨブそのものよ」

彼女の顎には青痣が浮かんできていた。肩の痛みはどの程度なのだろう？「きみがバイクから飛ぶのを見てなかったら、たぶん怒りで爆発してた。あの離れ業を見せられたせいで、いっきに老けた」

「すべりやすい場所だったんだから、しかたないでしょ」

「ゆっくりシャワーを浴びろよ。痛みや打ち身に効くからな」

五分後、隣接する部屋のドアをノックする音がした。

クインランはドアを開けた。「彼女ならいまシャワーだ。入れよ」

サビッチはバーガーキングの大袋と、大きなソフトドリンクの容器がセットされたコンテナを持ってきた。それをテーブルに置いて、ソファに倒れこんだ。

「収拾のつかない状況だな。ま、それでも、彼女がもう逃げそうにないのが救いだが。おまえにそれほどの魅力があるとは、知らなかったよ」

「おれにつきまとってたら、ヒントが見つかるかもしれないぞ」

「それでこれからどうする、クインラン？　ブラマーに電話しないか？　ほかの捜査の進《しん》捗《ちょく》状況も知りたい」

「いままたま思いだしたんだが、今日から週末だ。いまは金曜の夜——いや、もう土曜の朝だから、勤務時間外みたいなもんだ。いい捜査官に戻るのは、月曜でいいだろ？」

サビッチはソファにもたれて、目を閉じた。「ブラマーにキンタマを目玉焼きにされるぞ」

「いいや。サリーを見失ってたら、それこそキンタマを取られてただろう。だが、それは回避できた。もう心配ないよ」

「おまえの根拠のない楽観主義が信じられないよ」サビッチは目を開け、シャワーの音が途切れると、体を起こした。「ここの浴室には、シャンプーやらコンディショナーやら、必要なものがみんなそろってるぞ」

「何が言いたい？」

ドライヤーの音がする。

「べつに。さあ、食おう」サビッチはバーガーにかぶりつき、口をいっぱいにしたまましゃべった。「ストレスが溜まりすぎて、体を動かさなきゃ、やってられないよ。明日が土曜日で助かった。土曜のジムは混むけどな」

午前三時になろうとしていた。部屋のなかは暗く、静かだった。クインランにはサリーがまだ起きているのがわかった。頭がどうかなりそうだ。

「サリー？」我慢しきれず口を開いた。「どうかしたのか？」

「どうかしたか？」サリーは笑いだした。「サイなみの神経ね。あなたがわたしにどうかしたかだなんて、笑っちゃうわ」

「そうだな。きみの言うとおりだ。だが、きみもおれも睡眠が必要だ。きみが寝てくれないと、おれも眠れない」

「馬鹿なこと言わないで。わたしは音なんか、たててないわよ」

「わかってる。それでかえっておかしくなりそうなんだ。きみが死ぬほど怖がってるのは、わかってる。だが、おれが守ると約束したのを忘れるなよ。おれはきみに、二人でこの一大事を片付けると約束した。きみの協力なくして、解決はありえない」

「言ったはずよ、ジェームズ。あの夜のことはただの一つも覚えてないの。イメージの断片と音はあるけれど、確かなことは一つもない。だから誰が父を殺したのか、わたしにはわからないし、現場に居あわせなかった可能性すらあるわ。一方で、わたしが撃った可能性もある。あなたには想像もつかないほど、憎んでやまない父だったから。ノエルはやっていないと明言した。まだ何かあるけれど、話す時間がなくて——あれば話してくれたはずよ」

「きみには父親が殺されたとき、自分がその場にいたことがわかってる。そして、自分が撃ったんじゃないことも、よくわかってる。だが、この話はあとまわしにしよう」

「母が真実を話してくれなかったのは、わたしが撃ったのを知ってるからかもしれない。そうよ、わたしを守ろうとしてるのよ。その逆はありえない」

「いや、きみは撃ってない。だから、きみのお母さんが話さなかったのは、おれたちが近づいてきて時間がなかったからか、じゃなきゃ、誰かをかばっているからだ。おれたちがすべて突き止めてみせる。任せとけ。彼女は警察やＦＢＩには、ひと晩じゅう、一人で映画館にいたと証言してる」

「わたしにはスコットといっしょだったと言ったわ。父を殺していないことを証言してくれる目撃者がいるってことよ」

「スコットってのは、きみの亭主か？」

「いまさらとぼけないで。ご存じのとおり、スコットはわたしの夫よ。ただし、ごく短いあいだだったけど」

「わかったよ。事件のことはおれたちに任せてくれ。もう遅い。しばらく寝よう」クインランは、少ししてふたたび話しだした。「これだけは言わせてくれ。きみはよく逃げたよ、サリー。よくがんばった。バイクでモーテルを離れるきみを偶然見かけたときは、顎の骨がはずれそうになった。車を放棄してバイクを買うとは、すっかり不意打ちをくったよ」

「そうね。でも、結局はこれだもの、どうしようもないわ」

「ああ、ありがたいことに。ディロンとおれは優秀だからな。それに、ドッグフードの製造工場でリードから放してもらった犬みたいに運がよかった。で、どこへ行くつもりだったんだ？」

「バーハーバーよ。祖父から三〇〇ドルもらったの。札入れに入ってた全額よ。金額を知ったときは、人生の皮肉なめぐりあわせを感じたわ」

「ほんとかよ。三〇〇ドルちょうどか？」

「ぴったり三〇〇よ」

「おれはきみのおじいさんとおばあさんがあまり好きになれなかった。メイドに連れられて奥の書斎まで行くと、二人でホームショッピングの番組を観てた。正直、驚いたよ。ミスター・フランクリン・オグリビー・ハリソンとその妻にしては、庶民的な番組だもんな」

「わたしでも驚くわ」

「サリー、大きいベッドだから、こっちへ来ないか。そんなに緊張するなよ。ここからでもきみが身をこわばらせてるのがわかる。肩が痛いんだろ？」

「少しね。ずきずきする程度だけど。運がよかったわ」

「そうだな。来いよ、襲ったりしないから。コーブの塔の部屋で二人すやすや眠っただろ？これぐらい言っても平気だよな？　きみだって早々にバイク乗りたちにその話をしたくらいだから」

たっぷり一分は沈黙が続いた。サリーが言った。「ええ、そうだったわね。どうしてあのとき口を開いて、見ず知らずの人間にべらべらしゃべったのかしら。ひどい悪夢を見た夜だったのよね」

「いや、きみは過去の体験を思いだしたんだ。それが悪夢の形をとっただけで、実際に起きたことだ。きみの父親だった。少なくとも、きみはそれをおれに打ち明けてくれた。おいで、サリー。おれはくたくただよ。いくらスーパーウーマンのきみでも、崖っぷちでふらついてるような状態のはずだぞ」

次の瞬間には、サリーがベッドの脇に来て、クインランを見おろしていた。ほっとしたし、嬉しい驚きでもあった。サリーはさっき貸した白のアンダーシャツを着ている。クインランは上掛けをまくった。

サリーが入ってきて、仰向けに横たわった。

サリーとのあいだにたっぷり一〇センチはとって仰向けになった。

「手を貸してくれ」

伸びてきたサリーの手を握った。「少し寝よう」

意外にも、二人は眠りに落ちた。

クインランが翌朝、早くに目を覚ますと、サリーが上にかぶさっていた。腕が首にまわり、片脚が体にかかっている。寝間着がわりのアンダーシャツは、腰までめくれあがっていた。

まずいぞ。クインランは動かないように気をつけながら、これは訓練を積んだプロのFBI捜査官たるもの、対処方法を学ばなければならない状況の一つだ、と自分に言い聞かせた。十六週間に及ぶクワンティコでの訓練では教えてもらえなかった。おたおたするな。おれには経験がある。もう十六歳じゃないんだぞ。奥歯を嚙みしめて、息を吸った。

そうだ。この状況を冷静沈着に切り抜けなければ。ボクサーショーツを通して温もりが伝わってくる。頼りない生地を隔ててサリーがいる。二人のあいだにあるのはその布きれだけだ。何より冷静さが求められる状況だった。

「サリー？」

「うーん」

ムスコはアレックスおじさんの占い棒よりも硬くなっていた。サリーを怖がらせるつもりは微塵《みじん》もない。彼女を仰向けにしたくて、そっと押した。それでも離れない。こうなるとこちらが上になるしかない。ムスコが本来あるべき場所、そうサリーの股間に入った。冷静になどと言っていられるか？　その瞬間、大切なことだとも思えなくなった。

「サリー、おれがまずいことになってる。頼むから、離れてくれないか」

首に巻かれた腕がゆるんだが、まだ指を絡めあわせている。

その気になれば簡単に押しやれるはずなのに、どうしてもそうできなかった。サリーは華奢《きゃしゃ》で温かで、いまの二人のこの姿勢がとても気に入っていたからだ。首にぎゅっとまわされる腕が心地よく、首筋にかかる温かな吐息が甘美だった。

サリーを懐に抱えこんでいるのは気持ちがいい。疲れ果てるまで、こうしていたい。

サリーを見おろし、口を開いた。「サリー、おれと結婚してくれないか？」

サリーがぱっと目を開けた。「いまなんて？」

「おれと結婚してくれと言ったんだ」

「それはどうかしら、ジェームズ。わたしは既婚者なのよ」

「忘れてたよ。サリー、頼むから動くなよ。おれの首にまわした腕を引っこめるか？」

「いやよ。あなたは温かいもの、ジェームズ。それにあなたの重みが心地いいの。守られてるみたいで、何もかも大丈夫だって感じる。わたしに近づくには、その前にはあなたがいるっていうのかしら。こんなに逞しくて強いんだもの、誰にもあなたは倒せない。お願いだから、わたしから離れないで」

逞しくて強い？　さらにあそこが硬くなった。「ほんとに怖くないんだな？　サナトリウムであんなことがあったんだ。もう、きみを怖がらせたくない」

サリーは眉をひそめつつ、さらに首にしがみついてきた。「変な話だけど、あなたを怖いと思ったことはないの。父から一度めの電話があった日、アマベルの家のドアを押し破って入ってきたときだけはべつだけど、それきりよ。シャワーを浴びて出てきたところに、あなたが突然入ってきたときも、怖くはなかった」

「きれいだったな。さすがにあのときはだめかと思った」

「わたしが？　きれい？」鼻を鳴らす。それにもクインランは魅了された。「棒きれみたいに痩せてるのに、褒めてくれるなんてやさしいのね」

「事実だからな。あのとききみを見て、完璧だと思った。腹の脇にあった小さなホクロがかわいくてさ。骨盤のすぐ脇あたりにあった」

「そんなものまで見てたの？」

「ああ、見てたよ。見るべきものさえあれば、男の目ってのはすばやく動くもんなんだ。スコット・ブレーナードを捨てて、そのあとおれと結婚してくれないか？」

「彼も応じるでしょうね」サリーはしばらくして言った。「実際は、彼のほうからわたしを捨てたようなものよ。テレビではあんなこと言ってたけど」クインランの肩と肩胛骨のあたりを撫でた。温かくてすべすべしている。「結婚してすぐに、まちがいを悟ったわ。わたしは彼と同じくらい忙しくて、外出ばかりしてた。夜もミーティングとかパーティとか会合とかでよく出かけてたし、電話も頻繁で、人を呼ぶことも多かった。そんな生活が気に入ってたし、最初は、彼も楽しそうだった。

でも、そのうちに、結婚したんだから、そういう生活をやめるべきだと言いだした。おとなしく夫の帰宅を待って、食事を出し、彼の背中をマッサージして、その日あったことに耳を傾け、求められれば服を脱ぐ。少なくとも向こうは、そんなことを期待してたみたい。どこでそんな考えを吹きこまれてきたか知らないけど。

わたしは話しあおうとしたんだけど、首を横に振るばかりで、きみはできの悪い妻だ、道理がわかってないとくり返し、わたしが嘘をついたとまで言ったのよ。そんなことしてないのにね。結婚後にスケジュールのことで当たり散らされたときは、すごくショックだった。交際中だって同じだったのに、そのときは何も言わなかったし、一度なんか、きみが自慢だとまで言ったくらいなの。

それでついにわたしが、あなたが浮気してるのはわかってる、出ていくわと宣言すると、彼はきみの妄想だと言ったの。馬鹿なこと言うなって、少なくとも最初そう言ってた。でも何日かすると、きみはおかしくなりはじめてる、被害妄想に陥ってる、でも、これ以上おかしくなるといけないから、離婚はしないと言いだした。そんなことはするべきじゃないから、きみをそんな目には遭わせないって。何を言ってるのかわからなかった。わかったのはそれから四日後よ。

スコットには女がいたの、ジェームズ。この命を懸けてもいい。わたしをビーダーマイヤーのサナトリウムに閉じこめたあと、彼がどうしていたか知らないけれど、わたしは二度と会わずにすめば、それでよかった。そうなったわ。来たのは父だけだったから。でも、スコットも父の計略に一枚嚙んでたんだと思う。当時も、そしていまも、わたしの夫ではあるんだから。そして、わたしを病気呼ばわりした人だから」

興味深い、とクインランは思った。「そうだな。そのいかさま弁護士は、どっぷりと嚙んでると見てまちがいない。不倫相手は誰だったんだ？」

「知らないけど、職場の誰かでしょ。トランスコムのよ。スコットは力を持ってるから」

「気の毒だが」クインランは顔を近づけて、耳にキスした。「きみには一度はやつに会ってもらわなきゃならない。ただし、今回はヒーローのおれがいっしょだ。ヒーローのうえに公務員だから、心配ないだろ。

サリー、ひょっとすると、スコットがきみの父親を殺したのかもしれないぞ。それをきみのお母さんがかばってるとか」

「いいえ、スコットはウジ虫よ。しみったれで、臆病なただのウジ虫。父を殺す度胸なんてないわ」

「いいだろう」なんという苦しみだったのだろう、とクインランは思った。あんまりだ。なんとしても解決しなければならない。

上体をかがめて、今度は口にキスした。彼女の唇が開き、何がなんでも舌を奥まで入れたくなった。奥まで入りたがっているのは体もだったが、いまのサリーは人生のコントロールを失っている。これ以上、混乱を深める材料を与えたくない。そのくせあきれたことに、結婚を申しこんでしまった。

「ひょっとしたら、それも悪くないかも」サリーは言うと、ふたたび唇を重ねるため、クインランを引き寄せた。

「何が悪くないんだ?」唇を重ねたまま尋ねた。

「結婚することよ。あなたと。あなたはどこまでもまともだもの。大きくって、まともな男。子ども時代に屈折することなんて、なかったんでしょ?」

「ないよ。姉が二人に、兄が一人いて、おれが末っ子なんだ。みんなして、めちゃめちゃおれを甘やかした。家族としてとくに機能不全に陥ったことはないし、殴られもしなかった。子どもどうしの取っ組み合いはあったが、きょうだいならふつうのことだ。スポーツが大好きで、なんでも得意だったが、いちばん情熱を傾けられたのはフットボールだった。日曜日はフットボールのためにあった。スーパーボウルを観終わったあとは、いつも茫然《ぼうぜん》としてた。フットボールは好きか?」

「好きよ。体育の女の先生がサンフランシスコ出身で、フットボールに目がなかったの。それでわたしたちも試合をさせられたわ。いい線いってたんだから。残念なことに、周囲に対戦相手となる女子チームがなかったんだけど。バスケットボールとベースボールは好きになれない」

「それには目をつぶるとしよう。タッチフットボールなら、いっしょに楽しめるかもな」

サリーが首筋にキスしてきた。クインランは彼女の入口を感じて、身震いした。それで急いで話しだした。「おれの最大の失敗は、テレサ・ラグランと結婚したことだ。二十六のときだった。彼女はオハイオ出身で、おれにぴったりの女だと思った。きみの亭主や、いまは亡き親父さんと同じで、弁護士だった。結局、海軍の男と恋仲になった。それが相手かまわず、内部情報を売りつける男で、そいつを逮捕したのがおれだった。彼女はそいつの弁護を担当して、無罪を勝ち取ると、おれと別れてそいつと結婚した」

「ドラマみたいね、ジェームズ。それで彼女はどうなったの？」

「二人でバージニア州のアナンデールに住んでるよ。ガキが二人。野郎のほうはロビイストとしていい金を稼ぎ、うまくやってるようだ。いまでも二人にはたまに会う。おい、おれが失恋して悲しみに打ちひしがれたなどと思ってくれるなよ。そんなロマンチックな感慨はなかったんだ。しばらくはショックだったし、無性に腹が立ったが、それもディロンに馬鹿さかげんを指摘されるまでのことだった。

ディロンは言ったよ。正義の味方が、悪党を捕まえた。正義の味方の妻が悪党を弁護して、自由を取り戻してやった悪党と結婚した。他人には理解不能だってな。そのとおりさ。たちの悪いメロドラマみたいなもんだ」

「ジェームズ、あなたはすごい人よ。これだけの騒動のさなかでも、笑うことができるし、わたしを笑わせることができる。それに、わたしがあなたに銃を突きつけて、車を盗んだことにも怒らなかった。あの車は乗り捨てるしかなかったの、ジェームズ。そのあとバイクを買った。なんとしても逃げなければならなかった。もしあなたが自分の立場を忘れて、わたしといっしょにバーハーバーに来てくれたら、ごく近いうちに直面しなきゃならないことを回避できる。わたしは人生を愛してたわ、ジェームズ。あのときまで——そうね、べつにいま大切なことじゃないわね」

「いや大切なことさ。いいことを教えてやろうか？　おれのすごさを物語る逸話をさ」

「何？」

「きみから二度めに銃を突きつけられても、おれは怒らなかった」

「はいはい。もう納得した？」サリーが体を下に潜りこませてきた。もうだめだ、とクインランは思った。すっかり硬くなったものが彼女に触れ、心臓が彼女の胸の上で深く速く打っている。

なりゆきまかせにするつもりはなかった。少なくとも、サリーが動くまではそのつもりだった。だが、いま彼女の脚は大きく開き、そのあいだに自分がいる。

サリーにキスし、口のなかに言った。「きみはきれいだし、おれが熱烈に求めてるのを、感じるはずだ。でもな、この先に進めないよ。コンドームがないんだ。妊娠だけは避けなきゃならない」

隣りの部屋でサビッチが動きまわる音が聞こえた。「それに、ディロンが起きちまった。そろそろ七時になる。家に帰る時間だよ」

サリーが顔をそむけた。目を閉じている。頭なり肩なりに、痛みを感じているらしい。クインランは何も考えずに起きあがり、彼女が着ていたシャツを脱がせた。サリーはまばたきしながらクインランを見あげ、体を隠そうとした。

やっぱり、サリーにはまだその心構えがない。「心配するなって。肩の痛み具合を調べたいだけだ。じっとしてろよ」

サリーの脚のあいだに膝立ちになり、上体をかがめて左肩にそっと指を這《は》わせた。サリーが顔をしかめる。「このへんか。わかった、じっとしてろ。もう少し触らせてくれ」まるでイタリア国旗だった。生々しい青痣が胸から肩、上腕まで広がっていた。いくつかの色が混じりあっているものの、いちばん目立つのは緑色だ。

クインランはかがんで肩に口づけした。

自分の腕をつかむサリーの手に力が入るのがわかった。「こんなになって、気の毒だったな」今度は左胸に口づけした。乳房に頬を押しあてて、鼓動に耳をすませた。力強くはっきりとした音が、速くなってきている。なぜいけないんだ？　顔を上げて、笑いかけた。「きみのように多大なストレスにさらされてきた女性の場合は、まずストレスを発散させてやらなきゃならない。それがいちばんの治療になる」もう一度キスし、サリーのかたわらに転がった。手のひらを体にすべらせ、軽く腹部を撫でてから、彼女自身に触れた。愛撫しながら、さらに唇を重ねた。サリーが怖がり、怯えているのを知りつつ、手を止めなかった。深く潜りこんだ指がリズムを刻み、彼女の体から力が抜けるにつれて、クインランの呼吸も速くなった。自分の行為が相手の興奮をかきたて、困惑が押しやられるのを感じる。

頭を持ちあげて、夢見心地のサリーに笑いかけた。「大丈夫だ、スイートハート。きみには必要なことなんだからな。おれにはわかる」

ふたたび唇を合わせ、口にささやきかけた。乱暴で、生々しく、刺激的な言葉をくりだす。彼女がその瞬間を迎えると、口で悲鳴を受けとめて、しっかりと抱いた。ずきずきと疼《うず》く硬く屹立《きつりつ》したものを、太腿に押しつけた。苦しいほど彼女のなかでいきたい。

だが、それはできない。

サビッチが二つの部屋をつなぐドアを軽くノックした。

「クインラン、サリー、起きたか?」

クインランはこれまで見た誰よりも青い瞳を見おろした。自分の身に起きたことが信じられないように、サリーは黙ってこちらを見ている。

「大丈夫か?」

押し黙ったまま、クインランを凝視している。

「おい、クインラン、起きたのか? 遠くまで帰るんだから、さっさとしろよ」

「ポルシェの持ち主はあいつだ」クインランは言った。「おれたちはあいつについてかなきゃならない」鼻のてっぺんにキスし、無理やり体を引きはがした。

20

「すてきなアパートね」

クインランはサリーの後頭部に笑いかけた。「そりゃ、モーテルよりは雰囲気はあるが——」

サリーがふり返った。もう細すぎるジーンズも、膝まである上着も、胸元の開いたブラウスも、着ていない。ワシントンへの帰路、モンゴメリー・プラザのメーシー百貨店に立ち寄った。サビッチが嬉々としてショッピングモールのコンピュータソフトウェアの店に消えたので、クインランとサリーは二人きりの時間を存分に楽しんだ。寝間着の色から、靴の形まで、いちいち二人で言い争った。店を出るときには体にぴったり合う焦げ茶のコーデュロイのスラックスをはき、茶色のタートルネックのセーターにクリーム色のウールのセーターを重ね着して、すっきりした茶色の革のハーフブーツで足元を決めていた。

クインランは腕に上着をかけていた。サリーに奪われた上着だ。クリーニング屋に持ちこんでも、バイクの転倒事故のときについた油染みは落ちそうになかった。

「独り暮らしの男性は、ふつうゴミ溜めのなかで暮らしてると言われてるわ。ほら、ピザの空箱なんかがバスルームまで散らばってるうえに、枯れた植物の鉢があって、家具は母親の家の屋根裏から持ってきた中古品だって」

「おれはちゃんと暮らしたい」クインランは答えた。事実、そうだった。部屋を乱雑にしておくのや中古の家具は好きじゃない。好きなのは植物と、印象派の絵画だった。隣りに住んでいるのがミセス・マルグラビーでよかった。出張中は彼女がすべて面倒をみてくれる。なかでもクインランが大事にしているアフリカスミレには手をかけてくれていた。

「植物を育てるのがじょうずなのね」

「サクソフォンを聞かせてやるのが、秘訣さ。だいたいはジャズを好む」

「わたしはジャズはあんまり好きじゃないわ」いまだクインランを見つめている。

「デクスター・ゴードンを聴いたことは？　ジョン・コルトレーンは？　ゴードンの『ブルー・ノート・イヤーズ』なんか、魂が震えるぞ」

「ガトー・バルビエリなら聴いたことがあるけど」

「彼も素晴らしいミュージシャンだ。バルビエリとフィル・ウッズからは多くを学んだ。きみは見込みがあるぞ、サリー。今晩たっぷり聴かせてやる。ジャズの嘆き節を試してもらわないとな」

「それがあなたの趣味なの、ジェームズ？」

クインランはちょっと困ったような顔をした。「ああ、金曜と土曜の夜は、〈ボーノミクラブ〉でサクソフォンを演奏してる。昨日みたいに、街にいないときは、行けないが」

「今晩は演奏するの？」

「ああ。いや、今日はだめだ。きみがここにいる」

「あなたの演奏を聴いてみたい。どうして行っちゃいけないの？」

クインランはゆっくりと笑みを浮かべた。「ほんとに行きたいのか？」

「ほんとに行きたい」

「わかった。誰にも気づかれないだろうが、いちおう、かつらをかぶれよ。それに大きなサングラスをかけて」自分もサリーもサビッチも、明日になれば、頭から騒動に突っこまなければならない。スコット・ブレーナードに会うのが待ち遠しかった。ビーダーマイヤーに会うのも楽しみだ。だが、そのことはまだサリーに話していない。せめて今日はゆっくりさせて、彼女の笑顔が見たい。

「ジェームズ、何人か電話したい友だちがいるんだけど、いいかしら？」

「たとえば？」

「議会で働いてる女友だちよ。もう半年以上、話してないの。そうね、そのうちの一人には、ワシントンを出てコーブに向かう前に電話した。ジル・ヒューズっていうんだけど、お金を貸してほしいと頼んだの。彼女は快諾してくれて、わたしに会いたがったけど、引っかかるものを感じて、結局、待ちあわせの場所には行かなかった。だから今度はモニカ・フリーマンに電話してみるつもり。大親友なんだけど、前回は街にいなかったから。彼女がどんな反応をして、何を言うか、興味があるの。被害妄想が強くなってるかもしれないけど、誰がわたしの味方なのか見きわめたくて」

サリーには自分を哀れんでいるふうはまったくなかったが、クインランはナイフで腹をえぐられたように感じた。

「そうだな」淡々と言った。「モニカに電話して、彼女にも何者かの手が伸びてるかどうか確かめてみろよ」

サリーは住宅都市開発省の有能な職員であるモニカ・フリーマンに電話をかけた。番号を問いあわせなければならないことに、われながらとまどいを感じた。スコットと出会う前は、自宅同然にそらで覚えていた番号だったからだ。

電話が鳴る。二度、三度。「もしもし」

「モニカ？　わたし、サリーよ」

クインランはかがんで、メモになにごとか走り書きした。

長い沈黙があった。「サリー？　サリー・ブレーナードなの？」

「ええ。元気にしてる、モニカ？」

「サリー、いまどこなの？　どうなってるのよ？」

クインランはメモ用紙をサリーの手の下にすべりこませた。サリーはそれを読んで、ゆっくりとうなずいた。「いま困ってるの、モニカ。お金を貸してほしいんだけど、融通してもらえないかしら？」

またもや長い沈黙があった。「サリー、聞いて。あなたの居場所を教えて」

「だめよ、モニカ。それはできないわ」

「スコットに電話させてよ。彼があなたを迎えにいくわ。どこなの、サリー？」

「昔は彼のことをスコットなんて呼ばなかったのに。あなたは彼のことを嫌ってたわ、モニカ。わたしの顔を見ては、彼をろくでなし呼ばわりして、わたしを守ろうとした。権力志向の強い男で、わたしを友だちみんなから引き離そうとしてるって言ってたでしょう？　スコットと結婚したときだって、わたしに電話してきて、スコットが消えたらちゃんと話ができるのにって、まっ先に言ったじゃない。あなたは彼を嫌ってたのよ、モニカ。キンタマを蹴ってやれって、あなたに言われたのを覚えてる」

まったき静けさが伝わってきた。「彼のことを誤解してたからよ。彼、あなたのことをすっごく心配してるのよ、サリー。あなたから電話があったら、力を貸してほしいって、訪ねてきて言われたの。

スコットはいい人よ、サリー。だからわたしから電話させて。わたしと彼と三人で、どこかで会いましょう――」

サリーはそうっと子機のオフボタンを押した。

意外にも、クインランはにやにやしていた。「どうやら、きみの亭主の恋人が見つかったみたいだな。おれが結論を急ぎすぎてるのか？　そうかもしれないが、きみの意見を聞かせてくれ。やつが本物の絶倫男で、ジルとモニカの両方を恋人にしてる可能性はあるか？　そんなことができる男だと思うか？」

想像していた以上にサリーはいやな気分になったが、クインランは情報操作の専門家よろしく、そこにひねりを加えて冗談にしてくれた。「わからない。彼女がジルと同じように、態度を変えたのはまちがいないけど、でも、二人？　それはどうかしら、ジェームズ。いつも忙しい人なのよ。ただのセックスより取引のほうに興奮する人だと思うんだけど」

「どんな取引なんだ？」

「彼は父の法律事務所につとめてて、わたしはそのことを結婚するまで知らなかった。妙に聞こえるでしょうけど、事実よ。結婚するまで、わたしに隠したがってたのは、まちがいない。彼が扱っているのは国際金融の案件で、おもな担当はオイルカルテル。両手をこすりあわせんばかりにして帰宅しては、この取引がどうの、あの取引でみんなから感心されたの、かくかくしかじかのイスラムの王族が顧客について、五〇万ドルも入ってきたとか、よくそんな話を聞かされたわ。そういう取引のこと」

「結婚してどれぐらいになるんだ？」

「八カ月」サリーは目をぱちくりさせながら、青々としたフィロデンドロンの葉っぱをいじった。「おかしいわね。サナトリウムにいた半年を勘定に入れないなんて」

「長い結婚生活とは言えないな。おれの結婚生活ですら、まぎれもない不幸にみまわれたにしろ、二年続いたんだぞ」

「結婚してすぐに、当事者であるわたしたちと同じくらい、父が結婚に関与してるのがわかったの。いま考えてみると、父とスコットのあいだに取り決めがあって、取引の一部としてスコットにわたしをあてがったんだとしか思えない」

深呼吸した。「父は、長年わたしがノエルを守ってきたことに対する復讐として、わたしをサナトリウムに入れたんだと思う。そして、復讐のもう一つの形が、スコットとわたしを結婚させることだった。父はスコットに近づき、スコットは父の指示に従った。すべては復讐のために。

離婚したいとスコットに言ったとき、彼はわたしが病気だと決めつけた。わたしはそんなにシジョン家の人間と結婚したいなら、父といっしょになればいいと言ってやった。たぶんそれから四日後には、サナトリウムに入れられていたんだと思う。まだ、そのへんの前後関係は混乱してるけど」

「ところが、スコットには恋人がいたってわけか。モニカだか、ジルだか。あるいは、まったく知らない誰かかもしれない。彼の不倫に気づいたのは、いつごろ？」

「結婚して三カ月後。うまくやっていけるように努力しようと決めた矢先に、恋人からもらったらしい名前のないメモや、モーテルの領収書が二枚見つかったんだけど、調べてみる気にもなれなかった。それと父のことがいつも背景にあったから、別れることしか考えられなくなったの」

「だが、きみの父親はそれを許さなかった」

「ええ」

「きみたちの結婚生活がどうなっていたか、きみの親父さんが知っていたのはまちがいない。

スコットはきみから離婚を切りだされたとき、すぐに次の手が打てるように、彼に相談したんだろう。まだなんとも言えないが、スコットのアイディアだったのかもしれない。ほかに電話したい相手はいるか？」

「いいえ。あとかけるとしたらリタぐらいだけど、リタにまでスコットに電話すると言われたら、耐えられそうにないから。もう充分──正直言って、もういっぱいいっぱいよ」

「よし、それじゃ今日の仕事はもうおしまいでいいな？」

「これが仕事？」

「そうとも。パズルのピースを一つ埋めたろ」

「ジェームズ、コーブでわたしたち二人を殴って、わたしをサナトリウムに連れ戻したのは誰だと思う？」

「ビーダーマイヤーか、その手下だろう。スコットだとは思えない。たぶん、きみの父親のふりをして寝室の窓に現われたやつじゃないか。だが、いまはおれがついてるんだから、世間にはびこる悪党の数々にいちいち落ちこむ必要はないんだぞ」

「わたしの周囲には、そういう連中が集まってるみたい。ノエルはべつだけど」

クインランは、サリーがスコットと出会った日から今日までの出来事をすべて徹底的に検討してみたかった。だが、サリーには言わなかった。休暇を与えて、笑顔を取り戻させてやりたい。そして猛烈に彼女を抱きたかった。その感触を思いだすと、指が疼いた。内側が指にまとわりつき、皮膚はどこまでもやわらかかった。こういうときは、アフリカスミレのことでも考えるか。

夜になると、サリーは髪をすっきりまとめて、首筋でクリップで留め、色の濃い大きなサングラスをはめた。「誰もきみだと気づかない」クインランはサリーの背後に近づき、軽く肩に手を置いた。

「それでも、念のためにかつらをかぶれよ。わかってると思うが、きみの父親が殺されて、三週間ぐらいになる。あの事件のことは、あらゆるテレビ局とタブロイド紙と一般紙で報道された。失踪中の娘、つまりきみについても、同様の注目が集まった。だから、きみだと気づかれるようなことは、なるべく避けたい。それに、そのサングラスをはめたきみは、いい線いってる。謎めいた女っていうのかな。おれとの結婚に同意してくれたのは、ほんとにきみかい？」

「同じ女よ。今朝おれの上で目を覚ました女と、同じ女なのか？」

「ジェームズ、それと、もう一つのほうだけど——あなたのほうが異常なんじゃないの？　本気なの？」

「いいや。きみをベッドに誘いこんで、いかせたかっただけさ」

サリーは彼の腹にパンチをくらわせた。

「ああ、サリー、本気だとも」

ハウトン・ストリートにある〈ボーノミクラブ〉は、レンガ造りの古い建物で、世間で言うところの〝境界〟地区にあった。一般にクラブとの往復にはタクシーを使うべしとされ、さもないと、ハブキャップどころか愛車を丸ごと失いかねない。

クインランはサリーに手を貸してタクシーから降ろすまで、このあたりの治安に本気で危機感を覚えたことがなかった。通りの街灯は、あらかた切れていた。

歩道にはゴミが散らばっているものの、クラブの前はきれいに掃き清められている。ミズ・リリーはゴミ嫌い——いわゆるゴミも、白人のゴミも、ゴミと名のつくものはすべて嫌っている。

「さっきも言ったけどね、坊や」いまから四年ほど前のこと、ミズ・リリーはクインランを雇うにあたって言った。「あたしゃあんたの外見が気に入ったんだ。イヤリングもタトゥーも虫歯も太鼓腹もないってとこがね。

娘っ子どもには気をつけるんだよ。あの子らは欲情してるから、あんたをひと目見るなり、頭んなかに砂糖でまぶしたおちんちんが踊りだす映像が浮かぶだろう」ミズ・リリーは自分の冗談に大笑いし、一方、経験豊富な捜査官であるクインランは、ありとあらゆる粗野な言葉の組みあわせを聞いたことがあるはずだったのに、困惑のあまり突っ立っていることしかできなかった。ミズ・リリーはクインランの耳たぶを鮮やかなピンク色に塗った長い爪のついた指先でつまみ、さらに大笑いした。「あんたならうまくやれるさ、坊や、やれるとも」

彼女の予言どおりになった。最初こそ大半が黒人からなる熱心な常連客たちから、動物園から逃げだした動物でも見るような目を向けられたけれど、ミズ・リリーは彼のサックスのプレイと、セックスのプレイと、レッドソックスのプレイという、肌の色に関係のない三つの冗談を交えてクインランを客に紹介した。

かくしてミズ・リリーはクインランの親友の一人となった。一月には出演料の値上げまでしてくれたくらいだ。

「きみもきっとミズ・リリーが好きになる」クインランはサリーに言いながら、重厚なオークの扉を押し開けた。「おれは彼女にとって白人代表なんだ」用心棒のマービンが入ってすぐのところにいた。醜い顔にしかめつらを浮かべていたが、それもクインランを見るまでだった。

「よう、クインラン」マービンは言った。「そのスケは誰だ？」

「このスケはサリーっていうんだ。サリーって呼んでくれ、マービン」

「こんにちは、マービン」

名前を覚えるのが苦手なマービンは、ただうなずいた。「ミズ・リリーなら裏のオフィスで市長と、てんでなってないそのお友だち連中とポーカーの最中だぜ。いんや、ジェームズ、ドラッグはやってねえって。ミズ・リリーのことは、わかってんだろ？　鼻から吸引させるぐらいなら、その前にそいつを撃っちまうよ。

あんたの演奏が始まるころには出てくるさ。それとな、スケ、ジェームズが舞台に立って心の丈を音色にして奏でだしたら、おれの目の届くところにいるんだぞ。いいな？

かわいくてきれいなスケだな、クインラン。おれが任されてやるよ」

「助かるよ、マービン。なまじきれいなもんだから、おおぜいの悪党に追われててさ。あんたが見ててくれたら、心おきなくサックスの演奏に没頭できるよ」

「ミズ・リリーが彼女を見たら、何かを食わせようとするだろうな、クインラン。ひと月はまともなもんを食ってねえような顔してるぜ。腹は減ってねえか、スケ?」

「いいえ、いまは。でも、ご親切にありがとう、マービン」

「やけにお行儀のいいスケだな。男はそういうのに弱いんだ」

「びっくり」サリーは簡潔に感想を述べた。だが、笑顔でマービンに小さく手を振った。

「あいつが見ててくれるから、心配いらないよ」

「そんなこと、考えもしなかった。彼に真実を告げるなんて、意外だったわ」

「どうせマービンは真に受けてやしないよ。おれがよその男にきみを横取りされるのを怖がってるとでも思ってるだろ」

サリーは〈ボーノミクラブ〉の、紫煙たなびく薄暗がりを見まわした。「すごく雰囲気のある店ね、ジェームズ」

「年を重ねるごとに雰囲気がよくなる。古材のおかげだろう。あのカウンターなんか百年物で、リリーの自慢なんだぞ。ボストンの男にポーカーで勝ってせしめたのさ。リリーはそいつのことをミスター・チアーズと呼んでるよ」

「おかしな人」

クインランはにやりとして、サリーを見おろした。「今晩は楽しむことだけ考えろよ。きみがすごく華やかに見えるのを知ってるかい？　小さなトップがセクシーで最高だよ」

「黒玉のビーズが好きなんでしょ？」それでもサリーは喜んでいた。彼はメーシー百貨店でそのトップを買ってやると言って聞かなかった。そしてサリーの顔には本物の笑みがあった。うきうきとして、いい気分だった。今晩は楽しもう、とサリーは思った。もう長いこと縁がなかった。楽しみ。そんなものがあるのを忘れていた。

悪夢は明日まで待たせておけばいい。ひょっとすると、家に帰ったら、クインランがまたキスしたがるかもしれない。愛の行為に発展する可能性もある。自分をまさぐっていた指の温かさが、まだ皮膚に残っていた。

「何か飲むか？」

「白ワインにして。久しぶりなの」

クインランが眉を吊りあげた。「バーテンダーのファズがそんなしゃれたもん、知ってるかな。きみは坐って、ここの雰囲気を骨まで染みこませておけよ。おれがファズの在庫を調べてくる」

バーテンダーのファズか。サリーには想像したこともない世界だった。いままで損をしてきた気がする。

ふと見ると、クインランが手ぶりでこちらを指さしていた。禿頭が突き玉のように輝く巨漢の黒人が、にこにこしながら埃《ほこり》まみれのワインのボトルを振っている。サリーは手を振り返し、親指を立てた。

どうして警官のことをポリ公《ファズ》なんて呼ぶようになったんだろう？　ふと、そんなことを疑問に思った。

クラブ内には白人が数えるほどしかいなかった。男が四人に、女が二人。だが、誰も肌の色を気にしていないようだった。

長い黒髪を板のように腰まで垂らしているアジア系の女が、小さな木製のステージの上でフルートを演奏している。まとわりつくような、やわらかな曲調だった。

店内の話し声は一定していて、それ以上大きくも小さくもならない虫の羽音のようだ。

「ファズによると、数年前にある男から手に入れたそうだ。そいつはウイスキーを飲みたがったが、文無しだったんで、かわりにこのワインをよこした」

サリーはひと口含むや、飲みこんだ。強烈。ケンダルジャクソンのグラス一杯とこれを交換しろと言われたら、絶対に断わる。「おいしい」バーテンダーのファズに大声で伝えた。

クインランがビールを片手に隣りに坐った。「そのかつらも悪くないぞ。おれの好みからすると少し赤すぎるし、少しカールが強すぎるが、今晩のところはそれで間に合う」

「暑いわ」

「もう少し我慢してくれたら、家に帰ってできる何か猥褻《わいせつ》なことを考えてみるよ」

九時近くなると、クインランはサリーの口にキスし、白ワインの味に顔をしかめた。

「ひどい安酒だな」

「すてきな安酒よ。ミスター・ファズには内緒にしてね」

クインランは笑った。もう一つの椅子からサクソフォンのケースを取りあげ、テーブルのあいだを縫って、舞台に向かった。

サリーは彼から目が離せなかった。クインランはフルート奏者と抱擁し、背の低いスツールをマイクの近くに引っぱった。ケースからサクソフォンを取りだし、やわらかな布で軽く拭いてから、リードをチェックした。そして試し吹きを始めた。

どんな音を期待していたのか自分でもわからないけれど、悪魔ですら彼の楽器から流れでる音を聞いたらすすり泣きそうだった。彼は音階をたどり、何曲かの古い曲からその一部を選んで吹き、高音から低音へといっきに駆けおり、小さな音、そして大きな音を試した。

「あたしのクインランを引っかけたちっこい白い娘ってのは、あんたかい？」

21

「あと半年もしたら、それほど小さくなくなると思います」

「どうしてさ？」

「いつもはこんなに痩せてないので、そのうち太るはずです」

「ついでにあたしのクインランが孕《はら》ませてくれるかもしれない。よく目を光らせてなよ、サリー。彼の演奏が始まると、女という女が涎《よだれ》を流しはじめる。かわいそうに、あの子は演奏の美しさのせいだと自分に言い聞かせてるよ。それに演奏中は情熱的に見えるからだってさ」

ミズ・リリーは首を振り、もの悲しげに言った。「さすがのあたしも、セクシーな肉体と熱を帯びた瞳のせいだとは、言えなくてね。おや、あたしのお気に入り、ソニー・ロリンズを演《や》ってるね。印象に残る曲だと思わないかい？　そうそう、あたしはリリー」大柄な黒人女性は言うと、にこっと笑って、サリーの手を大きく振った。

「サリーです」

「知ってるよ。ファズから聞いたからね。そのあと、マービンからも。二人ともクインランがひどく入れこんでるようだと、言ってたよ。そんなことは、とんとなかったからね。おもしろいことになりそうだねえ。まさか、体の関係だけ結んどいて、キスしてバイバイなんてことはないだろうね？」

「キスしてバイバイ？　ジェームズを？」

「つまり、遊びじゃないだろうねってことさ。クインランを欲望のはけ口に使うつもりかい？　ベッドのなかじゃ、いいらしいからね。それが目当ての女がいるのはわかるが、あたしは気に入らないよ」

「まさか、そんなこと。キスしてバイバイするつもりはありません」サリーはファズの白ワインに口をつけた。「そのドレス、すてきですね。すごくゴージャスだわ」

ミズ・リリーは得意げに頬をゆるめ、肉づき豊かな腕をもっと肉づき豊かな乳房の両脇に押しつけた。そうやって出現した胸の谷間に、サリーは目を奪われた。『プレイボーイ』以外で、これほど胸を見せつけられたのははじめてだ。

「白のサテンが好きかい？　あたしは目がなくてね。あたしみたいな堂々たる体格の女は、白を着るもんじゃないって言われるんだけど、好きなんだからしょうがないよね。白には若さと清らかさがある。これから外に飛びだして、はじめて男に抱かれる娘みたいな気分にさせてくれるんだ。

さて、ここに坐って、あたしのクインランの演奏を聴いておくれ。いま演奏してるのは、スタン・ゲッツだよ。彼が演奏すると、年寄りのスタンが罪深い天使みたいになる。クインランはいいプレイヤーだ。さあ、いまは彼をものにしようなんてことは考えないで、音楽に身をまかせるんだよ」

「しっかり聴きます」

ミズ・リリーはサリーの背中をぽんと叩いて、ワイングラスに顔を突っこませかけると、航行中の船のようにステージのすぐ近くのブースへと移動した。

クインランのサクソフォンが、セクシーで低くすすり泣くようなスローな曲を奏でだした。よく知らないけれど、ジョン・コルトレーンのようだ。それでいて、新しい曲に聞こえる。

店内の会話が途絶えていることに、そのとき気づいた。みな口をつぐんで、クインランの演奏に聴き惚《ほ》れていた。

サリーが気がついただけでも四人の女が立ちあがり、ステージの近くに移動した。なんて素晴らしい演奏だろう。音域が広く、音の一つずつが豊かさ、甘やかさを持ち、聴くものの胸を揺さぶる。サリーは喉を締めつけられ、唾を呑みこんだ。彼の奏でる楽曲が奔流となって押し寄せる。音はけだるげに上下し、深い音色が魂を引き裂いた。クインランの目は閉じられ、体はかすかに揺れている。

クインランを愛している自覚はあるけれど、いまここでそれを再確認してはいけない。いま自分をおかゆのようにとろけさせているのは、卓越した演奏だからだ。かつてノエルに助言されたことがある。制服姿の男と、魂のこもった演奏をする男——最強の組みあわせだから、気をつけなさい、と。

クインランがマイクに向かって話しだした。「次の一曲はサリーに捧げます。ジョン・コルトレーンの『至上の愛』」

彼の愛情に対する疑いがあったとしても、この一曲がそれをきれいに消してくれた。ミスター・ファズの白ワインといっしょに、涙を飲みくだした。

さらに二人の女が舞台に近づくのを見て、サリーは笑顔になった。

『至上の愛』を演奏し終えると、クインランはサリーに手を振った。咳払いをして、声を張った。「チャーリー・パーカーのリクエストをもらいました」

サリーは演奏に身を委ねながら、白ワインを飲み干した。トイレに行きたい。

そっと席を立ってバーテンダーのファズを見ると、カウンター脇の開いた戸口を指さしてくれた。笑顔で彼の前を通り、通りすぎざまに伝えた。「出てきたら、もう一杯くれる、ミスター・ファズ？」

「喜んで、サリー。準備して待ってるよ」

男女共用のトイレから出たとき、サリーは笑顔だった。クインランが次の曲に移ったのがわかる。聞いたことのある曲だった。身にしみるようなやわらかなこの一曲が、ジャズだとは知らなかった。

ふいに、自分が一人でないことに気づいた。間近に人の気配がある。すぐ後ろだ。耳につく息遣いと、よりかすかな息遣いがいくつか。

通路は狭かった。トイレにはサリー一人だった。でも、そんなはずない。もう一人女性がいたのよ、と頭の片隅で自分に言い聞かせた。心はクインランの演奏に飛んでいた。

だが、それは女ではなかった。

ビーダーマイヤーだった。すぐ背後に男二人を従え、一方の男の手には注射器があった。

ビーダーマイヤーはやさしくサリーの腕をつかむなり、態度を一変させた。強まる圧力に、腕の皮膚が引きつり、指が食いこむのを感じる。

彼はもう一方の手で顎をつかみ、サリーを固定した。かがんで、唇を合わせた。

「ごきげんよう、サリー。とてもきれいだよ、マイディア。酒を飲んではいけないのを知っているはずだが。おまえが使っていた薬と合わさると、体によくないからね。さっきから見ていたが、おぞましい酒を飲みおって。なぜ、こんなところへ来た？　わたしが見るところ、このみすぼらしい店の舞台で物笑いの種になっているあの男が、コーブでおまえといっしょにいたFBI捜査官のジェームズ・クインランのようだな。見た目は悪くない。おまえの恋人なのはわかっているぞ。あの手の男は、女が体を差しださないかぎり、女を身近には置かないものだ。

このことを知ったら、哀れなスコットがどれほど落ちこむことか。さあ、そろそろおまえの小さな巣に戻る時間だ。いままでとは別の巣だよ。今回はあの男にも見つけられまい」この件には彼が関わっている、とサリーは思った。父は死んだのに、その父がなぜいまもまとわりついてくるのだろう？

「わたしが押さえているから、注射を打て。このおぞましい場所から、早く出なければ」

「あんたといっしょに天国に行く気はないわ」

「いや、行ってもらうよ、マイディア」

いまやビーダーマイヤーはしっかりとサリーの腕をつかんで自分に引き寄せ、もう一方の手で口を押さえている。サリーは腹に思いきり右肘を突き立てた。

ビーダーマイヤーがウッと息を呑み、サリーはその隙に飛びのいた。「ジェームズ！　マービン！」続いて悲鳴をあげたが、ふたたび口を押さえられた。

「こら、彼女を捕まえろ！　口を封じて、注射を打つんだ！」

サリーは小テーブルの端をつかんで、上にあった公衆電話を振り落とすと、頭上に振りかぶって、ビーダーマイヤーの部下に叩きつけた。もう一度叫んだが、口をしっかりと押さえられているので、細い声しかでない。鼻まで押さえられて、息が苦しい。サリーは身をよじり、踵《かかと》で背後を蹴った。当たった感触はあったものの、男の手を逃れることはできなかった。腕をいじりまわす指を感じる。

注射器が近づいている。

注射針を腕に突き刺して、またもやゾンビにするつもりだ。サリーは思いきり背後に足を蹴りあげた。一瞬、口と鼻にかかっていた男の手がゆるんだ。

腰をかがめて、注射針が握られている手を嚙むと、もう一度叫んだ。「ジェームズ！」

ふたたび口を押さえられた。男は悪態をつき、もう一人がサリーのもう一方の腕をねじりあげようとしたが、サリーは左腕で男の腹を殴った。針の感触がなくなり、木の床に何かが落ちる音がした。注射器を取り落としたのだ。

「おまえたちのような無能な連中だとこうなることぐらい、予測しておくべきだった。その注射器を拾え、馬鹿者。ここは暗いが、暗さが足りなかった。まずはこの売女《ばいた》を気絶させるべきだったんだ。あるいは、注射を打つしかなかった。しかたがない、ひとまず退散するぞ。注射器や彼女のことはほうっておけ」

ビーダーマイヤーの声だった。怒りに震えていた。

そのときバーテンダーのファズの世にも卑猥《ひわい》な叫び声が聞こえた。男がサリーを放した。前のめりになりながら、サリーはどなった。「あなたの負けよ、卑怯《ひきょう》者。番犬を連れてさっさと逃げないと、ジェームズに殺されるわよ」

ビーダーマイヤーの息は荒かった。「おまえの腕に注射を打つぐらい、簡単なことだと思っていた。おまえは変わってしまったな、サリー、だが、これで終わりだと思うなよ」強い憤怒に満ちた声だった。

「いいえ、これでおしまいよ。あんたみたいな悪党、仕事をできないようにしてやるから。刑務所送りにして、大柄な囚人みんなから玩具《おもちゃ》にされろと祈ってやるわ」

ビーダーマイヤーがサリーを殴ろうと腕を振りあげたとき、狭い通路を出口に急ごうとする二人の部下が彼に衝突した。

「何をしてるんだ、馬鹿者！」ビーダーマイヤーはどなり散らしたのち、部下二人とともに裏の非常口へと走りだした。乱暴にドアを開け閉めする音が聞こえた。

サリーが顔をあげると、用心棒のマービンが暴走機関車のように突進してきた。バーテンダーのファズはテーブルをなぎ倒しながら、もっとどぎつい卑語をどなっている。いまさらながら、サリーはわずか数十秒の出来事だったことに気づいた。それがひと晩続く暴風雪のように長く感じられた。

二歩、前に歩いた。ステージから飛びおりるクインランが見えた。彼は銃を取りだした。ミズ・リリーが野球のバットをつかみ、女人族《アマゾン》の守護神のようにこちらに歩いてくる。すべてが立てつづけに起きた。そのわずかな時間のうちに、一生分の恐怖を味わった。また腕に注射針を押しあてられた。もういやだ。二度と耐えられない。

そのとき恐怖が薄れて、そこから自由になるのを感じた。サリーは首を振った。あの男に勝ったのよ。あの男を撃退した。できることなら撃ってやりたかった。あるいは腹にナイフを刺してやりたかった。

用心棒のマービンはサリーを一瞥《いちべつ》すると、非常口のドアを乱暴に開けて、外に飛びだした。バーテンダーのファズは脇をすり抜け、マービンを追って外に出た。重い足音が聞こえる。たくさんの足音。ビーダーマイヤーが捕まりますように。

急に力が抜け、立っていられなくなった。しゃがみこんで、壁にもたれた。折った膝を抱えこみ、顔を伏せて丸くなった。

「サリー、すぐに戻るから、がんばれよ」と、クインランはマービンとファズを追った。

ミズ・リリーが言った。「悪いやつに追われてるって、クインランがマービンに言ったそうだね。あたしはかまわないよ——あたしの好きな曲が中断されちまったにしろね。こんなとこまであんたを捕まえにくるなんて、どんだけの馬鹿なんだか。よっぽど破れかぶれなんだろう。じゃなきゃ恐ろしく愚かか。あたしなら愚かなほうに賭《か》けるよ」

　ミズ・リリーは首を振った。コイル状になった黒く豊かな髪は少しも動かなかった。「起きられるかい、サリー？」

「小さなスケは大丈夫っすか？」

「ああ、マービン。息を整えてるだけさ。この子はあいつら相手によくやったよ。どうやら捕まえられなかったようだね」

「面目ないです、ミズ・リリー。あとちょっとだったんだが、大きな車で行っちまって。クインランのやつ、後ろの窓に一発撃ちこんだのに、そこでやめちまった。誰だかわかってる、明日には会えるとかって言って、笑いながら、手をこすりあわせてましたよ。でっかい銃を持ってたんで、やりにくそうでしたけどね」

　用心棒のマービンがふり返った。「だろ、クインラン？」

「ビーダーマイヤーだったんだな、サリー？」

　サリーは顔を上げた。過呼吸の状態を抜けたおかげで、気分は悪くなかった。

　ミズ・リリーが腕をつかんで、サリーを立たせた。「さあ、行くよ。ファズ、あんたがしまっておいたおいしい白ワインをサリーに出しておやり」

「ええ、ビーダーマイヤーが男二人と注射器とともに現われたの。注射器はまだ床に転がってるはずよ。叩き落としてやったから」

マービンはよしよしと言わんばかりにうなずいた。「痩せちゃいるが、ふがいないスケじゃないと思ってたぜ。よくやったな、スケ」

「ありがとう、マービン。ありがとう、みんな」

「お安いご用さ」ミズ・リリーは言い、ふり返ってどなった。「さあ、みんなテーブルに戻んな。もう、心配ないよ。これでわかったろ？　マービンに迷惑をかけようなんて了見を持つやつは、利口とは言えない。この男たちはサリーを襲おうとした連中を叩きのめした。一件落着だ。

クインラン、その絶品のお尻をステージに戻して、あたしのためにデクスター・ゴードンを演っておくれ。あたしにはまだ金を払う気があるんだよ」

「おれのレパートリーだ」クインランは言った。「サリー、ステージのすぐそばにいてくれるな？」そしてステージに戻る前に注射器を拾いあげ、ナプキンにくるんで、ポケットにしまった。

「あの野郎がどんな薬を使おうとしたか知りたい。明日、FBIの研究所に持っていくよ。行こう、サリー」

「あとでワインを持ってくからな」ファズの声が飛んだ。

彼はリビングの端から端までを行ったり来たりしていた。サビッチはクッションの利いた大ぶりの椅子に腰かけ、ラップトップのキーボードにかがみこんでいる。〝マックス〟と名付けられたゲートウェイ社のパソコンだ。

サリーは何をするでもなく、クインランを見ていた。「いいかげん、我慢の限界みたい」ついに口を開いた。

男二人が彼女を見た。

サリーは笑みを浮かべた。「明日まで待てないから、今晩のうちに決着をつけたいわ。わたしの母に会いにいきましょう。母は父が殺された夜に何があったか知ってるわ。少なくとも、あなたたちや警察やわたしに語った以上のことを知ってるはずよ。真実が知りたい」

「それだったら」サビッチはコンピュータの画面に目を戻した。「三人いっぺんに会ったらどうかな。きみのお母さんと、亭主と、ドクター・ビーダーマイヤーの三人に。このタイミングでいいのか、クインラン？」

「わからない」クインランは言った。「早すぎるかもしれない」不安げにサリーを見る。「ほんとに大丈夫か、サリー？」

サリーはしゃんとしていた。薄い肩をそびやかせ、淡いブルーの瞳には強さと落ち着きがあった。すべてを受けとめる準備ができているようだ。「大丈夫よ」

それだけ聞ければ充分だった。そうだ、真実を探りだすべきときが来ている。クインランはうなずいた。

「やつらを疲れさせてやれるかもしれない」サビッチは言った。「こいつはいい！　ようやく見つかったぞ」満面の笑みで二人を見た。「おれって優秀だよな」両手をこすりあわせた。

「われながら、惚れぼれするよ」

「何を言ってるんだ？」クインランはつかつかとサビッチに近づき、かがみこんで画面をのぞいた。

「ドクター・アルフレッド・ビーダーマイヤーについて知りたかったすべてが見つかったのさ。本名ノーマン・リプシー、カナダ人。学校は——モントリオールのマギル大学医学部。おっと、でもって専門は形成外科だ。まだほかにもたくさんある。時間がかかって悪かったな。まさかビーダーマイヤー以外の名前のカナダ人だとは思わなかったんで、お門違いのデータベースを調べてた」またもや手をこすりあわせた。「顔写真の載った美容整形外科の勤務当番表を見つけたんだ。マギル卒業とあった」

「よく見つけたな、ディロン。すごいよ」

「だろ？　さてと。出かける前に、スコット・ブレーナードについてもいくつか調べさせてくれ。やつは法律の学位をどこで取ったんだ、サリー？」

「ハーバードよ」

「ほんとだ。一九八五年にハーバードを優等で卒業してる。残念だな。詐称じゃないかと思ってたんだが」

クインランは不安をぬぐい切れなかった。「ほんとに大丈夫なんだな、サリー？　スコットやビーダーマイヤーと対決する心の準備はできてるのか？　今晩あんなことがあったばかりなんだぞ」

「大丈夫よ。もうこんな生活はいやなの。終わりにしないと頭がおかしくなりそう。わたしが父を殺したのなら、そうと知っておきたい。ノエルやほかの誰かが殺したのなら、犯人を特定したい。もう取り乱したりしないわ、ジェームズ。このどっちつかずの状態を抜けださなきゃ。靄《もや》のかかったイメージと、重なりあった人の声が、頭にこびりついてる」

クインランは人を落ち着かせる例の口調で、ゆっくりとしゃべった。「ここを出る前に、まだ残っている問題をさらっておきたい。いま話せるか?」

「ええ」サリーは言った。「話せるわ。スコットと父のことについては、あなたにもう話してあるわね」言葉を切り、コーデュロイのスラックスの畝を撫でた。

「あとはなんだ?」

「父に関してよ。そして母のこと」サリーは両手を見おろした。薄い手。痩せた指。短い爪。けれど、クインランに出会ってから、爪を噛んでいない。

「なんだ、サリー? 秘密を全部ぶちまけてくれ」

「あの男は母をこっぴどく殴ってたの。わたしは十六のとき、その現場に出くわして、バージニア州の女子寄宿学校を引き揚げた。家に戻って母を守りたかった――」

サビッチが顔を上げた。「きみの親父さん、つまりトランスコム・インターナショナル社の主任顧問弁護士だった男性が、妻を虐待してたっていうのか?」

「そう聞いても、驚きがないのは、なんでだろうな」クインランは隣りに腰かけてサリーの手を取ると、何も言わずに彼女がふたたび話しだすのを待った。きみはそんな環境で生きてきたのか？

「それなのに母は――ノエルは――何もしようとしないで、ただ殴られてた。あの男は世間に顔の売れたお金持ちで、人から尊敬されてたし、母もその一部だったから、卑しめられたり、自分の持っているものをすべて失うことに耐えられなかったんでしょう。

あのころはパーティや公的な集まりを心待ちにしたものよ。父はそういう集まりにはすべて呼ばれてた。ロビイスト主催の贅沢《ぜいたく》な晩餐《ばんさん》会や、お飾りとして妻たちも同伴する内輪のパワーランチや、雑誌の取材。なぜ心待ちにしてたかと言うと、あの男もその前にはノエルを殴らなかったから――二人いっしょのところを写真に撮られるからよ。わたしがそう思っていることを父は知っていて、それがよけいに父の憎しみをかった。

地元の大学に行くと決めたときなんか、殺されるかと思ったわ。てっきり家を出ると思っていた娘が、そのまま家に居残って、自分を監視するとは、夢にも思わなかったんでしょうね。実際、手まで振りかぶったけれど、そのままゆっくりと下ろした。

あのときの父の憎悪に満ちた目は、死ぬまで忘れられそうにない。とても美男子だったのよ。銀髪が筋状に入った豊かな黒い髪に、黒い瞳。すらっとした長身で、頬骨が高く、繊細な顔だちが哲学者を思わせた。

そうね、スコットをそのまま歳をとらせたような風貌だった。父親に似た男と恋に落ちたと思いこむなんて、わたしもどうかしてるわ」

「ああ」サビッチは言った。「明らかによくないと言いたいね。ここにいるクインランがほかの誰にも似てなくてよかったよ」

「わたしはいつと決めずに家に帰り、父はそれを知っていた。ある日、ノエルに会いにいって、アパートに戻るつもりで家を出てから、セーターを忘れたのを思いだした。それで家に引き返したらあの男がいて、母を蹴ってた。わたしは九一一に電話しようとした。もう限界だったの。何がどうなろうとかまわないから、あの男に報いを受けさせたかった。それなのに、信じられないでしょうけど、母が這ってきて、わたしの脚をつかみ、警察には電話しないでと訴えたの。父は書斎の戸口に立って、やれるならやってみろという態度だった。父は微動だにせず、母が涙ながらにわたしに訴え、ひざまずいてジーンズをつかんでいるのを見ていた。恐ろしい光景だった。わたしは受話器を置いて、家を出た。もう家には帰らなかった。帰れなかったの。わたしが何をしようと、どうにもならない。しばらく家に残ったとしても、父はわたしが帰るのを待つだけのことだった。たぶんそのあとで、わたしが行かなかったとき以上に母をひどく殴りつけたんだと思う。肋骨が折れたんじゃないかと思ったのを覚えてる。でも、わたしは尋ねなかった。尋ねたところで、どうすることもできないから」

「だが、きみの父親が復讐を始めたのは半年前のことだ」サビッチが言った。「それまで待った——なぜだ？　きみに襲いかかるまでに五年ほどかかってる」

「それがそうでもないのよね。あの男はスコットを使って復讐を開始していたから。いまならそれがよくわかる。そうよ、わたしとスコットの結婚には、父の意向がはたらいてた。それまで、わたしは男性とつきあったことがなかった。大学を出るとすぐにベインブリッジ上院議員のもとで働きはじめたの。楽しかったわ。両親とは会わなかったけれど、友だちがいた。父にはたまに、ひょっこり会って、わたしの強情さを父がまだ憎んでいるのを感じたものよ。

あるパーティに出て、女子トイレで母と鉢合わせしたこともあったわ。母は髪を梳《と》かし、長い袖《そで》から腕がのぞいてた。無惨な紫色の痣《あざ》を見て、わたしは母に『あのろくでなしに殴られるままになってるなんて、あなたのなかには、どんな怪物が棲んでるの？』と尋ねた。びんたされちゃった。当然よね。次に母と会ったのは、あなたたちから逃げる途中でお金の無心に寄った日だった」

「父親が殺された夜に実家に行ったのは、覚えてるんだろ？」

「ええ。でも、それ以外はぼやけてる。父が殺されたことさえ、よくわかってないくらい。ただ、家に行ったのは確かだし、ノエルがついに殴られることに耐えられなくなったんだと思いこんだだろうことも想像がつく。そう、たぶんそう思ったんだと思う。それすら定かではないけれど」

サリーは手の甲でこめかみを揉んだ。「そうなの、ジェームズ、わからないの。悲鳴を聞いて、銃を見たような気がするけれど、なんとなく覚えているのはそれだけで、あとはイメージの断片があるだけよ。そうね、血を見たかもしれない。血の色が頭に残ってる。でも父は？　あの人が死んだ？　ノエルはその場にいたの？　どの疑問にも明快には答えられないわ。ごめんなさい。なんの助けにもならなくて」

だが、クインランは案じていなかった。ラップトップを軽やかに叩くサビッチの眉間には、一本の皺もない。サビッチが二人の会話のすべてを聞いていたのは、わかっている。そして、サビッチが何も案じていないことも、やはりわかっていた。

すでに成功したも同然だった。片付けなければいけないことがたくさんある。サリーの備えはできた。

クインランは彼女を落ち着かせようと、ゆっくりと言葉を紡いだ。自分に言い聞かせているような調子だ。「じゃあ、きみの父親はそのときを待ってたんだな」

「ええ。結婚するまで、父がスコットの上司だとは知らなかった。どこに勤めているか、スコットが言おうとしなかったの。言葉を濁していたし、わたしもあまり気にしてなかった。わかってからは、下り坂を転げ落ちるようだったわ」

クインランはふたたびリビングを行きつ戻りつしはじめた。せわしない足取りではなく、小気味よくリズムを刻んでいる。サビッチはマックスのキーボードを叩き、サリーは美しいアジア風の鉢に植えられた小さなゴムの木の葉から、埃をぬぐい取っていた。

クインランは立ち止まって、サリーに笑いかけた。「きみに電話をかけてもらうよ、サリー。ギャングどもを集めて、揺さぶりをかけよう。結果は見てのお楽しみだ」電話を突きだした。

「まずはおふくろさん。次がスコットで、最後がビーダーマイヤーだ」

22

「おれが何に頭を悩ませているか、知りたいかい？」サビッチはキーボードから顔を上げて、背伸びをした。「ビーダーマイヤーがいまだきみを追う理由さ。きみをあそこにぶちこんだのは父親だよな。そいつが死んだのに、なぜビーダーマイヤーはきみにこだわる？　きみの親父さんの足跡をたどっているのは、誰なんだ？　スコットが関与しているときみは言った。だが、なぜいまだにきみに執着する？　ふつうなら、離婚して自分の人生を切り開きたがるはずだろう？　何が出てくるかわからないぞ、サリー。生半可な気持ちじゃないだろうな？」

「ええ、本気よ。正直言って、待ちきれないくらい。ビーダーマイヤーの顔に唾を吐きかけてやりたいわ。なぜ彼らがまたわたしを監禁しようとしたのか、何度も考えてみたの。でも、まともな理由は一つも思いつかなかった。さあ、わたしに電話させて」

電話を受け取り、ダイヤルした。電話はすぐにかかった。「お母さん？　わたしよ、サリー。そちらに行ってもいい？　話があるの、お母さん。ええ、いますぐ。行ってもいい？」

ゆっくりとオフボタンを押した。スコットの番号をダイヤルしようとすると、クインランがそっとその手に触れて、首を振った。「それでいい。たぶんおふくろさんが、ほかの連中を呼び集めてくれるだろう」

「同感だ」サビッチが言った。「もし呼んでなければ、母親と話してくれればいい。いずれにしろ、一度は話をしなきゃならない。彼女がどんな立場でこの騒動に関わっているのか、正確に見きわめる必要がある」

「ジェームズの言うとおりね」サリーはごくりと唾を呑んだ。「ほかの二人もきっと来る。でも、これだけはわかって——命を懸けてもいいわ。母はわたしを守ろうとしてたのよ」

サリーを抱きしめてやりたい。クインランは無言で見守った。サリーはまばたきして涙をこらえ、唾を呑みこみながら、動揺を抑えた。サリーには芯《しん》の強さがある。それに、おれもいる。

「いいだろう。何件か電話したいところがあるが、それがすんだら、計画を実行に移そう」


それから三十分後、クインランはグリュプス（ギリシア神話に登場する怪獣で、ワシの頭と翼、ライオンの胴体を有する）の頭部をかたどったシジョン家のノッカーをドアに打ちつけていた。

ノエル・シジョン本人が玄関まで出迎えた。淡いブルーのシルクのドレスを身につけ、サリーよりも淡いブロンドは、ひねりを加えてきちんと一つにまとめてある。気品があって、堅苦しく、そしてひどく青ざめていた。一瞬、ためらったのち、娘に向かって両腕を開いた。

サリーは動かない。ノエルはいまにも泣きだしそうな顔で、両腕を脇に下ろした。

これ以上ないほど早口でしゃべりだした。言葉が重なるように出てくる。「ああ、サリー、来てくれたのね。とても心配していたのよ。あなたのおじいさまとおばあさまから電話があったときには、どうしたらいいか、わからなかったわ。さあ、入って、サリー、入ってちょうだい。いっしょに問題を解決しましょう」そして、物陰のクインランに気づいた。

「あなたは」

「はい、マダム。ぼくもお邪魔していいでしょうか?」

「いいえ、遠慮してくださらないかしら。サリー、どういうことなの?」

「申し訳ないが――ぼくを入れてくださらないなら、サリーも行かせません」

ノエルはサリーからクインランに目をやり、首を振った。混乱しているようだ。

「ノエル、大丈夫よ。わたしたちを入れて」

もう一度、ノエルは首を振った。「でも、この方はFBIよ、サリー。うちには入れたくないわ。前にもう一人の方といっしょにいらして、家じゅうあなたを捜しまわったのよ。なぜ、こんな方といっしょにいたいの? わたしにはちっともわかりません。警官なんて、寄せつけたくないはずでしょう? この方はあなたに嘘をついて、あなたを操ろうとしているのよ。あなたの混乱を深めようとしているんだわ」

「いいえ、ノエル。いまのわたしはもう混乱してないの」

「でも、サリー、おじいさまとおばあさまが電話でおっしゃっていたのよ。あなたと入れ替わりにこの方が現われたし、あなたがそうなるだろうと言っていたって。この方を切れ者だと言ったそうね。そして、あなたは逃げて、どこかに隠れたがっていたって。あなたはわたしにも同じことを言いました。それなのに、なぜ彼といっしょなの？　この方といっしょじゃなきゃだめなの？」

「わたしは彼に捕まったのよ。こっちは素人で、彼はプロだから。それに、彼がいてくれたほうが、あなたにとってもいいはずよ」サリーは小さく前に出て、母の腕に手を置いた。

「それがぼくです、マダム、切れ者のジェームズ・クインラン特別捜査官です。覚えていてくださって、光栄です」

「忘れられたらどんなにいいか、サー」ノエルは応じた。背後に視線を投げる彼女を見て、クインランは頬をゆるめた。ほかにも人がいるということだ。スコット・ブレーナードか、ドクター・ビーダーマイヤーか、あるいはその両方か。二人が雁首をそろえていてくれたら、こんなに嬉しいことはない。

クインランは言った。「外は寒いので、早く決めていただけませんか、マダム」「二人いっしょでなければ、お邪魔するわけにはいきません」

「わかりました。ですが、なぜあなたがいらしたんだか、わたしにはその理由がわかりません。あなたにはそんな権利はないんですよ。サリーはわたしの娘で、病気にかかっています。精神的に不安定な状態なのだから、FBIといえど拘束はできません。警察もです。サリーに関してはわたしが責任を負います。わたしが保護者として、この子をサナトリウムに戻します。この子を守るにはそれしかないんです」

「それでおしまいですか？」クインランが愉快そうに言うと、ノエルはいまにも殴りかかってきそうだった。「ぼくはサリーが不安定だとは思いません。彼女なら、ゴムホースで殴られても、あるいは爪を剝がされても、耐えられるでしょう。サリーの脳には、ただの一つも不安定な細胞などないはずですよ」

「半年間はとても悪かったんです」ノエルは言いながら、後ろに下がった。

その脇を通って、二人はホワイエに入った。金縁の大きな鏡の下には、アンティークの美しいテーブルがあり、みずみずしい切り花が飾ってあった。この忌まわしい東洋の花瓶にいつも新鮮な花が活けてあったのを、サリーは思いだした。決まって白と黄色のキクだった。

「お父さまの書斎まで来てちょうだい、サリー。問題があるなら、片付けましょう。それがすんだら、あなたを保護してもらえるように手配しますからね」

「わたしを保護する？」サリーはささやいた。「何言ってるのかしら？」

クインランはすっと彼女を抱き寄せて、見あげるサリーにウインクした。「心配するなよ」

「おや、おや、これは驚いた」クインランは暖炉の前に立つビーダーマイヤーを見て言った。何度となく写真を見ていたので、初対面にもかかわらず、尋問したことがあるように感じている。コーブでおれの頭を殴ったのは、こいつか？　じきに答えがわかるだろう。

もう一人の男を見た。「で、こちらがきみのご主人かな、サリー？　交渉に長《た》けた弁護士として有名な、スコット・ブレーナードという方かい？　きみのお父さんと同じ事務所にいたんだろう？　でもって、きみの父親の命令できみと結婚したんだろう？」

「彼女の名前はスーザンだ」男は言った。「サリーなんて子どもっぽい呼び方は好きになれないから、ぼくはスーザンと呼んでる」一歩踏みだして、足を止めた。「ぴりぴりしてるようだね、スーザン。無理もないよ。こんな男と何をしてるんだい？　ノエルからいま聞いたが、ＦＢＩの捜査官――」

「特別捜査官だ」クインランは訂正した。からかい倒して、このおぞましい男に歯ぎしりさせてやりたい。「ずっと特別捜査官だ」

「この人がサリーに追いついてしまったんです」ノエルが言った。「そして連れ戻したんです。なぜここにいるのかわかりませんけれど、サリーの具合がよくないこと、だから父親の殺害には責任がないことを理解してもらわなくては。わたしたちがいれば守れます。ビーダーマイヤー先生にサリーを連れて帰っていただいて、保護していただかなければ」

「お父さんが死んだいまになって」サリーは母の目をまっすぐに見て言った。「さまざまな疑問が浮かびあがってきたわ。たとえば、もうあの人がこの世にいないとしたら、誰が毎週サナトリウムまでわたしを殴り、撫でまわし、卑しめにくるのかしら？」

ノエルは娘を凝視した。口を動かしたものの、言葉が出てこない。血の気の失せたその顔は病人のようで、不安の色が濃かった。「嘘、サリー、まさか、そんなこと。あなたのお父さまとスコットとビーダーマイヤー先生から、どれくらいあなたがよくなっていて、どれほどいい治療を受けているか、毎週聞いていたんですよ。そうよ、そんなはずないわ」

「亡くなった父上のことをそんなふうに言うものじゃないよ」ビーダーマイヤーが言った。

「そのとおりだ。それこそが病気の証拠だよ」スコットだった。「彼女の作り話だ。エーモリーが実の娘を殴ったり、撫でまわしたりするだって？　ありえない。いかにも病的な妄想だ」

「典型的な症状です」ビーダーマイヤーは言った。暖炉のかたわらという、いかにも芝居がかった場所に立っている。「患者のなかには、空想をめぐらせるあまり、自分の頭のなかでつくりだしたものを真実だと信じこんでしまう者がいます。そしてそれは、本人の長年の願いであることが多い。

あなたの父上はハンサムな人だったからね、サリー。娘というのは、父親に対して性的な感情を抱くものなんだ。なんら恥じることはない。父上が自分のところへ来ると想像したのは、彼を強く求めているからにほかならない。殴られた、あるいは卑しめられたという部分は、それを防ぐことのできなかった自分を正当化して、自分を許したいがためだ」

「よくもそう、でまかせが言えるな」クインランが口を出した。「どうやら、あなたがドクター・ビーダーマイヤーらしい。ようやく会えて嬉しいよ」

「申し訳ないが、わたしのほうはそうは言えない。わたしはサリーを保護するためにうかがった。FBIの捜査官といえど、きみにできることはないぞ」

「なぜ三時間前に、彼女を〈ボーノミクラブ〉から連れ去ろうとした？」

「アルフレッド、この方は何をおっしゃっているの？」

「ちょっとした見解の違いですよ、ノエル。サリーの居場所がわかったので、大騒ぎせずに連れ戻せるかと思ったのですが、うまくいきませんでした」

「うまくいかなかった？」サリーが言葉尻をとらえた。「あなたはわたしを拉致して、腕に注射しようとしたのよ。それをうまくいかなかったのひと言で片付けるの？」

だがビーダーマイヤーは平然と笑みを浮かべ、またもや肩をすくめた。

「彼は二人の部下を連れてきたんですよ、ノエル」クインランは説明した。「三人がかりでトイレを出た直後のサリーをつかまえ、薬を注射しようとしたんです」ノエルからビーダーマイヤーに視線を移した。このクソ野郎の首を絞めあげてやりたい。「あと少しでおまえを逮捕できたんだがな、恥ずべき人間のクズさんよ。それでも、車の窓は取り替えなきゃならなかったろう？」

「問題ない」ビーダーマイヤーは言った。「わたしの車ではないのでね」

「どうなってるんだ？」スコットだった。「ノエルからはサリーが逃げたと聞かされた。それがいまFBIの捜査官といっしょにいる。ドクター・ビーダーマイヤーは、サリーとこの男がオレゴンの田舎町で出会い、恋人になったと言う。そんなことはありえない。サリー、きみはいまもぼくの妻だ。いったいどうなっているんだ？」

クインランは一同に穏和な笑みを投げかけた。「ぼくのことは彼女の弁護士のようなものだと思ってください。ぼくがここに来たのは、彼女があなた方全員からいじめられたり、ここにおられるご立派な先生に注射されたりしないようにするためです」

そしてスコットに目をやった。すらりとした長身で、美しく身なりを整えているが、顔には憔悴《しょうすい》の色が濃く、目の下には濃いクマがあった。いまの状態に不満を抱いているだけでなく、恐れているふうさえうかがえる。実際、そうなのだろう。この男が拳銃を携帯しているとは思えない。そわそわとたえず体のどこかを動かし、手を開いたり閉じたりしている。と、スコットが上品な英国製のジャケットのポケットからパイプを引っぱりだした。ショルダーホルスターなどつけたら、上着のラインが台なしになる。人間のクズめ。

クインランはそれ以上は言わず、スコットがパイプに火をつけるのを見ていた。交渉の場では、相手を焦《じ》らすことで有利に立つのだろう。それに落ち着かないときや、怖いとき、パイプを持ちだせば手を動かしていられる。

「わたしから彼女を奪ったのは、きみなのだろ？　きみがサナトリウムに侵入したのか？」

クインランはビーダーマイヤーに笑いかけた。「ええ、どちらもぼくです。ジャーマンシェパードはどうしてます？　いい肉に目のない、いい犬ですね」

「きみにはわたしの施設に押し入る権利はないぞ。きみを訴えさせてもらう」

「しばらく黙っててちょうだい、アルフレッド」ノエルが言った。「あなたもです、ミスター・クインラン。サリー、椅子にかけたら？　お茶を持ってきましょうか？　そんな疲れた顔をして、あなたには休息が必要なんです。すっかり痩せてしまって」

サリーは母親を見て、ゆっくりと首を振った。「ごめんなさい、ノエル。でも、ビーダーマイヤー先生の指示で、あなたがお茶に薬を入れるといけないから、遠慮しておくわ」

ノエルは平手をくらったような顔になった。目が血走っている。サリーに一歩近づくと、手を差しだした。「サリー、そんなこと言わないで。わたしはあなたの母親なのよ。あなたを傷つけるはずがないでしょう？　お願いだから、こんなことはやめにして。わたしはあなたのことだけを考えているの」

サリーが震えだした。クインランは彼女の腕をしっかり握り、小ぶりのソファに導いた。自分の存在を感じさせることが大切だとわかっていたので、彼女のそばを離れなかった。自分の温かさや、揺るぎなさを感じさせたい。クインランは両手を頭の後ろにまわし、伏せた睫毛《まつげ》の下から一同を見た。

しきりにパイプを吹かしているスコットに話しかけた。「サリーとはじめて出会ったときのことを聞かせてくれ」

「そうよ、スコット、彼に話して」サリーがうながした。

「もし話したら、ぼくたちの人生から出ていけと、きみから彼に言ってくれるかい？」

「可能性はあるぞ」クインランは言った。「これだけは約束できる。サリーを刑務所にぶちこむようなことはしない」

「いいでしょう」ノエルだった。「この子には安全に過ごせる場所がいるんです。その点はビーダーマイヤー先生が面倒をみてくださいます。そう約束してくださったんです」

一つ覚えのように、同じことをくり返している、とクインランは思った。ノエルも一枚、噛んでいるのか？　それとも騙《だま》されやすいだけなのか？　それにしても、なぜサリーをちゃんと見ない？　異常がないのがわかりそうなものなのに。

スコットはノエルを見ながら、うろつきだした。ノエルは心のうちを読もうとでもするように娘を見つめていたが、やがて、ビーダーマイヤーを見た。こちらはこしゃくな捜査官をまねているつもりか、大きな袖付きの安楽椅子にどっしりと構えている。

「ぼくと彼女の出会いは、国立美術館で開催されていたホイッスラーの展覧会だった。それは刺激的な夜だったよ。会場にはホイッスラーが日本を描いた絵が十六点展示されていた。それはともかく、サリーはいつものように女友だちと会場に来ていて、スミソニアンの弁護士の一人が、ぼくたちを引きあわせてくれた。おしゃべりをして、そのあとコーヒーを飲んだ。そして彼女を食事に誘った。

それが始まりだった。それが掛け値なしの事実だ。ぼくたちには共通点がたくさんあった。そして恋に落ち、結婚した」

ビーダーマイヤーが立ちあがり、体の筋を伸ばした。「たいそうロマンチックな出会いだね、スコット。さて、時間も遅いことだし、サリーを休ませてやらなければ。そろそろ行くとしよう、サリー」

「それはどうかしら」サリーはこれ以上ないほど落ち着き払った声で言ったが、クインランは彼女の腕の震えを感じた。「わたしはもう二十六だし、どこも悪くないわ。そんなわたしを無理やり連れ戻すことはできないはずよ。ところで、スコット、なぜ結婚するまで父と同じ職場にいることを黙っていたか、クインランに説明しなかったわね」

「きみが尋ねなかったからだろう、スーザン？ きみは自分の仕事や、ちゃらちゃらしたパーティや、奔放な友だちとのつきあいに夢中で、ぼくの仕事にはたいして興味を示さなかった。一度も尋ねなかったくせに、何をいまさら」

「尋ねたわよ。あなたが率直に言わなかっただけで。法律の仕事だとは聞いたけれど、詳しいことは教えてもらえなかった。尋ねたのは覚えてるの。でも、あなたは答えてくれなかった」

サリーの腕の皮膚の下にこまかな震えが走っている。クインランは口をつぐんだまま、そっと腕を握った。サリーはよくやっている。それが嬉しかったし、この先の展開も楽観していた。この短いあいだに、三人の人柄を把握しつつある。あと少し、もう一歩だ。

サリーはいっとき押し黙ってから、淡々と先を続けた。「あなたが浮気してるとわかってからは、もうどうでもよくなったけれど」

「嘘だ！　ぼくは浮気なんかしていない。きみの誠実な夫だ。ずっと誠実だった。この半年だって例外じゃないぞ」

ノエルが咳払いをした。「そんな話をしていても、どうにもなりません。サリー、あなたはどこも悪くないと言っているけれど、だとしたら、ほんとうにお父さまがサナトリウムであなたを虐待――」

「それを言ったら、ビーダーマイヤー先生もね。サナトリウムにはホランドという気持ちの悪い小男の看護師がいたわ。その男はわたしの入浴や着替えや髪の手入れをするのが大好きで、そうでないときは、ベッドに腰かけてただわたしを見てた」

ノエルがビーダーマイヤーに尋ねた。「ほんとうですか？」

彼は肩をすくめた。「多少は。ホランドという名の看護師が彼女の世話をしていたのは確かですが、いまはもういません。ひょっとすると、一度や二度、彼がまちがったことをしたかもしれません。避けられないことなんですよ、ノエル。とりわけ、サリーのように重症の患者さんの場合は。あとの部分については、やはり、症状の一部と言わざるをえない。妄想です。彼女の秘められた幻想です。ご主人やスコットの話を信じられたように、どうかわたしの話を信じていただきたい。生活をともにしていたスコットが異常を感知したのです。そうだろう、スコット？」

スコットはうなずいた。「恐ろしかった。ぼくたちの言葉に嘘はないよ、ノエル」

ノエル・シジョンは二人を信じた。クインランは彼女の顔を見て、それを感じた。あらたな確信と、決意が彼女の顔に表われた。そして、ノエルは深い苦痛を感じていた。

ノエルは娘に話しかけた。「聞いてちょうだい、サリー。わたしはあなたを愛しています。ずっと変わらず愛してきたわ。あなたはきっとよくなります。どれほどお金がかかろうとかまいません。あなたには最高の治療を受けさせたい。ビーダーマイヤー先生が気に入らないのなら、別の先生を探しましょう。でも、お願いだから、今日のところは先生といっしょにサナトリウムに戻って、保護してもらってちょうだい。

ハーキン判事はあなたが精神的無能力状態だと判断されました。そのための審問すら、あなたは覚えていないのでしょう？　いいのよ、当然のことだから。あのときのあなたはひどい状態で、坐ったまま何も言わず、一点を見つめていた。わたしが話しかけても、視線が顔をすり抜け、わたしさえ見分けがつかなかったのよ。恐ろしかったわ。

お父さまが亡くなったいま、わたしがあなたの保護者です。正確に言うと、スコットとわたしの二人だけれど。わたしを信じてちょうだい、サリー。わたしはただ、あなたにとっていちばんいいことがしたいだけなの。愛しているのよ」

スコットが追い打ちをかける。「ミスター・クインラン、一日なら彼女を拘束できるだろうが、できるのはそこまでだ。判事はすでに彼女が心神喪失状態にあったと裁決した。きみたちには手が出せない。彼女を父親殺害の容疑で裁判に引きだそうとする人間はいないよ」

サリーは顔を上げていたが、クインランにはショックを受けているのがわかった。たいした三人組だ。ただし、母親に関してはまだ見きわめがつかない。どうやら娘を案じる気持ちに嘘はなさそうだが……それで、三人はサリーが父親を殺したと本気で思っているのか？

クインランの出番が近づいている。だが、まだ早い。

サリーが手を上げて母親の言葉をさえぎった。「ノエル、ビーダーマイヤー先生がずっとわたしを薬漬けにしてたのを知ってるの？　審問のことを覚えてないのは、そのせいよ。お父さんが週に二度面会に来て、わたしをぶっていったのはさっき話したとおりだけれど、ビーダーマイヤー先生がそれを見ていたことは話したかしら？　ええ、そうよ、先生。あの鏡はマジックミラーだった。それに、ドアの窓から、父が裸でベッドに横たわるわたしを撫でまわすところをのぞかせていたのも知ってるわ」

さっと立ちあがったサリーを見て、彼女がビーダーマイヤーに殴りかかるつもりなのがクインランにはわかり、そっと腕に触れた。筋肉がこわばっている。サリーが叫んだ。「さぞかし楽しんだんでしょうね、この薄汚いナメクジ！」

くるっと回転して、母親と向きあった。「わたしが審問を覚えていないのは、この男や監視人たちに反抗できないよう、たっぷり薬を使われてたからよ。まだわからないの？　薬を減らせる道理がないでしょう？　そんなことをしたら、わたしが大暴れするから。そのくせ、ときには父の指示で薬を軽くすることもあった。あの人が虐待しにきたのをわたしにわからせるために。そうよ、ノエル、わたしを信じて。それがわたしの父親、あなたの夫なの。嘘じゃない。打ち砕かれたエゴを守るための作り話じゃないの、ノエル。わたしの父親は怪物だった。でも、あなたにもそれはわかってるでしょう？」

母親が金切り声で言い返した。「いいかげんにしてちょうだい、サリー！　そんなとてもない嘘はもうやめて。耐えられないわ。わたしにはとうてい耐えられません」

スコットが叫んだ。「そうだとも、サリー。あんまりじゃないか。彼女のご主人のことをそんなふうに言って！　お母さんに謝るんだ」

「でも、すべて事実だし、あなたも知ってるはずよ、スコット。父といえど、あなたの協力がなければ、わたしを入院させられなかったもの。なぜ、わたしを排除しようとしたの、スコット？」

「きみを入院させることに、ぼくがどれほど心を痛めたかわかるか？」スコットは言った。「心が張り裂けそうだった。だが、入院させるしかなかった。きみが自分を傷つけそうだったからだ」

サリーの笑い声を聞いて、クインランはほっとした。サリーは続けた。「あら、口がうまいのね、スコット。見下げた嘘つきだこと。それでね、ノエル、お父さんはわたしを殴りながら、あるいはわたしを押さえつけて上から見おろしながら笑い、ようやくおまえを自分の望みの場所に押しこめてやれた、おまえにはここが似合いだ、と言ったのよ。

ああ、いまになってすべてを思いだした。あの人は復讐だと言っていた。わたしが長年あなたをかばってきたことに対してよ、ノエル。この立派な施設にわたしを入れておくのは、ほかのことを人に言わせないためだと言ってたけど、いまもなんのことだかわからないわ」

「おれにはわかるよ」クインランだった。「それについてはあとで話そう」

サリーは笑顔でうなずくと、ふたたび母を見た。「わたしをどれほど憎んでいるか、彼はあなたに話したの？　でも、わたしを隔離するだけじゃ、足りなかったみたい。たぶんあなたを殴り足りなかったのよ、ノエル。だって、施設まで来て、わたしを殴らずにいられなかったんだから。週に二度よ。時計のようにきちきちと。規則正しい男だったから。薬漬けだったわたしは、気づかないこともあったけれど、でも情けない小男のホランドが、『ああ、あのおっさんは毎週、火曜と金曜に来て、あんたを殴り、マスをかいてくぜ』と言ってたわ。

もちろん、気づくことのほうがずっと多かった。とりわけ、薬が軽めにしてあったときは。それがあの男には喜びだった。わたしがあいつだと知りつつ、なすすべもなくなすがままにされているのを自覚していることがよ」

ノエルはビーダーマイヤーに向きなおった。「この子は病気なのよね、アルフレッド？　そんなことが事実なわけがないわ。エーモリーだけじゃない、スコットまで嘘をついていたなんて。だって、スコットはこの子が重い病気だとわたしに誓ったのよ。あなたもそうおっしゃったわ、ビーダーマイヤー先生」

ビーダーマイヤーは肩をすくめた。「彼女は自分が言っていることを事実だと思いこんでいるのでしょう。きわめて症状が重いと言わざるをえませんね。彼女は父親からそんなことをされたと信じこんでいたがゆえに、みずからの罪悪感を緩和するために彼を殺さなければならなくなったのです。以前、お話ししたとおり、彼女は鎮静剤を舌の下に隠し、サナトリウムから逃げだしました。伝書バトのようにまっすぐここへ舞い戻り、父親のデスクから拳銃を取りだして、部屋に入ってきた父親に向かって発砲した。あなたは銃声を聞いておられる、ノエル。きみもだね、スコット。わたしが駆けつけたときには、彼女は立ちすくんで、彼の胸から流れだす血を眺め、あなた方二人はただただそんな彼女を見つめていた。わたしは彼女に救いの手を差し伸べようとしたが、彼女は銃口をわたしに向け、またもや逃げだしてしまった」

クインランはソファに浅くかけなおした。さあ、いよいよ来るぞ。そのときが近づいている。なに一つ驚くことはなかった。あと数分もしたら、サリーの驚きも解消される。

ビーダーマイヤーはサリーを見ると、窓に降りかかる霧雨のように、やさしい声で話しかけた。「いいかい、マイディア、わたしがきみを警察から守ってあげるよ。FBIからも、マスコミからも、世間の人たちからもだ。この男から離れなければいけない。だいたい、よく知りもしない男なのだろう？」

「スーザン」スコットが言った。「こんなことになって残念だけれど、ぼくにはきみが自分を守りきれないのがわかっていた。きみの幻想や妄想や夢については、すべて、ドクター・ビーダーマイヤーから聞いた。エーモリーを撃ったのはきみだ。きみが銃を持っていた。ノエルとぼくは、銃を持ったきみが、エーモリーを見おろしていたのを目撃している。ぼくたちはただきみを助け、守りたかっただけだ。その証拠に、警察には何も言っていない。ドクターは彼らが来る前に立ち去った。きみを告発する人間はいないよ。ずっとぼくたちできみを守ってきたんだ」

「わたしは父を殺してないわ」

「でも、何も覚えていないと言ってたでしょう？」ノエルだった。「あなたは、わたしがやったかもしれないから、それが怖くて逃げたのだと言っていたわ。わたしは実際にはやっていないのに、あなたを守るために精いっぱいやましそうにふるまい、警察の疑いをわたしに引き寄せた。わたしが逮捕をまぬがれているのは、警察が銃を見つけられずにいるからよ。そしてその場面を目撃したに等しいことを、スコットもわたしも黙っている。スコットはここにいたことすら、警察に言ってないの。それもこれも、わたしをより犯人らしく見せるためよ。警察はあなたを見つけられず、あなたはわたしがやったのを知っているからこそ逃げたと思いこんでいる。でも、わたしはやっていないのよ、サリー。わたしではなく、あなたなの」

「ぼくからも言うよ。やったのは彼女じゃないんだ、スーザン」スコットは言った。下げた右手に握られたパイプの火は、もう消えていた。「ぼくは廊下で彼女に会い、いっしょにここに入った。きみはそこにいて、銃を持ったまま、彼を見おろしていた。だから、ドクター・ビーダーマイヤーといっしょに行かないかぎり、最後には刑務所に入れられてしまう」

「ところで」クインランが口をはさんだ。「善良なるドクター・ビーダーマイヤー、あなたのことは、汚れなき国カナダからわが国の北部にいらしたノーマン・リプシーとお呼びしたほうがいいのかな?」

「ドクター・ビーダーマイヤーと呼んでもらおう」彼は平然と言うと、なおさらゆったりと椅子にもたれた。なんの心配もなく、肩の力を抜いて、くつろいでいるように見えた。

「何を言ってるんだ?」スコットが尋ねた。

「ここにおられる優秀なドクターは、食わせ者なのさ」クインランは答えた。「ひっそりと運営される彼の施設は、家族やほかの人から邪魔者扱いされた人物を収容しておく刑務所まがいの場所でしかない。サリーを閉じこめておくために、サリーの父親がいったいいくら払ったやら。きみなら知ってるんじゃないか、スコット? きみも一部支払ってるのかい? いや、たぶんそうだろう」

「わたしはドクターだ、捜査官。きみはわたしを愚弄《ぐろう》している。名誉毀損《きそん》で訴えさせてもらおう」

「あのサナトリウムにはわたしも行ったことがあります」ノエルだった。「清潔で、近代的な建物でした。働いている方たちも、それ以上望めないほどご親切で。サリーに会えなかったのは、病状が重かったという、ただそれだけの理由です。邪魔者を監禁するためにビーダーマイヤー先生にお金を払うなんて、どうしてそんなことをおっしゃるんです？」

「事実だからです、ミセス・シジョン。まぎれもない事実です。あなたのご主人はサリーが邪魔だった。あなたを守ろうとしたことに対する、究極の復讐だったのか？　それが理由の一部であることは、まちがいないでしょう」

続いてサリーに話しかけた。「お母さんを守ろうとしたのは、時間の無駄だったかもしれないな、サリー。彼女はいますぐにでも、きみを猟犬の群れに追い戻したがってる」

「誤解です」ノエルが腕をよじっている。「いずれにせよ、「こんな人の言うことに耳を貸さないで、サリー」

クインランは笑顔で応じた。「ミセス・シジョン、あなたのご主人はここにいるノーマン・リプシーに毎月、多額の金を払って、娘を薬漬けにさせ、娘を訪ねては、虐待を重ねてきた。そうです、ご主人はサリーを虐待し、はずかしめ、性の奴隷のように扱った。こちらには目撃者がいるんです」

23

ビーダーマイヤーは姿勢や表情を変えなかった。スコットは文字どおり跳びあがった。ノエルはというと、壁のように白くなった。

「そんな」ノエルはつぶやいた。「目撃者がいるんですか?」

「はい、マダム。FBIの捜査官がホランドを捜しだしました。ここへ来る直前に、担当捜査官たちから連絡がありました。ホランドはべらべらしゃべってるぞ、ノーマン。口から溢れでる密告情報でちっぽけな肺がはじけそうだ。

あそこに囚われていたのは、サリーだけじゃなかった。上院議員の娘さんもいたそうです。パトリシアという名前で、ドクター・ビーダーマイヤーからロボトミー手術を施された——残念ながら、失敗したようですが」

「まったくの嘘だ」

「いいか、ノーマン、まもなくFBIが捜索令状を持ってサナトリウムにのりこみ、ピクニックに出かけて弁当を食べるアリのように、おまえのオフィスを隅々まで探る。醜悪な秘密が明らかになるぞ。おれは〈ワシントンポスト〉に友人がいる。世界じゅうの人びとがおまえの秘密を知るだろう。そしておまえが監禁してきた気の毒な人たちは、自由を取り戻す。さて、ノエル、それを踏まえたうえで、うかがわせてください。あなたはまだこの男の発言を重んじられますか?」

ノエルはクインランからビーダーマイヤーへと目を移した。「うちの主人はあなたにいくら払っていたの?」とつじょ、新しいノエルが出現した。弱々しげな青白い顔をした女が消え、胸を張り、険しい目つきに厳しくこわばった口元をした、強そうな女がそこにいた。クインランはその淡いブルーの瞳に憤怒の色を見て取った。

「彼女の治療代だけです、ノエル、それ以上は何も。彼女の場合は複合的でしてね。いくつかの症状が重なった状態がしばらく続いています。その症状をやわらげるため、これまで数多くの薬を試してきましたが、完治には至っていない。彼女が父親についてひねりだした妄想だが、それが逃走を思いつめさせる原因となり、ひいては彼を殺させた。ことほどさように単純であり、また複合的でもあるのです。わたしはなんらまちがったことはしていない。

ホランドという男についてですが——哀れな男でして——わたしが拾ってやったのです。多少、頭が弱くてですね。たしかに彼がサリーの世話をしていた。彼なりにサリーのことを心から好いていたようです。あんな男の言うことを信じる者など、誰一人いません。人に期待されたとおりのことを口にする男です。彼が相手を喜ばせるために口からでまかせを言うことは、すぐに明らかになるでしょう」

「精神科医じゃないにしては、悪くないな、ノーマン」クインランは言った。

「精神科医じゃないとは、どういうことだ？」スコットが尋ねた。

「この男の専門は形成外科だ。治療するのは頭の外側で、内側じゃない。偽物だよ。犯罪者なんです、ミセス・シジョン。しかも、あなたのご主人が娘さんを傷つけるのを見ていた。ぼくにはあなたに嘘をつく理由などないんですよ」

「下劣な男だ」ビーダーマイヤーが言った。「いいでしょう、ノエル。もはやわたしを信じられない、わたしの言うことに信頼が置けないとおっしゃられるなら、サリーはもうお引き受けいたしません。これ以上お話しすることはないので、これで失礼します。ここへうかがったのは、サリーの力になるという、それだけのためでした」

ビーダーマイヤーが一歩踏みだすや、クインランが立ちあがった。三歩で彼のタイをつかみ、顔を突きつけて、ごく小声で話しかけた。「サリーの父親が死んだいま、誰が彼女を監禁しておくための費用を出してるんだ？　そこにいるスコットか？　だとしたら、その理由は？　なぜ彼女を隔離しなきゃならない？　復讐のためだけじゃないんだろう？」クインランは答えを知っていたが、ビーダーマイヤーに言わせたかった。

「これまで受け取ってきたと同じように、ノエルが通常の治療費を払ってくれている」

「でまかせを言うな。金を出してるのは誰だ？　まだ嘘をつきたいのか？　いいですか、ミセス・シジョン、ぼくにはあなたのご主人がこの悪党に支払っていた金額をいずれは正確にお伝えできる。ＦＢＩがこいつの裏帳簿を調べ終わるのを待っていただければ」

「弁護士に電話させてもらおう。おまえの好きにはさせんぞ。おまえを、おまえたち全員を訴えてやる」

「仮にミセス・シジョンが通常の治療費を払っているとしたら、なぜおまえはコーブまで来て、おれたちの頭を殴り、サリーをサナトリウムに連れ戻した？　その経費もノエルに請求するのか？　それに、お友だち二人を引き連れて、〈ボーノミクラブ〉まで遠征してきたことはどう説明する？　彼らを雇った金の請求書をノエルに送りつけるのか？　おれが撃った窓の修理代はどうだ？　時間外手当は請求しなくていいのか、ノーマン？　なんだ、もう反論できないのか？　哀れな患者を助けるためならなんでもする献身的な医師だとでも、言ってみたらどうだ？」ノエルを見ると、ナイフを握りたそうな顔をしていた。新たな目でビーダーマイヤーを見ている。「ぼくがサナトリウムに行ったとき、サリーは大量の薬を投与されていて、それが抜けるのに一日以上かかりました。とてつもない治療法だと思いませんか、ミセス・シジョン？」

「あなたを信じます、ミスター・クインラン。いまなら信じられます」

ビーダーマイヤーは無言だった。肩をすくめて、自分の爪を見おろした。

「ひょっとすると」クインランは続けた。「妻を世間から隔離したがったのは、ここにいるスコットかもしれない」

「馬鹿なことを言うな」スコットが叫んだ。「ぼくは何もしてないぞ。彼女がどれほど心配な状態か、エーモリーに伝えただけだ」

ノエルは淡々と言った。「いいえ、スコット、それは違うわ。あなたも嘘をついていました。あなたたちみんなで、わたしを騙したのです。エーモリーだけなら、わたしは一瞬たりとも信じなかったでしょう。でも、三人から寄ってたかって何度も同じことを聞かされるうちに、最後は信じてしまった。ああ、いまいましい、あなたたちを信じるなんて！　そのせいで、わたしのかわいい娘をインチキサナトリウムに入れさせてしまった！」

クインランはノエルの接近を察して、急いで道を空けた。ノエルはビーダーマイヤーに駆け寄るや、彼に怯《ひる》む間も与えずに、顎にパンチをくらわせた。ビーダーマイヤーはよろめいて暖炉にもたれ、ノエルは息を荒らげながら身を引いた。「人でなし」くるりと向きなおって、スコットを見た。「なんて卑劣な人たちでしょう。なぜわたしの娘をそんな目に遭わせたんです？　主人からいくらもらったの？」

サリーはソファから立ちあがり、母に近づいて抱きついた。「ありがとう」ノエルの髪につぶやいた。「ありがとう。わたしもすべての片がつく前にビーダーマイヤーを殴ってやれるといいんだけど」

サリーは湿った手をスラックスでこすった。ほっとしすぎて、口がからからだった。スコットに話しかける顔には、自然と笑みが浮かんだ。「あなたと離婚します。長くはかからないでしょうね。たぶんもう死んでるだろうわたしのアイビーの鉢を含めて、全部あなたにあげるから。手配ができしだい、弁護士から書類を送らせるわ」

「おまえは頭の病気なんだぞ。依頼を受けてくれる弁護士がいると思ってるのか？」

「彼女にあと一歩でも近づいてみろ、ブレーナード。おれが殺させてもらう。あるいは、ノエルに殺してもらおう。哀れなノーマンを見てみろ。唇から血が出てるぞ。サリーが未亡人になるかと思うと、嬉しいよ」

悠々とスコットに近づいたクインランは、引いたこぶしを彼の腹にめりこませた。「これはサリーとノエルとおれからだ」

スコットは悲鳴をあげて腹を折り、撃たれでもしたように、両腕で腹を抱えた。

「サリー」クインランはこぶしを撫でながら言った。もう一度スコットを殴ってやりたいが、これくらいにしておいたほうが賢明だろう。「おれの義理の姉の一人が弁護士なんだ。離婚に必要な書類は彼女にそろえてもらおう。このナメクジとの絆《きずな》を切るのはむずかしくないだろう。かかって半年ってとこか。おれが殺したほうが早いかもな。おれから逃げてみるか、スコット？

そうだ、みなさんに言うのを忘れていたことがあります。FBIはエーモリー・シジョンの事務所の全個人帳簿についても、しばらく前から調べを進めてきました。そもそもFBIが捜査にのりだしたのは、それがきっかけでした。何かと扱いのむずかしい捜査なので、秘密裏に進めているんですが、あなた方なら、まあいいでしょう。

彼はアルジェリアやイラク、リビアといった国々に武器を売却していました――FBIとしてもその手の離れ業には眉をひそめる傾向にありましてね。そしてそれが、サリー、きみを隔離しておく理由になった。きみの親父さんとご亭主はきみの証言によって、自分たちが反逆罪に問われるのを恐れてたんだ」

「でも、わたしは何も知らないわ。まったくよ」サリーは言った。「事実なの、スコット？」

「よしてくれ。ぼくはいっさい関わっていない」

「そして彼女の父親は、きみを娘に近づかせ、結婚まで持ちこませたんだろう？」

「いや、そうじゃないんだ。だったら言うが、たしかにぼくは、彼女をサナトリウムにやることを承諾した。だがそれは、彼女が病気だと信じればこそだ」

「なぜわたしが病気だと思ったの、スコット？」

スコットはパイプでサリーを払うような仕草をした。「きみがいい妻じゃなかったからさ。きみのお父さんは、きみの仕事は結婚するまでの腰かけでしかないと言った。きみもお母さん同様、面倒をみてくれる夫と、手をかけなければならない子どもが欲しい女にすぎないとね。ぼくは家にいて、ぼくの世話をやく妻が欲しかったのに、きみはその期待に応えてくれなかった。いつもそばにいて、ぼくを助け、理解してくれる妻が必要だったのに、いつだって飛びまわってた」

「そんなのは病気の理由にはならないぞ、スコット」

「これ以上は話すのを拒否する」と、スコット。

「あの男が売国奴だと聞いても、意外に思わないのはなぜかしら」ノエルが言った。「とにかく、意外ではないわ。だとしたら、クライアントの一人に殺されたのかもしれないわね。やっぱりサリーではなかったのかも。スコットが犯人でないなんて、残念だこと。だって、そうでしょう、スコット？　あなたは哀れを誘う卑劣漢よ」

いいぞ。クインランは、ノエルが夫の死を別の角度から見つつあるのを知って、嬉しくなった。「そうです、これはそういう男です、ミセス・シジョン。それで教えていただきたいんだが、あなたはスコットといっしょにこの部屋に入られ、サリーが煙の出ている拳銃を持ってご主人のそばに立っているのを見たとおっしゃった」

ノエルは眉根を寄せ、唇を動かしている。真剣に考えている表情だった。「ええ、そうね。けれどサリーは、銃声を聞いたので、部屋に駆けこんだと言っていました。ここへ来たのは、わたしからお金をもらって、逃げるためだと」

クインランは胸ポケットから一枚の畳んだ紙を取りだした。それを開いて、ざっと目を通した。「これはあなたの証言調書です、ノエル。サリーの名前は出てこない。残念ながら、家から駆けだすサリーを見たという近所の人の証言がある。それでも、あなたはがんばられた、ミセス・シジョン。

あの夜、スコットがいっしょだったというのは事実ですか？　彼とともにここへ駆けこんだら、サリーがご主人のそばに立っていたというのは？」

スコットは暖炉にパイプを投げつけた。大きな音をたてて、大理石の炉床に落ちた。「なんてやつだ！　もちろんぼくは彼女といた！　ひと晩じゅう、いっしょだったんだ！」

いまだ腹をさするスコットを見て、クインランはいい気分になった。ちんけな弱虫め。

ノエルに向かって言った。「あなたがサリーを守ろうとしたことがわかってよかった。じつは、あなたも華々しい連中の一味ではないかと、疑ってたんです」

「そう思われてもしかたありません」ノエルは言った。「わたしがあなたでも、ひどい女だと思ったでしょう。でも、そうじゃない。わたしはただ馬鹿だっただけです」

サリーは母親にほほえみかけた。「わたしも馬鹿だったわ。だって、スコットと結婚したのよ。こんな男と」

「いいですか」クインランはノエルに話しかけた。「彼女が十六のころから、あなたをかばってきたことを思ったら、そんな娘に襲いかかるのは、よほどの悪人だけです。サリーはまだ子どもだったにもかかわらず、あなたを守ろうとした。そのうえで、あなたの口から、あらためて聞きたい。あなたがご主人を殺したのではないと、言ってください。あなたを虐待してきた怪物を殺したのはあなたじゃないんですね？」

「あの人を殺したのは、わたしではありません。ああ、サリー、あなたは信じてくれるでしょう？　わたしがあの男を殺したなんて思わないわよね？」

なんのためらいもなく、サリーは母親を抱きしめた。「思わないわ」

「だが、まだ確かめなきゃならないことがあるぞ、サリー」クインランの口調はやさしくなめらかで、真相を明らかにできるという自信に満ちていた。「すべてを解明しなきゃならない。きみにそのときのことを思い返してもらいたいんだ。ノエルを見ながら、事件の夜のことを思い起こしてみてくれ」

サリーは体を起こし、母を見すえた。そしてゆっくりと、クインランをふり返った。「いまのわたしには、父がはっきりと見える。そこに横たわって、胸が血で染まっている。でも、ジェームズ、ごめんなさい。思いだせるのは、それだけよ」

「きみのお母さんによると、きみは銃を持っていた。銃を持ったのを覚えてないのかい、サリー？」

サリーは首を振りかけたものの、ふと視線を落として、茶色のブーツを見つめた。

クインランは続けた。「拳銃は時代物のロス・ステアーで、第一次世界大戦に従軍したイギリス人の老兵からきみの父親が買い取ったものらしい。装弾数十発、長さ二五センチほどの醜い銃器だ」

「ええ」サリーはゆっくりとうなずき、彼から離れて、父親の死体を発見した位置へ移動した。特大のマホガニーのデスクのすぐ前だ。「そう、あの拳銃だった。あれはあの男の自慢の拳銃だったのよ。一九七〇年代にイギリス大使からもらったとか。おおいに便宜を図ってやった見返りだと言ってたわ。

ああ、はっきり見える。わたしはそれを拾いあげて、握りしめた。重いと思ったのを覚えてる。重くて、腕を上げていられない。熱かったのも覚えてる。撃った直後のようだった」

「あれは重い。一・五キロ近くある。いまその拳銃を見てるんだな、サリー？」

サリーは彼から離れ、ほかの人たちからも離れて、一人そこで記憶をたどっていた。ばらばらになった記憶の断片をゆっくりと組みあわせているのが、クインランにはわかった。サリーにならできる。

「熱いだろ、サリー？」彼は言った。「手が焼けるほど熱い。それをきみはどうした？」

「わたしはあの男が死んで嬉しいと思った。邪悪な男だったから。長年ノエルを傷つけてきたのに、一度もそのツケを払ったことがなかった。いつも自分の望みどおりにした。そしてわたしに復讐した。それなのに報いを受けずにきたのよ。あのときまで。そう、あのときわたしはこう思った。『惨《みじ》めね、死んじゃって。せいせいしたわ。これでみんながあなたから解放される。あなたが死んだおかげで』」

「ノエルが部屋に入ってきたのを思いだせるかい？　彼女の悲鳴は？」

サリーは手を見おろし、指を曲げた。「銃が熱い。どうしたらいいの？　ああ、あなたが見えるわ、ノエル、それに、そう、あなたの後ろにスコットがいる。でも、二人ともコート姿だから、ここにいたんじゃなくて、出かけてたのね。ここには父だけで、ほかにはいなかった。

あなたは悲鳴をあげだしたわ、ノエル。でも、スコットは何もしようとしなかった。野良犬でも見るような目でわたしを見て、押さえつけておきたがってるみたいだった」

「きみが彼を殺したと思ったんだ」スコットが弁解した。「彼はあの夜、留守の予定だった。ニューヨークにいるはずが、思いがけず帰ってきた。きみは銃をつかんで、彼を撃ったんだ」

だが、サリーは首を横に振った。怖がっているようには見えない。ただ、額に皺を寄せて、考えこんでいるようだった。「いいえ。ここへ来たときのことを思いだしてきたわ。わたしは玄関のドアを試してみた。意外にも、鍵がかかってなかった。そしてノブをまわしたちょうどそのとき、銃声が聞こえた。それでこの部屋に走りこんだら、あの男がいた。床に倒れて、胸が血だらけだった。

そう、覚えてる——」ふっつりと黙りこみ、大きく顔をしかめると、額にこぶしを押しあてた。「霞《かすみ》がかかったみたいで、あやふやなの。あんたの薬のせいよ——許せない。それだけでも殺してやりたい」

クインランが言った。「いまのこいつはたくさんの問題を抱えてるんだぞ、サリー。殺したら、そうしたもろもろから自由にしてやるようなもんだ。おれはこいつが有り金すべてを弁護士にそそぎこむのが見たい。そのうえで、惨めな残りの人生を刑務所で終えるのを見届けてやる。こいつのことはほっておけ。きみにならできる。霞がかかっていても、そこにあるはずだ。何が見える?」

サリーは父親の死体があった場所を見おろした。腕を広げ、右手の手のひらが天井を向いていた。血だらけだ。血の海だ。ノエルはそこに新しい絨毯《じゅうたん》を敷いていた。だが、何かがおかしい。おかしいのはわかるのに、何がおかしいのか特定できない……。

「ほかにも誰かがいた」サリーは言った。「そうよ、もう一人部屋にいた」

「銃はどうやって手にしたんだ?」

「銃は床に落ちてた。彼がそれを拾いあげようとしたとき、わたしが部屋に入った。彼はさっと体を起こし、フレンチドアに走った」

ゆっくりと体をめぐらせ、天井から床まである両開きの扉を見やった。その扉はパティオと庭につながっており、隣家とのあいだには高い茂みとフェンスがある。

「男というのは、確かか？」

「ええ、まちがいない。男の手が取っ手を握り、フレンチドアを開けようとしてるのが見える。手袋をはめてるわ。黒革の手袋」

「顔を見たのか？」

「いいえ、その男は――」声が途絶えた。サリーの頭が前後に振れだした。「そんな」つぶやいて、フレンチドアを見やった。「そんなはずない。ありえないわ」

「彼が見えるんだな、サリー？」クインランの声は揺るぎなく、せかすふうもなかった。

サリーはクインランを見た。その目を母、スコット、最後にビーダーマイヤーと順番に向ける。「この人たちの言うとおりかもしれないわ、ジェームズ。わたしがおかしいのかも」

「誰だったんだ、サリー？」

「いいえ、そんなはずない、わたしがおかしいのよ。幻覚だわ」

「誰だったんだ？」

サリーは打ちひしがれたようすだった。肩を落とし、顔を伏せ、小声で答えた。「父よ」

「そうか」クインランの頭のなかで、すべてがしかるべき場所に収まった。

ノエルがつぶやいた。「あの人？　ああ、サリー、そんなはずはないわ。あなたの父親は床に倒れて死んでいたのよ。わたしがこの目で見ました。隣りに膝をつき、揺すってもみたんです。あれはあの人だった。見まちがえるわけがない」

スコットがパイプでサリーを指し示しながら、首を振った。「彼女は完全におかしい。ぼくたちが考えていた以上に、おかしくなってたんだ。きみの父親は死んだんだぞ、サリー。ノエルの言ったとおりだ。ぼくも彼の死体を見た。ぼくたち二人が見てるんだからな」

「いいんだよ、サリー」ビーダーマイヤーだった。「きみの病気を示す一症状なのだからね。わたしといっしょに来るかね？　きみの父上の弁護士を電話で呼び、この男に刑務所に入れられないですむように念を押そう」

会話が進むにまかせていたクインランは、しばらくすると立ちあがり、サリーに近づき、彼女の両手を両手で包みこんだ。「よくやったな」かがんで、口づけをした。

「この恥知らずめ！　ぼくの妻だぞ。彼女を求めてはいないが、まだ妻には変わりない」

クインランはもう一度キスした。「これですべての疑問が氷解した」ビーダーマイヤーに話しかけた。「すべて納得いったよ。おまえは形成外科医としては、ノーマン、きわめて腕が立つようだな。おまえがエーモリー・シジョンの替え玉として手術した男は、どこで見つけたんだ？」

「おまえには自分が何を話しているのか、わかっていないらしい。殺されていたのは、エーモリー・シジョンなのだ。誰も疑問に思わなかった。当然だろう？　疑問に思うことなど、なかったからだ」

「疑問をいだく理由がなかったからだ。たとえば、もし死者の妻が本人だと確認し、死体の顔がデスクに飾られたすべての写真の顔と同じに見えたとしたら、誰が歯型を照合するだろう？　にしても、検死官が手術跡を見逃したのは、気に入らないがな。ずいぶんと腕が立つようだな、ノーマン」

「おい、ほんとにそんなことをしたのか、ドクター・ビーダーマイヤー？」スコットが尋ねた。「エーモリー・シジョンと共謀して別の男を殺し、そいつをエーモリーとして処理したってことか？　ぼくに罪をかぶせるのも、あいつの計画のうちか？　ちくしょう、そうなんだな？　やつは死んだことになってるから、責めはぼくにまわってくる。ぼくはたいしたことはしてない、ほんとうだ。スーザンの件はあるにしろ、それは避けようがなかった。ぼくがブリーフケースに入れ忘れていた短いメッセージを彼女がいくつか読んでしまったからなんだ。ほかに方法がなかった。エーモリーの指示に従うしかなかったんだ」

クインランのこぶしがふたたび飛んだ。今度はスコットの顎だった。折れていればいいのに、と思わずにいられなかった。

ビーダーマイヤーは、横向きになって意識を失っているスコットを見おろした。「なんともはや、つまらん男だ。だが、それはわたしの責任ではないぞ。さて、クインラン、おまえの言っていることはめちゃくちゃだ。亡くなったのはエーモリー・シジョンにほかならない。これ以上、おまえたちとつきあう暇はないよ。きみには申し訳ないがね、サリー。わたしはきみの力になりたかったが、いまとなってはどうでもいいことだ。失礼するよ」

「わたしがあなたについていくことがあるとしたら、ビーダーマイヤー先生」サリーは言った。「魔王が地獄を去るときよ」

「別の比喩《ひゆ》を探したほうがいいぞ、サリー」クインランが茶々を入れた。「魔王がこの世を放浪してまわっているのは厳然たる事実だが、ここにいるのは、ケチな手下でしかない。じゃあ、おまえはいまもサリーの父親から金を受け取ってるんだな、ノーマン？　それが残る疑問への答えになる」

「わたしはこれで失礼する」ビーダーマイヤーはドアに向かって歩きだした。

「帰るのは、まだ早いんじゃないか」サビッチが部屋に入ってきた。

「そこのウジ虫が起きあがったら、今度はわたしが殴ってやりたいわ」ノエルだった。「そうね、待つこともないかしら」スコットに近づき、肋骨を蹴《け》った。「あなたについては」続いてビーダーマイヤーに言った。「ミスター・クインランがわたしにゴムホースを渡してくれさえしたら、したたか打ってやるのに。あなたたちがわたしの娘にしたことを考えたら──殺しても殺したりないくらいよ」

「ゴムホースはかならずお届けしますよ、ノエル」クインランは言った。

「おまえたち全員を訴えてやる。これぞ警察による残虐行為。それに、名誉毀損だ。哀れなスコットを見るがいい」

　サリーはスコットに近づいて肋骨を蹴りつけ、その足で母の胸に飛びこんだ。

24

サビッチはクインランにうなずきかけ、サリーにほほえんだ。「よくやったな。クインランは記憶を呼び覚まさせる名人なんだ」

ビーダーマイヤーを見た。「帰るのは、まだ早いんじゃないか。あと何分かでおおぜいの仲間がやってくる。全員、特別捜査官だよ。つまり、五〇メートル先からおまえの薬指の先を狙い撃ちでき、二歳以降の秘密を残らず訊きだす能力があるってことだ。きわめて優秀な連中の集まりだから、おとなしくするのがいちばんだ、ドクター・ビーダーマイヤー」

ノエルはビーダーマイヤーを見つめていた。「あなたのような人は、彼らが探しだしてくれるいちばん深い穴で腐ればいいんです。それで、わたしの夫はどこにいるの？　あなたたちが殺したかわいそうな男性はどなた？」

「いい質問ですね」クインランが言った。「教えてくれ、ノーマン」

一瞬の出来事だった。ビーダーマイヤーがコートのポケットから小型のリボルバーを取りだした。「おまえたちに話すことはないよ、クズどもめ。おまえのおかげでわたしの人生は台なしだ、クインラン。家も金も、すべてを失ってしまった。できることなら、殺してやりたいが、それではわたしの心の平穏が永遠に失われてしまうだろう?」

数台の車が走りこんでくる音が聞こえた。

「いまさら泣き言を言っても遅いぞ、ノーマン」クインランは言った。「おまえのブタ箱行きは決まっている。取引することを考えたほうがいいんじゃないか? エーモリー・シジョンの潜伏先と、おまえが整形した男の名前を教えろ。下劣な計画を洗いざらい吐いちまえ」

「地獄に堕ちるがいい、クインラン」

「それにはまだ、だいぶ時間がかかりそうだ」クインランは応じた。「サリーを監禁するための金をおまえに払いつづけてたのは、エーモリー・シジョンだった。コーブまで彼女を追い、あの夜、寝室の窓から顔をのぞかせたのも、本物のエーモリーだったのか? おまえも同行したのか? おれたち二人を殴り倒し、サリーをすてきなサナトリウムに連れ帰ったのか? たぶん、そんなところだろう。サリーに電話してきたのも、寝室の窓から彼女を見つめたのも、エーモリー本人だった」

「すべてでたらめだ。わたしはもう行く。こちらへおいで、ノエル。あなたがついていてくれれば、誰も発砲しない」

「部屋を逃げだすところをわたしに目撃されて、父はさぞかし腹を立てたでしょうね」サリーは言った。「そして、わたしがそのことを世間に向かって叫ぶと思った。だから、わたしをサナトリウムに閉じこめておきたかったのよ」

「馬鹿なことを言うもんじゃないよ、サリー」ビーダーマイヤーは反論した。「きみは頭に変調をきたしている。そして施設から逃亡した。ここへ警官が押し寄せてくるのを待って、きみがそんな話をとうとうとまくしたてたところで、誰も信じてはくれないぞ」

「だが、物議はかもすだろう」クインランは言った。「おれなら疑問に思い、じっくり考える。この手のことに関しては、根っからの捜査官気質が頭をもたげる。そのまま流すことはありえない。おまえとエーモリーが彼女を閉じこめておきたかった理由は、サリーがいま言ったとおりだろう。彼女は永遠に厄介払いされかかった。そして、エーモリーは自分が反逆者であることを娘が知っているか、少なくとも堅実な市民でないと娘から疑われていると、思いこんでいたんだろう」

「黙れ、クインラン。ノエル、こちらへ。来ないと、あなたの娘を撃たせてもらうよ」

「この件で、どれほどの金が動いたんだ、ノーマン？　二〇〇万ドルか？　もっとか？　いまふと、おまえがサリーをそうも手元に置きたがる理由に思いあたったよ。サリーは保険だったんだろう？　彼女がいれば、エーモリーに殺されずにすむ。エーモリーがサリーまで殺せばそれまでだが、だが、そんなことをすればどうしたって疑われる。

そうだ。エーモリーにしてみれば、うまくおまえを片付ける方法を考えつくまで、おまえに金を払っておいたほうが安全だ。おれの推論に何かまちがいがあるか、ノーマン？　おれはよこしまな実話が好きでね。小説など、足元にも及ばない」

ビーダーマイヤーが拳銃を振った。「こちらへ来い、ノエル」

倒れていたスコットが、身じろぎした。首を振りふり、のっそりと起きあがった。うめきイヤー？」

声を漏らし、肋骨を撫でた。「どうなってるんだ？　何してるんだ、ドクター・ビーダーマ

「わたしは失礼するよ、スコット。なんならおまえもいっしょに来るがいい。警官に発砲されないように、ノエルを連れていく。さあ、来い、ノエル」銃口をサリーに向ける。「さあ」

ノエルがゆっくりと近づくと、ビーダーマイヤーは左腕をつかんで引き寄せた。「フレンチドアから出るとしよう。いいか、騒がずゆっくりとだぞ、ノエル。そうそう、スコット、おまえはやっぱり残れ。おまえはどうも虫が好かない。役に立たない小物だからな」

「賢明とは思えないぞ、ノーマン」クインランが言った。「悪いことは言わないから、やめておけ」

「黙れ、クズ」フレンチドアを蹴り開け、ノエルを連れて外に出た。クインランはその場に佇《たたず》んだまま、首を振った。サビッチが言った。「これで警告はすんだな、クインラン」

いくつもの声がして、二発の銃声が響いた。完全なる静寂。サビッチが駆けだした。

「ノエル！」フレンチドアからパティオに駆けだしたサリーが、くり返し母の名を呼ぶ。おぼつかない足取りで娘に歩み寄るノエルが見える。母と娘は抱きあった。

「ハッピーエンドっていいよな」クインランは言った。「さあ、スコット、どちらがおまえの愛人なのか教えてくれないか。ジルなのか、モニカなのか？」

「どちらも愛人なもんか！　ぼくはゲイだぞ！」

「おっと、びっくり発言が飛びだしたな」クインランが感想を述べた。

サビッチが戻ってきた。顔いっぱいに笑みを浮かべている。「哀れノーマン・リプシーは、腕にかすり傷ですんだ。すぐに治る」

「そう聞いて嬉しいよ」

「スコットがゲイなの、ジェームズ？」サリーは夫を見つめた。「それなのにわたしと結婚したの？」

「しかたがないだろ」スコットは答えた。「おまえの親父さんは無慈悲なんだよ。クライアントの口座から少し拝借しただけなのに、彼にばれてしまった。それで武器売買取引の片棒を担がされ、おまえと結婚するよう指示されたんだ。金ももらってたけど、半年間おまえに耐えることにくらべたら、はした金さ」

笑い声をあげながら、クインランはサリーを引き寄せた。「こんなことをしても、おまえががっかりしないことを祈るよ」

「せいせいしたよ」

ビーダーマイヤーの悪態が外から聞こえてきた。うめき声を漏らし、腕から大量に出血していると大声で文句をつけている。いわく、このままじゃ失血死する、こいつらはわたしを殺したがっている。

サビッチが笑いながら、声を張りあげた。「正義だよ。おれは正義がなされるのを見たい」

「まだ責めを負うべき人間がいるわ」サリーが言った。「ジェームズ、父はどこなの？」

クインランは彼女に口づけをして、抱きしめた。「まずはパスポートがあるかどうか、調べてみよう。残っていれば、じきに捕まる」

「もう一つ」サビッチがつけ加えた。「凶器のロス・ステアーはどこだ？」

「わたしは父を追って、フレンチドアから外に出たわ。拳銃は茂みに投げ捨てた」

「だったら、見つかっていてもよさそうなもんだが、まだ出てこない」

「きみが投げ捨てるのを見ていたエーモリーが、引き返して回収したんだろう」クインランはにっこりした。「指紋以上にあの拳銃がやつの身元特定に役立つだろう」

「ビーダーマイヤーに手術されたかわいそうな人だけど、誰なのかしら」

「一生、わからないかもしれないぞ、サリー。ビーダーマイヤーが口を割ればべつだが。遺体は火葬された。悔しいよ。手がかりはすべて、すぐそこにあったんだ。エーモリーは八カ月ほど前に遺書を書き換え、死んだらすぐに火葬にするよう指示してたし、ノーマン・リプシーは形成外科医だった。そしてきみは電話をかけてきたのは父親だと訴えていた。ところがおれはきみを信じずに、彼の録音した声を加工したテープかなんかだと、頭から思いこんでいた。あいつを捕まえるからな、サリー。約束する」

クインランはサリーをアパートに連れ帰り、ここを出るなと言い含めた。おれは本部に行って、捜査の進捗《しんちょく》具合を確認してこなきゃならない。

「でも、夜中過ぎよ」

「これは大事件なんだ。ＦＢＩのビルは上から下まで明かりが灯ってる。少なくとも五階の大半は明るいよ」

「わたしも連れてってくれない？」

クインランは三十人がたの男女が同時にしゃべりながら、大量の書類を処理している場面を思い浮かべた。あるグループはエーモリー・シジョンのオフィスから見つけた書類に目を通し、また別のグループはビーダーマイヤーの書類を検討している。

そして、ビーダーマイヤーの取り調べがある――あの男と二人きりで部屋に閉じこもり、テープレコーダーを持ちこんで、絞りあげてやりたい。そんな情景を想像するだけで、クインランは両手をこすりあわせそうになった。

「わかった、いっしょに行こう。だが、捜査官たちが群がってきて、質問攻めにされるだろうから、最後には丸まって眠りたくなるぞ」

「話す準備はできてるわ」サリーはにっこりと彼を見あげた。「ああ、ジェームズ、ほんとによかった。スコットはゲイで、母は誰とも組んでなかった。わたしには、あなたのほかに、もう一人味方がいたのよ」

犯罪捜査部を率いるマービン・ブラマーは、FBIの医師と精神科医にサリーを診断させたがった。

クインランはそれを思い留まらせた。サリーはその場に居あわせなかったが、クインランが言葉たくみに上司を説得してくれたであろうことは、想像にかたくなかった。

結局は、ブラマーから長い時間をかけて話を聞かれた。ブラマーは本人もそれと気づかないうちに、サリーに対して好意的に接していた。

一時間にわたる聞き取りが終わるころには、殺害事件のあった夜のことがさらに詳細にわかっていた。聴取技術においては一流のFBIという組織にあっても、ブラマーは事情聴取の名手とされる。ひょっとするとクインランよりも上かもしれないが、サリーには彼がそれを認めるとは思えなかった。

背後のブラマーから肘を軽く支えられながら、サリーが彼のオフィスを出ると、狭い待合いスペースでノエルが椅子に坐って眠っていた。若々しくて、とてもきれいだった。これが本来の姿なのだろう。けれど、まだ父の問題が残っている。またノエルに襲いかかったらどうしよう？　わたしが襲われたら？　不安な胸の内をブラマーに打ち明けたものの、お二人はこちらで守りますからと、ブラマーは幾度となくくり返した。エーモリー・シジョンには近づく隙を与えませんよ。それに、あの男がそこまで愚かとは思えない。大丈夫、案じるまでもないでしょう。

「わたしの母です」サリーはブラマーに言った。「きれいでしょう？　ずっとわたしを愛してくれてたんです」と、ほほえんだ。こんな笑みを見せられたら、皮肉屋でならすブラマーでもつい心を許してしまう。

ブラマーは咳払いをし、豊かな白髪に手櫛《てぐし》を通した。局内では、五年前の銃撃戦で命を落としかけたのを機に一夜にして白髪に変わってから、彼の聴取技術は格段に向上したと言われている。会った人は、その風貌だけでブラマーを信頼した。

「クインランによると——本人たっての希望で、あいつがスコット・ブレーナードの取り調べにあたったんだが——スコットはクライアントの金をごくけちくさい規模で横領していたようだ。だが、きみの父親にばれたのが、運の尽きだった。スコットはエーモリーの汚れ仕事に手を貸し、それでますます深みにはまった。それに、きみがにらんでいたとおり、愛人がいたよ。イギリス大使館に勤めるアレン・フォルクスって男だ。こんなことを伝えるのは心苦しいんだが」

「いえ、今回明らかになったもろもろのおかげで、かえってほっとしました。わたしは傷ついていません、ミスター・ブラマー」事実だった。「ただ、びっくりすることばかりです。わたしはずっと利用されてたってことですよね？」

「そうだね。だが、たくさんの人たちが日々、他人に利用されている。きみのケースほど下劣ではないにしろ、より力のある者たちに踏みつけにされている人たちは多い。そう、より利口で、より金を持つ者たちに。だが、さっき言ったとおり、それももうケリがついたよ、ミセス・ブレーナード」

「サリーと呼んでください。こんなことになったら、もう一生、ブレーナードの名前とは結びつけられたくありません」

「サリーか。いい名だ。温かみがあって、楽しげで、感じがいい。クインランはきみの名前が気に入ってるそうだ。その名を聞くと、気分がよくなり、自然と笑みが湧きあがってくるらしい。たぶんほかにもいいことがあるんだろうが、それは言わなかったよ。クインランもときには分別があるところを見せる。少なくとも仕事中は――というか、上司であるわたしと話をするときは」

サリーは論評を避けた。

ブラマーはわれながらどうしてそんなことをしているかわからないまま、多大な苦難を乗り越えてきたこの痩せた若い女、他人から情報を訊きだす方法などまるで知らないはずの女に向かって、胸の内を吐露していた――尋ねられてもいないのに。

じつのところ、サリーを自宅に連れ帰りたくなっていた。何かを食べさせ、彼女がいつもほほえんだり笑ったりしていられるように、冗談を飛ばしてやりたい。

サリーによって呼び覚まされた庇護本能に駆りたてられるまま、ブラマーは言った。「クインランと出会って六年になる。優秀な捜査官だ。頭がいいし、勘も鋭い。あいつには特殊な感覚があって、別の人間の頭――いや、心かもしれないな――をのぞきこんでいるとしか思えないことがよくある。わたしにもときに、どちらだかわからなくなるんだ。たまには手綱を引いて、どなりつけてやらなければならないこともある。FBIでは単独行動が嫌われ、捜査官はチームプレイヤーたるよう訓練されている。そりゃ、ニューヨーク市のように例外もあるが、クインランはここ、ワシントンDC勤めだ。あいつのほうはわたしの目を欺いているつもりらしいが、そういうときは、わかるものだ。

あいつは、脳の奥深くに潜んでいるものごとを思いださせるのも得意だ。今晩、きみを相手にその技術を駆使したようだね？」

「はい。ですが、ミスター・ブラマー、あなたのおかげでさらにこまかいことを思いだしました」

「それもクインランがあらかじめ、いわゆる蛇口を開いてあったからだ。あいつはここでもっとも有能な捜査官の一人であると同時に、非常に才能に恵まれた男でもある。サクソフォンを吹き、東海岸一帯に住む大家族の出身だ。二年前に引退した父親は、捜査局きっての優秀な指揮官だった。テレサという女との結婚は、大きなまちがいだったが、それもすでに過去のことだ。しばしうずくまって、あれこれ熟考すると、ずっとよくなって穴蔵から出てきた。そしてきみに出会ったいま、あいつはにやにやしながら、手をすりあわせ、将来について語ることしかできなくなっている。あいつをうまく扱えよ、サリー」

「やさしくしろってことですか？」

ブラマーは大笑いした。「いいや。尻を叩いて、苦労させ、きみに思いあがったいたずらをさせないようにしろってことだ」

「いたずら？」

目を丸くしてサリーに笑いかけると、ブラマーは首を振った。「きみはまだ彼のことをよく知らない。いずれ、結婚でもすればわかるだろう、サリー。いや、結婚する前にわかるかもしれないいな。彼の父親も同じだった。だが、クインランには父親にないものがある」

「なんですか？」

「きみだよ」ブラマーはそっと頰に触れた。「心配するな、サリー。わたしたちがきみの父親を捕まえ、たっぷりツケを払わせてやる。クインランは分速一キロの速さでこれまでの経緯をしゃべりまくった。エーモリーがきみに二度電話してきたことや、寝室の窓に顔を現わしたことも聞いた。きみがコーブという名の田舎町にあるおばさんの家に滞在中のことだったそうだな。当然のことながら、あいつは誰かがきみの父親のふりをした、そして電話は加工したテープだと思った。きみは父親だと確信していたと、あいつが言っていたよ。だからこそ、きみが怯《おび》えたと。もう二度と、きみの言葉を疑わないそうだ。さて、サリー、率直に言わせてもらうが、今回のことは、たんに身元不明者の殺害事件とか、きみが彼にされたことというに留まらない——それにはわたしも吐き気をもよおしたがね。彼はすでに五、六年にわたって不正な取引に手を染め、きわめて悪質な相手に武器を売ってきた。捜査局はその件で彼を絞りあげるし、当然のことながら、彼の死後、この事件の捜査にのりだしたのも、その件があったからだ。死んだのがきみの父親でなくて、気の毒だったな。それがきみをビーダーマイヤーのサナトリウムに閉じこめたもう一つの理由だったのだろう。スコット・ブレーナードによると、彼はきみが決定的な書類を見たと信じていた。きみには父親が武器の売買を行なっていたことを示す書類を見た覚えはないんだろう？」

サリーは首を振った。「ええ、まったくです、ミスター・ブラマー。けれどあなたは、それがサナトリウムに幽閉された理由の一つだと考えていらっしゃるんですよね？」

「その可能性が高い。もう一つ、復讐という観点は、ありそうな理由ではあるけれど、ざっくばらんに言って、動機としては弱い。いや、複数の理由が重なってのことだろうが、スコットがきみを失いつつあることを知り、彼、つまりエーモリー・シジョンは、事態を制御できなくなるのを恐れた。そして、彼は武器売買の証拠となる書類をきみが見たと思いこんでいた。これで理由としては十二分だよ、サリー。何がいちばんの動機かとなると、わたしにもわからない。誰にもわからないことだ」

「あなたはわたしに対するあの男の憎しみの深さを、ご存じないから。たぶん母も、それが動機になりうると認めてくれると思います」

「捕まえてみればわかるさ」ブラマーは言った。「そのときは、すべての罪を償わせなければな。今回のことは気の毒だった、サリー。きみは好ましい子ども時代を送れなかっただけでなく、腐った人間どもの餌食になった。人生にはそういうこともある」

「ビーダーマイヤーはどうなるんですか？」

「ああ、ノーマン・リプシーだな。もう少し早くディロンに調べさせればよかったんだが。あいつはコンピュータにタップダンスを踊らせられる。コンピュータを小脇に抱え、聴診器みたいにモデムを首にかけて、あれではクインランのような一匹狼にはなれないと、笑い話の種になってるよ。この地球上に、ディロンに侵入不可能なシステムはない。まったく、驚異的な男だよ。あの機械と寝てるんじゃないかと、みんなからからかわれてる。もし誰かから時代遅れの電話を与えられたとしても、彼なら使えるモデムを開発できるだろう。ＦＢＩの捜査官には、警官のようにパートナーがいないが、クインランとディロンはつねにうまいこと協力しあっている。

おっと、わたしは何を脱線しているんだ？　ノーマン・リプシーの話だったな。あいつには長いお勤めが待っている。だから、これ以上、あの男のことで頭を悩ませる必要はないよ。あいつは、ホランドは頭の弱い嘘つきだと言って、黙秘を続けてるが、そんなことは問題にならない。こちらには物証がある」

サリーが身震いして、体に腕を巻きつけた。慰めてやりたかったが、ブラマーにはその方法がわからなかった。

「まちがいなく、リプシーは惨敗する。本人の意志に反して彼の施設に閉じこめられていた人たちがどれくらいいるのか、まだわかっていない。うちの捜査官が一人ずつ話を聞き、それぞれのファイルを調べて、親族全員から話を聞く。それほど時間をかけずに、ふるいにかけられる見通しだ。作業がすべて終わったときには、金も名もあるたくさんの連中が苦しむことになるだろう。

それに、リプシーは殺害の共犯にも問われる。あいつはもう終わりだ、サリー。もはや彼のことを心配するには及ばない」

あの畜生は、サリーに何をした？　ブラマーには想像できず、したいとも思わなかった。

クインランが近づいてきた。彼はサリーを見て嬉しそうに目を細めたし、痩せ細って青白く、乱れた髪をしたサリーも、彼の姿に目を輝かせた。ブラマーは自分のオフィスに引き返しながら思った。最後にこんなに人と話したのはいつだったろう？

サリーにならクインランの秘密をすべて探りだせるだろうが、クインランは彼女が何をしているか気づきもしないだろう。さらにいいことに、彼女自身が自分の力に気づいていない。サリーがスパイでなくて助かった。みんなそろって窮地に陥っていたところだ。それに彼女の母親が敵でないとわかったことが、何よりブラマーを安堵《あんど》させた。

25

クインランはサリーを自宅のアパートに連れ帰り、寝室のベッドへと導いた。そしていまは抱きかかえて、背中をやさしく撫でている。

あまりに痩せた体だった。骨盤が突きだし、ナイトガウンからのぞく腕は細い。中華料理を電話で注文しそうになったほどだ。頼むのなら、砂糖たっぷりの牛肉の唐辛子炒《いた》めと餃子《ぎょうざ》がいい。だが、やっぱりいましていることをしたほうがいいと、思いなおした。それでなくとも、彼女にはさっきスパゲッティを腹いっぱい食べさせたところだ。パルメザンをたっぷりかけたうえに、マーサの足元にも及ばないながら、熱々のガーリックブレッドを添えた。

「ジェームズ？」

「寝てなきゃだめだろ」

「ミスター・ブラマーはとてもよくしてくれたわ。あなたのことも、いくらか教えてもらったのよ」

クインランはまじまじとサリーを見た。「嘘だろ。ブラマーはＦＢＩ一、口が堅いんだぞ。口の堅さで競争したら、文句なしに優勝だ」

「今晩は違ったわよ。きっとあなたと同じで、疲れてたか、興奮してたんでしょう。いろんな話をしてくれたもの。たとえば、あなたが大家族の出身だとか、父親に似てるとか」

興味深い。クインランはサリーの髪に顔をつけたまま、咳払いをした。「ふーん。彼と何を話したんだ？　事件のこととか、事件の関係者のこととか？」

「だいたいは。それだけじゃないけど」サリーが二頭筋に触れているのに気づいて、とっさに筋肉に力を入れた。まったく、男ってのはしょうがない。いまのクインランは、自分の強さを女に知ってもらいたがっているただの男だ。そんな自分を声をあげて笑いそうになった。

「だけじゃない、の部分は？」

「あなたのこと。あなたとあなたのお父さんとディロンのことよ」

「ブラマーとうちの親父は古い友人なんだ。きみが親父のことを知ってたらな。これがまた活《い》きのいい男だったんだよ、サリー。生きてりゃよかったのに——去年死んだばかりでさ。心臓発作だった。ぽっくり逝ったんで、苦しまずにすんだんだが、それにしたって、まだ六十三だったんだぞ。あんまりうるさくて殴り倒したくなったかと思うと、次の瞬間には、笑わされすぎて腹が痛くなったもんさ」

「あなたにそっくりね。ブラマーもそう言ってたわ」

サリーがまたもや、二頭筋を撫でた。クインランはまた力を入れた。男は男。その事実からは逃れられない。

「あなたは単独行動を好むけれど、あなたがばれてないつもりになってるときでも、彼にはわかってるんですって」

「そうだろうとも、あの詐欺師め。そこらじゅうにスパイがいるんだ」

「ひょっとしたら、あなたの同居者のなかにもスパイがいるかもね」

「かまわないさ」と、クインランはキスした。

サリーはゆったりとしていてやさしいが、まだ心ここにあらずといったふうだった。だが、責める気にはなれない。温かな唇にささやきかけた。「残るはきみの父親だけだな、サリー。捕まえてやる。逃がすものか。大スキャンダルになるし、大がかりな裁判が行なわれる。耐えられるか？」

「ええ」ふいにサリーの声が冷たく、固くなった。「待ち遠しいくらいよ。あの男を射すくめてやりたい。妻に暴力をふるってきたことが世界じゅうに広まればいいんだわ。そして、わたしに何をしたかも。ジェームズ？」

「なんだ？」

「父には愛人がいたの？　手に手を取って外国に逃げるような？」

「おれたちが知るかぎりはいないが、いい観点だな。調べてみたほうがよさそうだ。まだ捜査は始まったばかりだ。前にも言ったとおり、いまきみの実家と彼の職場にあった全書類に目が通されている。すべてがことこまかに精査されるんだ。

FBIが精査すると言ったら、徹底的にやる。われらがノーマン・リプシー、あの形成外科の先生については、彼が雇える最高の弁護士をもってしても、自由は勝ち取れないだろう。

少なくとも次の水曜までは捜査官による尋問が続く。かといって、まだ何も聞けてないわけじゃないぞ。それこそ無数の訴因で有罪にできるだけの証拠があがっている。まずは誘拐に、通謀に、共同謀議ってとこだ。さて、サリー、きみはまだ心を閉ざしている。どうしたんだ？　何が気になってる？」

「ジェームズ、もしわたしがまちがってたら？　薬の影響が抜けてなくて、実際にはないものを見てたんだとしたら？　フレンチドアから逃げだしたのは父じゃないかもしれない。ほかの誰かだったらどうするの？　誰も見ていなかったとしたら？　彼を撃ったのがわたしで、残りは――そう、そんな思いが頭のなかで渦巻いてたの」

「ありえない」クインランはもう一度、キスした。「絶対にありえない。おれに知っていることがあるとしたら、悪だ。きみは悪には無縁の人間だ。月経前症候群《PMS》ですらないよ」

サリーが腕を叩くと、クインランは筋肉を収縮させた。サリーがくすくす笑う。

「いい音色だ。妙なことを考えるのはやめろ、サリー。きみはエーモリーを見たんだ。おれもブラマーもディロンも、そこには一片の疑いもいだいていない。ミズ・リリーに話したら、きっと彼女もそう言ってくれる。

エーモリーは立ち止まり、きみが大切な拳銃を投げ捨てるのを見て、引き返したんだろう。それ自体が彼が有罪であることを物語ってるようなもんだ。もし彼が拳銃を取りに戻ったんじゃなければ、拳銃はどこへ行った？　エーモリーを捕まえたとき、ロス・ステアーを持っていなかったら、〈カンティーナ〉でメキシコ料理をおごってやるよ」

彼女が伸びあがって、彼の口にキスした。「そうね、わたしもそれを祈ってる。あなたはわたしが覚えてるはずだって、自信満々だった」

「こんなに祈ったのは、十七のとき以来だよ。メリンダ・ハーンドンが妊娠してるんじゃないかって、気が気じゃなかったんだ」

「わたしは自分が父を撃ってないとわかって、すごく嬉しい。そうしたかったにしろよ。いまどこにいるのかしら？」

「おれたちが捜しだす。パスポートはなくなってた。自宅の金庫と貸し金庫をノエルに見てもらったんだ。逃亡先としてはグランドケイマン島かスイスの可能性が高い。その両方の場所の通帳が見つかった。近いうちに捕まるよ」

サリーは何も言わず、静かに身を寄せていた。彼女に体を押しつけて、触れてもらいたかった。いまだクインランはアドレナリンハイの状態が続いているものの、たいへんな一日だったので、サリーのほうも疲れているだろう。クインランはため息をつき、唇に軽く口づけするだけで満足することにした。「眠れそうか？」

「何か感じるの、ジェームズ」サリーがゆっくりと話しだした。首筋に彼女の吐息が温かかった。「奇妙だと思うし、説明はできないけれど、あの男がどこかへ行ったとは思えない。つまり、国外には脱出してないんじゃないかってこと。あの男はここに、このどこかにいる。どこかは見当もつかないけど。わたしの知るかぎり、山にも海にも別荘はないわ」

「興味深い。明日、ノエルに尋ねてみよう。なあ、サリー、第六感に優れているので有名なのはおれ、恐ろしく勘がいいのはおれだぞ。きみのほうが優れているのを、見せつけるつもりか?」

クインランは体重を移動した。まだパンツとシャツは着たままだ。素っ裸だったらよかったのに。サリーは買ったばかりのコットンのナイトガウンを着ている。顎から足首まである代物だ。全裸だったらいいのにと思いながら、クインランはため息をついて、右耳にキスした。

全身からアドレナリンが消えてくれればいいのに。昂《たかぶ》って、欲情していた。気を逸らすために、サリーに話しかけた。「そういえば、デービッド・マウンテバンクから電話があったぞ。ほら、あの保安官、覚えてるだろ?」

「ええ、いい人よね。それにあなたを介抱してくれたわ」サリーは指先で頭部の傷口に触れた。「もう盛りあがってもいないわね」

「ああ。それで保安官の話だが、まだ二件の殺人事件に関する手がかりは見つかってないそうだ。そう、二件だ。スパイバー先生が殺害されたのはまちがいないからな。保安官は公式にFBIの支援を要請して、要請は受け入れられる見込みだ。複数の州にまたがった事件だからだ。保安官はハーブ・ジェンセンとマージという老夫婦があのあたりで殺され、そしてほかの行方不明者の事件も関係があるのをみんなに納得させた。あちらにはポートランド支局の捜査官が出向くし、おれもワシントン支局から派遣される。あのちっぽけな町は隅から隅まで調べあげられる」

サリーが首筋にキスし、胸毛を軽く引っぱる。クインランはふたたび話しだした。「だから行ってくるよ、サリー。ブラマーも承知だ。好都合だと思ってる。おれにアマベルから話を聞かせたいからだ。彼女が今回の事件にどう関与しているのかがＦＢＩでも問題になってるし、まちがいなく、なんらかの形で関わってる。できればきみにも来てもらいたいんだが、サリー」

クインランはサリーをオレゴン州沿岸にある小さな町に連れていく危険と、自分のいない状態でここに置いておく危険を秤《はかり》にかけた。エーモリーが捕まっていない以上、連れていったほうがいい。彼女を守るには、それしかない。複数の捜査官が滞在するコーブならば、誰も手出しはできないだろう。

「アマベルが関与してるわけないでしょ、ジェームズ。わたしを愛してるのよ。快く迎え入れてくれたわ。アマベルは――」

「おれ相手に見て見ぬふりはよせよ。アマベルは一枚嚙んでる。きみが怖がって逃げたんだとデービッドとおれに話した女だぞ。そのとき、おれは彼女の関与を確信した。どの程度なのかは、調べてみないとわからないが」

「いまのわたしには母がいるわ。アマベルおばさんも味方だと信じたい。おばさんが関わっていないのを心から祈ってる」

「おふくろさんを取り戻しただけじゃなくて、きみにはおれもついてる。おれは絶対にきみから離れない。それにきみにはおれの家族もついてる。はた迷惑で、悩みの種だが、おおむね愛すべき素晴らしい家族だよ。アマベルが関与してたとしても、きみとおれとで乗り越えるさ」

彼女の手のひらが胸板を下り、シャツのなかに潜りこんで、肌に触れた。クインランはあやうくベッドから転げ落ちそうになった。だめだ、サリーは疲れてるんだぞ。こんなことをさせちゃいけない。今晩は。

クインランは腹を決めた。彼女に無理強いするつもりはもうとうなかった。首を振って尋ねた。「サリー、本気なのか?」

「ええ」サリーは答え、胸にキスした。「このシャツをわたしに脱がさせて、ジェームズ」

クインランは笑った。口が腹に移動したときも、まだ笑っていた。さらに口が下に移って、核心部に襲いかかる。うめき声を漏らし、あまりの衝撃にびくりとした。うめくのをやめられそうにない。なかに深くうずめないかぎり、この気持ちは収まらないだろう。サリーの奥深くへと分け入り、完全に受け入れてもらうこと。何よりもそれを求めていた。自分を愛し、それを声にして、自分や世界に放ってほしい。

サリーを深々と貫いたとき、クインランはその正しさを知った。正しいとしか言いようがなかった。彼女は活力の源であり、未来だった。これまでなしてきたことのなかで、最善の行為だった。

サリーのささやき声が胸をくすぐる。「愛してるわ、ジェームズ」クインランは太古の人類のように荒々しく彼女の上で震え、体を波打たせながらも同じくらい荒々しい彼女に、さらに煽りたてられた。

男にしても女と同じくらい誰かのものになる必要がある、とクインランは絶頂を目前にして思った。女と同じように求められ、慈しまれなければ、やっていけない。

サリーが首筋に歯を立て、続いて喜悦の声をあげたとき、すべてがうまくいくのがわかった。「おれもきみを愛してる」開かれた口に語りかけた。

クインランは深い眠りに引きこまれながら、人生とはまか不思議なものだ、と思った。コーブに出かけたのは、父親を殺した可能性のある病気の女を見つけだすためだった。

かわりにサリーを見つけた。

これぞ人生の醍醐味《だいごみ》。

26

暖かな日だった。波しぶきをはらんだ空気は磯のかおりがして、太陽は頭上にあった。今日のコーブの美しさは格別だ。そんなことを思いながら、クインランはレンタカーから降りるサリーに手を貸した。

「まるで絵葉書ね」サリーは周囲を見まわした。「お年寄り四人が樽《たる》を囲んでカードをやってるわ。それにほら、世界一のアイスクリーム屋の前には五、六台の車が停まってる。〈セーフウェイ〉から買い物袋を二つ持って出てくるのは、マーサよ。ボルヒース師はうつむきながら歩いてて、重大な罪を犯したことを誰かに打ち明けたいみたい。どうしたらここに悪いことなんて起こるの？　完璧よ。穏やかだし、誰も斧《おの》を振りながら走ってないし、叫び声もしないし、子どもに落書きされた建物もないわ」

「そうだな」クインランは言いつつ、眉をひそめた。

「どうかしたの？」

黙って首を振った。第六感だった。彼女が肋骨をつついたので、腕をつかんで答えた。

「完璧すぎるんだ。なぜこんなに完璧なんだ？　かえってそれが疑問になる。家の壁やら、塀やらを見てみろよ、サリー。どこもペンキが塗りたてだ。荒れて放置されてるものは一つもない。古いまんまにされているものもだ。すべてが最善の状態に保たれてる。

だが、この絵葉書の町についてはこれくらいにしておこう。二時にはテルマのB&Bでデービッドとポートランド支局から派遣された捜査官二人と会う約束になってる。もうすぐ二時だ」

「わたしは顔合わせだけして、アマベルの家に行っててもいい？」

クインランは顔を曇らせたが、今度は腕をパンチされてしまった。「アマベルがわたしを地下貯蔵室に閉じこめるとでも思ってるの？　いいかげんにしてよ、ジェームズ。実のおばさんなのよ」

「わかったよ。おれも話がすみしだい行く。そのことをアマベルにも伝えるんだぞ」

デービッド・マウンテバンクは疲れた顔をしていた。げんなりしているようだ。クインランを男女一人ずつの捜査官に引きあわせるときも、喜んでいるふうはなかった。上の人間に振りまわされている印象だ。のりこんできたＦＢＩの捜査官に、田舎者扱いされた地元の捜査担当者には、ちょくちょく見られる現象とはいえ、いまはそんなこともかつてほど多くない。ここで同じことが行なわれていないことをクインランは祈った。十六週間にわたるクワンティコでの訓練プログラムでは、地元警察の権限をけっして侵害してはならないと教えられている。

たぶんクインランの勘ぐりすぎなのだろう。マウンテバンクは殺人事件のせいで滅入っているだけかもしれない。同じ立場なら、クインランでもやはり滅入る。

コリー・ハーパーとトマス・シュレッダーもあまりご機嫌ではなかった。それぞれ握手を交わして、テルマ・ネットロの談話室に腰を落ち着けた。マーサが入ってきて、輝かんばかりの笑顔を見せた。「サリー、クインランさん。またお目にかかれて嬉しいわ。さあ、コーヒーをお飲みになる方は？　マーサ特製のニュージャージー・チーズケーキはいかが？」

「ニュージャージー・チーズケーキだって、マーサ？」彼女の頰にキスしながら、クインランは言った。

「ニューヨークのどこのチーズケーキよりおいしいんですよ」と、マーサはサリーを一瞬、抱擁した。「あなた方はお仕事を始めてらしてね。すぐに持ってきますから」

「テルマはお元気、マーサ？」サリーが尋ねた。

「いまおめかしの最中よ。あなたのためじゃなくて、クインランさんのためにね、サリー。わたしを使い走りに出して、パンプキンピーチ色の口紅まで買ってこさせたんだから」マーサは舌打ちして、広い談話室を出ていった。

「仕事に入らせてもらおう」トマス・シュレッダーが口を開いた。じれったそうな口調だったので、クインランは彼をもっといらだたせるためだけに、手を枕にして椅子にもたれ、いびきをかきたくなった。

シュレッダーは三十前後の、痩せて背の高い、しゃちこばった男で、クインランが伝染病のように忌み嫌う類いの一人だった。この手合いといっしょにいると、いらいらしてくる。

けっして笑わず、冗談を毛嫌いし、森を見るばかりで木を見るということをしない。

女性のほうのコリー・ハーパー特別捜査官は、まだひと言も発していない。やはり背が高く、明るい色の髪に、とてもきれいなブルーグレーの瞳をしていた。こちらも意気込んでいるらしく、ソファに浅く腰かけ、膝に広げたノートの上にボールペンを浮かせている。クワンティコを出てまだ間がないようだから、ポートランド支局がはじめての配属先なのだろう。

「ワシントンでの騒動については、コリーからすべて聞いたよ」マウンテバンクはシュレッダーの発言を無視して言った。「たいへんだったみたいだな。大丈夫か、サリー？」

「ええ、もう大丈夫よ。父はまだ捕まってないんだけど、ＦＢＩが捜しだすとジェームズが約束してくれたわ。時間の問題だそうよ」

シュレッダーは爆発寸前だった。クインランは彼に笑いかけた。「おれはサリーを追ってここへ来た。そのときは私立探偵として、三年前にこのあたりで失踪した老夫婦の捜索を依頼されたという口実を使った。事実だ。実際、このあたりで夫婦者が行方不明になっていた。奇妙だったのは、おれが住民に尋ねてまわったら、悪いことが起きだしたことだ。サリー、女性の悲鳴のことを二人に話してくれ」

サリーは語った。ただし、アマベルが女性の悲鳴だと思わなかったことをのぞいて。

「その翌日、おれと彼女は偶然に女性の遺体を発見した」クインランが先を引き継いだ。「殺されて、崖から落とされてたんだ。やっていいことじゃない。サリーがふた晩にわたって悲鳴を聞いた女性だと想像するのは、自然な流れだった。被害者がサリーのおばのコテージからほど近い場所に監禁されていたのかどうかは、わからない。ただ、殺人事件と老夫婦の行方不明事件には密接な関係があるはずだ。もし違ったら、給料を返上するよ」

「ああ、そこまでの話はすべて聞いてる」シュレッダーはパンにたかるハエでも追い払うように、クインランをぴしゃりと叩いた。

「きみの言う結びつきとやらについても、承知している。しかしながら、結びつきがあるという確たる証拠は一つもない。いまわかっているのは、二件の殺人事件が起きたことだけだ。被害者の一人は、古くからここに住む医師のスパイバー、もう一人は分譲地に住む女性であり、こちらは地元民とは言いがたい。いま必要なのはこの二つの事件の関連で、この二つの事件と三年前の失踪事件の関連じゃない」

「いいだろう」クインランは言った。「デービッド、最新の情報を教えてくれないか？　おれがいなくなってから、何をしたか聞かせてくれ」

シュレッダーがすかさずずけずけと言った。「マウンテバンク保安官はほとんど何もしていなかった。ミズ・ハーパーとぼくがここへ来たのは月曜で、あまり日数がなかったが、解決まであと一歩まで迫っている」

ハーパーは咳払いをした。「実際には、デービッドが町のほぼ全員から証言を集めてくれたんです。徹底して訊いてくれたのに、たいした話が出てこなくて。みな殺人事件にショックを受けて、落ちこんでます。とりわけ、ドクター・スパイバーの死に衝撃を受けているようで」

「それで、ぼくたちで証言を集めなおしてる」シュレッダーが言った。「誰かが何かを見ているはずだ。それをぼくたちで吐きださせてやる。年寄りというのは記憶が不確かだから、適切につついてやらないと、何も出てこない。それには特別な訓練を受けた者でないとな」

「そんなことはない」クインランは反論した。「おれは訓練を受ける前から、完璧にできた。もう一つ。デービッドは住民全員と知りあいだ。だから、いつどんなことで嘘をついているかわかる」

「それはどうかな」シュレッダーは言い、ハーパーは困ったような顔をした。

マーサが巨大なトレイを持って戸口に現われた。

クインランは立ちあがって、トレイを受け取った。「お行儀のいい坊やね」と、マーサはサリーに話しかけた。

「そこに置いてください、クインランさん。ええ、それでいい。大切なお話をわたしに聞かれたくないでしょうから、あとはお任せして、失礼させてもらうわ。いいかしら?」

「ああ、ありがとう、マーサ」クインランは言った。「エドはどうしてる?」

「かわいそうな人。テルマがほっとかないんです。いまはわたしとキッチンのテーブルで不名誉な行為をしてるって言いがかりをつけて、ショットガンを買うって言うんですよ。エドはいま病院で前立腺の検査を受けてるとこなんです。かわいそうに」

シュレッダーはハーパーに目配せしてから、トレイを見やった。ハーパーが唇を嚙みしめて、ソーサーにカップを置きだす。クインランはそんな彼女に笑いかけ、いっしょになって準備をしだした。コーヒーはサリーがついだ。「クリームはどうする、デービッド？」

みんなが準備にいそしむのをよそに、シュレッダーは坐ったままだった。クインランはにやりとすると、トレイに残ったカップを指さした。「勝手にやってくれ、トマス。急いだほうがいいぞ。あっという間にニュージャージー・チーズケーキが消える」

「このチーズケーキ、素晴らしくおいしいわ」ハーパーは言い、最後のひと口を食べた。「わたしとジェームズは、マーサをワシントンに連れ帰りたいぐらいだって言ってるの」サリーが言った。「わたしの知るなかじゃ、最高の料理人よ。パスタなんて、むせび泣きたくなるくらい、おいしいんだから」

シュレッダーが爆発しそうになっていることに、クインランは気づいていた。これだけ焦らしてやれば、充分だろう。ゆったりとした調子で話しかけた。「事情聴取の件は忘れろよ、トマス。今回の件は別の角度から攻める必要がある。失踪者が二件の殺害事件に関係していると言ったら、奇妙に聞こえるだろうが、ちょうどジェンセン夫妻が行方不明になるころまで、コーブはうち捨てられたみすぼらしい田舎町でしかなかったという事実がある。建物は雨ざらし、道路には穴が開き、フェンスは崩れ、樹木までが倒れたままだった。子どもたちが消えて、町には年金暮らしの老人だけが残された。それでおれは疑問に思った。なぜいまのコーブは、三年前とこんなに違うのか？　なぜハーブとマージの失踪とほぼ時を同じくして、町のすべてが再生しはじめたのか？」

「そうね」ハーパーが言った。「タイミングが一致してるのには気づきませんでした」

「おれは気づいてたが」マウンテバンクだった。「だが、疑問には思わなかったよ、クインラン。というのも、ちょうどそのころスパイバー先生の懐に大金が転がりこんだというのが、共通認識になってたからだ。遺産を遺す相手がいない先生は、その金を投資し、全収益を町の発展のために使っていると聞いた。だが、きみはそう思わないんだな、クインラン？」

「徹底的に調べてみる価値があると思う。たしかあなたは、スパイバー先生の遺書には財産を町に遺贈すると書いてあり、その額が二万三〇〇〇ドルぐらいだったと言っていた。その程度だとしたら、この町はすぐにもまた下り坂に入るだろう？　そう思わないか？

ディロンに電話してみようと思う。あの捜査局きってのコンピュータオタクに、そのあたりを調べてもらおう。銀行名と口座番号を教えてくれ、デービッド。サリーとおれはしばらくここに滞在するから、電話してくれたら、おれのほうからディロンに伝えるよ」

「ディロン・サビッチのことですか？」ハーパーが顔を上げて尋ねた。

「ああ。あの男はコンピュータにかけちゃ天才だが、本人には言わないほうがいいぞ。おべっかを使ってると思われる」

「そうですよね。クワンティコで訓練を受けている最中に、彼にそう言ったんです。担当されたいくつかの講義が素晴らしかったんで。でも、おべっかだと思われたみたい」

「ディロンの話は聞いたことがない」シュレッダーは言った。「コンピュータオタクがなんだと言うんだ？　コンピュータについては優秀なんだろうが、これは現実世界の問題なんだぞ。ぼくたちがここで行なっていることこそに意味がある。ぼくたちがこのいまわしい町に来ることになった理由に話を戻そう」

「行方不明者と、今回の殺人事件とのあいだに関係があるにしろ、ないにしろ」マウンテバンクがそろそろと切りだした。「きみがうっすらと暗示したのは、ひじょうに受け入れにくいことだぞ、クインラン。おれは町の住民たちの大半を昔から知ってる。みな辛抱強い人たちで、何度となく訪れた不況の波を生き延びてきた。そのうちの一人が殺人犯だとわかっただけでも、朝食に手がつかなくなるだろうに、それが複数だとしたら？　かんべんしてくれ」

「受け入れにくいというに留まらない」シュレッダーはたっぷりの皮肉を込めた。「きみは不必要に猜疑《さいぎ》心をつのらせている。常軌を逸してると言っていい」

クインランは肩をすくめた。「この町はハリウッドのセットのようだ。それがここへ来たときの第一印象だった。なぜ、どうやってそんな町になったのか、その理由が知りたい」

「いいだろう、それについては手がかりがある」マウンテバンクは身をのりだした。「スパイバー先生の銀行口座については、より綿密に調べてみよう。それとはべつに、おれは過去三年間にこの地域で失踪した人たち全員の記録を集めてみた」深呼吸した。「六十人近くになった」

「そんなに」ハーパーが言った。

「ジェームズの仮説はまちがってるわ」サリーが言った。「わたしのおばは二十五年以上ここに住んでるけど、そんな大がかりな殺害謀議に関わってるわけがないもの。ありえない」

「おれの思い違いであることを祈ってるよ、サリー」クインランは彼女の手を取った。冷えている。彼女のカップにコーヒーをつぎ、冷えた手に華奢《きゃしゃ》で温かなカップを持たせた。「だが、たくさんの疑問があり、おれにはそれ以外の説明が思いつかなかった」

「おれもだ」マウンテバンクが言った。

「ぼくならできるぞ」シュレッダーは立ちあがって暖炉の前に立った。事件のからくりを説明するエルキュール・ポワロのようにポーズを取った。口ヒゲがあれば完璧だ。

「優れた仮説であることを願うよ、トマス」クインランは言った。「入場料は支払った。さあ、ショーを見せてくれ」

「二件の殺人事件を複数の町民のせいにするのは、おかど違いだ。ましてやデービッドが調べあげた行方不明者全員と結びつけるなど、見当はずれもはなはだしい」

「ですけど、トマス」ハーパーが言いかけたが、シュレッダーは手を上げて制した。

「それは単なる机上の空論にすぎず、われわれは厳然たる事実に依拠しなければならない。では、具体的に述べよう。ぼくはハル・ボルヒース師とその妻シェリーの過去を調べてみた。夫妻がこの町に住んで二十七年になるのは確かだが、その前はアリゾナ州のテンピに住み、二人の幼い少年を養子にしていた。少年二人はボルヒース家の養子になって一年しないうちに死んだ。一人は木から落ちて首の骨を折り、もう一人は自分でガスストーブをつけて焼け死んだ。いずれも事故だし、少なくともそう報告され、事故であると認められた。周囲の人たちは、あんなにいい人たちなのに、神さまはなぜ聖職者の彼から二人の子どもを取りあげられたのか、と夫妻を気の毒がった。

だが、疑惑は残った。ボルヒース夫妻がテンピに住んでいるあいだに、ほかにも数人の子どもが事故に遭っている。その後、夫妻はここへ引っ越した。以来、子どもとは縁がない。わかっているかぎりでは」

シュレッダーは言葉を切り、拍手喝采を待った。

「なるほど」保安官が応じた。「たいしたもんだ、トマス。ほかにもあるのか?」

「車輪のついているものならなんでも直すと言われているガス・アイズナーにも、ある過去があった。妻のベルマは最初の妻でなかった。最初の妻は殺されていた。ガスは告発されたが、地方判事が証拠不充分と判断して起訴されなかった。それからひと月後、ガスはベルマと結婚して、デトロイトからここへ引っ越してきた。そんなわけだから、この町に住む人間を一人残らず調べてみなければならない。いまコリーはキートン夫妻を調べている」

「そうか、なるほど。そりゃあ全員を調べてみるしかないな」クインランが言うと、シュレッダーは虚を衝《つ》かれて、まじまじと彼を見た。黒い瞳が嬉しそうに煌《きら》めいている。「そのどちらかが犯人であることを願うよ。だが、それでもまだしっくりこない」

「いいかい、クインラン」シュレッダーは言った。「医者は殺されたんだ。彼の経歴もしっかり調べなきゃならない」

「あの、トマス」ハーパーがさえぎった。「ドクター・スパイバーについては、デービッドがすでに調べてくれてるわ」

「ああ」マウンテバンクが身をのりだした。「スパイバー先生は四〇年代の後半に夫婦でここへ越してきた。妻は六〇年代半ばに乳ガンで死亡。息子が二人いたが、いずれも死亡した。一人はベトナムで、もう一人はヨーロッパ滞在中にオートバイの事故で亡くなった。そして遺産を遺した金持ちのおじがいた。おれに見つけられたのはそれですべてだ、クインラン」

「いずれわかるんじゃないか？　もしスパイバー先生が出資者じゃないなら、ほかの誰かが出したことになる」

戸口から老人らしい咳払いが聞こえ、全員の注意を引いた。

「あらあら、帰ってきたんだね、サリーと、それにあなた、ミスター・クインラン。アマベルから聞いたけど、不正はびこるわが首都で、ＦＢＩがほぼ事件を解決したそうだね」しばし黙って首を振った。「まったく、あたしもいつか訪ねてみたいもんだよ」

すでにドアを開けてなかに入っていたテルマ・ネットロは、杖に寄りかかって、一同に晴れやかな笑顔を向けた。唇はパンプキンピーチ色に塗られ、それが作りものの前歯にも一部ついていた。

「ごきげんよう、テルマ」クインランは立ちあがって近づくと、腰をかがめて、テルマの頬にキスした。「フランス人のモデルみたいですね。どうしたらそんなになれるのかな？」

27

「口がおじょうずだこと、坊や」テルマは上機嫌で、クインランの頰を軽く叩いた。「あたしを椅子に坐らせてくれたら、漏らさずその秘訣を教えてあげるよ」

クインランの手を借りて、椅子に落ち着くと、テルマは言った。「さてと。CNNで観たんだけど、サリーのお父さんが形成外科医に金を払ってある男を整形させ、自分に似せたその男を殺したんだって？　で、お父さんはあんたを閉じこめてたのかい、サリー？　本人は逃亡中だって？」

「そうなんです、テルマ」サリーは答えた。「残念ながら、父はまだ自由の身ですけれど、いずれ捕まります。テレビでさんざん顔を流してるから、誰かが気づくはずです」

「それで、ここへFBIの捜査官が追加で呼び集められたのは、殺人事件を解決するためなのかい？」

「はい、マダム」コリー・ハーパーが答えた。

「あたしらはみな、先生が自殺したと思ってたんだよ。ところが、ポートランド出身の女が違うって言ってさ」

「検死官のことだ」マウンテバンクが説明した。「訓練を積んだ検死官に担当してもらえて運がよかった。彼女がいなければ、自殺で片付けられていたかもしれない」

「スパイバー先生もかわいそうにねえ」と、テルマ。「誰が好きこのんであの人の口に銃を突っこんだって言うんだい？　まともな人間のやることじゃないよ——だろう？」

「ええ、ほんとに」

「三人の子持ちの若い女だけどね、そりゃあ、彼女も哀れだよ。でも、やっぱりこの町の人間じゃないからね。軽蔑《けいべつ》すべき分譲地の住人だからさ」

「ええ、テルマ、彼女の家はここから五キロも離れてますからね」クインランは言い、その皮肉がテルマの頭上をゆっくりと通り過ぎていくのを見た。「ですが、ここで死んだのは事実です」

　クインランはブロケード織りのソファに坐るサリーの隣りに戻った。クインランがふたたび話しはじめたとき、サリーはすぐに声の変化に気づいた。聞く人の心をなだめるような、親しみのこもった小声だった。こんな声で尋ねられたら、野菜だって自分の秘密を明かしてしまう。「一つお訊きしたいんですが、スパイバー先生のお金持ちのおじさんに会われたことはありますか、テルマ？」

「いいえ、一度も。どこに住んでるか知ってたとしても、もう思いだせないね。だけど、みんながその人のことを知ってたし、神さまよりも年寄りで、もうちょびっと体重をかけてやれば息の根が止まり、先生のとこに金が転がりこんでくることも承知してた。

そりゃ、あたしもお金はあるけどね、あのおじさんほどの大金持ちじゃない。あたしらみんな、あの偏屈者が老人ホームに金を使い果たしてしまうんじゃないかって気を揉《も》んでたんだが、先生によると、眠ってるあいだにぽっくり逝って、先生には目の玉が飛びでそうな小切手が転がりこんだ。あんなにたくさんのゼロがならんでるとこは、町の誰も見たことがなかったね」

「テルマ」保安官だった。「そのおじさんに会ったことがありそうな町民を知ってるかい？」

「さあねえ。でも、探してみよう。マーサ！」

あまりの金切り声に、サリーは耳がきーんとした。たじろぎながらも、ほほえまずにいられない。跳びあがったハーパーが、ペンとノートを取り落としたからだ。

「丈夫な肺をしてらっしゃる」クインランが言った。

マーサがエプロンで手を拭きふき、戸口に現われた。

「今日の夕食はなんだい、マーサ？もうすぐ四時だよ」

「あなたの大好きな茄子《なす》のパルメザンチーズ焼きですよ、テルマ。パルメザンチーズをたっぷりかけて、あなたの歯が踊るくらいぱりぱりのガーリックブレッドと、ゴートチーズ入りのギリシア風サラダを添えて」

「おじさんのことを訊いてみてください、テルマ」クインランがさりげなく水を向けた。

「そうだったね。マーサ、スパイバー先生のお金持ちのおじさんに会ったことあるかい？」

マーサはふっと考えこんだのち、ゆっくりとかぶりを振った。「いいえ。長年、お噂《うわさ》だけは聞いてましたけどね。どん底の時期には、町のみんなと彼のことを話題にしたものです。いくつになったのかとか、どんな持病があるのかとか、あとどれぐらいで亡くなるだろうとか。あなたは覚えてないかしら、テルマ？　ボルヒース師がいつも言ってたでしょう？　おまえたちは食屍鬼《グール》だ、哀れなご老人のことを話題にするなど罪深い行為にほかならない、彼の死を願う祈禱《きとう》会を開いているようなもんだ、って」

「そうだったねえ」テルマは言った。「ハルのことだから、あたしらに隠れて多少は祈ってたに違いないよ。それにあたし自身は、町のみんなほど惨めじゃなかったから、祈らなかったけど、先生が小切手を受け取ったときは、みんなといっしょに歓呼の声をあげたもんさ」

「たしか四〇年代から、ここに住んでるんだったね、テルマ？」保安官が尋ねた。

「そうだよ。亭主のボビー・ネットロとここへ来たのが一九四五年のことさ。子どもを育てあげて、デトロイトの大きな家を持てあましてたんだ。で、ここへ来て、あたしらにぴったりの場所だと思った」入れ歯のあいだから、かすれたため息を漏らした。「かわいそうに、ボビーは五六年に肺炎で死んでね。アイゼンハワーが再選されてすぐだったよ。

でも、たっぷりお金を遺してくれた。マーサとは六〇年代の終わりから、二人で仲良く暮らしてきた。マーサはポートランドで学校の先生をやってたんだけどね、ヒッピーやらドラッグやらフリーセックスやらがはびこって、いやになってたんだ。マーサの母親とは生前知りあいだったし、マーサのことも知ってた。ずっと連絡を取りあってたんだ。でもね、クインラン、あたしはマーサの母親に合わす顔がないよ。マーサに亭主を見つけると約束したのに、まだその約束が果たせないんだから。歯が生えてからずっと探してきたんだけどね」

「歯ならもう抜けたでしょう、テルマ」マーサが言った。「そのきれいなパンプキンピーチの口紅を舐《な》めながら、茄子のパルメザンチーズ焼きのことでも考えてたら？」

「昔は丈夫な歯があったんだけどねえ。それでね、クインラン、べつにかまわないと思うから言うけど、マーサったら、その気になったときは、ろくでもない年寄りを誘うために腰を突きだすんだよ。かわいそうに、あのエドだって——」

マーサはぐるっと目をまわして、部屋を出ていった。

「ところで、テルマ、お子さんのことを話してくれますか？」クインランは尋ねた。

「息子が二人いて、一人は戦死したよ。朝鮮半島でもベトナムでもなくて大戦で。もう一人は、そう、マサチューセッツに住んでる。いまじゃ引退して、あたしの孫たちも大きくなって、その子たちにまた子ができた。あたしも歳をとるわけさ」

サリーはほほえみながら立ちあがってテルマに近づき、皺《しわ》だらけで張りのない頬にキスした。「アマベルに会いにいってきます、テルマ。でも、ジェームズとわたしは、ここの塔の部屋に泊まらせてもらいますから」

「まだあんたのほうが主導権を握ってるようだね、サリー。かわいそうに。坊やには勝ち目がないってわけだ。あんたたち二人がいっしょにいるのをはじめて見たときから、あんたなら、すぐにパンツを脱がせられるって、わかってたよ」

「テルマ、わたしのつくったニュージャージー・チーズケーキを召しあがれ」

テルマはふり返って、マーサをにらみつけた。新たなチーズケーキをトレイに載せて、部屋に入ってきたところだった。

「なんだよ、かまととぶっちゃって、マーサ。さては冷感症だね。エドは何をするにも、あんたにお願いしなきゃならないわけだ」

「じゃあ、あとでまた」サリーは言うと、あんぐり口を開けているポートランド支局の特別捜査官二人と、ジェームズと、マウンテバンク保安官に笑いかけた。

「すぐに行くよ、サリー」クインランが言った。サリーがB&Bの玄関をくぐるときには、早くも次の質問に移っていた。

よく晴れた暖かな日だった。多少の肌寒さはあるものの、海風が鳥の翼のようにやさしく顔を撫でた。

サリーは胸いっぱいに息を吸った。シェリー・ボルヒースが世界一のアイスクリーム屋の前にいて、手を振ると、手を振り返してくれた。その祖母がアイスクリームのレシピをつくったというヘレン・キートンも続いて店を出てきて、サリーに気づくと、手を振った。感じのいい人たちだ。あんな人たちが殺人事件のことや、行方不明者のことを知っているはずがないのに。

「今週のフレーバーは、バナナウォールナットクリームだよ」ヘレンが声を張りあげた。「クインランさんといっしょにどうぞ。おばあちゃんのレシピにはなかったんだけどね、わたしが新しくつくってみたんだ。ラルフはすごく気に入ってくれて、体に悪いぐらいうまいってさ」

サリーはラルフ・キートンが葬儀屋なのを思いだした。第二次世界大戦で戦ったというハンカー・ドーソンは、いつものようにフランネルのシャツのポケットに二つの勲章をつけ、ぶかぶかのパンツを引っぱりあげながら叫んだ。「有名になったな、サリー・ブレーナード。あんたがいなくなるまで、あんたがおかしいのに気づかなんだよ。だが、いまはおかしくないんだろ？　マスコミの連中はあんたが病気じゃないんで、腹を立ててるんじゃないかい？罪のない被害者より、頭のおかしい悪党のほうが、連中は好きだからな」

「そうとも」パーン・デービスが大声で続けた。「マスコミのやつらはみんな、あんたがとんでもなく壊れてりゃいいと思ってた。それがじつは違ったと報道するのは、いやなもんさ。とはいえ、あんたの親父さんにくらいついたがな」

「ようやく、くらいついてくれて嬉しいわ」サリーも大声で返した。

「親父さんのことは、心配すんなよ、サリー」ガス・アイズナーだった。「大統領より、顔が売れてんだから、捕まるってもんさ」

「そうとも」ハンカー・ドーソンがどなった。「いったんそいつを手中に収めちまったら、マスコミもあとのことは忘れちまう。そういうやつらなんだ。あいつらが扱うのは、つねにその日いちばん胸くその悪いニュースだかんな」

「そう願うわ」サリーは叫び返した。

「うちのかみさんのアーリーンは、揺り椅子に坐って揺れてた」ハンカーは淡々とした調子で叫び、古いサスペンダーを引っぱった。「おっちぬまで何年も揺れてたよ」

パーン・デービスがどなった。「頭のほうがちょいと調子っぱずれだったってことさ」

年寄り四人はカードゲームを中断して、サリーを見ていた。背を向けて美しい木製の歩道を歩きだしてからも、サリーは彼らの視線を背中に感じた。塗りたてのまっ白な手すりがアマベルのコテージまで続いている。ガスの奥さんのベルマ・アイズナーが見えたので、手を振った。だがベルマはうつむいたまま、パーン・デービスのよろず屋へ向かっていた。

アマベルのコテージは春のように清々しかった。紫のアヤメ、白いボタン、黄色のクロッカス、オレンジのケシ。すべてが不足なく手入れされ、きれいに飾りつけられている。あたりに目をやると、みずみずしい花々が咲き乱れるフラワーボックスと小さな庭があちこちにある。あふれんばかりのオレンジのポピーと黄色のラッパズイセン。なんて美しい町だろう。町民の一人ずつが自分の家と庭に誇りを持っている。短い歩道はすべてきれいに掃き清められていた。

ビクトリア朝風の町並みを持つ姉妹都市がイングランドにあったりして。

行方不明者たちについてジェームズが言ったことを思いだした。突き詰めるとどういうことになるかはわかっているが、サリーには受け入れがたかった。

受け入れられないと言ったほうがいい。あまりに突飛すぎる。アマベルの家の狭いポーチにのぼり、ドアをノックした。

返事がない。

もう一度ノックして、おばを呼んだ。

外出中だ。たぶん、すぐに戻ってくるだろう。

次に行きたい場所、行かなければならない場所は、わかっていた。

サリーは墓地のまんなかに立った。墓はもっとも古い墓を中心として、車輪のように配置されていた。町のなかと同じように、手入れが行き届いている。刈りこまれたばかりの芝から、新鮮な草の匂いがする。サリーは大理石の墓石の上にそっと手を置いた。

イライジャ・バッテリー
オレゴン一のバーテンダー
一九八七年七月二日没
享年八十一

文字の刻みはくっきりとして、きれいだった。サリーはほかの墓標に目をやった。恐ろしく装飾的なものもあれば、何度となく交換されてきたとおぼしき木製の十字架もある。木の傷んでいないものは、つくり替えられたものなのだろう。

どこまで手をかければ気がすむのだろう？　墓標の一つずつに至るまで、すべて完璧でなければならないのか？

墓地の中心から外に向かって歩いた。しだいに年代が下がっていく。一九二〇年代、三〇年代、四〇年代と順番にたどって、八〇年代まで来た。この墓地の設計者は緻密《ちみつ》な人だったのだろう。中央から外側に向かって墓を配置し、一九九〇年代につくられる墓は、墓地のほぼ境界に位置することになる。

ボビー・ネットロの墓があった。中央から四つめの円にあり、きれいに手入れされていた。こうして見るかぎり、最初から車輪状に配置しようと決めてあったのだろう。いまではたくさんの墓がある。最初にここを墓地にしようとした町民たちは、たぶん、広大な土地を墓地に割りあてたつもりだった。だが、すでに残されたスペースはわずかになっている。西側は崖に接し、東と北は教会と住居に接している。南は崖に向かう一本きりの小道に迫りつつあった。

サリーは墓地の西端に向かった。そのあたりの墓標は新しく、やはり手入れが行き届いている。かがんで墓標を読んだ。名前と出生年月日と死亡年月日が記されているのみで、ほかにはなかった。しゃれた文句も故人の人柄を表わす語句もなく、素晴らしい夫や父、妻、母といった言葉すら見あたらず、無味乾燥な情報のみだ。

サリーはバッグから手帳を取りだし、墓標の名前を書き留めだした。墓地の周縁をめぐり、三十を超す名前を書き記した。いずれも八〇年代の後半に亡くなった人だった。

どうにも腑《ふ》に落ちなかった。というのも、ここは小さな町で、十年単位で人が少なくなっているのに、わずか八年のあいだに三十人以上が死んでいる。だが、考えられない話ではない。インフルエンザか何かが流行して、年配者の多くが亡くなったのだろう。

そのとき、あることに気づき、首筋の産毛が逆立った。

それぞれの墓標に刻まれていたのは、男性の名前ばかりだった。女性の名前は一つもない。ただの一つも。それは子どもの名前もいっしょだった。やはり一つもなく、成人男性の名前だけだった。そのうちの一つなど、ビリーという名前とともに死亡年月日が記してあるだけだった。どういうこと？　この間、男性ばかりが死んで、女性は一人も死ななかったということ？　ありえない。

一瞬、目を閉じ、自分の発見に驚愕《きょうがく》を覚えた。この名前のメモをマウンテバンク保安官とクインランに渡さなければならない。彼らがたしかにここで生まれてここで死に、失踪者とされる人たちとは無関係であることを確認しなければ。ひょっとしたら関係があるのかも、とふと疑いがよぎった瞬間、クインランの手を取って、町から逃げだしたくなった。

首を振りつつ、墓石の一つを見つめた。おかしな名前――リュシアン・グレー。変な名前だけれど、それだけのこと。ここにあるのは、すべて実在した人の名前、この八年間に亡くなった地元の人に決まっている。そう、そしてたまたま亡くなったのが男性ばかりだっただけ。気がつくと、ハーブ・ジェンセンの墓を探していた。もちろん、そんな墓はないけれど、リュシアン・グレーと刻まれた墓石がある。それはそうとう新しい、ごく最近の墓石と思われた。

頭を高速で回転させつつも、汗が浮かんできた。

この町に住んでいるのは善人ばかり。悪意や死、想像もつかないぐらいたくさんの死に関係があるはずがない。

サリーは手帳をバッグにしまった。アマベルのコテージには戻りたくなかった。怖いから。

ふた晩にわたって悲鳴を聞いたあのかわいそうな女の人は、どうして監禁されていたのだろう？

見てはいけない何かを見てしまったの？　聞いてはいけないものを聞いたの？

なぜスパイバー先生は殺されたのか。先生があの女性を殺し、それに気づいた町の誰かが一種の処罰として殺したのだろうか？

サリーは頭をからっぽにしようとした。怯えたくなかった。怯えてきた月日があまりに長かったからだ。

28

　サリーは世界一のアイスクリーム屋に立ち寄った。アマベルはいなかったが、シェリー・ボルヒースはいた。

「サリー、またあなたに会えて嬉しいわ。かわいいクインランさんといっしょなの？」

「ええ。バナナウォールナットを一つもらえる？」

「絶品よ。今週はバナナウォールナットが大売れで、この店始まって以来の人気なの。おかげですっかり常連さんがふえたわ。半径八〇キロ範囲内から、くり返し来てくれるんだから、樽を囲んでカード遊びに興じてる怠け者のじいさんどもを雇わなきゃならないかもね」

　ベルマ・アイズナーが青い花模様の美しいカーテンの奥にある部屋から出てきて、鼻を鳴らした。「まったくだよね、シェリー。あののらくらどもがアイスクリームを売る姿が、見えるようだ。あいつらのことだから、全部食べてしまって、哀れっぽい顔でげっぷをくり返すに違いないよ」

　ベルマはサリーを見てほほえんだ。「あいつらは不平たらたらで、そんなことは女の仕事だって言ってたけどね、男たちもいっしょにやったらどうかって案もあったんだよ。でも、儲《もう》けを渡さないために、男を閉めだすことにしたんだ」

「正解かもね」サリーは言いながら、アイスクリームのコーンを受け取った。ひと口食べたとたん、味蕾《みらい》が幸福感に包まれた。もうひと口食べて、ため息をついた。「びっくりするぐらいおいしい。ヘレンに結婚してもらいたいぐらい」

女たちは声をそろえて笑った。

シェリーが言った。「ラルフ・キートンの柩《ひつぎ》をアイスクリームの保管庫に使ってたのが、ずいぶん昔のことみたいだよねえ、ベルマ」

ベルマはにっこりすると、黙ってサリーから二ドル六〇セントを受け取った。

サリーはもうひと口食べた。「さっきアマベルの家に行ったんだけど、留守だったわ」

奥の部屋からヘレンが出てきた。「いらっしゃい、サリー。アマベルならポートランドさ」

「画材やらなんやらを買いに」ベルマが補足する。「二、三日で戻るって言ってたから、金曜日には帰ってくるんじゃないかね」

「そうだったの」

アイスクリームを舐め、口のなかでおいしさが爆発するのを感じて、目をつぶった。「一日に三つ卵を食べるより、これのほうが罪が重そう」

「まあね」ヘレンが言った。「でも、週に一個なら、なんの問題もないだろ?」そして、ふり返ってベルマに言った。「先週の火曜日だけどね、シェリーなんか、コーンアイスを三つも食べたんだよ」

「いいや、あたしは見たよ。すべてダブルのチョコレートだった」

「嘘言わないでったら！」

「嘘よ！」

三人の女はたがいに相手の悪口を言いだした。長年の習慣なのが見ていてわかる。相手が何を言えば反応するかわかっていて、遠慮なくそこを突いている。サリーはアイスクリームを食べながら、黙って見物していた。最後に発言したのはベルマだった。シェリーとヘレンがまた騒ぎだす前に、サリーに顔を向けた。「だから、男連中をカウンターのなかには入れられないんだよ。全部食べちゃうからね」

サリーは笑った。「わたしも男性陣と同じかも。昼までに全部食べちゃいそう」アイスクリームを食べ終えて、腹を叩いた。「もう前ほど瘦せてない気がする」

「ここに住んだらどうなの、サリー。すぐにわたしたちみたいにゆったり気楽に暮らせるようになるよ」シェリーが言った。

「さっきもきれいな町だと思ってたところよ」サリーは応じた。「きれいだし、どこもかしこも非の打ちどころがないわ。それにあの花。春の花が外に植えてあって、それはみごとに手入れしてあるんだもの。墓地だってそうよ。芝生はきちんと刈ってあるし、墓標もきれいに掃除してある。どうしたらここまでできるんだろうって、不思議に思ってたの」

「みんなで見落としがないようにしてんのさ」ヘレンが言った。「週に一回、タウンミーティングを開いて、町をもっとよくするにはどうしたらいいか、何を修理して、どこを新しくしなきゃいけないのか、知恵を出しあってんだよ」

「墓地で何をしてたの？」ベルマは尋ね、エプロンで手を拭いた。カーテンと同じ青い花模様の生地だった。

「アマベルが留守だったから、散歩がてらね。それで、不思議なことに気づいたの」

「何？」ヘレンが尋ねた。

サリーは一瞬、内緒にすべきだったかもしれないと思った。いいえ、そんなことはない。この人たちはアイスクリームのことで、おたがいをからかいあうような女性たちだもの。きっと、墓地の謎も解いてくれる。この町で恐ろしいことが行なわれているわけがない。「墓地の外周部には八〇年代に亡くなった人のお墓が三十ぐらいあって、それが全員男性だったの。何も変わったところのない墓標で、刻んであるのは名前と、誕生日と死亡日だけ。それ以外の墓標には故人に対する記述があるのにね。とくに目を惹いたのは、ただ〝ビリー〟とだけあったお墓よ。それでおかしいなと思ったの。故人のことをいちいち書くのが、面倒になっただけかもしれないけど。それにしても死者は男性ばかりで、女性が一人も死んでないなんて、やっぱり驚くべきことだわ」

シェリーが深いため息をついて、首を振った。「悲惨な話でね。ハルはこの間、たくさんの人が亡くなったことに胸を痛めたわ。それにあなたの言うとおりよ、サリー。全員男性だった。死因はそれぞれ違うけど、みんな悲しい思いをしたのよ」

ヘレンが急いで言い足した。「そのうちの何人かは、住宅地に住んでた人だってことを忘れちゃいけないよ。親戚たちがここの墓地に埋葬したがったんだ。崖っぷちにあって、海風が吹き渡るから、ロマンチックな気がするんだろうね。それで、そういう人にはここに埋葬させてあげたんだ」

「クインランさんとわたしが崖の下で見つけたかわいそうな女性も、ここに埋葬されたの？」

「いいや」ベルマ・アイズナーが言った。「亭主っていうのが、無作法な若造でね。あたしらがなんかしたに違いないって、どなりまくったんだ。あたしらの体つきをよく見てから言ってほしいよ。奥さんが死んだのは、あたしらのせいだと言わんばかりだった。ぷんぷんしながら出てったよ」

「アイスクリームすら買わないなんてさ」ヘレンが言った。「あの週は生のブルーベリー入りのバニラを売ってたんだよ。それきりあの男は戻ってこない」

「そう、失礼な人もいたものね」サリーは言った。「そろそろ行くわ。おいしいアイスクリームをごちそうさま」出入口のほうを向いた。「そう言えば、スパイバー先生のお墓がなかったけど」

「先生はここにはいないよ」ベルマが言った。「火葬してオハイオに送り返してほしいっていうのが本人の希望でさ。ラルフ・キートンに埋葬の準備をされたくないと、言ってたよ」

ヘレン・キートンが笑った。「で、ラルフがいらいらしちゃってね」

「そんな生やさしいもんじゃなかったでしょ、ヘレン」シェリーが言った。「ラルフはかんかんだったじゃない。いらいらっていうのは、ラルフがちゃんとパンツを籠《かご》に入れなかったときのあなたのことを言うのよ」

女たちは大笑いし、サリーも笑いの輪に加わった。まっすぐ道を渡って、テルマのB&Bへ戻った。


シェリー・ボルヒースは店のカーテンをおろし、ヘレンとベルマに話しかけた。「いま町には三人のFBI捜査官とデービッド・マウンテバンク保安官がいる」

「あの大物たちが、みんなの安全を守ってくれるさ」ベルマが言った。

「まったくだ」ヘレンは言いながら、指でアイスクリームをすくって、ゆっくりと舐め取った。「炭坑労働者の冬用のブランケットにもぐりこんだ虫なみに安全だよ」


クインランはようやく電話を切った。「名前と日付を読みあげるのに時間がかかったが、ディロンがすぐに調べてくれるそうだ。死んだ男たちのデータに怪しい点があれば、あいつがちょちょいと見つけてくれる。すぐに返事がくるよ」

サリーはゆっくりと言った。「世界一のアイスクリーム屋の女性たちに聞いたんだけど、スパイバー先生のお墓が見あたらないと思ったら、火葬されて、オハイオに送り返されたんですって」

「興味深い」クインランはふたたび電話を手に取った。「ディロン？　たびたび悪いな、クインランだ。スパイバー先生が火葬されてオハイオに送られたかどうか、調べてくれるか？いや、さっきの名前ほどは重要じゃない。サリーとおれの好奇心を満足させたいだけだ。おれが思うに、たぶん先生にはもう親族がいないはずだ。だったらなぜここの墓に埋めてやらないで、火葬にしたんだ？

おい、そんなこと言うなよ。行儀が悪いぞ。サリーにも聞こえてるだろ。ああ、そうだ、おまえの言葉遣いを聞いて、いま首を振ってるよ」

クインランはにやにやしつつ、耳を傾けている。「ほかに何かあるか？ない？何かわかったら、すぐに連絡してくれ。夕食から先はずっとここにいるからな」電話を切ったあとも、クインランのにやつきは収まらなかった。サリーに話しかけた。「おれはディロンが悪い言葉を使うのを聞くのが好きでさ。あいつ、悪態をつくのがへたで、同じ悪態を何度もくり返すんだ。しょうがないからもっと単語を教えてやろうとしたんだが——ほら、ものすごく悪い言葉に動物や、抽象語なんかをくっつけたりしてさ——それでもうまく使いこなせない」クインランはそれぞれに異なるポーズをつけながら、いくつか例を挙げてみせた。「そのへんはブラマーの十八番《おはこ》なんだが、捜査官に対してひどく腹を立てているときしか、出てこない」

サリーはベッドが揺れるほど大笑いした。ふとわれに返った。わたし、笑ってるの？

「よせよ、サリー。忘れるのはいいことなんだ。きみの笑い声を聞くといい気分になる。どんどん笑ってくれ。さて、きみの下劣な本性を満足させたところで、マーサの料理を食べにいくとするか」

感謝祭以上のごちそうだわ、とコリー・ハーパーは言った。マーサが運んできた巨大な大皿の中央にはポットローストが載り、その周囲にはニンジンとポテトとオニオンが芸術的に飾りつけられていた。タルタルドレッシングで和えたたっぷりのシーザーサラダには、絶品のガーリックブレッドが添えられ、デザートはアップルクリスプだった。さらにサイドディッシュとして茄子のパルメザンチーズ焼きがあった。四時半から茄子を食べたがっていたテルマは、みんなを待っていなかった。

マーサは絶妙のタイミングで現われ、みんなが長らく味わったことのない最高級のカベルネソービィニヨンをワイングラスにつぎなおしてくれた。

男性陣を中心にしてもっと食べろとせっつき、クインランも最後にはフォークを置き、椅子にもたれて、うめき声を漏らした。「マーサ、これ以上食べたら、暴飲暴食の罪で神さまに殴られる。デービッドを見てみろよ――ボタンがはじけ飛びそうになってる。痩せのトマスにしたって、きみのところにいたら、すぐに太りだすぞ。おれは行儀のいい男だから、ご婦人方がどれぐらい詰めこんだかはあえて口にしないが」

サリーは残っていたガーリックブレッドを投げつけ、笑顔でマーサをふり返った。「いまアップルクリスプって言ったの、マーサ？」

「ええ、そうよ、サリー。世界一のアイスクリーム屋のフレンチバニラアイスをたっぷり載せてね」

テルマからのプレゼントとして、コーヒーにはアマレットが垂らされた。マーサによると、テルマはクインランとのおしゃべりで疲れ果てたとかで、自室で食事をしていた。たぶん実際は茄子のパルメザンチーズ焼きを消化するために、ひと眠りしなければならないのだろう。

マーサがキッチンに戻ると、サリーはシュレッダーとハーパーと、マウンテバンク——いっしょに夕食を囲んだあと話しあいをしようという提案に嬉々として乗った——に墓地での発見を語った。

クインランが言った。「で、ディロンに電話した。仕事の速い男だから、たぶん今晩じゅうに返事があるだろう。何かわかったら、きみたちを起こすよ」

「おれを起こせる人間がいるとは思えんよ」マウンテバンクは言い、コーヒーを飲んだ。

「刺激剤としてのコーヒーは忘れたほうがいいな。このアマレットのうまいこと。早くもパジャマが恋しいよ。できることなら今夜は、娘たちによじのぼられずにすませたい。運がよければ、ジェーンがもう寝かしつけてくれてるだろう」

サリーは無言だった。アマレットは昔から嫌いだ。軽く口をつけたのち、そっとクインランのカップにコーヒーを移した。その間みんなは、クワンティコに訓練のためにつくられた人工の町、ホーガンズアレーで銀行強盗とまちがえて見学中のお偉方を逮捕してしまった訓練生がいたという、ハーパーの話を聞いていた。見学者のうちでもいちばんのお偉いさんは、素晴らしい訓練だと感心して見ていたが、最後には、訓練生の一人に手錠をはめられて連行されてしまった。

クインランはサビッチが何かを見つけたら電話をすると約束したが、そのじつ、いくら電話が鳴っても、起きられそうになかった。

「ほろ酔いみたいだな」クインランはサリーを片腕で抱えあげ、塔の部屋の鍵を開けた。

「わたしがほろ酔い？」

「ミズ・リリーがいまのきみを見たら、さぞかしおもしろがるだろうな」

「次に彼女に会ったら、ほろ酔いかげんでもあなたのパンツを記録的な速さで脱がせられたって報告しなきゃね」

サリーは大笑いしながらクインランに飛びついた。クインランは抱きとめながら後ろ向きにベッドに倒れ、サリーにキスしだした。彼の吐息は温かく、アマレットの刺激的な匂いがした。

「コーヒーをおれに飲ませたのをマーサに黙っておいてやって、ありがたいと思えよ。さて、おれのパンツを脱がすってのは、どうなったんだい？」

サリーがわざとなまめかしい表情を浮かべると、クインランは腹を折るほど大笑いした。そのあと手を伸ばすと彼がうめき、笑い声を喉に詰まらせた。目をつぶり、首筋の筋肉を痙《けい》攣《れん》させている。

「まいった」クインランが唇を重ね、舌を差し入れてくる。サリーには愛すべき感触、愛すべき味わいだった。彼が腰に手を伸ばして、お尻をこねまわしつつ、抱き寄せてくれる。股間には硬く猛ったものがあたっている。ビーダーマイヤーのサナトリウムの窓に入っていた鉄棒のようだ。いやだ。なぜあんなところのことを思いだすの？

ぞくりと寒気がした。そう、そんなことは過去の恐ろしい記憶であって、いまの自分には無縁だ。あらためてクインランにキスした。唇がゆるんでいる。それに、お腹にあたるものもあまり硬くないし、お尻も撫でまわしていない。

サリーは体を起こして、クインランを見おろした。きっと彼にウインクされて、体を組み敷かれると思っていた。

「ジェームズ？」

クインランは力なくほほえんだだけで、動きもしなければ、ウインクもしなかった。「疲れたよ、サリー」くぐもった小声だった。「きみは疲れてないのか？」

「疲れてないわけじゃないけど」顔を近づけて、もう一度キスした。と、ふいに彼の目が閉じ、頭が横に倒れた。

「ジェームズ？　ねえ、ジェームズったら！」

何かがおかしい。クインランはふざけているわけではなかった。とてつもなくおかしなことが起きている。彼の首筋に指を押しつけると、ゆっくりと安定した脈拍があった。左胸に手を押しつけてみる。やはりゆっくりとした確実な鼓動が伝わってくる。まぶたをめくって、もう一度名前を呼んだ。頬を軽く叩いてみる。

反応がない。

意識不明の状態だ。あのコーヒーに薬が入っていたに違いない。ありがたいことに、サリーがまだ意識を失っていないのは、ひと口しか飲まなかったからだ。それ以外には考えられない。サリーはなんとかクインランから身を引きはがしたものの、腕や脚に力が入らなかった。たったひと口でこれだけの効き目なの？

一人では対処できないので、シュレッダーとハーパーを呼んでこなければならない。二人もこの宿に泊まっている。廊下を行った先だから、それほど遠くない。でも、彼らもコーヒーを飲んでいる。それは保安官も同じで、しかも車を運転している。シュレッダーとハーパーも意識を失っているのかどうか、確かめなければならない。彼らの部屋へ行かなければ。そうだ、なんとしてもたどり着かなければ。

サリーはベッドから転げ落ちた。仰向けのまま、周囲に美しいモールディングをほどこした天井を見つめた。四隅にはビクトリア朝様式の裸体のケルビム像まであり、竪琴や花を掲げている。

動くのよ。体を起こして、四つん這《ば》いになった。コリー・ハーパーの部屋はどこだろう？　さっき聞いたのに、思いだせない。それならそれで、探しだすまでのことだ。どちらの部屋も廊下に面しているのだから。這ってドアへと向かった。たいして遠くない。伸びあがってノブをまわし、ドアを開けた。

左側に延々と廊下が続いている。明かりは薄暗く、陰が多かった。コーヒーに薬を入れた犯人が物陰に隠れていたらどうしよう？　薬に屈しなかった人間がいた場合に備えて、その人を殺そうと待ち受けているかもしれない。サリーは首を振って、どうにか立ちあがった。

ひと足ずつ前に出す。前に進むこと、それだけがいまなすべきことだった。シュレッダーとハーパーの部屋を突き止めなければ。ようやく左側にドアが現われた。一一四号室。ノックしてみた。

返事がない。

必死に声を張りあげようとしたが、かすれた小声しか出ない。「トマス？　コリー？」もう一度ノックした。やはり返事はなかった。ノブをまわすと、意外にもドアが開いた。勢いよく開きすぎて、まえのめりに部屋に入った。膝に力が入らず、横倒しになった。声をあげる。「トマス？　コリー？」

苦労しつつ手を膝についた。明かりは一つしかついていない。ベッドサイドテーブルのランプだ。トマス・シュレッダーは大の字になって横たわっていた。昏睡状態だ。でなければ、死んでいるか。サリーは悲鳴をあげようとした。悲鳴をあげたかった。けれど、口から出てきたのは、情けない小声だけだった。

背後に足音がする。ゆっくりと体をめぐらせ、開いた戸口を見た。ジェームズ？　もう意識が戻ったの？　だが、サリーは名を呼ばなかった。違うかもしれないからだ。たっぷりコーヒーを飲んだのだから、クインランのはずがない。これから現われる人物が怖かった。

明かりは薄暗い。陰が部屋を満たし、サリーの視界を満たした。戸口に男の姿が現われた。ポケットに手を突っこんでいる。

「やあ、サリー」

29

「そんな」黒っぽい人影を見つめながら、サリーはつぶやいた。それが彼であることに気づき、受け入れて、けれど、言わずにいられなかった。「そんな。あなたのはずないわ」

「もちろん、そんなはずはあるぞ、ディア。おまえの父親がどこかにいるのは、おまえにもわかっていただろう？」

「いや」サリーは激しく首を振った。

「どうして起きられたんだ、サリー？」

「わたしたちに薬を盛ったのね。わたしは少ししか飲まなかったけれど、とても強い薬を」

「充分な量を飲まなかったのか？」彼が近づいてくる。速い、あまりに速い足取りで。

「ドクター・ビーダーマイヤーは、ありとあらゆる種類の新薬をおまえに使った。正直言って、おまえの脳に影響が出なくて驚きだよ。さて、あとはわたしがなんとかしてやろう」かがんでサリーの首筋の髪をつかみ、頭を後ろに引っぱった。「さあ、サリー」口に液体を流しこむ。そのあとサリーは突き飛ばされて、後ろ向きに倒れた。

サリーは彼を見あげた。その姿が左右に揺れ、薄明かりのなかに溶けこんでゆく。彼の顔に焦点を合わせよう、じっくりと見ようとするのに、しだいに輪郭がぼやけて、口が動き、それが大きくなった。首が伸び、どんどん長くなって、ついには頭が見えなくなった。不思議の国に迷いこんだアリスは、きっとこんなふうに感じたに違いない。「ああ」サリーはつぶやいた。「そんな」

サリーは横向きになった。なめらかなオークの床板が頬に冷たかった。

父がここにいる。目覚めたサリーの脳裏を最初によぎったのは、そんな思いだった。父親が。

まちがいない。父だ。彼がここにいる。薬を飲まされた。これから殺すつもりだろう。また無力な自分に逆戻りしてしまった。かつて無力なまま数日が過ぎ、それが数週間、数カ月になった。

動くことはできなかった。指一本持ちあげられない。手は体の前で縛られ、痛いほどきつくはないが、ほどくことはできない。少しだけ体を動かした。足首も縛られている。けれど頭のなかまでは束縛されていない。精神は澄んでいる。サリーにはそれがありがたかった。また靄《もや》がかかったような状態になったら、体を丸めて、死を願っていただろう。でも、いまは考えられる。記憶をたどることもできる。そして、目を開けることもできた。でも、目を開けたいのだろうか？

ジェームズ。彼のことを思い、無理をして目を開けた。

ベッドに横になっていた。体重を移動すると、スプリングがきしんだ。もっとよく見たいけれど、見えなかった。廊下から差しこむぼんやりした明かりしかないからだ。小さな寝室のようだが、それ以外のことはわからなかった。

ここはどこ？　まだコーブなの？　だとしたら、コーブのどこだろう？

父はどこにいるの？　これからどうするつもりだろう？

寝室に入ってくる人影があった。顔が見えるほどの明るさはないが、サリーにはわかっていた。そう、父以外にありえない。

「あなただった」サリーは自分の口から声が飛びだしたことに驚いた。ひどく悲しそうなしやがれ声だった。

「やあ、サリー」

「あなただったのね。思い違いであることを祈ってたのに。ここはどこなの？」

「まだそれは話せない」

「まだコーブにいるの？　ジェームズはどこ？　それに二人の捜査官は？」

「それもやはり、まだ話せない」

「なんて男なの。この国を出ているか、死んでてくれたらと、心から願ってたのに。いえ、そうじゃない。あなたが捕まって、刑務所のなかで惨めに生きていくことを願ってた。それで、ここはどこなの？」

「ノエルも気の毒に。長年おまえの舌に苦しめられてきたんだからな。おまえはいつもあれに噛《か》みつき、説教をたれ、指図した。そしてあれに警察に電話させたがった。わたしと別れさせたがった。だが、あれはそんなことを望んでいなかったんだぞ、サリー。最初はそうだったかもしれないが、その後は違った。それなのにおまえはあきらめず、非難の言葉であれを苦しめ、侮蔑した。あれがサナトリウムに見舞いにいかなかったのは、それが原因だよ。頭がおかしくなってなお、おまえが押しつけがましいことを言うのを恐れたからだ」

「嘘よ。いまなら、好き勝手なことが言えるものね。ここにいないノエルには、あなたをほんとうはどう思っているのか語れないわ。でも、あなたのサンドバッグにならなくていいと納得がいったら、ワシントン一幸せな女性になるでしょうね。それに、もう半袖のドレスやシャツを着はじめてるのよ。青痣《あおあざ》が見えるのを心配しなくていいから。次の夏には、セパレーツの水着だって着るでしょう。セパレーツが着られなくなって、何年になるの？　肋骨を殴るのが好きだったんでしょう？　あなたは彼女を虐げてきた。この世に正義があるのなら、報いを受けるべきはあなたよ。死ななかったなんて、ほんと、残念」

「この半年間分を足した以上の長台詞《ながぜりふ》だな。サナトリウムに滞在していたわずかなあいだ、おまえは幸いにもおとなしかった。あのクインランのせいで、ドクター・ビーダーマイヤーが仕事を続けられなくなって残念でならんよ。

すべてのことがやけに複雑になってしまった。それもこれも、おまえが悪いんだぞ、サリー。クインランがドクター・ビーダーマイヤーのもとからおまえを連れ去るまでは、あらゆることに蓋《ふた》ができていた」

「彼の本名はノーマン・リプシー。形成外科医よ。そして犯罪者だった。彼があの気の毒な男性の顔をあなたに似せて手術し、その人をあなたが殺した。いまやただの暴力亭主じゃなくて、れっきとした殺人者だわ。そして国家反逆者でもある」

「なぜつまらない行為でだけ、わたしを非難するのかな？　わたしはとてもいいことを一つした。おまえが口にしなかったその行為を誇りに思っている。

愛しい娘を六カ月にわたって監禁したのだぞ。この数年でもっとも楽しいプロジェクトだった。

おまえを監禁し、思うがままにする。おまえはわたしに会っても、さげすみや憎しみの表情を浮かべなかった。抱き人形のようなおまえを見るのが、どれほど楽しかったことか。口をあんぐり開け、ぼんやりと惚《ほう》けた顔をしているのは愉快だった。痛ましいホランドが人形遊びでもするようにおまえの服を脱がせ、風呂に入れて、ふたたび服を着せるのを見るのはそれほどでもなかったが。

時間がたつにつれて、殴っても楽しくなくなった。おまえはなんの抵抗もせず、あまりに痩せすぎていた。ドクター・ビーダーマイヤーにもっと食べさせるように言ったのだが、状態を安定させておくのが精いっぱいだと抜かしおった。そのあと、おまえは舌の下に錠剤を隠して、サナトリウムを逃げだした。

自宅のわたしの書斎でおまえを見たときは、ショックだった。ジャッキーを殺した直後のことだ」

彼がポーズをとった。これまで何度となくサリーが見てきたポーズだった。一方の腕を支えにして肘をつき、手を顎に添えている。これがこの男にとっての物思いに沈む知的な男のポーズなのだろう。あと必要なのはスコットのパイプと、シャーロック・ホームズばりの帽子だ。

「おまえは部屋に入ってきて、哀れなジャッキーを――あの欲深な虫けらを――見おろしていた。そして、ふり返ってわたしを見た。その目ではっきりと見て、わたしだと気づいたのが目つきでわかった。おまえは銃を拾いあげた。デスクの書類を探すあいだ、わたしが床に置いておいた銃をだ。だが、おまえがそれを拾いあげたとき、あとは逃げるしかなくなった。わたしが外の物陰から見ていると、おまえが首を振った。目の前の光景が信じられないのだとわかったよ。ノエルとスコットが走りこんでくるのも見た。彼女の悲鳴が何度も響いた。スコットはあの馬鹿げたパイプを嚙み切りそうになっていた。

そしておまえも逃げたのだな、サリー？　逃げて、途中、わたしの貴重な拳銃を茂みに投げ捨てた。そのときはおまえを追えず、正直言って、わたしも怖かったが、まずは銃を回収しなければならなかった。その後も心配でならなかった。ずっと心配だった。もしおまえがわたしを見たと、父親を見たと言いだしたらどうなるのか？　たとえ病気のお墨付きがあろうとも、検死解剖が行なわれ、歯の記録を取り寄せて比べられていただろう。だが、恐怖のあまり、おまえは黙って逃げた。逃げてここへ、ここコーブのアマベルのもとへ逃げこんだ。たっぷり四日間は、おまえがあのときの記憶を封じこめているのに気づかなかった。おまえが逃げたのは、おまえ自身かノエルがわたしを殺したと信じこんでいたからだった」

サリーは彼の話を漏らさず聞こうとした。自分がまちがっていなかったことを確認し、この男の正体を理解するために。おもむろに口を開いた。「クインランが思いださせてくれたのよ。場面を再現したとでも言うのかしら。そのおかげで。わたしはあのとき何もかも、そう、すべてを見ていた」

「替え玉が誰なのか知りたいだろう？　あるときボルチモアでイラクの仲介業者と会っていたときに、偶然見つけた男だ。無一文で、わたしにそっくりだった。身長、体重はほぼ同じだった。彼を見つけたとき、この男が救ってくれる、とわかった」

なぜ父はこんなに語っているのか。さっきからそこに突っ立って、滔々《とうとう》と説明している。ああ、そうか。自分の素晴らしさを自慢するのが楽しくてたまらず、自分のすごさを気づかせたいのだろう。詰まるところ、サリーはすべてについて闇のなかに置かれていた。そうだ、この男は楽しがっている。

「ジャッキーの名字は？」

「名字は覚えていない。わかるだろう？　やつは自分の役割を完璧に演じた」エーモリー・シジョンは笑った。「わたしを演じられるようになったら、大金をやると約束していた。おまえにも見せたかったよ。あの男がわたしの声音やアクセントを練習する姿を。それはいじましい姿だったが、ドクター・ビーダーマイヤーとわたしは、あの男を褒めつづけた。きみは耳がいい、癖を完璧に身につけている、きみならわたしを演じられる、とな。やつはそうなるものと信じていた。大きな会議でわたしを演じるのだと頭から信じこんでいた。やつにとっては大きなチャンス、大金を稼ぐ絶好の機会だった。信じられないほどの愚かさだった」

「そして愚かさゆえに命を落とした」

「そうだ」

サリーは言いながら、こっそりロープを引っぱりだした。「ビーダーマイヤーはもうおしまいよ。でも、それはもうあなたも知ってるわね。彼は残りの人生を刑務所で過ごすの。ホランドがFBIに洗いざらい打ち明けたから。閉じこめられていた人たち、わたしのような人たちはみんな、あの刑務所から解放されるわ。あなたたちはまるで休息と回復のためのリゾート地みたいにサナトリウムと呼んでいたけれど」

「そうだな。だが、そんな連中のことはどうでもいい。わたしにとって重要なのはおまえだけだよ。ただ、サナトリウムの閉鎖には胸を痛めている。おまえを入れておくには最適の場所だった。永遠に排除しておける。ジャッキーに会ったとき、すべてがしかるべき位置に収まった。ドクター・ビーダーマイヤーの不正行為についてはすでに知っていた。条件がすっかりそろったのが、七カ月ほど前のことだ。

わたしはおまえを排除した。もちろん、スコットの協力あってのことだ。あの馬鹿は自分が捕まるのを恐れていたし、それに、わたしからの報酬にも目がくらんでいた。そのうえ、恋人のことがあった。これでも、おまえがエイズにかからないようには注意したんだぞ。おまえを抱くときは——そんな行為が彼に可能だったらだが——コンドームを使うようにと脅しておいた。ドクター・ビーダーマイヤーにも血液検査を頼み、ありがたいことに、結果はシロだった。だが、スコットにはしかるべき楽しみがあった。おまえから解放されると、金を使って、恋人とおおっぴらに遊びだした。いい人質になってくれた。それでわたしはどうしたか？　そう、ジャッキーに手術をほどこすと、計画は最終段階に入った。だが、おまえは嘴《くちばし》を突っこまずにおられなかったのだろう、サリー？　せっかくわたしが閉じこめたのに、また出てきて、計画をぶち壊そうとした。それもこれでおしまいだ」

「あなたがわたしを憎んでいるのは、あなたの暴力から母を守ろうとしたというただそれだけの理由なの？」

「いいや、そうじゃない。わたしがおまえを好きになれないのは、自然なことなのだ」

「わたしが違法な武器売買について知っていると思ったから？」

「そうなのか？」

「いいえ」

「他国の政府との取引とは、いっさい無関係だ。スコットはおまえが何かを見たんじゃないかと恐れていたが、もしほんとうに見ていれば、おまえなら即座に行動を起こすはずだ。だから、わたしは気にしていなかった。じつを言うと、おまえはわたしの娘ではない。よその男とのあいだにできた子なのだ。そして、ノエルがわたしと別れなかったのは、それが理由だったのだよ、愛しいサリー。彼女も一度は試みた。おまえがまだ赤ん坊のときだった。わたしから一生この状態が続くと言われても、信じられなかったのだろう。わたしを試そうとしたのかもしれない。大金持ちで体面を気にするフィラデルフィアの両親のもとへ逃げ帰ったが、彼らは想像したとおりの反応を示した。嘘をつかずに、わたしのもとへ戻れと言い渡したのだ。なんといっても、わたしは彼女に救いの手を差し伸べた男だからな。ほかの男の子どもを宿した女を嫁にもらった立派な男に、どうして文句がつけられるだろう?」

彼は笑った。長く太い笑い声を聞くうちに、サリーはぞくぞくしてきた。さっきからずっとロープを引っぱっている。少しゆるんできたのはまちがいないが、ロープのことはほとんど考えていなかった。父を理解し、その発言に耳を傾けることに集中していた。だが、それがやけにむずかしい。

話は続いている。瞑想しているような声だった。「いま考えてみると、ノエルがわたしの言うことを真に受けていなかったのがわかる。彼女は結婚によって何を支払うことになるのか、わかっていなかった。それは彼女の両親から受け取った五万ドルとはべつに、わたしと永遠に添い遂げるため、あるいはわたしから拒否されるまで、払いつづけなければならない対価だった。彼女が重い足を引きずっておまえとともに戻ってきたとき――おまえは泣き叫ぶいまいましいガキだったよ――わたしはおまえを取りあげ、赤々と火の燃える暖炉にかざした。勢いよく燃えさかる火が、おまえの頼りない髪や眉を焦がした。あのときの彼女の叫び声のすさまじかったこと。わたしは、またこんなことをしたらおまえを殺す、と言い渡した。

わかるだろう。わたしは本気だった。実の父親が誰か、気になるだろうな」

サリーは肉体に大量の薬が投与されたように感じた。父の言っていることが納得できない。言われている内容はわかる。この男は実の父親ではなかった。だが、心の核の部分には届いていないようだった。

「あなたはわたしの父親じゃなかった」サリーは言うと、彼の左肩の向こうにある開いたドアを見つめた。この怪物の血を引いてないとわかって、歓喜の声をあげたかった。「そしてたった一人の子であるわたしを殺すとノエルを脅しつづけた」

「そうだ。最後には彼女も信じるようになった。金持ちの売女《ばいた》を殴りつけるのが、どれほどの喜びをもたらしてくれるか、口では言い表わしがたいほどだ。そして彼女は殴られるしかなかった。それ以外の選択肢はなかったからだ。

そしておまえが十六になり、わたしが殴っている場面を見た。あれにはまいった。すべてが変わってしまったが、おかげでおまえを排除するいい口実ができた。最後のときのことを覚えているか？　おまえは家に戻ってきて、わたしが彼女を蹴っているのを見た。おまえが助けを求める電話をかけようとしたら、あの女が這って――ほんとに這って――おまえのところまで行き、電話をしないでくれと頼んだあのときのことを？　最高の見ものだった。おまえとあの女の関係が絶たれるのを見るのは、愉快だった。

おまえが去ってから、もう何度か蹴ってやった。あの女は嬉しそうにうめきおった。そのあと抱いてやったが、ずっと声をあげどおしだった。

その一件を機に、おまえに邪魔されずにすむ日が長く続いた。おまえが家を出て、母親の人生に立ち入らなくなったあの四年間の日々は、ひじょうに満足のいくものだった。だが、わたしはおまえにツケを支払わせたかった。それでスコットと結婚させた。それでしばらくはおまえの気を逸らせられたが、おまえもあんな男では満足できなかったんだろう？　おまえはまもなく、あの男がまがい物であることに気づいた。だからといって、何がどうなるわけではないが。

わたしはただ、時間を稼ぐ必要があった。ジャッキーに会ったとき、自分のすべきことがわかった。ＦＢＩの手も伸びてきていた。わたしは馬鹿ではないから、もはや時間の問題だとわかっていた。取引によってわたしは大金持ちになったが、イラクのような国との武器の売買には、つねに危険が伴う。そう、あとは時間の問題だった。おまえにわたしを煩わせた罰を下してやりたかった。おまえがドクター・ビーダーマイヤーのサナトリウムにいた六カ月は、素晴らしい思いをさせてもらった。おまえを組み敷き、わたしがおまえを愛撫したり、わたし自身を慰めるのを見せつけてやった。おまえを殴り、痛みに顔をゆがめるのを見るのは、格別だった。だが、そのあとおまえは逃げだし、すべてを台なしにしてしまった」エーモリーはかがんでサリーに平手打ちをくらわせた。まず左頬を、そして右頬を。もう一度、さらにもう一度。

サリーは口のなかに血の味が広がるのを感じた。唇が切れている。

「あんたなんか汚らしい腰抜けよ」唾を吐きかけたが、うまくかわされてしまった。彼はもう一度、サリーを殴った。

「サナトリウムでおまえを抱きたいと思ったことは一度もない」サリーに顔を寄せて言った。「その気になれば可能だったのだが。おまえの体はさんざん見たが、そそられる体ではなかった。それを言ったら、スコットなど、おまえを見ようともしなかった。あいつは一度だけ、わたしに言われてサナトリウムを訪れた。わたしが離れたいま、あの男は逮捕されるしかない。さあ、サリー、もう一度唾を吐きかけてみろ。腰抜けなのはわたしではなく、おまえのほうだ」

サリーは唾を吐きかけ、今度は狙いをはずさなかった。彼は手の甲で口と頬をぬぐうと、サリーを見おろしてほほえんだ。サナトリウムで笑顔で見おろされたときの記憶が、ありありとよみがえった。「いや」つぶやいたが、どうすることもできなかった。

彼から強打されて、暗闇に落ちこんだ。最後に脳裏をかすめたのは、さらに薬を与えられなくてよかったという思いだった。

30

「おれたちは苦境に立たされている」クインランは言い、実際そうだった。だが、頭にあるのは自分のことでも捜査官二人のことでもなく、サリーのことだった。もし彼女がこのブラックホールにいるとしたら、まだ人事不省か、悪くしたら、死んでいることになる。トマス・シュレッダーがうめき、コリー・ハーパーが「そうね」と、相づちを打った。まさに、彼らはいまたいへんな苦境に立たされていた。そして魔女の大釜の底のように暗い部屋に閉じこめられていることも、また確かだった。

いや、部屋じゃない。床の汚れた小屋のなかだ。たぶんスパイバーの家の裏手にあるあの掘っ立て小屋だろう。

「いいか」シュレッダーは言った。「たしかに苦境に立たされているが、われわれは訓練を積んだ捜査官だ。これくらいの状況は切り抜けられる。脱出できなければ、火を放たれるだろう。仕事を失い、捜査局からの年金ももらえなくなる。ぼくとしては、捜査局の健康保険だけはなんとしても失いたくない」

ハーパーは足首に痛みがあるにもかかわらず、声をたてて笑った。手のほうはあまりきつくなかった。たぶん、女なのでゆるめに縛ったのだろう。それでも、結び目は固く、簡単にはほどけそうになかった。

「あなたからそんなにおもしろい話を聞いたのは、はじめてよ、トマス」

クインランは自分の手首のロープを引っぱりながら言った。「ここの馬鹿野郎の一人が、第二次世界大戦時に海軍にでもいたんだろう。しっかりと縛ってあって、びくともしない。手や歯を試してみようってやつはいないか？」

「やりたいとこだけど」ハーパーが応じた。「この壁に繋がれてるみたいなの。そうね、手首にロープが縛ってあって、それが壁板の一枚にまわしてある。どんなに歯が大きくても、手が長くても、あなたには届かないわ」

「ちくしょう、ぼくも繋がれてる」シュレッダーが言った。

「それでも全員命があるだけありがたいと思わなきゃな」クインランは言った。「心配なのは、デービッドだ」そう言いつつ、サリーの身を案じていた。彼女の名前を口にすることすら怖かった。

「まっすぐ道路を走れたとは思えない」シュレッダーがこともなげに言った。「ここにはいない。もう死んでるかもしれないな」

「救出されたかもしれないでしょ」ハーパーが言い返した。

「もう死んでるってのは、どういう意味だ？」クインランは文句をつけた。せめて何かの輪郭だけでも見えればいいのだが。さっきから手首を動かしているのに、ロープは少しもゆるまない。

「ぼくたちをこれから十年ぐらい、ここに閉じこめておくつもりだろうか?」

「そうでないことを祈る」クインランは言った。「高齢者ぞろいだから、十年もしたら向こうのほうが死んじまう。忘れられたらことだぞ」

「おもしろくないぞ、クインラン」

「そうかもしれないが、努力はしてる」

「努力を続けて」ハーパーが言った。「臆病風に吹かれたくないから。いまは頭を使わなきゃならないわ。第一の疑問は、誰がわたしたちをこんな目に遭わせたかよ」

「明々白々だろう?」シュレッダーが言った。「あの死にぞこないさ。マーサにアマレットを持ってこさせて、それに何かを入れたんだ。ぼくはベッドに横になったとたん、電気が消えるがごとく意識を失ったんだぞ」

「サリーはどこ?」ハーパーがだしぬけに疑問を口にした。

「わからない」クインランは答えた。「わからないんだ」

まだ意識を取り戻せないまま、自分たちとともにここに閉じこめられているといいのだが。

「みんな脚を前に投げだしてくれ。どれぐらいの広さがあるか知りたい」

クインランが脚を伸ばすと、トマスのつま先にかろうじて足が触れた。

「次は左右に体を倒してみよう」

ハーパーのブラウスがつかめた。

サリーはいない。

「サリーはここにはいない」クインランは結論を下した。「どこへ連れていったんだ？」しまった。なぜ疑問を口に出したんだ？　シュレッダーの答えを聞きたくなかった。

シュレッダーが答えた。「いい質問だな。なぜ連中はわざわざぼくたちを分けたんだ？」

「なぜなら」クインランはゆっくりと語を継いだ。「おばのアマベルが、一枚嚙んでるからだ。たぶんサリーは彼女といっしょなんだろう。サリーを守ってるのかもしれない」

シュレッダーはため息をつき、意外な返事をした。「きみの言うとおりであることを祈ろう。まいったな。頭がロックバンドのドラムみたいにがんがんする」

「わたしもよ」ハーパーが言った。「でも、考えることはできるわ。それで、クインラン、この町じゅうの人間が共謀してると思う？　町民全員がぐるになって、過去三年から四年のあいだに少なく見積もっても六十人ほどを殺したと？　お金のために？　そしてその全員を自分たちの墓地に埋葬したと？」

「敬意を表するためさ」クインランは答えた。「目に浮かぶようじゃないか。あの老人たちが自分たちが殺したばかりの老夫婦を見おろして、顎を撫でながらこう言う。『さて、ラルフ・キートンに埋葬の準備をさせたら、ちゃんと埋めてやって、ボルヒース師に祈りの言葉を唱えてもらおう』とな。ああ、コリー、町民全員がぐるだ。ほかに考えようがあるか？」

「どうかしてる」シュレッダーが言った。「町の人間全員が人殺し？　誰がそんなとてつもない話を信じる？　町民のほとんどが高齢者となったら、なおさらだ」

「おれは信じるよ」と、クインラン。「ああ、信じるとも。それに賭けてもいいが、最初は事故だったんだろう。事故で金が転がりこんだ。それにヒントを得て、みんなが――いや、一人とか、二人とかかもしれないが――町を救う名案を思いつき、やがて広がっていった」

ハーパーはのろのろと言った。「被害者をここへ呼びこむ餌は、ハイウェイに掲げた大きな看板ね」

「そうだ」クインランは言った。「世界一のアイスクリーム屋。それにしても、あそこのアイスは最高だな」

冗談でも言わなければ、頭がおかしくなりそうだ。サリーはどこへ行った？ アマベルは彼女を守ってくれているのか？ そうは思えなかった。

「さあ、町に入って、最後のアイスクリームを召しあがれ」シュレッダーが言った。「詰まるところ、そういうことになるな」

「女性が殺されたのは、なぜかしら？ ドクター・スパイバーもよ」

クインランは手首のロープを必死にゆるめながら、口を動かした。「あの女性は、聞いてはいけないことを聞いてしまったんだろう。彼女は少なくとも三日、場合によってはもっと長く監禁されていた。サリーがコーブに来て最初の夜に悲鳴を聞き、その二日後にまた聞いてるからだ。明くる朝、おれとサリーが死体を発見した。思うに、彼女を殺すしかなくなったんだろう。殺したかったんじゃなくて、そうするしかなくなったんだ。女を生かしておくか、自分たちが生きるか、二つに一つだった。選択するまでもなく、彼女を殺した。連中は彼女に腹を立てていた――だから手間をかけて貴重な墓地に埋葬せずに崖から突き落とした」

「ドクター・スパイバーについてはどうなんだ?」シュレッダーが尋ねた。「ちくしょう、やけにきつく結んであるな。ただの一ミクロンもゆるめられない」

「あきらめずに続けるんだ、みんな」クインランは励ました。「さて、スパイバー先生殺しについてだが、おれにはわからない。鎖の弱い環だった可能性はある。医療従事者として、どんな殺害行為も彼には負担だった。女性の殺害によって、我慢の限界を超えて、爆発した。それで町民たちは彼の口に銃弾を放って、自殺に見せかけた。やはり彼らにとっては、選択の余地がないと思われたんだろう」

「ひどい話ね」ハーパーが言った。「わたしたちほど窮地に立たされた捜査官って、いるのかしら? 拳銃さえ抜かず、人に話をするだけで退職していく捜査官もいるのに。少数ながら、退職後に精神分析医になる捜査官もいるそうよ。人から情報を聞きだすのがうまい人たちなんでしょうね」

クインランは笑い声をあげた。「おれたちなら切り抜けられるさ、コリー。それを信じろ」

「きみはたいそう賢いつもりのようだ、クインラン。どうしたら自由になれるんだ? いましも小柄の老人たちの一群が現われようとしている。消防団でも結成するつもりだと思ってるのか? 杖でぼくたちを殴り殺そうとしているんじゃないのか?」

ハーパーは静かに諌《いさ》めた。「やめて、トマス。ロープをほどくことに集中しましょう。方法はかならずあるはずよ。誰かが来たとき、やられっぱなしの状態ではいたくないし、誰かが来るのは明らかなんだから」

「方法ってなんだ？」シュレッダーがどなる。「ぼくたちに何ができる？　ロープの結び目は固い。しかも、たがいに近づけないよう、壁に繋がれている。そのうえこの暗闇だ。こんな状況で何ができる？」

「何か方法があるはずよ」

「だといいな」クインランは言った。

　顎が痛かった。サリーは口を開けたり閉めたりした。そのうち痛みが、鈍痛程度に収まった。暗闇のなかに横たわり、開いた戸口から忍びこんでくる廊下の明かりだけが唯一の光源だった。

　ほかには誰もいない。手はまだ前で縛られたままだ。手を口まで持ちあげ、歯で結び目を引っぱった。

　夢中になっていたので、小声が聞こえたときは、悲鳴をあげそうになった。「そんなことをしたって無駄よ、サリー。それより力を抜いて、ベイビー。動かないで。ただ体の力を抜くの」

「そんな」サリーはささやいた。「そんな、まさか」

「どこにいるかわからないの、サリー？　すぐに気づくと思ったのに」

「いいえ、ここは暗いもの」

「窓に目をやってごらん、ディア。愛しいお父さんの顔がまた見えるかもしれない」

「あなたの寝室から廊下を進んですぐのところにある寝室なのね？」

「そうよ」

「どうして、アマベル？　どうなってるの？」

「ああ、サリー、なぜ戻ってきたの？　あの日、うちの玄関先にあなたが現われないですむんなら、なんだって差しだしたのに。来られたら、受け入れるしかない。あなたを巻きこみたくなかったのに、またここへ現われたんじゃ、どうしようもないわ」

「ジェームズと二人の捜査官はどこなの？」

「さあね。たぶんスパイバー先生の家の裏手にある道具小屋だと思うけど。あそこは頑丈な刑務所だから、絶対に逃げだせないのよ」

「あの人たちをどうするつもりなの？」

「あたしには決められないわ」

「誰が決めるの？」

「町よ」

それからしばらく、サリーは息ができなかった。やはりそうだったのか。町全体が関わっていた。「いったい何人殺したの、アマベル？」

「最初は老夫婦、クインランが捜しているという触れこみだったハーブ・ジェンセンとマージよ。どちらも事故だった。二人して心臓発作で急に倒れて、ウィネベーゴのなかから現金が見つかったの。次はバイク乗り。こいつがハンカーを殴りはじめたんで、パーンがハンカーを助けるため、椅子で頭を殴ったら、それが原因で死んでしまった。やっぱり事故よね。その次がバイク乗りが死んだのに気づいたその恋人だった。シェリー・ボルヒースがしかたなく殺したわ。業務用の攪拌《かくはん》機で頭を殴ったのよ。

そのあとはうんと楽になった。まず誰かが老夫婦か、お金持ちそうな人に目星をつける。世界一のアイスクリーム屋で働く女の一人が、客の取りだした財布のなかに現金がたくさん入ってるのを見た場合とかね。そのあとはただやった。そう、だんだん簡単になったわ。そのうちゲームみたいになったけれど、誤解しないでね、サリー。亡くなったあとは、最大限の敬意を払ったんだから。

町がとってもきれいになったって、あなたは言ってくれた。そう、前はひどい状態だった。でもいまは、投資の甲斐あって、みんなが快適に暮らせてるし、世界一のアイスクリーム以外の目的でもたくさんの人が訪れるようになって、町を見たり、お土産を買ったり、カフェで食事をしてくれるようになった」

「あなたたちにはこれ幸いよね。選択肢が広がって、町民たちのあいだで誰にするか相談できるんだもの。あの夫婦のほうがあっちの夫婦より、お金持ちそうだとかなんとか。あなたたちがやっていることは、他人の命を使ったロシアンルーレットよ。吐き気がするわ」

「あたしならそこまであからさまな言い方はしないけど、観光客がふえるほど、選択の余地が広がるのは確かよ。でも、あたしたちは老人しか殺さないのよ、サリー。すっかり人生を味わいつくした人たちばかり」

「バイク乗りの彼女は違うでしょう？」

アマベルは肩をすくめた。「しかたがなかったのよ」

サリーは枕の上で、首を振らずにいられなかった。事実だろうと思いつつも、ただ信じられなかった。「わかってるの、アマベル？　あなたたちは人を殺したのよ。罪のない人たちを殺しておいて、年寄りだからなんて、言い訳にもならないわ。そしてその人たちのお金を奪い、彼らを墓地に埋葬した——そうか、そうだったのね。一つの墓に二人ずつ埋葬したんでしょう？　それで男性の名前だけを使った。どの墓に誰が埋まっているか、身元を記録してる人がいるの？」

「いいえ。でも、遺体に身元を証明できるものを残してあるわ。そんなぎょっとしたような顔をしないで、サリー。あたしたちはここで死にかけてた。生き残りたくて必死だったの。だからそうした。そして、成功した」

「いいえ、いまにすべてが崩壊するわ、アマベル。ここにはＦＢＩの捜査官が三人いるし、彼らが知っていることはデービッド・マウンテバンク保安官にもすべて通じて、保安官はさらにそれ以上のことを知ってるかもしれない。捜査官を殺したら、ガス室送りになるのよ。わからないの？　ＦＢＩの捜査官がからんでるのよ！」

「まあ、サリーったら。自分には関係のないことでそんなに興奮しちゃって。あなた自身はどうなの、ベイビー？　あなたのお父さんのことは？」

「あの人はわたしの父親じゃなかった。それがわかっただけでも、ありがたいわ」

「よかった、怒りがあるみたいで。まだあの人のことをあなたを苦しめる悪夢だと信じてたらどうしようと思ってたのよ」

「ここにいるってことなの、アマベル？」あんな人といっしょで平気なの？」答えはわかっている。だが、おばの口から聞きたかった。

「あたりまえでしょ、サリー」

おばの背後の戸口に目をやると、明かりに照らされている男の姿があった。父だ。いいえ、父親ではない。あれはわたしを育てた悪党、母親を叩きのめし、わたしをビーダーマイヤーのサナトリウムに閉じこめ、快楽のためだけにわたしを殴ったけだものだ。

「わたしたちの鬼っ子《バスタード》のご機嫌はいかがかな、アミー？」

アミー？　どういうことなの？

「ろくでなし《バスタード》は、あなたのほうよ」

「サリー、おばさんの前でおまえを殴るのは、気持ちのいいものじゃないんだぞ。おまえの口が悪いのはおばさんもよくわかってるし、おまえに言うことを聞かせるには殴るしかないとわかっていても、やはりおばさんにはつらいことだからな」

「アマベル、なぜこの男がここにいるの？　この男は人殺しで、国家の反逆者なのよ」

アマベルがサリーの脇に腰かけた。サリーの額をそっと撫で、顔にかかっていた髪を耳にかけると、眉を軽くなぞった。

「アマベル、聞かせて。わたしが前にここにいたとき、わたしに電話をかけてきたのはこの男だった。寝室の窓から顔をのぞかせたのも彼だと、本人が認めたわ」

「そうよ、ディア」

「なぜ彼がここにいたの、アマベル？」

「ここに来なきゃならなかったからよ、サリー。あなたをサナトリウムに連れ戻すためにね。電話をかけたり、窓から顔をのぞかせたりしたのは、あなたを不安に陥れるためよ」

「でも、どうしてわたしがここにいるのを知ってたの？」

「あたしが連絡したから。彼はそのときオクラホマシティの小さな宿にいた。次の飛行機でポートランドに飛び、ここまで車を走らせてきたのよ。でも、そんなこと訊いてどうするの？　もうわかってたんでしょう、サリー？

　でも、そうね、あなたは疑心暗鬼にならなかった。クインランがいたせいもあって。そうよ、あの男のせいで、ややこしいことになった。おかしななりゆきよね。クインランは老夫婦の跡を追っているという口実で、この町にやってきた。実際は、あなただけが目当てだった。失踪した老夫婦なんてどうでもよくて、あなただけが目的だった。あなたが父親を殺したか、母親をかばっていると思ってたからよ。

　あたしはこれまで運命の皮肉を楽しんできたけれど、そうね、いまはもう楽しめない。大問題になってしまったわ」

「それで、アミー、世界一のアイスクリームを買うために老人たちがここへ呼び寄せられたのも、運命だと思うかね？　きみたちに殺されて、金を奪われる運命にあったと？」

アマベルはふり返って、眉をひそめた。「あたしにはわからないし、あなたにもわからないはずよ、エーモリー。クインランやほかの捜査官たちがどうなろうとかまわないけど、サリーを傷つけるのはいやだわ」

「彼の意見は違うでしょうね、アマベル」サリーは言った。「この男はわたしを憎んでる。あなたも知ってるとおり、この男はわたしの父親じゃない。わたしに対するやさしさは持ちあわせてないの。ノエルがこの男に脅されて家を出られなかったのを知ってた？」

「もちろん、知ってたわよ、サリー」

サリーはぽかんと口を開けた。あまりに驚いたのだ。だが、それほど驚くようなことだろうか？　この七カ月間、自分ではどうすることもできないほど、翻弄《ほんろう》されてきた。自分が何者なのか、どうしてそんな状態に置かれているかすら、よくわからないようなありさまだった。そして母の弱さを憎んできた。そう、母を軽蔑し、夫に殴られるままになっている母を揺さぶりたいと思っていた。

「わたしの父親は誰なの？」

「やはり知りたいか」ズボンのポケットに手を突っこんだエーモリーが、大股で狭い寝室に入ってきた。

「誰なの？」

「じつはね」アマベルが答えた。「あなたの父親はあたしの夫だった人よ。そう、あたしと結婚してからノエルと知りあい、恋に落ちた——」

「肉欲に溺れたと言うんだよ、アミー」

「そうとも言うわね。いずれにしろ、ノエルは昔からお馬鹿さんだったし、カールもまぬけな男だった。あたしのように両方をよく知る人間にしたら、どちらがどちらを誘ったものやら、見当もつかない。けれど、なんにしろ二人はそういう関係になって、ノエルが身ごもった。幸い、そのときにはエーモリーとつきあいだしてたから、誰にとっても納得のいく形に収めることができたんだけど」

「母は納得してなかったはずよ」

「いいえ、納得してたわ。あなたを処置しないでいいことになって大喜びだったのよ、サリー。父親のかわりになってくれる夫がいなければ、当然、産めないものね。

あたしはカールをここコーブへ連れだし、意味のない残りの人生を絵を描いて過ごさせることにした。悪趣味な金色に塗った額縁代込みでも、空港の展示会で二〇ドルにしかならない風景画を描かせるためによ。カールは二度と悪さをしなかった。それどころか、あたしに許しを請い、捨てられないためならなんでもすると言った。それから二十年前に亡くなるまで、彼にはずいぶん報いを受けてもらったわ」

「あなたが殺したんじゃないでしょうね？」

「まさか。やったのはエーモリーだけど、そのころにはもう、肺ガンで弱ってた。フィルターなしのキャメルが最後までやめられなくてね。カールにしたら、ブレーキが利かなくて即死できて、これ幸いだったんじゃない。ありがとう、エーモリー」

「お安いご用だよ、アミー」

「あなたたちがつきあいだして、どれぐらいになるの？」

アマベルは小声で笑うと、すぐそばに立つ男を見あげた。「ずいぶんになるわ」

「だったら、ひどく殴られてももう平気なの、アマベル？」

「だめよ、エーモリー、やめて！」アマベルはさっと彼に近づくと、腕に手を置き、軽くふり返って言った。「いいこと、サリー。そういう口の利き方はしないで。あなたのお父さんを怒らせる理由なんてない――」

「父親じゃないわ」

「だとしても、口に気をつけなさい。もちろん、あたしは殴られないわ。ノエルだけよ」

「いいえ、わたしのことも殴ったのよ、アマベル」

「殴られて当然だ」

サリーは二人を交互に見やった。薄暗いので、どちらの顔もはっきりと見えない。エーモリーはアマベルの手を取って、脇に引き寄せた。二人を囲む陰が濃くなり、二人のあいだに忍びこんで、二人を呑みこみそうだった。サリーは身震いした。

「わたしのことを愛してくれてると思ってたわ、アマベル」

「愛してるわよ、ベイビー、ほんとうに。あたしの夫の子であり、姪《めい》でもある。そしてあたしは立派なサナトリウムに入れたほうがいいというエーモリーに賛成した。調子が悪かったそうね。異常な行動に走ったり、ご主人を裏切ったり、悪い仲間に引きこまれてドラッグをやったり。

ビーダーマイヤー先生ならそんなあなたを助けてくれるとも。ドクターにも会ったのよ。とってもいい人で、あなたがサナトリウムでうまくやってる、けれど専門家の管理のもと、しっかり休息をとらなければいけないと言ってたわ」

「すべて嘘よ。この男のことを怪物だと思いたくないかもしれないけれど、考えてみて。あなただって新聞を読み、テレビのニュースを観たはずよ。みんなが彼を捜してる。そしてこの国じゅうの人が、ビーダーマイヤーのサナトリウムにいた患者は監禁されていたのを知ってるわ。わたしもその一人よ」

「ああ、ベイビー、いいかげんにして。あなたに猿ぐつわなんてしたくないけれど、彼のことをいつまでもそんなふうに言うんなら、そうさせてもらうわよ」

「わかったわ。でも、この男がここに現われて、わたしの頭を殴り、薬を飲ませたとき、わたしがそんなにおかしかったと思う？　彼はジェームズを殺しかけたのよ」

エーモリー・シジョンはアマベルから離れてベッドに近づくと、ベッド脇からサリーを見おろした。「これだけ暗いと、おまえに青痣ができるかどうか、わたしにもわからない」

「そんなに強く彼女を殴ったの、エーモリー？」

「つべこべ言うな、アミー。この女はそれくらいされて当然だ。わたしに唾を吐きかけたんだぞ。長年ノエルを殴ってきたおかげで、わたしにはどの程度の強さで殴れば、どの程度の大きさのどんな痣ができるかわかる。だが、皮膚の強さは人それぞれ。やってみないと確かなことはわからないだろう？」

「けだもの」サリーは言った。「人間の皮をかぶったけだものよ」

「この家で今度そんな口を利いたら、鞭《むち》で打つわよ」アマベルは続いてエーモリーに話しかけた。「大騒ぎしないで、エーモリー。この子は怖がってるだけなんだから。これからどうなるかわかってないのよ」

サリーは言った。「わたしがどうなるかなら、正確にわかってるわ。もうわたしを閉じこめておいてくれるビーダーマイヤーはいないから、殺すしかないのよ、アマベル。あなたにもわかってるはずよ。でなきゃ、何もかもわたしに打ち明けるわけがない。やめて、いまさら否定しないで。あなたはそれにも同意したはずよ。でも、わたしはそうなると思ってない。FBIの捜査官を痛めつけたことが、あなたたちの命取りになるはずよ。ジェームズを殺そうとすれば、大騒ぎになるでしょうね。彼の上司を知ってるわたしが言うんだから、まちがいないわ」

「連中は馬鹿ぞろいだ」エーモリーは肩をすくめた。「事態がさらに複雑化するのは承知しているが、わたしたちには切り抜けられる。じつを言うと、すでに準備をすませている。たしかに、あのろくでなしがドクター・ビーダーマイヤーのもとからおまえを奪い去るとは予想外だった。あれでがたがたになった。計画をすべて、もう一度立てなおすしかなくなったんだよ、サリー。どんなに迷惑したことか。おまえたち二人のおかげで、わたしは死者から生者に戻った。こうなったら、永遠に国外で暮らすほかない」

「試してみたらいいわ。どうせ捕まるから。捜査局はイラクと武器の売買をした人間を世界じゅう、どこまでも捜しにいくでしょうね」

「だろうな。気の毒な話だ。だが、こちらは痛くも痒《かゆ》くもない。ケイマン島とスイスにあった金の大半は、一年近く前に移してある。ほんの少しだけ残してあるのは、捜査局を歯がみさせるため、わたしの利口さを気づかせるためだ。連中がどれほど悔しがるか。そして、わたしは捕まらない」

「ジェームズがあなたを捕まえる」

「おまえのジェームズ・クインランには、もう誰も捕まえられんぞ。まもなく、地中に埋められようとしている人間だからな」

むくむくと怒りが込みあげて、自分でも抑えようがなかった。サリーは伸びあがると、縛られた手を突きだし、彼の顔を思いきり殴った。エーモリーは怒声とともにサリーを突き倒すと、こぶしを振りあげた。

アマベルが悲鳴をあげた。「やめて、エーモリー!」

だが、こぶしは振りおろされ、サリーの顔にではなく、肋骨を強打した。

31

「まいったな」クインランはうめいた。「悪いな、みんな。念の入ったことに、あの老人たちにアーミーナイフを奪われた。つねに足首に留めてあったんだが。こんちくしょう」

シュレッダーが言った。「たしかにちくしょうだな。コリー、何をしているんだ？　内臓を抜かれた魚みたいに、のたうちまわってるじゃないか。どうしてそんなにうめくんだ？」

コリーの呼吸は荒かった。「見てなさいよ。クインランのナイフはあてにしてなかったの。あと少し、もうちょっとでなんとかなるから」

「何がなんとかなるんだい？」クインランは暗がりに目を凝らして、彼女を見ようとした。

「わたしは体操選手だったの。クワンティコでの訓練プログラムでも、もっとも体のやわらかい捜査官だという、わけのわからない褒め言葉をちょうだいしたのよ。お尻の下に腕をくぐらせて、体を抜こうと思って。あと少し——ああ、もう。昔よりずっとたいへん。あのころはもっと若かったし、痩せてた——」声が途切れ、息を荒くし、一瞬いきんだ。「よし」息をはずませながら、笑い声をあげた。「やったわ！」

「どうしたんだ、コリー？　何をやったのか教えてくれ」

「いまわたしの縛られた両手は体の前にあるわ、トマス。壁とのあいだに充分な隙間があってよかった。ウエストにまわされたロープは、手首より上の位置だったし。これから後ろに手を伸ばして、ウエストに結んであるロープをほどく。それで自由になったら、足のロープをほどいて、あなたたちも助けてあげる」

「コリー」と、クインラン。「おれたちをこの苦境から救いだしてくれたら、トマスとおれとで、きみをポートランド支局の支局担当特別捜査官《SAC》に推薦させてもらうよ。な、トマス?」

「ぼくたちをいま救ってくれたら、結婚を申しこんだうえで、ＳＡＣになってもらう」

「トマス、あなたは女性差別主義者よ。そういう人とは結婚しません」

「コリー、どんな具合だ?」クインランが尋ねた。

「あと少しよ。ウエストの結び目のほうがゆるいみたい」

「よかった。急いでくれ」

問題は、老人たちが来るまでにどれくらいの時間が残されているかだった。ふだんなら祈りには無縁のクインランが、いまは祈っている。サリーはアマベルといっしょなのか?

「ほどけた!　次はわたしの足よ」

「おい、まずい、何か聞こえたぞ」シュレッダーが言った。「急げ、コリー、急ぐんだ!」

「彼女を叩かないで、エーモリー!」

アマベルが彼の腕をつかんで、押しやった。腕はサリーの肋骨のすぐ脇のベッドに当たった。

エーモリーは肩で息をしつつも、体勢を立てなおして、こぶしを振りあげた。「そんなことをしていいと思っているのか、アミー。おまえにそんなことが許されると思うか？」

サリーが起きあがって、叫んだ。「彼女を殴らないで、人でなし！」

だが、彼は殴った。顎を強打されたアマベルは、壁に叩きつけられ、床にすべり落ちた。

サリーは言葉もなかった。おばを見つめ、死んでいないことを祈った。

「なぜそんなことができるの？」人間とは思えない男を見あげて言った。「アマベルはあなたの恋人なのよ。彼女が電話してくれたおかげで、あなたはわたしを捕まえに来られたのよ。ノエルを殴るみたいに、彼女まで殴るなんて」

「じつのところ」エーモリーはこぶしをさすった。「彼女を折檻《せっかん》する必要が生じたのはこれがはじめてだ。これで今後わたしに楯突くこともなかろう。さて、どんな青痣ができるものやら」

まぶしい光が差しこむこともなく、ドアがかちゃりと音をたてて開いた。最初はほんの隙間だった。それがやがて大きく開いて、星や半月が見えてきた。

「おまえたち、起きてるか？」老人の声だった。誰だろう、とクインランは思った。一人で人質のようすを確認しにきたのか？　それともほかにいるのか？　頼む、一人であってくれ。

「まだ朝じゃないが、起きてもらわにゃならん」

「そうか」シュレッダーが応じた。「もう起きてる。なんの用だ？　ぼくたちが死んでいればよかったのにと思っているのか？」

「いいや。おまえたちの息の根を止めるほどの量がドクターの家にはなかった。そのほうが手っとり早かったのはたしかだが、まあ、それじゃ楽しめなかったろうて」

クインランはハーパーがつぶやくのを聞いて、仰天した。「ああ、お願い、気分がよくないの。わたしをトイレに連れてって。お願いだから」さも哀れっぽく、小さな声でうめく。

「おい、おい」老人が言った。「あんただけかね、お嬢さん？」

「ええ」吐き気を嚙み殺したような音を出した。「お願い、すぐに連れてって」

「わかったよ。まさか気持ちの悪くなるやつが出るとは思わなかったな。これまで一度もなかったんだが」

ハーパーは老人の正面で、背後の壁に倒れかかった。老人がドアを大きく開いて、小屋のなかに入ってくる。よろず屋を経営しているパーン・デービスだった。クインランが見ると、ハーパーは背後に手をまわし、まだ縛られているふりをしていた。

「お願いだから、急いで」彼女はささやいた。いまにも吐きそうなほど、真に迫っていた。

クインランはシュレッダーを見て、首を振った。

パーン・デービスが前を通りかかった瞬間、クインランは足を振りあげて太腿を蹴った。老人はハーパーの膝に倒れこんだ。

「やったわ！」ハーパーが叫ぶ。老人がもぞもぞしだすと、両のこぶしでぶちのめした。

「よくやった、コリー」と、シュレッダー。「ほんとうにぼくと結婚する気はないのかい？変わると約束してもだめかな？」

「この窮地を生きて切り抜けたら、あらためてプロポーズして」ハーパーは受け流した。

「さあ、お二人さん、まずクインランの手首のロープをほどいて、そのあとあなたのロープをほどいてあげるわ、トマス。老人を見張っててよ」

彼女はわずか三分ほどでクインランのロープをほどき、さらに三分もすると、全員が自由の身になった。立ちあがってストレッチし、腕や脚に血を通わせようとした。「このおじいさんを縛りあげておいたほうがよさそうね」ハーパーは膝をついた。「見て、クインラン、わたしたちの拳銃の一挺を持ってきてる」

「助かった」クインランは小屋の外に目をやった。「まもなく夜明けだ。ほかには誰も見あたらないから、おれたちが生きているのを確認するために、彼をよこしたのかもな。ま、よくはわからないが。おれたちを生かしておく余裕が向こうにあるとは思えないし。おい、これを見ろよ。このじいさん、おれたちにサンドイッチを持ってきてくれてるぞ。外にトレイが置いてある。手を背後で縛られたままで、どうやって食べさせるつもりだったんだ？」

「さあ、これで人心地ついたわ」ハーパーは男たち二人の背後に立っていた。「次はどうする、クインラン？」

「トマス、小屋の戸締まりを頼む。スパイバー先生の家の電話がまだ使えることを祈ろう。ここに騎兵隊を呼ばなきゃな。それがすんだら、サリー捜しだ」

「あの男はおかしいのよ、アマベル。完全におかしくなってる」

顎を撫でるアマベルは、困惑しているようだった。「これまで一度も、あたしを殴ったことはなかったのに」ゆっくりと話しだした。「いつもあたしを気遣い、愛してくれた。殴るなんて、考えられなかった。だから、ノエルのほうが彼のそんな面を引きだして彼に殴らせるんだって、ノエルは殴られることを必要とする病んだ人間なんだって思ってた」

「いいえ、ノエルは殴られるのを嫌ってた。逃げられなかったのよ、アマベル。耐えるしかなかった。彼のもとを離れず、その暴力を受けなければ、わたしを殺すと脅されていたの。あなたを殴らなかったのは、いつもいっしょにいなかったからよ。もしあなたが長くいたら、あの男を撃つか、逃げるかしてたでしょうね。ノエルは逃げられなかった。わたしを守るため、残るしかなかった。いま、あの男のもとにいるのはあなたよ。これからは、あなたを好きなときに、好きなだけ叩きのめすわ」

「まさか。今度あたしを殴ったら、別れると念を押しておくわ」

「試してみればいいけど、あの男のことだから、あなたを引き留める方法を見つけだすはずよ。あなたの妹がそうせざるをえなかったようにね」

「そんなはずない。あなたの思い違いよ。あたしたちがいい仲になって二十年、二十年になるのよ、サリー。あの人のことは、よくわかってる。彼はあたしを愛してるの。今晩、あたしを殴ったのは、怖がっていたから。逃げきれるかどうか不安で、動揺してるからよ。そこへきて、あなたが神経を逆撫でするようなことを言うんだもの。そうよ、あなたがあの人を怒らせたのよ。あなたのせいよ」

「何言ってるの、アマベル。目を覚まして。あの男はまともじゃないの」

「黙って、サリー、彼が来る」

「急いでロープをほどいて、アマベル。いまなら逃げられる」

「どういうことかな？　わたしの女たち二人が、わたしにそむく相談かね？」

「そんなことはしないわ、ディア」アマベルは立ちあがって、彼に近づいた。抱きついて、唇を重ねた。「そんなことあるわけないでしょう。たった一度、あなたが殴ったからって、サリーはこれからもあなたがあたしを殴ると思ってるのよ。そんなはずないのに」

「もちろんだとも。悪かったね、アミー。ストレスが溜まっているところに、きみに反論されたものだから、つい。どうか許しておくれ。二度ときみに手を上げないと約束するよ」

「嘘よ」サリーは言った。「こんな男の言うことを信じるのは馬鹿だけよ、アマベル。さあ、こちらに来たら、ろくでなし、こちらに来て、もう一度わたしを殴ったら。わたしは縛られてるから、あなたが傷つく心配はないわ。安心して、殴れるでしょ？　さあ、人間のクズ、殴りなさいよ」

エーモリーの胸が怒りに波打ち、首筋に赤く太い血管が浮いた。「黙れ、サリー」

「見てよ、アマベル。この男はわたしを殺したがってる。けだものだから、もう抑えがきかないのよ」

エーモリーはアマベルを見やった。「この娘はわたしに任せてくれ。わたしにはどうしたらいいかわかっている。殺さないと約束するよ」

「どうするつもりなの？」

「信じておくれ、アミー。わたしを信じられないのかい？　もう二十年になるんだよ。いまわたしを信じてくれなくて、どうするんだい？」

「彼がわたしを殺さないと思う、アマベル？　薄汚い嘘つきの言うことを信じて、殺人犯に手を貸すつもり？」その言葉自体が呑みこまれた。そう、アマベルはすでに六十人ほどの殺人の共犯者だった。そのうち何人かには、じかに手を下した可能性もある。サリーは口を閉ざした。

エーモリーが低く、悪意のこもった笑い声を響かせた。「わかったようだな、サリー。アミーはわたしの味方なのだよ。わたしたちは同類なのだ。さあ、アミー、彼女の足のロープを解いてやりなさい。わたしがここから連れだすからね」

脚が痺《しび》れているために、サリーは立ちあがれなかった。アマベルがしゃがんで、足首とふくらはぎを揉んでくれた。「ましになった、サリー？」

「なぜもっと早くにわたしを殺さなかったの？　なぜアマベルまで巻きこんで、こんな茶番を演じなければならないの？」

「黙ってろ、売女」

「彼女を傷つけないと約束してくれるわよね、エーモリー?」

「さっき言っただろう」いかにもいらだたしげな声でエーモリーが応じた。どうして、いまにも殴りかかりそうなのが、アマベルにはわからないのだろう？「殺しはしない」

サリーが立ちあがって歩けるようになると、エーモリーは腕をつかんで、狭い寝室から連れだした。「きみはここにいろ、アミー」肩越しに叫んだ。「すぐに戻る。戻ったら出発だ」

サリーは言った。「アマベル、待っているあいだにノエルに電話をして、どうやって彼にわたしを殺させたか伝えて。そうよ、ちゃんと伝えてね、アマベル」

エーモリーはサリーをアマベルの視界から引きずりだし、肋骨に肘鉄をくらわせた。サリーが痛みに腹を折ってうめくと、無理やり引き起こした。

「口を慎まないと、サリー、何度でもこういう目に遭わせるぞ。それとも、痛めつけられたいのか？」

「わたしが求めているのは」ようやく話せるようになると、サリーは言った。「あなたの死よ。ゆっくりと痛めつけられながら死ねばいいのよ」

「生きてその希望がかなうと思うなよ、マイディア」エーモリーは笑った。

「あなたは捕まる。FBIに追われていて、逃げきれるわけがないわ」

それでもまだエーモリーはさも愉快そうに、小声で笑いつづけた。わけがわからない。彼は明るい光が頭上からそそぐ階段の上で立ち止まり、ふたたび笑いだした。「わたしを見てごらん、サリー。このわたしを」

サリーは見た。そこにいたのは、エーモリー・シジョンではなかった。

電話はまだつながっていた。ポートランド支局に電話をしたシュレッダーは、電話を切ると、言った。「ヘリコプターを飛ばしてくれるそうだ。早ければ、三十分で到着する」

「デービッドはどうなったのかしら？」ハーパーが尋ねた。

「彼の奥さんに電話してみる」クインランは言った。デービッドの妻ジェーンは、かわいらしくやさしい女性で、頭を割られたクインランを家に引き取り、スープを飲ませてくれた。デービッドの無事を祈らずにいられない。頼む、生きていてくれ。

ジェーンが電話に出ると、クインランは言った。「やあ、クインランだ。デービッドがそこにいると言ってくれ。え？　そんなことに？　気の毒なことをした。薬を盛られたと医者に伝えてくれ。そのせいで疲れきってたんだ。いや、大丈夫だ、こちらは心配いらない。ああ、これから保安官事務所に電話をして、保安官助手を三人よこしてもらう。ああ、すぐにまた電話するよ。サリーか？　わからない。これから調べるところだ」

電話を切った。「デービッドは昏睡状態だ。救急ヘリでポートランドに搬送された。いまのところ状態は安定している。事故時のようすはわかってないが、道路をはずれて、近所のオークの木に突っこんだそうだ。最初に現場に駆けつけたのが、彼の奥さんだった。病院への搬送が少しでも遅れていたら、死んでいただろうと、医者に言われたそうだ」

「まるで悪夢ね」ハーパーが言った。「町じゅうぐる、全員が殺人犯だなんて。全員逮捕してやりたいわ、クインラン」

「ぼくはぜひとも連中の年金を取りあげてやりたいね」シュレッダーが言った。「所得調査なしにだ」

「おもしろくない冗談」と言いながら、ハーパーはげらげら笑った。

「これぞシェークスピア流さ。悲劇に喜劇を織り交ぜる」

「いや」クインランはきっぱり言った。「今回のことは邪悪としかいいようがない。悪意から始まったことじゃないが、だが連中はそれを邪悪の域まで推し進めてしまった。さあ、おれの未来の妻を捜しだすぞ」

エーモリー・シジョンその人なのに、そうは見えない。サリーはまばたきして、彼を見あげた。やっぱり。明かりのせいじゃない。「ビーダーマイヤーに顔を変えてもらったのね。あなたが殺した男の顔を整形したように」

「そうだ。完全には変えたくなかったが、昔の友人にばったり出会っても、不審を招かない程度には変えたかった。おまえを最初にコーブから連れ戻したあと、あの医者に切ったり、刻んだり、つないだりしてもらったのさ」エーモリーは自分の首筋を軽く叩いた。「多少重力の被害を受けていたのだが、それもなくなった。すべて吊りあげてくれたよ。わたしといっしょに出かけたいと思うか、サリー？　おまえのような若い女でも？」

サリーは無言だった。もう一度殴られたら、意識を失いそうだったからだ。そうはいかない。脚は自由に動かせ、痺れもほぼなくなった。いまなら走れる。この男から逃れて、クインランたちを見つけなければならない。殺されていたらどうしよう？　だめよ、そんなことを考えては。みんなきっと生きている。まだ手遅れにはなっていない。

サリーはエーモリーを見あげた。これほどの憎しみを他人に対して感じられるとは、信じられなかった。この男を粉々にしてやりたい。苦しみを与え、負けを認めさせ、本人が思っていたほど賢い人間ではないと知らしめてやりたい。「スコットはあなたのしたことのすべてをFBIに白状したわ。哀れな自分を救うため、彼らに協力してるのよ」

「誰があの子ネズミの言うことを気にする？　さあ、その口を閉じて、ここを出るぞ」

エーモリーにうながされるまま、階段をおりた。サリーの胸の内を読んだように、髪をつかんで後ろからついてくる。

どうしたらいいの？

玄関から物音が聞こえた。エーモリーに髪を引っぱられたが、サリーは気づきもしなかった。エーモリーが小声で悪態をつく。彼が銃を取りだした瞬間が、サリーにはわかった。

「老人の一人であることを祈るんだな」

だが、そうではなかった。ドアがゆっくりと開いた。二階にいたら、誰も物音に気づかなかっただろう。サリーは催眠術にかけられたように、開いたドアを凝視した。

クインランの顔が見えたとたん、とっさに動いた。両腕を上げ、エーモリーの髪をつかんで、引っぱった。エーモリーがつまずき、そのまま階段を転がって、床に仰向けに倒れた。息があがっているが、意識はある。クインランがすかさず近づき、銃口をこめかみに押しあてた。

「何者だ？」

「エーモリー・シジョンよ」サリーが答えた。「殺された男と同じように、ビーダーマイヤーに整形させたの」

クインランのシグザウエルがさらに強くこめかみに押しつけられる。「サリー、大丈夫か？」

「元気よ。二階におばがいるわ。たぶんわたしを殺すためだと思うけど、いまこの男に連れだされようとしてたの。おばには殺さないと言ってたけど、平気で嘘をつく男だから。ジェームズ、おばはこの男に殴られたのに、もう許してしまった。どうしてそんな気になれるのかしら？」

「彼女はぼくが取り押さえる」シュレッダーが申し出た。「心配いらないよ、サリー。ぼくは彼女を傷つけない」

サリーは立ちあがった。体がずきずきし、頭皮が痛み、そして何より、これまで生きてきて最高の気分だった。「ジェームズ、あなたに会えて嬉しい。あなたにもよ、コリー。アマベルから、あなたたち三人はスパイバー先生の家の裏手の小屋に閉じこめられてると聞いてたの」

「ああ」クインランが言った。「だが、こちとら特別捜査官だからな。無事、脱出したよ。ただし、ヒーローはコリーさ。おい、サリー、白髪ができてるぞ。コリーに手のロープをほどいてもらってくれ」

手首に感覚が戻るのを感じながら、サリーは長いあいだ自分の父親であった男のかたわらに立った。長らく憎んでやまなかった男、サリーをずっと憎んできた男だった。その男がいま、足元に転がっている。

サリーは膝をつき、エーモリーに笑いかけた。「あなたのことをどう思っていたか伝えるいい機会みたいね。あなたは情けない男よ。虫けら以下。生きているかぎり、もう他人を脅かすことはできない。わたしはあなたを憎んでる。いえ、それどころか、軽蔑してるわ」こぶしを引き、鼻にめりこませた。

「長年の願いがかなったわ」サリーはこぶしを撫でた。

エーモリーは怒りに震えていた。鼻から血が流れだす。こめかみに銃を押しつけられるのを感じるや、動きを止めた。

「いいことを教えてあげましょうか？　あなたがいなくなって、ノエルは大喜びしてるのよ。わたしと同じくらい、あなたを憎んでるから。もうあなたに惑わされずにすむわ。ノエルも、そしてわたしも。あなたはあと少しで、本来いるべき格子の奥に閉じこめられる」

サリーはエーモリーをにらみつけた。鼻から血を流し、怒りに目をぎらつかせている。

「このクソ野郎」サリーは立ちあがって、肋骨を蹴った。

「黙れ、売女。おい、おまえは警官だろう。なぜ、この女にわたしを殴らせておく？」

「彼女がそれを望むなら、おまえのキンタマでも撃たせてやるよ」クインランは応じた。

「サリー、この男を撃つか？」

「いいえ、いまはいいわ。この瞬間は、その必要を感じないの。ねえ、知ってた、クソ野郎？　いまのノエルはほんとうにきれいよ。すぐにまた男性とつきあうようになるし、ノエルなら、どんな男性でも望みのままでしょうね」

「あの女がそんなことをするわけがない。別の男を見たら、わたしに殺されるとわかっているからな。そうとも、そのときは二人とも殺してやる」

「あなたにはもう誰も殺せない」サリーは目を悪意に輝かせて、はずむような声で言った。

「あとは刑務所のなかで、惨《みじ》めな一生を終えるからよ」エーモリーの顔を軽く叩く。「ずいぶんな歳だもの、刑務所に入ったら、いっぺんに皺がふえてたるむでしょうね」

「わたしは刑務所には行かない。わたしから逃げられると思ったら、大まちがいだぞ。わたしは半年ものあいだおまえを玩具《おもちゃ》にしてきた。首を絞めてやるべきだった」

「試してみたら、おじいちゃん」サリーは笑顔でエーモリーを見おろし、足を持ちあげて、股間を踏みつけた。

エーモリーは悲鳴とともに、股間を押さえた。

「よくやった、サリー」クインランが言った。「ほんとに撃たなくていいのか？」

そのとき、二階から銃声が聞こえた。

32

クインランはエーモリー・シジョンの顎を強打した。

エーモリーの頭が横に倒れる。一人片付いた、とクインランは思った。拳銃は一挺しかない。パーン・デービスから奪い返した自分の拳銃で、それをエーモリーのこめかみに押しつけていた。

だからシュレッダーは丸腰で二階へ向かい、サリーはまさかおばに人が撃てるとは思ってもいなかった。

ふいにハーパーが俊敏な動きを見せ、階段脇の暗いくぼみに身を投じた。

一同が黙りこむなか、シュレッダーが腕を押さえ、その手の指のあいだから血を滴らせながら、階段をおりてきた。背後のアマベルは、その後頭部に銃を突きつけていた。

「銃をリビングに投げてちょうだい、クインランさん」

クインランはリビング方面に銃を投げるかわりに、ハーパーがしゃがんでいるあたりをめざして、磨きこまれたオークの床にすべらせた。

「リビングだと言ってるのに、方角もまともにわからないの？　まあ、いいわ。次は彼から離れて。そう。で、サリーの隣りに立って。

さあ、捜査官さん、あなたはそのまま階段をおりて。立ち止まったら、首筋に一発おみまいさせてもらうわ。そんなことになったら、いやでしょう？」

「そうだね」シュレッダーは茫然《ぼうぜん》としているようだった。「それはひじょうに困る」

「あなたのせいで、床が血だらけになっちゃったわ。でも、気にすることないわね。ここにはどうせ戻ってこないから。さあ、クインランさん、あなたとサリーはさらに二歩後ろに下がるのよ。そう、それでいい。妙な考えは起こさないようにね。FBIの捜査官だって、ずいぶん鼻にかけてたけど、この男もあなたと同じね、クインランさん、ただの男でしかないもの。この血を見てよ。腕にかすり傷ができただけなのに。でも彼の名誉のために言っておくと、泣き言は言ってないわよ。さあ、そこを動かないで」アマベルは下に目をやった。

「エーモリー、立ちあがってちょうだい」

エーモリーはなんの反応も示さなかった。

「エーモリー！」

拳銃を振って、クインランをどなりつけた。「この人に何をしたの、ろくでなし？」

「殴り倒したんだよ、アマベル。きつい一発をみまっておいたから、しばらく目を覚まさないだろう」

「いますぐあんたを撃ってやる。あんたがこの町に足を踏み入れて、サリーに目をつけてから、あんたのことが目ざわりでしかたなかった。ほら、サリー、あんたは黙ってなさい。あたしの将来はこの人とともにある。あたしはそれをつかみ取るの。この町はもうだめだけど、あたしは違う。FBIだろうとなんだろうと、あたしたちを捕まえることはできない」

アマベルはシュレッダーを階段の最下段まで押しやった。何かを察知したのだろう。すぐに二段上まで戻った。「いいこと、あたしに歯向かったら、あんたの頭を吹き飛ばすよ」

「まさか、そんなこと」シュレッダーは言った。「ぼくは何もしませんよ。下まで行って、クインランに腕にハンカチを巻いてもらってもいいですか？　失血死したくないし、お宅のきれいな床やカーペットを汚すのも心苦しいんで」

「いいわよ。でも、何かしようとしたら、命がないからね」

シュレッダーは青ざめ、口は痛みに引き絞られていた。ぎゅっと腕をつかんでいるが、それでも、指のあいだから血がゆっくりと滴っていた。

「来いよ、トマス」クインランが手招きした。「ハンカチを持ってるか？」

「ああ、コートの右ポケットだ」

クインランはきちんと畳まれた青いハンカチを取りだし、角にTSとイニシャルの刺繍《ししゅう》されたハンカチで傷口を縛った。「これで止まるだろう。スパイバー先生があんたらに殺されて残念だよ、アマベル。いまいてくれたら、トマスを診てもらえるのに」

あと三段。彼女にその三段を下ってもらわなければならない。たった三段。来いよ、アマベル。おりてこい。

ふいにサリーがしゃべりだした。ショックに声が大きくなっている。「彼の口から血が出てるわ」取り乱したように、エーモリーを指さした。「それに白いものが出てる。そうよ、泡だわ。口から泡を吹いてる！」

「え？」アマベルが最後の三段をゆっくりとおりてきた。二人の捜査官とサリーに警戒の目を向けつつ、エーモリーのようすを気にしていた。「あなたたち、そこにひと塊になって。ほら、床に坐るのよ」

三人とも坐った。

あと少し、とクインランは無言でハーパーに伝えた。あと少しだぞ。ハーパーはクインランのシグザウエルを手にして、物陰で身構えている。

そのとき、エーモリーがうめいた。だしぬけに起きあがり、ふたたび倒れた。もう一度うめいて、目を開いた。

「たいへん」サリーが甲高い声で叫んだ。「目に血が出てる。ジェームズ、そんなにひどく殴ったの？」

アマベルの目がエーモリーに惹きつけられたその瞬間、左側からハーパーが飛びだし、アマベルの脇腹を右こぶしで殴り、左こぶしをまっすぐ首にくりだした。クワンティコで教わったとおりの流れるような身のこなしだった。

アマベルがふり返ったときには、すでに遅かった。拳銃を取り落としていた。

ハーパーが言った。「サリー、ごめんね」顎を殴られたアマベルは、床に崩れ落ちた。

エーモリーがふたたびうめく。

「コリー」シュレッダーが言う。「頼むからぼくと結婚すると言ってくれ。改心した喫煙者と同じように、ぼくも改心した性差別主義者として、フェミニストになるよ」

まぎれもない安堵《あんど》から、サリーは笑い声をあげた。クインランはシュレッダーにその場に留まるように言いおくと、立ちあがってハーパーと握手し、サリーを脇に抱きかかえた。

「あとは騎兵隊の到着を待つのみだな」

「煙の匂いがするぞ」シュレッダーが空気をくんくんやっている。「おい、クインラン、ドアの下から煙が入ってきてる」

「キッチンだわ」サリーが駆けだした。

「待てよ、サリー、ドアを開けるな。いっきに炎が入りこむ」

エーモリーがまたもやうめき、がくんと横に倒れた。

「たいへん。どんどん煙が入ってくるわ」ハーパーだった。「火をつけられたのよ。そう、あの年寄り連中がここに火をつけたんだわ!」

「おれがシジョンを運ぶ。コリー、きみはアマベルを頼む。サリー、トマスに手を貸してやってくれるか。ともかくここを出よう」

「火を放った人たちがわたしたちを待ち受けてるかもしれない」サリーが言った。「あなただってわかってるはずよ、ジェームズ」

「このまま焼け死ぬより、撃たれる可能性に賭けるほうがましだ」と、クインラン。「みんないいか? ここじゃなきゃ、キッチンを通って出るしかないが、そちらのドアはすでに燃えだしてる。玄関から外に出るしかない」

「行きましょう」ハーパーはシグザウエルをベルトに差し、アマベルを肩にかついだ。

ハーパー同様、クインランは消防士のようにシジョンを肩にかつぐと、コテージのドアを蹴《け》った。ちょうど太陽が顔をのぞかせたところで、明け初めた空にはピンク色の縞《しま》模様が入っていた。空気はきりりと澄んで、律動的な波音が小さく聞こえてくる。美しい朝だった。

ハル・ボルヒース師が叫んだ。「銃をおろせ、ミスター・クインラン。さもないと、ご婦人方を撃つぞ」

やれやれ。コテージを出た直後に問答無用で撃たれなかっただけましか、とクインランは思った。火よりは砲撃のほうがまだいいと言ってみたものの、しょせん虚勢にすぎない。死にたい人間がどこにいるだろう。それでもいくらかの時間は与えられた——それを祈るような気持ちだった。

クインランにうなずきかけられて、ハーパーがシグザウエルを投げた。拳銃はハル・ボルヒース師の足元に落ちた。

「いいだろう。次はその悪党をおろして、アマベルをその隣りに。この男がどうなろうとわたしたちの知ったことじゃない。彼は悪であり疫病神だ。薄汚れた裏切り者でしかない。この男のせいで、アマベルはわたしたちにそむいた。さあ、こちらへ。あんた方四人は、わたしたちといっしょに来なさい」

「教会でミサですか、ボルヒース師？」

「黙ってな、ミスター・クインラン」ハンカー・ドーソンだった。

「あと五分もするとヘリコプターが到着するぞ、ハル」クインランはエーモリーを地面に投げてから言った。エーモリーはアマベルのラッパズイセンのなかに落ちた。

「スパイバー先生のコテージから、FBIのポートランド支局に電話しておいた。デービッド・マウンテバンク保安官の部下たちがまもなく駆けつける」

ほんとうはとうに到着していてよかった。どこで何をしているんだ？

「いいや、保安官助手たちなら、おれらが手を打った」ガス・アイズナーだった。「さあ、来いよ。これ以上、時間を無駄にしたくない。ヘリコプターなんてのは、あんたの嘘だ。まあ、どっちにしろ、変わりはないがな。捜査局が登場するころには、あんたらはこの世にいないんだから」

「そんなことをしたら、逃げきれないわよ」サリーが言った。「絶対に。自分たちが何をしてるかわかってるの？」

「わたしらを見てごらんよ、サリー」シェリー・ボルヒースだった。「善良な年寄りの集まりだよ。虫けら一匹、殺せなさそうだろ？　誰がわたしらを裁くんだい？　裁くことなんて、ないんだよ。捜査局の人たちが来たら、世界一のアイスクリームをふるまってあげるさ」

「もうそれではすまないわ」サリーは前に進みでた。

ハル・ボルヒースがすかさず銃を構える。「わたしの話を聞いて」サリーは切りだした。

「ジェームズほか二人の捜査官がここへ来ていることは、周知の事実なのよ。あなたたちは徹底的に調べられる。もう一つ。墓地の墓はすべて掘り返され、この三年に失踪したと届けのあった人たちの全員が発見される。もうおしまいなの。お願いだから頭を冷やして、あきらめてちょうだい」

「黙れ、サリー」ハンカー・ドーソンが言った。「あんたらの戯言《たわごと》には、飽きあきなんだ。さあ、行くぞ」

「ああ、わかったよ、ハンカー」クインランは応じた。まだ時間がある。それがどれくらいなのかはわからないが、一分でもあるかぎり、希望は捨てられない。

彼らは有罪判決を受けた罪人が群衆の前を引き立てられるように歩いた。恐怖に蝕まれるのを感じながらも、その状況全体が妙に現実離れして感じられた。

クインランは歩きながら言った。「今度の日曜日にはどんな説教をするんだ、ハル？　悪に対する報いか？　集団殺人に伴う高揚か？　いや、違うな。大金を持ち歩いていたゆえに惨殺された人びとに裁きを受けさせるために支払わなければならない報いについてだ」

クインランは肩を突かれて、よろけた。

「いいかげんにしろ」ガス・アイズナーが言った。「いいから黙ってろ。ご婦人方が動揺するだろう」

「わたしは動揺してないけど」ハーパーが言った。「あんたたちの歯を引っこ抜いて、悲鳴をあげさせてやりたいわ」

「わしにはもう歯がない」ハンカーが言った。「わしらにはあんまり意味のない刑罰だな」

どう切り返せばいいんだ？　クインランは考えながら、ハーパーにウインクした。かっかしているようだ。シュレッダーは自分の足で歩いているものの、ハーパーに支えてもらっている。腕の出血はもうそれほどひどくないが、失血とショックの影響が尾を引いていた。

サリーは隣りをとぼとぼ歩いている。その青ざめた思案顔を見たクインランは、口の端を使ってごく小声で話しかけた。「めげるなよ、サリー。何か方法があるはずだ。老人たちに聞かれずにすむかもしれない。だいたい、おれがその気になれば、最低でも一ダースの老人は片付けられる。きみにもばあさんたちを殴ってもらっていいか？」

サリーの笑顔を引きだせた。「ええ、こてんぱんにやってやるわ。でも、わたしは引き返して、エーモリーを片付けたい。彼とアマベルが、二人きりで残されてるのよ、ジェームズ。逃げるかもしれない。あの人がわたしのおばだなんてね。わたしがこうあってほしいと思うおばではなかったみたい」

ずいぶん控えめな言い方だ、とクインランは思った。サリーにとっては大打撃に違いない。信じられると思っていた人間に裏切られたのだから。母親が期待に応えてくれたことを、神に感謝すべきなのだろう。ノエル・シジョンのことは今後、大いに好きになれそうだ。将来があればの話だが。

「シジョンとアマベルが意識を取り戻して逃亡する前にヘリコプターが到着するかもしれない。仮に逃げられたとしても、捕まるのは時間の問題だ」

てっきりボルヒースの家に連れていかれると思っていたら、驚いたことに、四人は白く塗られた幅広のステップをのぼらされ、テルマのB&Bへと導かれた。

「びっくりだな」クインランはライフルで突かれて、広い応接室に入った。テルマ・ネットロは、まるで玉座にでもついているように、いつもの椅子に腰かけ、一行を笑顔で出迎えた。すべての入れ歯を入れ、パンプキンピーチ色の口紅を塗っている。

「あたしもいっしょに楽しみたかったんだがね」テルマは言った。「昔ほど、体が言うことを聞かないもんだから」

ソファの一つにパーン・デービスが腰かけている。やけに青ざめて、縮んだように見えるのは、ハーパーに強打されたせいだろう。

「なぜここへ？」クインランはハル・ボルヒースをふり返った。

「わたしが望んだから。わたしがこの人たちにここへ連れてくるよう指示したのよ。どうしてかと言うとね、クインラン、これからあなたたちをどうするか教えてあげようと思って」

全員の目が、テルマの椅子の背後から出てきたマーサにそそがれた。いまの彼女にはやさしげでやわらかそうな印象がまるでない。真珠のネックレスもしていない。声にしても、大きくてよく通る指揮官の声であって、おいしい料理ができたことを告げる、心穏やかな料理人のそれではなかった。いったい全体、どうなっているんだ？

「マーサ？」サリーの声に困惑が滲《にじ》む。「嘘でしょう、マーサ？　あなたまでなんて」

「そんなにびっくりした顔をしないでちょうだい」

「理解できないわ」サリーが言った。「あなたは一流の料理人よ、マーサ。哀れなエドとつきあい、テルマから哀れみを受けていた。あなたはすてきな人よ。どういうことなの？」

　クインランが淡々と話しだした。「リーダーがいるのはわかってた。先見の明があり、みんなをまとめることのできる人物が。そうなんだろう、マーサ？」

「そのとおりよ、クインランさん」

「市長に選ばれればそれでよかったでしょう？」サリーが尋ねた。「なぜ罪のない人を殺さなければならなかったの？」

「その質問には答えられないわね、サリー」マーサは言った。「あらあら、シュレッダーさん、かわいそうに。コリー、椅子に坐らせてあげて。スパイバー先生が自責の念にとらわれて、臆病風に吹かれてさえいなければねえ。くじ引きで、先生がわたしたちの会合の内容をうっかり聞いてしまったあの女を殺すことになってね。あの女は九一一に電話をかけようとしてたのよ。愚かなことを。いままでとは事情が違うので、わたしたちも困ったわ。彼女は世界一のアイスクリームを目当てに町を訪れた旅行客ではなかった。いつもなら彼女のような人は選ばない。若すぎるし、お子さんがいらしたし。それで、困ってしまった。かといって、逃がすわけにはいかないものね。

　最初の夜、彼女が逃げようとして大声でわめいたとき――それをサリー、あなたが聞いたとアマベルから教えられてね――わたしたちは見張りをつけることにした。それなのに、二日後の夜、また彼女が逃げて、今度はアマベルもハル・ボルヒースを呼ぶしかなくなった。あなたのせいなのよ、サリー。そうするしかなかった。彼女が逃げたのは、見張り役だった先生のせいで、彼女には死んでもらうしかないと全員一致で決めた。ともかくほかに選択肢がなかったのよ。みんな残念だったけれど、やるしかないし、担当はスパイバー先生しか考えられなかった。でも、先生は耐えきれなくて、マウンテバンク保安官に電話しようとした」マーサは肩をすくめた。

「公正さをないがしろにすることはできない。そうなの、わたしたちは公正ってことにはつねに厳密なの。クジを引いたヘレン・キートンが先生の口に銃を入れて、引き金を引いた。あの保安官とポートランドの検死官がいなければ、自殺で片付けられてたでしょうね。ほんと、惜しかったわ。いやになるほど不公平よ」

驚くべきことだ、とクインランは思った。これまで出会ってきた犯罪者はみな語るのが好きだった。自分の偉大さや、ずば抜けた賢さを得意げに吹聴したがる。ごく小柄な老婆でさえ例外ではなかった。

「ああ」クインランは言った。「惜しかったな」

真珠のネックレスをしていないマーサは、グラスをいじっていた。だが、声は落ち着いていて、自信に満ちていた。「あなたはわたしたちの努力を評価してくれてないけどね、クインランさん、わたしたちは小さな見捨てられた町をポストカードのように美しい村に変えたのよ。ここはすべてが純朴な色合いに染まってる。いずれもみごとな計画のもとに実現したことなのよ。わたしたちは何一つ見逃さず、すべてを話しあってきた。庭仕事が好きでない人のためにはガーデニングサービスがあるし、塗装サービスは毎週実行してる。もちろん、各サービスごとに責任者がいるわ。わたしたちは聡明で誠実で勤勉な高齢者なのよ。それぞれに責任をしょい、任務をになっている」

「誰が被害者を選ぶの？」ハーパーが尋ねた。シュレッダーのかたわらに立って、彼の肩に手を置いている。シュレッダーは意識こそあるものの、死体のように青ざめ、ハーパーがかけた手編みのアフガンにくるまれていた。おばあちゃんが長い時間をかけて淡いパステル色のモチーフを繋ぎあわせたようなアフガンだった。

クインランはそのアフガンを見つめ、その目をマーサにやった。彼女が編んだことに給料を賭けてもいい。おばあさんもいろいろいる。マーサは非難すべき冷血な殺人鬼だった。

マーサはやわらかな笑い声をたてた。「誰がですって？　全員よ、ミズ・ハーパー。たとえば、樽《たる》を囲んでジンラミーを楽しむ四人の殿方たち。あの人たちは世界一のアイスクリーム屋に立ち寄る人たち全員に目を光らせてるのよ。

崖の近くにある小さなコテージで土産物屋をやっているシェリーとデラも、お店で旅行客を点検してるの。わかるでしょうけど、決断はすばやく下さなきゃならないわ」ため息をつく。「ときにはまちがうこともある。残念ながら。とってもお金持ちそうなカップルがいて、車もメルセデスだったんだけど、手に入ったのは三〇〇ドルだけで、ほかには何も使えなかった。ガスに車をポートランドまで売りにいってもらったんだけど、借りものだったんで、あやうく捕まりかけたのよ。ラルフなんて、葬儀の準備をいやがって。ねえ、そうだったでしょう、ラルフ？　そう、そうよね、手をかけてやる資格のないやつらだって、あなたが言って、みんなが同意したんだったわね。わたしたちに対して不誠実なカップルだったから。嘘をついてたのよ」

「まったくだ」ラルフ・キートンが言った。「あの薄汚い嘘つきめ、わしはあいつらを一人ずつ安いシーツでくるんでやった。ヘレンは墓標にシャイロックと入れたがったが、そこまであからさまにはできんからスミスにして、なんの言葉も添えてやらなかった」

「びっくりだわ」サリーは老人の顔を一人ずつ見た。「ほんとにびっくりよ。あなたたちはみんなどうかしてる。あなたたちのような人は、どう処罰されるのかしら。集団殺人として全員を裁判にかけるの？　それとも治療施設に収容するのかしら？」

「ヘリコプターの音が聞こえるぞ」ハル・ボルヒースが言った。「急がなければな、マーサ」

「わたしたちを撃つの？」ハーパーは尋ねながら、シュレッダーから一歩離れた。「わたしたち全員を殺して逃げきれると、本気で思ってるの？」

「あたりきだ」パーン・デービスだった。ソファから立ちあがったその顔には、少し血の気が戻っていた。かたわらのショットガンを手に取って、前に進んだ。「おれらには失うもんがない。ああ、まったくな。そうだろう、マーサ？」

「そのとおりよ、パーン」

「あなたたち、もうろくして、頭がはたらいてないのよ！」サリーがどなった。

ほぼ全員の注目がサリーに集まったところで、クインランはパーン・デービスの先端を切り詰めたショットガンをつかみ、マーサに飛びかかった。彼女を押し倒して、のしかかった。

首に腕をまわし、背中のくぼみに銃を突きつける。右手に眼鏡用の鎖がからまっていた。

水を打ったような静けさだった。テルマ・ネットロが椅子にかけたまま、体の向きを変えた。「マーサを放してやっとくれ、クインランさん。放してくれなきゃ、あんたたちみんなといっしょにマーサを殺すよ。そうさせてもらうよ、マーサ?」

マーサに選択の余地がないのが、クインランにはわかった。早急に行動を起こさなければならない。迷いは禁物。彼らに疑問の余地を残してはいけない。心底怯《おび》えさせること。ショックを与え、年寄り連中に現実を突きつけ、彼らがつくった狂気の世界から叩きだしてやるのだ。もう、お手上げだと納得させなければ。

クインランはショットガンを持ちあげて、パーン・デービスの胸を撃った。その衝撃で体が浮きあがり、古いピアノにぶつかった。あたり一面に血が飛び散る。デービスは声一つあげず、ただ床にすべり落ちた。あちこちから悲鳴や悪態があがり、恐怖に引きつった叫び声もあった。

クインランはそれを圧する大声を出した。「おれをやろうとしたら、その前に三人は道連れにしてやる。そんなはずないと思うか? だったら、試してみたらどうだ、ジジイども」

ショットガンは二連発だった。誰かしらがあと一弾しか残っていないことに、じき気づくだろう。

「コリー、急いでおれの銃を拾ってくれ」

ハーパーはすぐに指示に従った。ハル・ボルヒースが銃を構える。クインランはその右腕をきれいに打ち抜き、ハーパーはシグザウエルを彼に投げた。

「次は誰だ？」クインランは声をかけた。「こいつは半自動拳銃だから、おまえたち全員を撃ち倒すこともできる。ほかにいないのか？　パーンを撃ったちんけなショットガンにくらべると、ずっと派手で血まみれの場面が演出できるぞ。おまえらの老いた内臓をこの部屋にぶちまけようじゃないか。被害者を半自動拳銃で片付けたことはないんだろう？　見られたもんじゃないぞ。パーンを見てみろ。そうだ、よく見るんだ。誰がああなってもおかしくないんだぞ」

テルマ・ネットロが言った。「大丈夫かい、マーサ？」

「ええ、平気よ」マーサは手を握ったり開いたりした。笑顔になるや、クインランの股間を蹴りつけた。火がついたような痛みが走り、頭がくらっとして、吐き気が込みあげてくる。クインランはシグザウエルでマーサのこめかみを殴った。

死んだのか？　わからないが、どちらでもかまわない。押し寄せる吐き気に歯を食いしばって耐えた。「サリー、ガスの拳銃を取ってくれ。こいつらにつかまれないよう、手に気をつけろよ。あとの連中は、武器を手放して、老いた骨組みを床におろして休めてろ。おれの仲間が到着するまで、いい子にしてるんだぞ」

「マーサを殺したのかい、坊や？」テルマ・ネットロが尋ねた。

「どうかな」いまだ股間の痛みに苦しめられている。

「マーサは娘同然なんだ。言っただろう？　あんたにも話したはずだよ」テルマは膝の拳銃を持ちあげると、クインランを撃った。

次の瞬間、玄関のドアががばっと開いた。クインランのもとへ駆けつけようとしていたサリーは、男のどなり声を聞いた。「全員その場を動くな！　ＦＢＩだ！」

33

「クインランさん、聞こえますか？」

「ああ」クインランはきわめて明瞭な声で答えた。「聞こえるよ。聞きたくないがね。行ってくれ。痛みがあるときは、一人になりたい。昔、ボーイスカウトのリーダーに言われたんだ。男たるもの、人前でめそめそするなって」

「勇ましいのね、クインランさん。わたしになら、その痛みをとってあげられますよ。どのくらい痛むんですか？」

「十段階の物差しで十三ぐらい。行ってくれ。一人でうめきたい」

看護師がサリーに笑いかけた。「この人はいつもこんなふうなの？」

「それがよくわからないの。撃たれた彼のそばにいるのは、はじめてだから」

「二度とこんなことにならないと、いいわね」

「これが最後よ」と、サリー。「また撃たれるようなことがあったら、わたしが殺してやるから」

看護師は点滴にモルヒネを加えた。「これでいい」肘の上のあたりをそっと撫でる。「すぐに痛みがやわらぎますからね。自分で判断できるようになりしだい、必要なときに痛み止めを使えるようになります。あら、ドクター・ウィッグズがいらしたわ」

外科医は電柱のように瘦せて背の高い男で、クインランもこれほど美しい黒い瞳を見るのは、はじめてだった。「ここはポートランドなのか？」

「ああ、ここはオレゴン保健科学大学病院、略してOHSUだ。わたしはドクター・ウィッグズ。きみの胸部から銃弾を摘出させてもらった。経過は良好だ、ミスター・クインラン。なんでも、たいそう勇敢なんだそうだね。勇敢な男を救えて、光栄だよ」

「もっと勇敢になりますよ」クインランは言い返した。モルヒネのせいで、声が少しくぐもっている。すっかり気分がよくなった。実際、体じゅうの穴という穴から繫がれている管でこの腹立たしいベッドに縛りつけられていなければ、ダンスを踊りたいくらいだ。なんだったら、サクソフォンを吹いてもいい。ミズ・リリーに電話をして、用心棒のマービンに冗談を飛ばしたい。そこでクインランは、自分の頭がまともに働いていないのに気づいた。サリーのためにちゃんとした白ワインを用意しておくよう、バーテンダーのファズに頼まなきゃな。

「どうしてなの、ミスター・クインラン？」看護師が尋ねた。

「どうしてって、何がだい？」

「どうしてもっと勇敢になるの？」

眉をひそめ、記憶をたどって、笑みを浮かべた。声に誇らしさと幸福感が溢れた。「サリーと結婚するからさ」

顔をめぐらせて、サリーがかつて見たことのない愚かな笑顔を見せた。「ハネムーンはデラウェアのキャビンで過ごそうな。ルイーズ・リン湖の湖畔でさ。景色はきれいだし、五感がとろけるような匂い――」

眠りに落ちた。

「いいぞ」ドクター・ウィッグズが言った。「いまはたっぷり眠らなきゃいけない。心配いらないよ、ミズ・ブレーナード。元気になるからね。手術中は多少、心配な局面もあったんだが、若くて体力があるし、なんといっても生きる意欲がとびきり強い。

さて、いちおう診てみよう。外に出てもらっていいかい？　ミスター・シュレッダーとミズ・ハーパーが待合室にいるよ。そうそう、ミスター・ブラマーと、コンピュータを膝にしてソファに坐ってる男もいっしょだ」

「ミスター・ブラマーはジェームズの上司で、ＦＢＩの犯罪捜査部の部長なんです。コンピュータを膝に載せた人は――」

「男前だな」

「ええ。ディロン・サビッチといって、やっぱりＦＢＩの捜査官です」

「ミスター・ブラマーは目の輝きが強い」ドクター・ウィッグズは言った。「ミスター・サビッチのほうは、たしかに目を惹く男だが、自分の居場所すらわかっていなさそうだ。さっきも誰にともなく、『わかった《ユーリカ》！』と叫び、それきりまた黙った。さあ、病室を出て、患者と二人きりにしてくれ」

待合室は廊下の先にあった。サリーはブラマーの腕に飛びこんだ。「もう大丈夫です」何度もくり返した。「すぐによくなります。もうぶつくさ言いだしてるんですよ。ボーイスカウトのリーダーから、男は人前で泣き言を言うもんじゃないと教えられたとかなんとか。あとは時間が治してくれます。わたしたち、結婚することになったので、彼が二度と撃たれないですむようにわたしが気をつけます」

「それはよかった」ブラマーはぎゅっとサリーを抱きしめると、彼女をサビッチに譲った。サビッチはおざなりに抱きしめて、頬にキスした。「やつらを見つけたぞ、サリー。きみの父親ではなかったあのろくでなしを」

ブラマーが言った。「それがユーリカか?」

「ええ。FBIのシアトル支局に連絡します。シアトル・タコマ国際空港にやつらがいましてね。まったく、まぬけなやつだ。ニューヨーク経由ブダペスト行きのチケットを二枚買ったんです。やつのほうは偽造クレジットカードに偽造パスポートを使って」

「だったら、なぜ犯人だとわかった?」トマス・シュレッダーが近づいてきて尋ねた。肩から腕を吊り、顔には赤みが戻っていた。もうショック症状は脱している。「もう顔だけじゃ、エーモリー・シジョンだとわからないはずだ」

「それが簡単なことでね」サビッチはラップトップを叩いた。「おれとここにいるマックスとモデムが組めば、なんだってできる。サリーのおばさんが自分のパスポートを使ったんだ。とんでもないだろ? たぶん、自前のパスポートしかなくて、それで通ることを祈るしかなかったんだろう。偽造パスポートを手に入れるまで、なりをひそめてればいいものを、コリーときみとトマスにさんざん怖い思いをさせられたせいで、国外脱出を急いだのさ」

シアトル支局に電話するサビッチを見ながら、サリーがおもむろにしゃべりだした。「これでようやく決着がつくのね。あの町はどうなるんですか、ミスター・ブラマー？」

「いま捜査官が墓地に群がってるよ。証言どおり、連中は殺した人たちをすべて身元がわかるようにして埋葬していたから、身元の特定には手間取らないですむ。これぞ大量殺人だ。しかもその犯人が高齢者の一団とは」ブラマーは首を振った。「これまでにあらゆる事件を見てきたと思ってたが、今回のは並みはずれている」

そして、顎を撫でながら、つけ加えた。「これが悪だ。悪は芽を吹く場所を選ばない。老人たちは一様に口をつぐんでいるよ。いまさらどうにもならないが、よく言えば、隣人に対する忠誠心に篤い連中だ。マーサ・クリットランは、本人はそれを望んでないだろうが、生きながらえそうだ。想像してみてくれ。一見しとやかな老婦人が、あの町の頭脳にして心棒だった」

「そして最高の料理人でもあったわ」ハーパーはそう言って、ため息をついた。「あの人のつくった夕食が、いままで食べたなかでいちばんおいしかったのに」

「まったくだよ」シュレッダーが相づちを打った。「しかも薬まで盛られて、悪くすると最後の食事になるところだった」

「そうぼやくな」ブラマーが言った。「ところで、捜査官の一人がテルマ・ネットロの日記を見つけてな。彼女がコーブに来てから、ずっと書いてきた日記だ」

「あの日記ね」サリーは言った。「いつも手元に置いてたわ。書く前に万年筆のペン先を舐める癖があったのをご存じですか？　そのせいで、舌の先に黒い染みがあったんです」

「うちの連中のことだから、たぶんぬかりなく気づくだろう。テルマはあの町で起きたことを詳細に記していた。今回の一件を語るうえで、もっとも優れた証拠であり記録となるだろう。一九四〇年代にご主人とコーブに来てからのことが、それこそ細大漏らさず記してある。

それもいまは司法長官に委ねられている。担当者はことごとく時間を奪われることになるのだろう。マスコミがどう報道するかは、想像もつかない。いや、つくな。狂乱状態になるのさ。そんななかにあっても、マウンテバンク保安官が今朝、意識を取り戻したのは、せめてもの幸いだった。三人の保安官助手も命に別状はないそうだ。薬を盛られて縛られ、きみたちがいたのと同じ小屋に閉じこめられていた」

「エーモリー・シジョンとおばのアマベルのことですが、ミスター・ブラマー」サリーは言った。「取り押さえられたあと、あの二人はどうなるんですか？」

「エーモリーには人生三回分の懲役刑が下る。きみのおばさんについては、サリー、ほかの高齢者たちといっしょに裁くのか、それに誘拐、共謀をつけ加えるのか、わたしにもわからない。今後を見守るとしよう」

「よし、またユーリカだ！」

全員の目がサビッチにそそがれた。サビッチは顔を上げて、ばつの悪そうな笑みを浮かべた。「きみたちに伝えたいことがある。サリーの離婚は六カ月以内に成立する。だから、十月の中旬に決めよう。ワシントンDCのエルム・ストリートにある長老派教会に、十月十四日で予約を入れた。これで決まりだ」

「ぼくと結婚してくれないか、コリー？」シュレッダーが言いだした。

コリーはじろっと彼を見た。「あなたには、もう性差別主義者でないと証明してもらわなきゃならないわ。それには、どんなにがんばっても、一年はかかるでしょうね。それと、わたしがポートランド支局の支局担当特別捜査官になるって条件があるのを忘れないで」

「逆戻りするようなことがあったら、いつでももう一方の腕を撃っていいぞ」ブラマーが言った。「支局担当特別捜査官の件については、ミズ・ハーパー、わたしのほうで充分に考えさせてもらおう」

サリーは黙ってみんなに――一生の友だちとなった人たちに――笑顔を向け、クインランの病室へと戻っていった。

彼が死なずにすんだ。それ以外のことは、そのつど必要なときに考えればいい。

ポートランドに向かうヘリコプターの機内で、サリーは、この視野に入っているものが人生のすべてだと思った。隣りのストレッチャーには、管だらけで死者のように青ざめたクインランがいた。これからは、視野の中心にクインランの顔がある。すてきな顔、セクシーな顔が。彼がよくなって、〈ボーノミクラブ〉でサクソフォンを聞くのが待ち遠しかった。

翌朝、クインランは看護師が持ってきてくれた〈オレゴニアン〉を開いた。見出しが目に飛びこんできた。

エーモリー・シジョン、ＦＢＩの追跡を逃れようとして死亡

あの男にはもったいないぐらいの扱いだ、とクインランは思った。「そりゃ、気の毒だったな」と声に出して言ってから、記事を読んだ。エーモリー・シジョンが逃げようとして、失敗したのは明白だった。エーモリーはさっさとアマベルに見切りをつけると、荷物運搬車に飛び乗り、運転手を殴り倒して、走りだした。ＦＢＩは背後に迫っており、遠くまでは行けなかった。車を止めて武器を捨てろという指示を無視したうえ、捜査官に向かって発砲するという愚行に走った。

エーモリーが死んだ。やっと死んでくれた。これでサリーは裁判に煩わされずにすむ。二度と顔を合わせることもないのだ。

アマベルはどうなった？

〈オレゴニアン〉の紙面を見れば、どちらの記事——コーブの大量殺人か、エーモリー・シジョンか——を派手に扱っていいのか迷ったのが、一目瞭然だった。前日はコーブの記事がトップを飾っていたので、今日はエーモリーの番だと思ったのだろう。

記事によると、アマベル・パーディは、エーモリー・シジョンとコーブに関するすべての容疑に対して、どちらについても何が行なわれているかまったく知らなかったとし、無罪を

主張していた。あたしはアーティストです、と彼女は主張していた。そして世界一のアイスクリームの販売を手伝っていました。それがあたしの行為のすべてです、と。

マスコミがテルマの日記の存在を嗅ぎつけるのが楽しみだ。あの日記がアマベルの罪を暴いてくれる。そう、老人たち全員の罪を。クインランは疲れてきて、胸の痛みを強く感じたので、腕からモルヒネを少し入れることにした。

これでいい。あと少ししたら、ふざけた騒動を忘れて、赤ん坊みたいに眠りにつく。あと望むことがあるとしたら、寝つく前にサリーに会うことぐらいだった。

サリーがベッドサイドに現われて、笑顔を見せてくれたときは、夢に違いないと思った。

「まるで天使みたいだ」

笑い声が聞こえ、口に温かでやわらかい彼女の唇を感じた。

「いいね」クインランは言った。「もっとだ」

「さっさと寝なさい。目を覚ましたら、わたしがいるわ」

「毎朝か？」

「ええ。ずっとよ」

エピローグ

サリー・シジョン・ブレーナードとジェームズ・ライリー・クインランは、ディロン・サビッチが決めてくれた十月十四日に結婚式を挙げた。サビッチがクインランの付添人となり、サリーには母親のノエルが介添え役としてついた。ノエルは娘の結婚式にマット・モンゴメリー上院議員とともに参列した。奥さんに先立たれたこのアイオワ州選出の上院議員は、ひと目ノエルを見るなり、恋に落ちた。この夏ノエルは、セパレーツの水着を身につけた。

FBIから百五十人の特別捜査官が参列した。そこにはポートランド支局の二人も含まれており、そのうち一方は支局担当特別捜査官に任命されたばかりだった。ワシントンDCのエルム・ストリートにある長老派教会に突撃可能な距離に住むクインランの親族はすべて集まり、いきおいサリーは新しい家族に包囲された。

参列者のなかにはミズ・リリーと用心棒のマービンとバーテンダーのファズの姿もあった。ミズ・リリーは白いサテンのドレスを身にまとい、マービンはウェディングドレス姿のスケはゴージャスだと大声で言い放った。ファズは結婚式のお祝いとして、シャルドネを持ってきてくれた。コルク栓つきの高級品だ。

予期したとおり、マスコミも結婚式と聞いて押しかけた。ビーダーマイヤー——ことノーマン・リプシー——の裁判が前の週に終わったばかりで、サリーが検察側の重要な証人になっていたからだ。ビーダーマイヤーは共謀、謀殺、誘拐、ゆすり、脱税で有罪となり、テレビの女性ニュースキャスターが報道したとおり、なかでももっとも重い量刑を受けた脱税の罪で二十五世紀まで収監されることになった。

スコット・ブレーナードは誘拐と共謀の有罪答弁と引き替えに司法取引を求め、政府も最終的にはこれを受け入れた。武器売買に関する確たる証拠が見つけられなかったからだ。彼は十年の懲役刑を宣告された。けれどサリーには、彼が模範囚で通すのが目に浮かぶようだったし、そうクインランにも話した。たぶんあのウジ虫は、腹立たしいことに、三年もしないうちに出てくるわ。クインランは手をこすりあわせて、待ち遠しいなと笑顔で応じた。

サリーはこの六月にボブ・マッケイン上院議員の上級補佐官になり、クインランにワシントンDCのけばけばしい面を紹介しはじめた。それはクインランが慣れ親しんでいるものとはまったく違った意味の汚らしさを持っており、クインランをして、おれにはどちらのワシントンがより魅惑的なのか判断がつかないよ、と言わしめた。サリーはほぼ毎日、彼といっしょに走り、七月に入ると、シャワーを浴びながら歌が飛びだすようになった。

アマベル・パーディは七月の末になって、五十人からなるコーブの町民たちとは別個に扱われることが決まった。八件の殺害を犯した——うち四件にはナイフが使われた——うえに、特別捜査官に対する発砲と、姪の誘拐、殺人容疑者の逃亡の教唆と幇助《ほうじょ》によって、共犯者になった。クインランにとってもサリーにとっても楽しみな予定ではないけれど、年末には裁判にかけられることになっている。

テルマ・ネットロの日記には、すべての殺害について詳述してあった——殺害方法、日時、実行者。二十人めの被害者を片付けるころには、どの町民もほとんど自責の念を覚えなくなったと、日記には記されていた。テルマによると、もっとも好まれた殺害方法は毒殺で、その理由は、埋葬の準備をするラルフ・キートンが遺体の損傷を嫌ったからだった。

テルマ自身も二人殺していた。アーカンソーから来た老夫婦で、笑顔でぽっくり逝った、と日記には書いてあった。毒に気づくことなく、マーサのニュージャージー・チーズケーキを食べた直後だったからだ。

サリー・クインランがアマベルにかくまってもらおうと最初にコーブを訪れたのは、世界一のアイスクリームにつられてやってきた二人の老人が最後に殺されてから、わずか二カ月後のことだったとわかった。もっとも人寄せに貢献したのはハル・ボルヒース師だった。裕福な老夫婦をつかまえては、ちょうどその日の午後、特別な伝道集会の開催が決まったから、夜まで残ったらどうかと持ちかけたのだ。

とても雰囲気のいい伝道集会だったと、テルマは日記に書いていた。たくさんの人が立ちあがって、神に感謝の言葉を述べた。集会のあとには、パンチとクッキーが出された。ボルヒースがクッキーに充分な砒素《ひそ》を入れないせいで、あらためて老夫婦に毒を盛らねばならず、それがみんなを苦しめ、とりわけスパイバー先生は迷惑をこうむった。

コーブを題材にして、異なる観点から三冊の本が出版された。もっとも売れたのは、ハル・ボルヒース師を狂気の救世主として描いた一冊で、ボルヒースはアリゾナで子どもを殺害したあと、コーブに引っ越し、全町民を悪魔崇拝に導いたことにされていた。

町民がすべて死ぬか、逮捕されるかするまで、殺害は続いたであろうことは、想像にかたくなかった。そこで司法省と弁護士が協議の末、老人たちを引き離し、それぞれを別の州にある別の精神療養所に送ることで同意した。司法長官は正規の量刑手続きがすんだあと、インタビューを受けて率直に述べた。「どの老人も、二人いっしょにしておくことはできません。以前に起きたことを考えてみてください」

米市民的自由連盟はこれに抗議し、それほど熱意は感じられなかったものの、世界一のアイスクリーム――レシピは公開されなかった――の原材料によって、老人たちは責任能力を問えないヒステリー症を誘発され、その結果として倫理観と判断力が奪われたと主張し、したがって、彼らに対してその行為の責任を問うことはできないとした。米市民的自由連盟に所属するある弁護士は、コーブに行ってアイスクリームを買いたいと思いますかと問われ、はき古したブルージーンズをはき、ぼろぼろのフォルクスワーゲン・ビートルに乗っていくのでなければその気になれない、と認めた。ある新聞社は、その社説で、集団的な高血糖状態が町民をああした行為に走らせたのかもしれない、との説を掲げた。

テルマ・ネットロは、睡眠中に安らかに召された。友人たちがついに別々の場所に送られる直前のことだった。マーサは七月半ば、エドが前立腺癌で亡くなったと看守から聞かされた直後に、独房で首を吊った。

コーブと世界一のアイスクリームは、いずれもこの世から消えてしまった。一〇一Aの入口に掲げられていたアイスクリーム屋の看板は、二年もすると落下して、いつしか記念品集めが趣味の好事家によって地下の宝物殿に運び去られた。

いまもときおり、コーブにはバイク乗りの姿がある。もうたいしたものは残っていないが、崖から眺める夕暮れは——マティーニがあろうとなかろうと——雄大だった。

訳者あとがき

キャサリン・コールターのFBIシリーズを読んでくださっているみなさま、お待たせいたしました。みなさんに読んでいただいたおかげで、ようやくシリーズの第一作め『旅路』(原題"The Cove")に戻ってくることができました。『迷路』のヒロインとなるシャーロックはまだいませんが、サビッチは主人公ジェームズ・クインランの友人として活躍。事件の解決に活用する愛機のコンピュータ〝マックス〟や、〈ボーノミクラブ〉のゴッドマザー、リリーも登場します。『迷路』を思いだして、懐かしさを感じられる方もいらっしゃるかもしれません。

国道一〇一号線を海側に折れた先にある小さくも美しいオレゴン州の田舎町コーブ。一人の女がこの町を訪れた。女の名前はサリー・ブレーナード。半年前には上院議員の補佐官として精力的に働いていたのに、いまは人目を避け、背後を気にしながら、母親の姉が一人で住むこの町に避難する場所を求めてきた。父親の殺人事件に関与していると目されて、警察に追われているからだ。しかも、サリーを狙う敵は警察だけではない。伯母アマベルは久しぶりに再会した姪をこころよく受け入れてくれるものの、平穏なはずの町でサリーは夜中に女の悲鳴を耳にする。悲鳴は翌日の夜も聞こえた。

サリーのあとを追うようにして、一人の男が町にやってきた。町民にはカリフォルニアから来た私立探偵で、数年前の老夫婦の失踪事件をその夫妻の息子の依頼で再調査しにきたジエームズ・クインランと名乗ったが、ほんとうなのは名前だけで、実際はサリーを追うFBIの捜査官だった。最初はすぐにサリーを確保して、連れ帰るつもりだった。だが、クインランにはサリーがきわめてまともな人間に見えた。身分を偽ったまま、彼女の信頼を勝ち取り、真実を語らせたいと思うようになる。しかも、コーブの町で彼女と海岸を散歩中に女性の死体を発見する。サリーが二度めの悲鳴を聞いた翌朝のことだった。

サリーのもとにかかってくる死んだはずの父親の声の電話、夜中に現われた父に似た謎の男、地元医師の殺害、そして二人のあいだに信頼関係ができかけたとき、クインランが襲われ、サリーが何者かに連れ去られる……。田舎町での連続殺人事件と、サリーの父親の殺人事件。一見、まったく無関係な二つの事件がコーブというハリウッドのセットのような町で交錯する。

〝右手にマティーニを持ったものにドラマチックな光景を見せてくれる町〟、コーブ。若い住人に見捨てられて学校すらない老人たちの町、古いレシピでつくった世界一おいしいアイスクリーム屋が繁盛する町、墓が円形に配置された海辺の墓地のある町——それがコールターの設定したこの作品の舞台です。コールターは妹からコーブという田舎町の話（オレゴン州には、実際コーブという人口七百人余りの市があります。ここに出てくるコーブとは違って、町の中心にはハイスクールがあります）を聞いたことがこの作品を書くきっかけとなったとしていますが、むべなるかなと思わせる不思議な存在感がコーブとその住人である老人たちにはあります。男らしいけれど献身的なヒーローと、優秀だけれど多少エキセントリックなヒロインという、コールターの作品らしいカップルの魅力もさることながら、この町自体が今回の隠れた主役と言ってもいいのではないでしょうか。

さて、ＦＢＩシリーズの第一歩となったこの作品。追う者、追われる者、複数の事件、複雑な人間関係と家庭環境、一風変わった個性的な脇役など、このシリーズ全体に通底するトーンがすでにはっきりと出ています。

次にお届けする予定の“Point Blank”は、バージニア州の音楽学校生の殺人事件と、サビッチとその家族を標的とした二人組が引き起こす騒動の二本柱。休暇中に事件に巻きこまれたサビッチの部下であるルース・ワーネッキー捜査官と地元保安官の恋愛もからめて、力強い作品にしあがっています。今年じゅうにはお届けできる予定ですので、どうぞお楽しみに。

23 ザ・ミステリ・コレクション

旅《たび》 路《じ》

著者　キャサリン・コールター
訳者　林《はやし》 啓恵《ひろえ》

発行所　株式会社 二見書房
東京都千代田区神田神保町1-5-10
電話 03(3219)2311［営業］
03(3219)2315［編集］
振替 00170-4-2639

印刷　株式会社 堀内印刷所
製本　村上製本

落丁・乱丁本はお取り替えいたします。
定価は、カバーに表示してあります。

ISBN978-4-576-08037-6
http://www.futami.co.jp/

迷路
キャサリン・コールター
林 啓恵［訳］

未解決の猟奇連続殺人を追う女性FBI捜査官。畳みかける謎、背筋つたう戦慄――最後に明かされる衝撃の事実とは!? 全米ベストセラーの傑作ラブサスペンス

袋小路
キャサリン・コールター
林 啓恵［訳］

全米震撼の連続誘拐殺人を解決した直後、サビッチのもとに妹の自殺未遂の報せが…『迷路』の名コンビが夫婦となって活躍――絶賛FBIシリーズ第三弾!

土壇場
キャサリン・コールター
林 啓恵［訳］

深夜の教会で司祭が殺された。被害者は新任捜査官デーンの双子の兄。やがて事件があるTVドラマを模した連続殺人と判明し…SSコンビ待望の第四弾

死角
キャサリン・コールター
林 啓恵［訳］

あどけない少年に執拗に忍び寄る魔手――事件の裏に隠された驚くべき真相とは? 謎めく誘拐事件にSSコンビも真相究明に乗り出すが……シリーズ第五弾!

カリブより愛をこめて
キャサリン・コールター
林 啓恵［訳］

灼熱のカリブ海に浮かぶ特権階級のリゾート。美しき事件記者ラファエラはある復讐を胸に、甘く危険な世界へと潜入する…ラブサスペンスの最高峰!

エデンの彼方に
キャサリン・コールター
林 啓恵［訳］

過去の傷を抱えながら、NYでエデンという名で人気モデルになったリンジー。私立探偵のテイラーと恋に落ちるが素直になれない。そんなとき彼女の身に再び災難が…